FICHA CATALOGRÁFICA

(Preparada na Editora)

Freitas, Valdinei de, 1973-

F93n   *A noite do perdão* / Valdinei de Freitas. Araras, SP, IDE, 1ª edição, 2018.

480 p.

ISBN 978-85-7341-728-9

1. Romance 2. Espiritismo I. Título.

CDD -869.935
-133.9

Índices para catálogo sistemático

1. Romance: Século 21: Literatura brasileira 869.935
2. Espiritismo 133.9

A noite do

ISBN 978-85-7341-728-9

1ª edição - agosto/2018
1ª reimpressão - novembro/2018

Copyright © 2018,
Instituto de Difusão Espírita - IDE

Conselho Editorial:
Doralice Scanavini Volk
Wilson Frungilo Júnior

Coordenação geral:
Jairo Lorenzeti

Revisão de texto:
Mariana Frungilo Paraluppi

Capa:
César França de Oliveira

Diagramação:
Maria Isabel Estéfano Rissi

INSTITUTO DE DIFUSÃO ESPÍRITA - IDE
Av. Otto Barreto, 1067
CEP 13602-0600 - Araras/SP - Brasil
Fone (19) 3543-2400
CNPJ 44.220.101/0001-43
Inscrição Estadual 182.010.405.118
www.ideeditora.com.br
editorial@ideeditora.com.br

Todos os direitos reservados.
Nenhuma parte desta
publicação pode ser
reproduzida, armazenada
ou transmitida, total ou
parcialmente, por quaisquer
métodos ou processos, sem
autorização do detentor do
copyright.

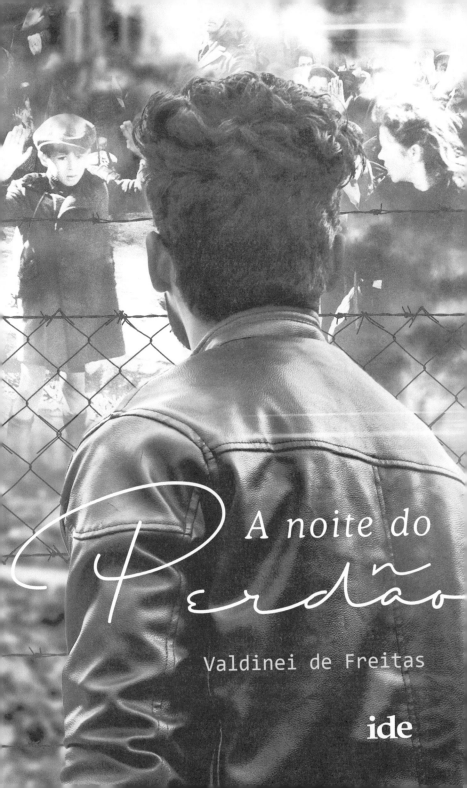

*A meu pai, Freitas, pela torcida e
pelo incentivo de sempre.
Tenho certeza de que, do plano espiritual,
continuará sendo o farol a
guiar-me pelos caminhos da vida.*

Sumário

1 - Sexta-feira 13 11

2 - Despedida 43

3 - Despertando 66

4 - Remorsos 83

5 - Alvorecer 111

6 - Desorientado 132

7 - Dias de escuridão 150

8 - Fique bem! 175

9 - Procurando respostas 215

10 - Revelações 235

11 - Auxílio 261

12 - O despertar do amor 287

13 - Recomeçando 301

14 - Novos ares 316

15 - O sonho 335

16 - Revelações do passado 367

17 - Reconciliação 413

18 - Retorno 457

19 - Epílogo 476

Agradecimentos 479

CAPÍTULO 1

Sexta-feira 13

A MÍSTICA ENVOLVENDO O DÉCIMO TERCEIRO DIA do mês, quando os ponteiros do tempo o posicionam em uma sexta-feira, remonta lendas e fatos perdidos em eras primevas.

Crendices, infortúnios, má sorte, são os principais ingredientes que afloram desta habitual conjunção que ocorre no mínimo uma e no máximo três vezes no ano, trazendo o terror para o mundo dos mais supersticiosos.

A sexta-feira carrega, em sua história, a mácula indelével de ter sido o dia em que o Carpinteiro de Nazaré foi levado ao monte Gólgota, na Judeia, torturado, humilhado e crucificado sob a chancela do Império Romano, instigado pelo sinédrio judeu, evento histórico que, por si só, seria suficiente para justificar o amaldiçoamento da data.

Malgrado ter sido o dia da paixão de Jesus, conta a

história, ainda, que a maldição da sexta-feira está atrelada ao processo de conversão ao Cristianismo dos povos bárbaros que aportaram no continente europeu em priscas eras.

Os escandinavos, antes da cristianização, adoravam a deusa Frigga. Depois da conversão, porém, passaram a considerá-la bruxa.

Frigga, por sua vez, conta a mitologia nórdica, para vingar-se da humanidade, reunia-se na companhia de onze feiticeiros, além do próprio demônio – perfazendo treze entidades sombrias –, para planejar a destruição dos seres humanos. Foi do seu nome que se originaram as palavras *friadagr* e *friday*, "sexta-feira", em escandinavo e em inglês, respectivamente.

Da Escandinávia, a superstição espalhou-se para o mundo, reforçada por lendas bíblicas judaicas de que Eva teria oferecido o fruto proibido a Adão em uma sexta-feira, marcando a expulsão do casal do lendário jardim do Éden.

No mesmo dia da semana, segundo outra crença judaica, teria ocorrido o dilúvio universal.

Não bastassem as crendices populares, fatos históricos também contribuíram para adicionar um ar malévolo e sombrio à data, pois foi justamente na sexta-feira, 13 de outubro de 1307, que a Ordem dos Templários, grupo de sacerdotes e cavaleiros protetores dos cristãos peregrinos, foi declarada ilegal e dissolvida pelo Rei Filipe IV de França, "o Belo".

Conta a história que o Rei estava profundamente endividado com a ordem e, em decorrência de seus débitos, passou a pressionar o Papa Clemente V para excomungá-los. Cedendo à pressão real, Clemente determinou que os templários fossem perseguidos e encerrados para sempre em masmorras. Seus integrantes, após terríveis sessões de tortura, foram condenados à morte por heresia, sob a acusação de, dentre outros fatos, negar Jesus, cuspir em símbolos cristãos e trocar beijos obscenos em lugares de culto.

O capítulo derradeiro do massacre à Ordem Templária foi escrito com a prisão de Jacques DeMolay, o último grão-mestre dos cavaleiros. Torturado durante anos e mantendo-se firme na proteção de seus segredos, morreu queimado vivo, mas não sem antes lançar uma terrível maldição sobre o Rei Filipe IV e o Papa Clemente V: em até um ano, os encontraria nos tribunais celestes e, nesse dia, ambos seriam julgados por todos os seus crimes.

A maldição cumpriu-se e, em menos de um ano, o Papa Clemente e o Rei Filipe estavam mortos. O primeiro, vítima de uma infecção intestinal; o segundo, após uma queda de cavalo.

A desgraça que recaiu sobre os templários e a mística envolvendo as histórias que gravitavam ao seu entorno fizeram a data alojar-se na cultura popular como símbolo de dia de mau agouro.

***

A sexta-feira 13, daquele setembro de 2013, a primeira daquele ano, confirmaria a má reputação que a persegue desde datas longínquas, atingindo impiedosamente os membros da família Garcez, que seguiam suas vidas despreocupados, completamente alheios a todo o tipo de crendices, lendas ou sincretismos religiosos. Mas não convém adiantar a sequência dos acontecimentos.

✳✳✳

Em meados do século XIX, na região portuária de Cádis, comunidade da Andaluzia, situada ao sul da Espanha, um grupo de cerca de trezentos emigrantes, egressos principalmente dos campos (em sua maioria colonos e trabalhadores rurais assalariados), cuja situação de miséria os impelia a buscar novas possibilidades de vida – fortuna e prosperidade, segundo a visão dos mais otimistas – nas promissoras terras de colonização espanhola do estuário do Rio da Prata, de onde já se havia notícias, inclusive, da formação de associações de imigrantes espanhóis, embarcaram com destino à América do Sul no "Madre de Dios", um velho navio a vapor que transportava a esperança e a fé dos sofridos colonos europeus: a primeira em seu interior; a segunda, em seu nome de batismo.

O mar agitado, a superlotação do navio, o estado precário da embarcação e as condições climáticas desfavoráveis transformaram a viagem numa verdadeira aventura. Foi assim que, antes de aportar em seu destino, foram surpreendidos por uma gigantesca tempestade em alto mar, que atirou sua frágil e combalida embarcação contra o furor das ondas, que, instigadas pela força irrefreável da procela, levaram o navio a pique.

O naufrágio ocorreu em lugar remoto da costa de

Santa Catarina, no Brasil, bem longe do destino almejado por seus ocupantes.

Juntamente com a precária embarcação e quase todos os pertences, o oceano também engoliu o sonho de fazer fortuna nas antigas colônias espanholas, nos promissores Uruguai e Argentina.

Quis as circunstâncias, a sorte, o destino, Deus! – deixa-se a escolha do termo ao encargo do eventual leitor deste relato – que uma parte considerável dos viajores fosse poupado da sepultura nas profundezas do mar.

Agarrados aos destroços e a todo tipo de material flutuante, os náufragos foram empurrados sem rumo pela força das correntes e acabaram aportando em terras desabitadas do desconhecido litoral catarinense, que, no primeiro momento, recebeu o nome de "Baía dos Perdidos". Eram ao todo setenta e um sobreviventes, entre homens – a maioria – mulheres e crianças.

Desprovidos do básico, mas unidos pelo trauma do infortúnio, a dor pela perda de seus entes queridos e a felicidade paradoxal pela conservação de suas próprias vidas, reuniram tudo aquilo que a maré devolveu do navio e, contrariando a lógica e as probabilidades, mais do que sobreviver, estabeleceram-se naquela enseada indômita, um estranho pedaço de lugar nenhum, para onde as correntes e as ondas caprichosamente os levaram.

Nos primeiros dias da saga não planejada, a preocupação maior – talvez a única – era garantir, através dos recursos fornecidos pela natureza, o básico para a subsistência do grupo.

Com o passar do tempo, após encontrarem uma fonte de água doce e comida, indispensáveis à sobrevivência do grupo, resolveram melhorar a qualidade de vida, construindo habitações mais confiáveis nas proximidades da foz de um rio cujas águas intercalavam entre o verde e o azul, batizado de Rio Esperança, pois simbolizava o estado de espírito que reinava em todos aqueles filhos do infortúnio.

O tempo continuou movendo suas engrenagens e os anos seguiram-se impiedosos, até que os valentes espanhóis, à custa de muito trabalho e privações, dominaram as técnicas de extrair do mar o sustento diário e transformaram-se numa comunidade de pescadores, baseada na cooperação e no auxílio mútuo.

Os abrigos naturais deram lugar a casas de madeira, construídas com relativo conforto, as quais multiplicaram-se pela força dos mutirões dos novos moradores. Não demorou muito para que todas as famílias tivessem sua casa, com rústicos móveis de madeira e utensílios de cerâmica construídos por eles mesmos, e que um vilarejo fosse fundado.

União da Vitória foi o nome escolhido em substituição ao original Baía dos Perdidos, cujo significado é autoexplicável diante da trajetória de seus fundadores.

Sentados na varanda de suas casas, recebendo a claridade metálica e reverberante do sol da manhã e o ar marítimo revigorante, os sobreviventes – agora moradores definitivos – haveriam de se recordar com orgulho, pelo resto da vida, do progresso atingido, mesmo diante de circunstâncias desfavoráveis.

Nessa mesma época, alguns membros da comunidade, embrenhando-se na mata fechada e abrindo picadas e carreiros na direção do poente, descobriram que suas residências distavam pouco mais de cinco dias de caminhada, por entre colinas e planícies, de uma cidade que, mais tarde, descobririam chamar-se Morretes – topônimo dado em referência a três pequenos morros que a circundavam –, dotada de alguma estrutura, caraterística que lhes proporcionaria, através da prática do escambo e da venda de peixe, a obtenção de ferramentas e gêneros de toda espécie, trazendo mais conforto à vida dos membros daquele isolado vilarejo. Foi nesse momento que os esperançosos imigrantes conscientizaram-se de que a vila de União da Vitória tornar-se-ia sua morada definitiva.

Os náufragos compreenderam, lentamente, que as preces formuladas a Deus, quando da saída do torrão natal para encontrar vida nova – e próspera – em terras da coroa espanhola, localizadas no extremo sul da América, haviam sido atendidas, mas não exatamente da forma e no local idealizados.

Os caminhos que a vida nos oferece nem sempre são aqueles que planejamos, mas, invariavelmente, é a melhor trilha disponível. Esta premissa, os náufragos constataram na prática.

Descobriram ainda, contrariando o pensamento inicial após o trágico fim do navio Madre de Dios, que o Criador, em Sua infinita bondade, não os havia abandonado para morrer à míngua em terras distantes, mas concedera-lhes um lugar diferente para trabalharem na construção de seus sonhos e na consecução de seus objetivos.

O vilarejo foi erguido em torno de uma das paisagens mais belas de Santa Catarina, verdadeiro recanto de contemplação, onde a beleza da mata atlântica – à época ainda intocada pelas mãos destruidoras do homem – aliava-se à tranquilidade e à paz transmitidas pela mansidão do marulhar calmo do Oceano Atlântico, que, naquele ponto, avançava a terra por um largo canal surgido por entre duas formações montanhosas, criando uma vista paradisíaca, embalada pelo suave barulho do vento que repicava nos imensos paredões de pedra, acompanhado do grasnar das gaivotas, presença constante, dada a fartura de alimento encontrada naquelas águas cristalinas, quase imóveis, que refletiam a luz do Sol.

A beleza natural fez surgir, dentre os primeiros moradores da vila, a lenda de que aquelas praias eram ponto de refúgio e encontro de anjos celestiais. Criam que haviam sido salvos das garras da morte por intervenção dessas figuras aladas.

Os anos correram felizes, e a vila fundada pelos náufragos, depois pescadores, seria, décadas mais tarde, elevada à categoria de cidade, sendo rebatizada para Porto dos Anjos, escolha baseada, obviamente, na crença envolvendo os seres celestiais que supostamente habitavam aquelas paragens.

* * *

O sexagenário José Garcez era tetraneto de Juan Diaz Solis Garcez, que fizera parte do êxodo da Andaluzia e que fora um dos sobreviventes do naufrágio da embarcação espanhola.

O tetravô Juan, pessoa de fibra e dotada de inato espírito de liderança, fazia parte do grupo que incentivou e liderou a construção do vilarejo de náufragos.

Juan Diaz concluiu que não encontrariam o destino original, tampouco retornariam à sua terra natal. A partir de então, liderou a derrubada de árvores e a criação de uma clareira junto à foz do rio, e ali fundaram a aldeia dos esperançosos náufragos, sua nova pátria, e que seria também a pátria de seus descendentes.

Garcez guardava com muito carinho um antigo baú que pertencera ao tetravô, um dos poucos objetos resgatados do naufrágio, hoje patinado pelas marcas dos anos, mas que era ostentado em lugar de destaque na residência, um símbolo da força e da resistência dos sobreviventes que deram origem à cidade.

José, seguindo os passos de seus antepassados e espelhando-se principalmente nas histórias de seu tetravô Juan Diaz, deu prosseguimento ao negócio familiar iniciado nos primórdios do local. Administrava, com auxílio dos gêmeos Tiago e Enrique Garcez, uma companhia pesqueira.

Os gêmeos, cuja semelhança física confundia os menos observadores, possuíam traços de personalidades antônimas e viviam, na intimidade, em mundos completamente diferentes, para não dizer opostos.

Tiago, o gêmeo mais velho, por dezessete minutos – fazia questão de repetir –, sempre fora mais retraído e introspectivo. Dotado de inato espírito empreendedor, era, porém, extremamente cauteloso e conservador, com atitudes algumas vezes previsíveis. Estudava com detida atenção e antecedência todas as questões a que era chamado a opinar, sopesando as possibilidades e variáveis, antes de posicionar-se. Suas decisões baseavam-se no resultado da análise objetiva dos prós e contras da situação, enfileirando elementos lógicos e bem disciplinados. Detestava a subjetividade.

Era admirador dos princípios aristotélicos e seus silogismos. Extremamente metódico, suas atitudes eram traçadas desde a raiz até os ramículos mais insignificantes, a fim de evitar a menor falha. Na sua visão paradoxal de organização, em qualquer espécie de planejamento, tudo deveria estar previsto, inclusive os imprevistos.

Apesar do temperamento comedido e tranquilo, Tiago tinha um relacionamento conturbado com o pai. Seu amor e sua admiração pelo patriarca da família eram inquestionáveis, mas tinha uma predisposição inata para discordar, às vezes com certa ferocidade, atitude antônima à sua própria índole, fator que, ao chocar-se com a personalidade do pai, senhor de um arraigado senso de hierarquia, completamente intolerante a desobediências, gerava inúmeros conflitos entre ambos.

Muitas foram as vezes em que Tiago penitenciou-se pela insolência e intolerância, sentimentos com os quais lutava para controlar, e o desejo era sincero, mas que, muitas vezes, sobrepunha-se à sua vontade consciente. Se acreditasse na existência de vidas passadas, certamente atribuiria a elas a dificuldade de relacionamento com o pai, mesmo argumento que poderia invocar para explicar a situação com a mãe, que era inversa: com Isabel, desde a infância, Tiago demonstrou uma ligação – que era recíproca – muito forte. A ela, destinava suas mais efusivas demonstrações de afeto e carinho. Quando criança, verdadeiramente a idolatrava, e, à medida que os anos foram se somando à sua idade, a idolatria foi sendo substituída por um aguçado sentido de proteção à genitora.

Tiago tinha um sonho recorrente, no qual via a figura da mãe, chorando, dando-lhe adeus, enquanto ele era, aos prantos, transportado para longe dela. A cena surgia-lhe com tamanha carga emocional que, via de regra, despertava chorando.

Enrique Garcez, por sua vez, era o contraponto do irmão. Exibia uma personalidade expansiva e cativante. Sempre que a situação permitia, tentava, a todo custo, monopolizar as atenções para si. Por vezes, usava seu carisma para fins manipuladores.

Impaciente, imprevisível e dotado de uma impulsividade que beirava as raias da irresponsabilidade, primeiro agia, depois avaliava as consequências de seus atos.

Vivia desculpando-se pelo produto da impulsividade, mas, no fundo, tinha um bom coração. Acontecimentos próximos confirmariam esta assertiva e se encarregariam de fazer aflorar um lado de sua personalidade ainda desconhecida, até mesmo por ele.

Extremamente ligados um ao outro, eram como Yin e Yang, dois lados opostos de forças que se equilibravam. Raramente discutiam, apesar de divergirem com relativa constância.

Alçados ao trabalho da família desde o fim da infância, ambos já poderiam ser considerados experientes, ainda que os vinte e três anos de vida pudessem indicar o contrário. Apesar das características contrastantes, cada um, a seu modo, prestava grande auxílio ao pai na condução dos negócios da família.

A empresa familiar, apesar de ter se solidificado a partir da administração da terceira geração da família, proporcionou efetivo acúmulo de riquezas somente a partir do trabalho árduo da última geração dos Garcez, liderada pelo patriarca José, trabalhador incansável, além de exigente, teimoso e extremamente centralizador.

O crescimento explodiu quando José Garcez decidiu abolir o sistema adotado pelo pai, eliminando intermediários, e passou a trabalhar toda a produção na própria fazenda, agregando valores aos frutos da pesca, inclusive com a criação de uma linha de subprodutos, processada e distribuída diretamente pela família.

A mudança de postura comercial fez de José Garcez um dos homens mais prósperos e, via de consequência, mais influentes da região, eleito Prefeito de Porto dos Anjos por uma legislatura, sua única participação na política, atividade pela qual desenvolveu verdadeira ojeriza por tudo o que viu e também pelo que lhe propuseram no pouco tempo em que esteve no poder.

Garcez, como gostava de ser chamado, e que fazia questão de pronunciar de forma enfática, não por arrogância ou sinal de soberba, mas por orgulho de suas raízes, era um nome que, na região, impunha respeito apenas pela sonoridade da mera pronúncia. Um nome respeitado – não temido – dada a honestidade que caracterizava seu proprietário.

Não obstante a fortuna amealhada, Garcez não só herdara, mas também conservara, a simplicidade e a austeridade de seu pai, valores que fazia questão de ostentar e, mais que do que isso, transmitir e até impor aos filhos, nascidos numa época de prosperidade crescente e situação financeira consolidada, elementos que, muitas vezes, dificultam a educação e a valorização do trabalho.

Garcez incutiu, na educação dos filhos, a filosofia do trabalho. O patriarca valorizava posses e também a riqueza, mas fazia questão de repetir aos filhos que ambas deveriam vir através do trabalho duro e honesto, por isso não os dispensou da lida diária ao seu lado, jornada que constantemente requeria muitas horas de trabalho e exigia muito esforço dos gêmeos, que precisavam conciliá-la com as longas horas de estudo, outro item do qual o pai não abria mão para os filhos, e era ainda mais rigoroso na cobrança.

Incorporando outra característica das gerações passadas, Garcez fazia questão de que todos os filhos residissem consigo e a esposa, Isabel Enriqueta Garcez – também descendente dos náufragos –, na ampla casa que construíra nas terras de seus antepassados.

– Há espaço para todos: filhos, noras, netos; esta casa é grande demais para ser desperdiçada só comigo e a mãe de vocês – repetia Garcez aos filhos.

A ideia do pai – quase imposição – de manter os filhos na casa da família não encontrava, por concordância ou conveniência, resistência por parte de Tiago e Enrique.

Assim, impulsionado pelos caminhos monocromáticos da rotina de trabalho, os dias escorreram apressados pela peneira do tempo e a vida prosseguiu na fazenda Mar de España até a manhã da segunda sexta-feira do mês de setembro de 2013.

Contrastando com os dias anteriores, a sexta-feira amanheceu enfarruscada, acompanhada de um calor anormal para a época, antecipando como seria a primavera que se aproximava, estação que, no Sul do Brasil – juntamente com o outono –, é mera coadjuvante, pois inverno e verão atraem para si todos os holofotes do tempo e reinam soberanos.

Nuvens escuras começaram lentamente a tomar conta do céu, prenunciando a formação de tempestade que, pela negrura, apresentava-se de proporções apocalípticas.

Na praia, que distava pouco menos de dois quilômetros da residência dos Garcez, gaivotas e outras aves mais esfomeadas investiam freneticamente contra a água na tentativa de apanhar uma última dádiva do mar antes de procurar abrigo; outras, mais precavidas, alertadas por seus instintos da aproximação da borrasca, buscavam refúgio na copa fechada das árvores ou nos recuos naturais formados nas encostas pedregosas dos morros que vigiavam toda a orla como imotas sentinelas.

Na residência dos Garcez, os empregados corriam apressados para cerrar as muitas janelas do casarão, enquanto a família se reunia em torno da imensa mesa do café que poderia receber pelo menos vinte pessoas.

– Parece que o mundo vai acabar! – exclamou Isabel, assustada, olhando da janela as nuvens escuras que trouxeram a noite para aquele início de dia.

Palavras proféticas! O restrito mundo que a família Garcez conhecia não seria mais o mesmo depois daquela tempestade, mas eles ainda não desconfiavam disso.

Assim como o céu, o tempo no interior da residência também amanhecera fechado, sujeito a relâmpagos e trovões. A conturbada relação entre José Garcez e Tiago ganhara novo capítulo nos últimos dias.

Apesar da bondade e da justiça que permeavam seu caráter, Garcez também era um administrador bastante rigoroso e conservador quando o assunto eram os negócios da família. Extremamente centralizador, fiscalizava pessoalmente toda e qualquer situação relacionada às atividades da empresa, tal qual um comandante militar passando a tropa em revista. Tanto os filhos quanto os empregados sabiam que tudo deveria passar pelo seu crivo. Absolutamente tudo! Eis uma regra que, fugindo à máxima popular, não comportava uma exceção. Não mesmo!

Quando o assunto era trabalho, Garcez gostava de

enfatizar e pautar sua conduta com base em suas "certezas", ainda que ele próprio não tivesse certeza de suas certezas. Teimosia, diziam alguns, mas ele tratava logo de rechaçar, com veemência, o adjetivo, afinal, tinha certeza de que estavam todos errados.

Conhecedor da reação, muitas vezes desproporcional, de Garcez, quando sua regra pétrea era descumprida, Tiago, dando vazão à grande esperança e ao desejo de realizar seus projetos pessoais, ignorou a principal lei estabelecida pelo pai e, sem sua anuência, resolveu investir na compra de uma centena de cabeças de gado. Seu intuito era aproveitar uma parcela inutilizada das terras de propriedade da família, justamente a extensão verde e plana localizada a oeste da sede, terras que Tiago, após longo estudo, concluiu serem ideais para criação de gado, pois a topografia do local assemelhava-se à dos campos uruguaios.

Um colega pecuarista para quem confidenciou suas intenções comparou aquela porção da propriedade aos campos de fronteira do Rio Grande do Sul, local onde passara a primeira infância.

– Muito pasto e terras planas geram bois gordos. O produto final será macio porque a falta de exercício os deixará com as carnes flácidas – brincava o amigo que incentivara Tiago a prosseguir com a nova experiência.

– Não é fácil quebrar um hábito de uma vida – confidenciou Tiago, referindo-se ao pai.

Ciente das consequências pela falta de aprovação prévia de Garcez, Tiago decidiu colocar em prática a antiga ideia de expandir os negócios montando um pequeno frigorífico, diversificando e incrementando as atividades familiares, restritas à piscicultura, pesca em alto mar e a carcinicultura, com ênfase para o cultivo do camarão marinho. A compra das cabeças de gado foi o primeiro passo nesta direção.

Há muito tempo, Tiago tentava convencer o pai a migrar para a pecuária, pois a criação de camarão em cativeiro era uma atividade de alto custo.

Argumentava que precisavam buscar novas maneiras que aliassem o crescimento econômico a práticas que garantissem uma maior sustentabilidade ambiental, dedicando-se a atividades que necessitassem de menor aparato técnico, reduzindo assim seu trabalho.

Todavia, a criação de gado, que, na sua avaliação, seria a ocupação ideal, esbarrou na teimosia do pai, que se recusava a sequer discutir o assunto.

Assim, quando tomou conhecimento do investimento realizado pelo filho, o velho Garcez recebeu a surpresa como traição; uma afronta pessoal.

Decepcionado, chegou a estudar a possibilidade de desfazer o negócio realizado pelo filho, mas a situação estava consolidada e, apesar da discordância, a palavra empenhada deveria ser cumprida. Não havia, então, mais nada que pudesse fazer.

O café da manhã foi tenso e econômico nas palavras. Ouvia-se apenas o ruído quase musical das louças e dos talheres, acompanhado do ribombar incessante dos trovões.

Muita coisa necessitava ser dita naquela mesa, mas

todos cometeram o equívoco de ficarem calados, permitindo o crescimento do rancor e da mágoa.

O silêncio inquietante hipnotizou a todos e triunfou no ambiente. Esta vitória teria consequências catastróficas, e o futuro mostraria a todos a extensão daquele erro.

Enquanto os relâmpagos da discórdia faiscavam no interior do lar dos Garcez, na rua a tempestade abateu-se impiedosa sobre toda a região. No mar, as ondas projetavam-se furiosas contra os paredões rochosos, produzindo sons que ecoavam a distância.

O dilúvio que se abateu com ferocidade sobre Porto dos Anjos adiou a inevitável e difícil conversa entre pai e filho, pois as atenções de todos foram obrigatoriamente desviadas para os cuidados com a propriedade. Enquanto o entendimento era postergado, a semente da raiva encontrava solo fértil e começava a fixar suas raízes nos corações dos envolvidos.

Para o alívio de todos, com a mesma velocidade com que surgiu, a tempestade perdeu força, rumando para mar aberto, muito embora o dia tenha permanecido nublado, sisudo e mal-humorado, assim como o coração dos Garcez.

A calmaria, contrariando sabedoria popular, não trouxe a bonança esperada à família, e a manhã correu lenta, assim como lenta era a agonia de pai e filho, irritados um com o outro.

Lançando mão dos conselhos de péssimo orientador, o orgulho, Tiago e Garcez optaram por realizar suas tarefas com mutismo incomum. Evitaram-se a todo custo durante aquela manhã cinza.

No fundo, ambos estavam chateados com a situação, mas recusavam-se a conversar sobre o assunto, primeiro passo na direção da concórdia.

Acumulando vitórias, o silêncio sorria, satisfeito.

O almoço com toda a família reunida, outro costume do qual Garcez não abria mão, desta vez não contou com a presença de Tiago.

O jovem lanchou rapidamente na cozinha e, na hora do almoço, decidiu supervisionar o carregamento do caminhão frigorífico, cujo trabalho estava atrasado por conta da chuva da manhã, e com o qual deveria partir o mais rápido possível para viagem de entrega. A saída, a julgar pelo ritmo dos trabalhos, ocorreria muito provavelmente pouco antes do cair da tarde, circunstância que o desagradava sobremaneira, mas, para cumprir o cronograma, seria forçado a realizar parte do percurso durante a noite.

A pontualidade era uma das marcas registradas da empresa da família e a manutenção desta boa fama era um ponto em que todos os homens da família concordavam.

Isabel, a matriarca, sempre preocupada com o bem-estar do marido, filhos, e também dos funcionários, manifestava, com certa constância, sua discordância quanto à obsessão pelo cumprimento dos prazos a todo custo, mas como era voto solitário e vencido, resignava-se.

A ausência do filho à mesa deixou Garcez ainda mais taciturno, mas o abatimento não era suficiente para fazê-lo relevar o ato que deu origem ao clima desconfortável na família: a aquisição das malfadadas cabeças de gado. O orgulho não permitia tal gesto.

Percebendo a dimensão que o assunto tomava, Isabel, fazendo uso de suas habilidades de mãe conciliadora, tentou serenar os ânimos do marido. Experiência não lhe faltava, inúmeras foram as vezes em que os gêmeos se agarraram às suas saias solicitando mediação para as rotineiras contendas em que se envolviam desde o ingresso na adolescência, época da ousadia em que as quizilas mais sérias começavam a surgir.

– Você não acha que está exagerando, Garcez? – perguntou, tentando encontrar brechas na rigidez e na teimosia do marido.

– Tiago não devia ter agido sem meu conhecimento. Você sabe que não admito esse tipo de comportamento.

– Mas ele só está querendo ajudar. Você mesmo vive dizendo que a idade começa a pesar-lhe os ombros e a lida diária tem se tornado cada vez mais difícil, e que, por isso, nossos filhos precisam aprender a tocar as coisas por aqui.

– Não é a mesma coisa! E é melhor parar por aqui, pois esta conversa está rumando para um caminho perigoso – atalhou, irritado.

– Como não? Deixe Tiago tentar e, se der errado, aprenderá com a vida uma excelente lição.

– A questão não é essa: minha mágoa é por ele ter agido pelas minhas costas, sem me consultar, e isso não tolero. Você me conhece mais do que ninguém.

– Talvez ele tenha agido dessa maneira justamente por saber que você não aprovaria seus planos.

– Ponto final, Isabel! Por favor, não insista nessa linha de raciocínio, pois não quero discutir com você.

– Desarme e abaixe a guarda, homem, acalme seu coração, pois isso só vai lhe fazer mal.

– Chega de recriminações!

– Você é mesmo cabeça dura. Sabe que as terras que Tiago pretende usar com o gado não são utilizadas, estão lá paradas, mas mesmo assim faz essa tempestade toda – rebateu, sem se dar por vencida.

– Não quero mais falar sobre isso – bufou o velho Garcez.

– Espero que você não se arrependa por esta teimosia, meu querido.

Irritado, Garcez fez pouco dos alertas da esposa. Levantou-se da mesa num salto e saiu pisando firme na direção da porta dos fundos.

"É mesmo um turrão. Sabe que o filho está certo, mas não dá o braço a torcer" – suspirou Isabel.

Permaneceu em silêncio enquanto acompanhava o som produzido pelas botas de Garcez castigando, sem piedade, o assoalho de madeira que reverberava por todos os cômodos da casa, até que, aos poucos, foram ficando mais baixos, tornando-se inaudíveis.

A matriarca acreditava que, com o tempo, a irredutibilidade do marido se dobraria à inevitabilidade das circunstâncias. Anos de convívio davam-lhe esta esperança.

Assim, repetindo a atitude omissa de Pôncio Pilatos diante da insistência inquebrantável dos membros do sinédrio, na história mais conhecida da humanidade, Isabel lavou as mãos, vencida, temporariamente, pela teimosia irritante do marido. Nos meses que se seguiriam, não passaria um dia sequer sem se lamentar por não ter tomado medidas efetivas para tentar promover a reconciliação entre Garcez e Tiago e, quem sabe, evitar o triste desfecho daquela história.

As horas arrastaram-se pesadas, e a tarde, melancólica, custou a ser vencida para os envolvidos na contenda familiar alimentada pela teimosia e fomentada pelo orgulho.

Quando a claridade fosca daquele dia nublado começou dar passagem à noite que se aproximava com seu manto escuro, Garcez encontrou o filho na sala de estar ultimando os preparativos para a viagem e resolveu, finalmente, despir-se temporariamente do orgulho que o acompanhou desde a manhã e abordar o assunto da compra do gado, adiado durante aquele longo e interminável dia.

– Precisamos conversar – iniciou o patriarca em tom sério e com cenho fechado.

Tiago olhou para o pai, arqueou uma das sobrancelhas e cessou tudo o que estava fazendo sem nada dizer.

– Conversamos ou não? – insistiu Garcez.

– Por mim, tudo bem, pai, desde que tenhamos realmente uma conversa, e não um monólogo com intermináveis lições de moral e recriminações – respondeu enquanto soltava sobre o sofá a pequena mala de viagem que carregava nas mãos.

– Você devia ter me consultado antes de sair por aí tomando decisões – iniciou Garcez, de forma áspera.

– Tudo que fiz foi com as melhores intenções, para o bem de nossa família. Não entendo o motivo dessa tempestade por algo tão insignificante, considerando a imensidão de terras e dinheiro que nossa família possui.

– Não entende? Você realmente acredita que não fez nada de errado?

– Sinceramente, não. Acredito, inclusive, que o senhor não desaprova completamente o ato em si, mas reagiu desta maneira agressiva somente porque tomei uma decisão sem consultá-lo – rebateu Tiago, enquanto seguia com os olhos por alguns instantes o movimento do pêndulo do antigo relógio na parede.

– Não é isso, Tiago, a questão não é tão simples como você tenta pintar.

– Como não? Como o senhor quer que eu e Enrique cresçamos e estejamos prontos para assumir os negócios da família se não nos permite caminhar sozinhos, tomar nossas próprias decisões, ainda que contrárias àquelas que o senhor tomaria?

– Deixe seu irmão fora disso, pois ele não tomou nenhuma atitude às minhas costas.

– Pode ser que não diretamente, mas concordou com minha ideia de investir na compra dos bois.

– Você sabe que sempre fui contra fazer investimento em gado e meter-me na pecuária. Este não é o ramo de nossa família. Sempre trabalhamos com a pesca e a criação de camarões. Não quero uma terceira atividade.

– Tudo que fiz foi aproveitar uma área de terras paradas, sem serventia para os atuais negócios. Esta nova atividade não atrapalhará em nada a rotina por aqui, muito pelo contrário, pois pretendo trabalhar dobrado para pôr em funcionamento este projeto.

– Não me interessam os motivos, mas, sim, sua traição de fazer tudo sem meu consentimento, pelas minhas costas.

– Não admito que o senhor me fale de traição, pois a vida inteira venho trabalhando ao seu lado e jamais dei motivos para que duvidasse da minha fidelidade para com os negócios e para com nossa família – esbravejou Tiago.

– Não tenho tanta certeza assim.

– Jamais o traí – prosseguiu Tiago, exasperado –, apenas tomei uma atitude contrária à sua opinião, o que é bem diferente. Esta sua postura de centralização extrema, desculpe-me, está ultrapassada. Talvez o senhor é quem esteja nos traindo quando demonstra não ter confiança em seus filhos.

– Não diga uma bobagem dessas! Não tente inverter os papéis. Aliás, você está dizendo que sou velho, que não sei como cuidar das coisas de nossa família? Saiba que, bem antes de você sair dos cueiros, eu já trabalhava duro para multiplicar aquilo que nossos antepassados construíram a custa de muito suor.

– Não foi isso que eu disse. O senhor está distorcendo minhas palavras – arfou Tiago. – Precisa aprender a nos deixar caminhar sozinhos, tomar nossas próprias decisões.

– É diferente! Enquanto eu for vivo, vocês me devem obediência, e nada pode ser feito por aqui sem meu consentimento – falou Garcez, elevando o tom de voz.

– O senhor já errou tantas vezes, por que eu não tenho o direito de tentar e, se for o caso, errar também?

– Você não me consultou e devia ter feito – havia um tom definitivo e irrevogável em sua fala.

– Isso só confirma que o senhor não está contrariado com minha atitude, mas por pura intransigência, não a aceita, unicamente porque tomei uma decisão, benéfica à nossa família, sozinho, sem a sua participação. O nome disso é prepotência. Orgulho.

Ouvindo a última frase do filho, Garcez enfureceu-se e começou a proferir palavras duras, com tamanha ênfase e agudez, que atingiam Tiago em seu âmago, como uma lança envenenada a transpassar-lhe o coração.

Tomado por incontida ira, Garcez estava irreconhecível: rosto duro e marmóreo, olhar torvo e gestos exagerados.

Por segundos, que mais pareceram minutos, calado e com lágrimas nos olhos, Tiago ouviu do pai palavras amargas, irônicas e áridas, que lhe batiam nas têmporas como pedradas, machucando-o profundamente; palavras que nem o calor da discussão seria suficiente para justificá-las. O próprio Garcez arrependeu-se imediatamente de tê-las dito, mas já era tarde, não havia como recolhê-las antes de chegarem aos ouvidos do filho. O estrago já estava irremediavelmente realizado e suas consequências seriam sentidas pelo resto da vida, mudando de forma definitiva a sua história.

Assustado com a reação desmedida, Tiago respirou fundo, reuniu o último resquício de serenidade e decidiu não devolver as ofensas. Em silêncio, fitou o pai com o semblante doloroso. Houve uma pausa constrangedora...

Quando o genitor encerrou o discurso ferino, Tiago baixou os olhos e, desconcertado, sem encarar a figura paterna, pegou a mala de viagem e saiu cabisbaixo na direção do caminhão. Precisava partir. Distanciar-se rapidamente do pai. Seguir seu caminho; encontrar-se com seu destino, que, ansiosa e pacientemente, esperava-o.

O curto caminho até o caminhão foi longo; sentia-se derrotado pela intransigência do pai e ferido mortalmente por suas palavras, que pairavam sobre sua cabeça como uma nuvem sombria.

Abriu a porta do caroneiro, atirou sua mala de viagem sobre o banco, fechou a porta, deu a volta no caminhão, sentou-se no banco do motorista, socou o volante com raiva, deu a partida no pesado veículo e saiu.

"O trabalho é o melhor remédio" – vociferou, enquanto mantinha a embreagem acionada e acelerava com raiva o caminhão, lançando no ar uma nuvem de fumaça escura, da cor de sua alma.

Anoitecia e, da janela da sala, José Garcez, com o rosto semioculto, iluminado pelos últimos fios da luz crepuscular, acompanhou quando o filho deixou a fazenda para realizar seu trabalho.

Garcez demonstrava sintomas de arrependimento e sua consciência cobrava-lhe pela dureza e pela desproporcionalidade das ofensas.

As palavras do filho lhe martelavam a cabeça. Seria realmente orgulhoso e prepotente? Será que isso o estaria impedindo de enxergar com a clareza necessária a situação? Será que o maior pecado de Tiago não fora o de tentar caminhar com as próprias pernas, seguindo premissas que ele próprio passara a vida tentando ensinar aos filhos? As dúvidas eram muitas; as respostas escassas.

"Fui duro demais" – falou para si, contagiado pelo desejo de ligar para o filho a fim de desculpar-se, não pela reprimenda, mas pela agudeza das palavras.

"Não! Perdão é algo que se pede pessoalmente, olhando nos olhos" – sentenciou, contrariando o impulso sugestionado por sua consciência.

Resignado, com o orgulho a conduzir-lhe as ações, curvou-se às circunstâncias, concluindo que não se luta contra elas.

Os dias seguintes fariam com que Garcez se arrependesse amargamente por aquela relutância.

Quando Tiago deixou a fazenda da família, o céu havia recolhido a chuva e iluminava-se com o luzeiro das estrelas, qual farol refletindo na relva as gotículas que prateavam os campos por onde o caminhão passava. Na estrada de chão batido, as poças d'água reluziam com a luz do farol, enquanto, das árvores, pingos iridescentes caíam compassadamente.

A viagem seria longa. No caminhão, carregava enorme quantidade de pescado e camarões destinados a uma grande rede de supermercados que distava mais de quatrocentos quilômetros de Porto dos Anjos, trajeto que Tiago já estava habituado a realizar ao menos três vezes ao mês, pois era o responsável pelas entregas para este que era o maior comprador da fazenda.

Naquele dia, entretanto, trazia uma carga extra, mais pesada que os produtos da fazenda: a mágoa e o ressentimento.

Estava furioso com a teimosia e a arrogância de Garcez. O sangue espanhol que lhe corria nas veias, ainda que de descendência distante, fervia. Dirigia esbravejando, gesticulando e falando alto, como se um interlocutor invisível estivesse ouvindo as respostas que não havia dado ao pai no momento da discussão.

Passados os primeiros quilômetros de raiva incontida, após dirigir com a janela aberta para sentir o vento gelado da noite a lhe acariciar a face no silêncio da cabine do caminhão, Tiago começou a perguntar se não fora mesmo rebeldia da sua parte investir um dinheiro considerável sem a concordância do pai, ainda que os valores não fossem comprometer as finanças da família, antes o contrário.

"Por trás do orgulho e da teimosia, talvez meu pai tenha um pouco de razão quanto à minha postura. Talvez eu deva desculpas ao velho Garcez". Na volta, farei isso – prometeu para si.

Entre pensamentos e autoanálises, o primeiro terço da viagem – a parte mais monótona devido a suas intermináveis retas – foi vencido com rapidez, compensando parte do atraso causado pela tempestade do dia.

O caminhão aproximava-se do trecho mais lento da viagem, a subida da Serra Dona Leopoldina – nome dado em homenagem a arquiduquesa austríaca que aportou no Brasil com a missão de tornar-se esposa do Imperador Pedro I –, um percurso perigoso: pista não duplicada, malconservada e sinalização precária. Para piorar as condições, uma cerração espessa deitou seu manto esfumaçado, emprestando um ar de mistério a todo o vale que era rasgado pela sinuosa rodovia, totalmente submersa na bruma.

Conhecedor dos perigos e das muitas histórias de acidentes fatais envolvendo aquela parte do caminho, Tiago redobrou os cuidados, diante da baixíssima visibilidade produzida pela neblina e pela garoa fina que voltara a cair, suficiente para tornar a pista molhada, escorregadia e ainda mais traiçoeira.

O caminhão vencia lentamente os inúmeros cotovelos da perigosa serra. Quando cruzava com outros caminhões, que desciam em sentido contrário, a pista era tão estreita que quase permitia que trocasse um aperto de mão com o motorista do outro lado.

Trafegar por aquele trecho era sempre um momento de tensão, por isso a relutância em viajar à noite, mas o atraso causado pela chuva e a necessidade de cumprir o horário de entrega da carga ao principal cliente da família não lhe davam outra alternativa que não a de enfrentar a estrada, mesmo naquelas circunstâncias adversas.

Tiago já havia deixado para trás pouco mais da

metade dos treze quilômetros de extensão da serra, aproximava-se de uma curva acentuada, separada de enorme precipício apenas por uma mureta de proteção, quando um caminhão, carregado com grandes bobinas de aço, que trafegava na direção contrária, foi atingido no meio do para-brisa por uma imensa pedra que se desprendeu da encosta, encharcada pela água da chuva que escorria pela rocha, formando um pequeno córrego na lateral da pista.

A pedra destruiu totalmente o vidro do lado do motorista. Com o susto, o condutor, por reflexo, movimentou bruscamente o volante, jogando o caminhão para a sua esquerda, perdendo o controle do veículo devido ao peso da carga que transportava. Com a manobra, o pesado bólido abandonou a sua mão de direção e atingiu o caminhão frigorífico de Tiago, justamente no momento em que este contornava lentamente a fechada curva. O caminhão desgovernado atingiu-o na lateral dianteira esquerda, na altura da porta do motorista, não lhe dando tempo para qualquer reação, até mesmo porque não havia espaço físico na pista para isso.

Apesar do impacto não ter ocorrido em velocidade elevada, o peso do caminhão desgovernado foi suficiente para empurrar o caminhão dirigido por Tiago para a direita, prensando-o contra a mureta de proteção da pista, que rangeu, gemeu, esforçou-se, mas não suportou o peso dos dois veículos e suas cargas, ruindo.

O vão criado pela queda da barreira de proteção foi suficiente para que o caminhão dos Garcez tombasse na direção do abismo, precipitando-se numa queda de aproximadamente duzentos metros.

O restante da tragédia foi comandado pelo imparcial e invisível fenômeno que preside, inclemente, a queda de todos os corpos ancorados neste planeta: a gravidade.

Foi a gravidade, essa presença tão corriqueira em nosso dia a dia, cuja lei inderrogável que em tudo se intromete, desde a ingênua maçã que se precipitou sobre a cabeça de Isaac Newton à influência na propagação da luz, que se curva levemente diante de sua força invencível, que conduziu Tiago Garcez para o fim de sua vida terrena.

Com a visão turvada pela discórdia, naquele dia, quando Tiago entrou em seu caminhão, ninguém percebeu, nem ele próprio, a presença silenciosa e sorrateira da morte.

Tivessem notado aquela velha senhora, que um dia encontrará cada um de nós, e que espreitava pela fazenda para conduzir em seus braços um dos membros da família Garcez, talvez o comportamento de todos tivesse sido diferente, mas não foi assim que aconteceu.

Restaria aos membros da Fazenda Mar de España o lamento pelo carinho protelado; o remorso, pela palavra amorosa economizada; a dor, pelo vazio deixado por aqueles que partem sem avisar.

Quanto à morte, tivesse tão augusta senhora condições de externar seus pensamentos aos ouvidos dos desatentos humanos, certamente resmungaria, pesarosa:

– *Todos me culpam por trazer dor e sofrimento às*

famílias ao arrebatar, em meus braços, seus entes amados. Acusam-me de destruir lares, vidas, dentre outras injustiças, mas se esquecem de que não faço as regras, nem determino a hora da partida.

Todos os dias, visto minha melhor roupa e parto para transportar criaturas, cumprindo a dolorosa missão que a Lei Divina me confiou.

Tenho uma agenda. Limito-me a cumpri-la. Esquecem-se os ingratos seres humanos de que não sou responsável pelos agendamentos. Os que traçam planos, calculam, despacham, assinam e, finalmente, agendam a data de retorno, são eles próprios, no momento em que ajustam seu retorno à Terra.

Quanto a mim, serva fiel dos desígnios de Deus, levanto-me todos dias, verifico quem agendou encontro comigo para aquela data e saio para desempenhar, com dedicação de quem serve aos propósitos do bem, a missão que me foi confiada.

Quanta injustiça! Ingratos!

Do ponto de visão do jovem Tiago, tudo aconteceu numa fração de segundos: a curva, o impacto, a queda, o vazio, o silêncio, a escuridão.

Por entre os destroços, um relógio, que jazia inerte, registrara o exato momento da tragédia. Seus ponteiros assinalavam 23h53, restavam sete minutos para findar aquele dia 13 do mês de setembro do ano de 2013. Era sexta-feira!

CAPÍTULO 2

Despedida

AGITADO E SEM ENCONTRAR POSIÇÃO CONFORTÁVEL na cama, Garcez lutava inutilmente para conciliar o sono. Quando pensava tê-lo encontrado, ele recuava e fugia. O coração angustiado apertava-lhe o peito; o ar que penetrava nos pulmões era insuficiente e criava desconforto.

Vencido pela inevitabilidade, levantou-se, apertou o cinto do roupão e pôs-se a caminhar pela casa, que jazia silenciosa.

Foi até a cozinha, colocou água para ferver, escarafunchou o interior dos armários até encontrar um pequeno vidro de café granulado e preparou uma generosa xícara da bebida.

Caminhando lentamente para dar vazão às preocupações que o angustiavam, abriu a porta de acesso aos fundos do casarão e deixou que entrassem os perfumes da madrugada e do jardim.

Pousou o café fumegante sobre uma pequena mesa, a fumaça da bebida subia criando desenhos fractais, e deixou o corpo cair na confortável cadeira de balanço estrategicamente acomodada junto ao alpendre.

Fechou os olhos e permitiu que seus pensamentos se movimentassem no ritmo da cadeira, que começou a oscilar para a frente e para trás, produzindo um ruído surdo.

O local era ornamentado pelos inúmeros e multicoloridos exemplares de gerânios pendentes, espalhados por toda a área, espécie cultivada com muito esmero pela esposa Isabel, uma aficionada por flores que dedicava horas de seu dia ao cuidados das plantas, com quem gostava de conversar. Naquele ambiente, valendo-se de uma técnica de fusão de cores que consistia no plantio, no mesmo vaso, de flores de cores diferentes, a jardineira amadora obteve uma cartela de tonalidades variadas em seus gerânios.

No céu, as poucas estrelas que sobreviviam à madrugada apagavam-se lentamente à medida que o astro rei começava a despontar discretamente na banda ocidental, iluminando, pouco a pouco, as colinas cobertas por rasteira pastagem que compunham a paisagem ao fundo da propriedade da família.

Os pontos mais altos do relevo eram sempre os primeiros agraciados com os raios solares, criando um cenário esplendoroso, que mesclava o tom alaranjado das áreas iluminadas com o verde escuro das terras ainda inalcançadas pelos primeiros fios da luz solar.

Garcez pegou a xícara de café, aproximou-a do nariz,

sentiu o aroma e sorveu um generoso gole, encolhendo-se instintivamente por conta da alta temperatura da bebida e, em seguida, acomodando a xícara novamente sobre a mesa. Inspirou profundamente a aragem gélida – último indício da passagem da madrugada – inundou seu peito enquanto se perdia em seus pensamentos.

Alvorecia quando Garcez foi retirado abruptamente de seus amargos devaneios pelo som estridente e insistente do telefone, que ressoava por todos os recantos da casa.

Levantou-se rapidamente e foi até a sala para atender o inconveniente aparelho, pressentindo, pelo horário, que a ligação anunciaria más notícias. A dedução era lógica: quem ligaria àquela hora para lhe trazer boas notícias?

Com o coração a bater-lhe descompassado e sentindo uma ardência a subir-lhe pela garganta, caminhou na direção do telefone e, a cada passo, tentava adivinhar que espécie de acontecimento ruim ele seria portador, havendo também a esperança de que, do outro lado da linha, estivesse alguém que teclara o número errado.

Quando conseguiu arrancar o telefone sem fio da base fixada sobre a rústica mesa de madeira, construída manualmente através de matéria bruta, Garcez viu a esposa entrar na sala. A cara era de sono; o olhar, assustado. Despertara sobressaltada em razão da escandalosa campainha do telefone. Isabel amarrou mecanicamente o roupão com um laço bem na altura da cintura e observou, com o coração acelerado, o marido atender à ligação.

Já nos primeiros segundos de conversação, o rosto de Garcez alterou-se sensivelmente, deixando Isabel, que assistia a tudo com os olhos arregalados e o semblante preocupado, ainda mais apreensiva e temerosa pela reação do marido diante da mensagem que o interlocutor, do outro lado da linha, revelava.

As palavras vindas do telefone atingiram Garcez com força sobre-humana, golpeando-lhe o peito com uma pancada surda. Curvou-se diante da dor que feria silenciosa e esforçou-se para se manter de pé. Sem cor, lívido como se todo o sangue tivesse abandonado o rosto, deixou cair o telefone, após desligá-lo com um leve toque. Bom seria se o aparelho se espatifasse no chão, assim imitaria os persas da Idade Média, que tinham o costume de destruir o mensageiro portador de más notícias.

– Está tudo bem? – Isabel indagou, ainda que a pergunta fosse retórica. Sabia que a possibilidade de estar "tudo bem" era bastante remota.

Como um autômato, Garcez virou-se para a esposa, inspirou longamente na tentativa de retomar o fôlego e, olhando fixamente nos olhos atônitos de Isabel, tentou reproduzir tudo o que ouvira, mas, renitente, lutava para não acreditar naquelas palavras. Quem dera aquilo fosse apenas um terrível pesadelo.

Angustiada, Isabel esforçou-se para entender a fala de Garcez. Inclinou-se para a frente com a mão em formato de concha em torno do ouvido direito, na esperança de potencializar a recepção da voz do marido, que chegava quase inaudível, como um sopro distante.

– Tiago sofreu um acidente... – a frase ficou pela metade.

– Acidente, você disse? Como ele está? – perguntou Isabel, sentindo lágrimas quentes caírem pela face.

O marido nada respondeu, apenas baixou a cabeça. Seu gesto foi revelador, a prova definitiva de que uma desgraça irremediável abatera-se sobre a família.

– Acalme-se, por favor – falou Garcez, após a desconcertante pausa.

– Não me peça calma! Apenas me diga, sem meias verdades ou rodeios, como está nosso filho? Diga que ele está bem, por favor – falou, perplexa.

– Nosso filho se foi – confirmou Garcez com um fiapo de voz.

Isabel empalideceu. Precisou de um átimo para processar as palavras do marido, que o subconsciente se negava a compreender. Quando finalmente entendeu a gravidade da situação, caminhou até a janela que dava para os fundos e entregou-se a doloroso choro, recebendo amparo imediato de Garcez, que a abraçou ternamente e juntou-se a ela em convulsivo pranto.

O barulho despertou Enrique, que, até então, dormia, alheio ao movimento pela casa tão cedo. O gêmeo mais moço, ao ver os pais abraçados, chorando, percebeu que algo muito grave havia ocorrido e que só poderia estar relacionado ao irmão Tiago.

– O que houve, meu Deus? – perguntou, apreensivo, com a esperança de que suas suspeitas não se confirmassem.

– Acabei de receber a ligação de um policial, dizendo que o caminhão que seu irmão dirigia acidentou-se na Serra Dona Leopoldina, caindo num daqueles penhascos.

Garcez puxou o ar com força, tentou inutilmente controlar a emoção e pronunciou a frase que Enrique não queria ter ouvido.

– Ele morreu!

– Não pode ser! – duvidou o jovem, levando as mãos à cabeça em sinal de incredulidade.

Enrique ficou paralisado. O verbo morrer e seu pretérito perfeito adquiria uma força incomensurável, maior que qualquer coisa. Morreu... naquele tempo verbal, morrer tinha o poder de tornar tudo definitivo; terrivelmente imutável.

Somente após longos segundos, foi que conseguiu concatenar as ideias e, com muita dificuldade, articular algumas palavras.

– Está confirmado isso? Como sabem que é ele? – perguntou, alimentando a vã esperança de que tudo não passasse de um grande e infeliz mal-entendido.

A pergunta de Enrique pairou no ar por alguns instantes, flutuando num silêncio umedecido pelo pranto, até que o pai confirmou a impiedosa notícia.

– O policial chegou até nosso número pela logomarca existente no baú do caminhão. Não há dúvidas – balbuciou, desolado.

Ainda não conseguiram resgatar o corpo, pois o local onde o caminhão caiu é de difícil acesso devido à altura e à vegetação densa, mas é ele.

Enrique teve vontade de sair correndo, ficar sozinho... dormir... sonhar... esquecer... encontrar, no sono, a rota de fuga da pavorosa realidade imposta pela notícia da morte de seu irmão, mas em meio a todo o sofrimento, encontrou forças para ser racional.

– Temos de ir para lá imediatamente e acompanhar os trabalhos de resgate de perto – sugeriu.

Garcez apenas movimentou a cabeça positivamente, concordando com o filho.

– Não ficarei aqui. Irei com vocês. Quero ver meu filho – falou Isabel, enquanto uma fileira de lágrimas grossas lhe escorria pelo rosto.

– Não, você fica. Não há nada que a senhora possa fazer por lá. Além disso, é preciso que alguém da família permaneça na casa, pois há muitas providências a serem tomadas por aqui. Logo a notícia se espalhará e a senhora precisa estar presente para coordenar a situação. Precisará ser forte para suportar o que vem pela frente.

Isabel assentiu contrariada, mas em seu íntimo, sabia que Enrique tinha razão.

– Apronte-se, pois sairemos em quinze minutos – disse o filho em tom imperativo ao pai, que permanecia sentado, chorando, com as mãos sobre a cabeça, enfiada entre os joelhos.

– Tiago, morto? Morto... como? Morto por quê? Por que, meu Deus, por que isso tinha que acontecer? – repetia Garcez incessantemente, dando vazão à sua dor através de perguntas repetidas e desconexas.

49

Em seu íntimo, Garcez sentia crescer a culpa e o remorso por conta da discussão do dia anterior, mais especificamente pela acidez das palavras ditas ao filho, para quem não mais teria a oportunidade de pedir perdão.

Em momentos de crise, a impulsividade de Enrique era útil. Minutos depois, ele e o pai partiram rumo ao local onde ocorrera o acidente.

Do portão da entrada da fazenda, Isabel despediu-se do marido e do filho, acrescentando à sua dor a apreensão de que a pressa e o estado de Garcez e Enrique pudessem fazer desta viagem uma nova tragédia. Quem a visse poderia jurar que havia envelhecido alguns anos naquela última hora.

As próximas horas seriam de silêncio absoluto no casarão da família Garcez. Em cima da mesa, no alpendre, uma xícara de café esfriara, esquecida.

A viagem foi longa e cruelmente silenciosa. Pai e filho não ousaram trocar mais que meia dúzia de palavras protocolares. Cada qual, a seu modo, vivenciava a dor da perda, mas também precisavam encontrar espaço para racionalizar, para enfrentar os procedimentos burocráticos que teriam pela frente, outra crueldade.

Garcez e Enrique olharam-se angustiados quando se depararam com a placa indicando o início da subida da Serra Dona Leopoldina. Sabiam que, a qualquer momento, chegariam ao local do acidente.

Os primeiros quilômetros da serra apresentavam uma subida leve e as curvas abertas permitiam uma direção mais suave. No trecho seguinte, a subida tornouse íngreme, e as curvas sinuosas em forma de cotovelo tornavam o percurso mais lento e perigoso. Após uma série de três curvas fechadas, ladeando a encosta de pedra que vertia água, avistaram as luzes das viaturas de resgate e o movimento da equipe do corpo de bombeiros. Aquele era o ponto! Garcez imediatamente baixou a cabeça e respirou fundo.

– O senhor está bem, pai? – perguntou Enrique.

– Sim, estou. Foi só o impacto da chegada, nada mais. Vamos logo com isso.

Os dois desceram rapidamente do veículo, apresentaram-se para um dos soldados, que os levou à presença do Tenente Benito, comandante do corpo de bombeiros da região e responsável pela coordenação da operação de resgate.

O jovem comandante informou-lhes as circunstâncias prováveis do acidente, conclusões que foram extraídas do relato do motorista do outro caminhão e das evidências físicas existentes no local. Todos, sem exceção, concordavam que Tiago fora vítima do que qualificaram de "fatalidade".

O caminhão que se chocou contra o veículo dirigido por Tiago, empurrando-o para o precipício, encontrava-se ainda no local.

Garcez e Enrique concordaram, ao verem o para-brisa destruído pela pedra que caiu da encosta rochosa e o ponto de impacto com a proteção de concreto que acabou cedendo, que o motorista também fora vítima da fatalidade das circunstâncias.

Enrique perguntou ao comandante sobre o estado de saúde do condutor do caminhão e recebeu a informação de que o caminhoneiro permanecia internado em um hospital da região, em razão das lesões causadas pelos estilhaços do vidro que se esfacelou com o impacto da pedra, além de uma fratura na perna direita, mas que não havia risco de morte.

A equipe do corpo de bombeiros havia montado um grande aparato para tentar chegar ao fundo da ribanceira, com a finalidade primeira de resgatar o corpo de Tiago, ainda preso às ferragens, e depois o caminhão ou, talvez, ambos simultaneamente, dependendo das condições do local. A tarefa era complexa; o desafio, gigantesco.

A operação que se iniciara durante a madrugada, tão logo receberam o chamado do motorista do outro caminhão, estendeu-se até o meio da tarde, quando uma equipe especial, utilizando técnicas de rapel, com muita dificuldade conseguiu vencer os inúmeros obstáculos que a natureza impunha ao trabalho e içou o corpo de Tiago do interior da perambeira.

O caminhão, disseram os técnicos após analisarem o local, seria retirado do interior do cânion somente no dia seguinte e com auxílio de poderoso guindaste.

Garcez e Enrique tiveram ainda que enfrentar a difícil tarefa – a mais penosa de todas – de efetuar o reconhecimento do corpo de Tiago, formalidade legal que seria realizada ali mesmo no local do acidente.

O procedimento foi muito doloroso e o reconhecimento que as autoridades precisavam veio com uma afirmativa lançada através de um triste balançar de cabeças tão logo o comandante abriu, na altura do rosto, o invólucro onde o corpo de Tiago estava acondicionado.

Vencida a frieza da burocracia, as convenções foram deixadas de lado, e pai e filho se abraçaram, externando a dor através de copioso pranto.

Tenente Benito afastou-se discretamente e concedeu-lhes a privacidade mínima que o doloroso momento pedia.

Apesar de sua profissão remetê-lo constantemente a situações de perda, o militar não conseguia se acostumar com os procedimentos de reconhecimento de corpos, quando familiares são obrigados a defrontar-se com a perda, de forma cruel, sem filtros, sem lenitivos.

Algumas horas mais tarde, após aguardarem pacientemente a finalização dos procedimentos legais e funerários, Garcez e Enrique puderam, finalmente, providenciar o transporte do corpo de Tiago para Porto dos Anjos. Era o retorno de uma viagem que não chegara ao fim.

O percurso de volta foi ainda mais longo e silencioso. Enrique estava muito preocupado com a situação do pai, que se entregou a um mutismo depressivo. A mudança no semblante e no modo de agir de Garcez foi brutal. Seu sofrimento interno era perceptível. Nas horas que se seguiram, o patriarca da família transformou-se numa caricatura do homem de fibra que sempre o caracterizou.

Enrique, aproveitando as longas horas de reflexão,

proporcionada pelo silêncio do pai durante a viagem de volta, que rechaçava qualquer tentativa de diálogo, desconfiava que o remorso e a culpa o torturavam, mas não quis abordar o assunto, achava o momento inadequado. Estava certo em suas suposições.

Quando o veículo dirigido por Enrique, seguido pelo carro fúnebre, passou pelo centenário carvalho, marco que antecedia a última curva do caminho que dava acesso à Fazenda Mar de España, o jovem observou, ao longe, que muitas pessoas aguardavam a chegada do cortejo.

Os dois carros abriram caminho por entre as pessoas e dirigiram-se aos fundos do casarão. Enrique havia combinado com a mãe, por telefone, que a família teria, inicialmente, um momento reservado para despedir-se de Tiago, bem longe de olhares curiosos, e, somente depois, o velório seria aberto ao público.

Ao drama familiar, que estava apenas começando, acrescentou-se uma nova personagem: Isabel. A matriarca precisou ser amparada por Garcez quando teve a primeira visão do corpo sem vida do filho, logo após o féretro ter sido posicionado no centro do grande salão, que era utilizado para encontros e celebrações familiares.

Consumida pelo sofrimento, a pobre mãe debruçou-se sobre a figura marmórea do filho e chorou amargamente.

A comoção tornava a respiração de Isabel difícil e o ar escasseava nos pulmões. Chegaram a recear que tivesse uma síncope.

– Não acredito que você se foi tão de repente, meu

filho. Como foi partir assim, sem aviso algum? Por que me deixou sem sequer dizer adeus? – repetia, segurando o corpo de Tiago pelos ombros.

No auge de seu desespero, uma lufada de ar cruzou o ambiente, e Isabel sentiu uma mão apoiar-se em suas costas, mas não deu importância àquele gesto de carinho. Quando finalmente levantou a cabeça, mesmo com a visão turva pelas lágrimas, reconheceu a figura do filho. Ao olhar para a figura de Enrique, o único filho agora, entregou-se novamente a doloroso pranto.

O primeiro impulso do rapaz foi tentar retirar a mãe daquela posição, mas desistiu imediatamente de seus intentos. Concluiu que seria melhor que extravasasse todo o sentimento, sem oprimi-lo.

Enrique olhou fixamente para a figura do irmão no caixão, depois fechou os olhos e cobriu a boca com as mãos na esperança de que tudo fosse apenas parte de um sonho ruim.

Sacudido de seus devaneios pelas mãos impiedosas da realidade, proporcionada pelo choro agudo da mãe, Enrique deu alguns passos para trás e cochichou no ouvido do pai:

– Deixemos que ela chore, que coloque para fora tudo o que está sentindo. Fará muito bem a ela! – Garcez apenas balançou a cabeça positivamente.

Ambos sabiam que, em momentos de aflição extrema, o choro constitui-se poderoso lenitivo para a alma; refrigério para o corpo e para o coração.

Após a breve cerimônia particular, que intercalou

prantos, orações e silenciosos sussurros, o velório foi aberto aos demais familiares, amigos, e também àqueles que compareceram apenas para cumprimento de uma obrigação social ou tão somente pelo desejo mórbido de bisbilhotar o sofrimento alheio, um dos muitos atributos negativos da raça humana.

Durante as exéquias do irmão, Enrique Garcez mostrou um grau de equilíbrio e sensibilidade incomuns, conduta que certamente se esperaria do próprio Tiago, sempre mais centrado. Calma e serenidade não condiziam com a personalidade expansiva e impulsiva de Enrique.

A atitude do gêmeo caçula, que despertou comentários de espanto das pessoas mais próximas da família, mostrou-se de fundamental importância, pois Enrique foi o esteio de que a mãe e o pai necessitavam naquele momento de dor.

Isabel estava inconsolável. Por vezes, até tentava manter a serenidade, mas isso ia além das suas capacidades. Com a cabeça encostada em Enrique, chorava ininterruptamente, sempre com os olhos fixos no caixão. Necessitava de todo o amparo possível.

Garcez, por sua vez, permaneceu sentado ao lado do féretro, impassível, totalmente alheio ao que acontecia ao derredor. Sequer ouvia o que se conversava. Definitivamente, apenas seu corpo estava presente, pois sua mente vagava perdida por lugares desconhecidos aos olhares interrogativos.

O desespero de Isabel comovia a todos, mas era atrás do silêncio de Garcez que se escondia o estado mais delicado e preocupante. Acossado pelo tribunal mais impiedoso de nossa vida, a consciência, o velho patriarca sofria calado, torturado pelas mãos inclementes do remorso e pelos dedos acusadores da culpa.

Imóvel e silencioso, com o olhar cravado no nada, encoberto por uma névoa de angústia, Garcez mantinha uma expressão compungida de quem sofre, mas não sabe, não consegue, ou não quer chorar.

O futuro revelaria que o patriarca da família necessitaria de muito cuidado e atenção.

Sua postura não passou despercebida, infelizmente, daqueles que se fizeram presentes unicamente para saciar a curiosidade doentia que o ser humano nutre pela morte ou dos que vieram tão somente para alimentar o invencível desejo de observar e julgar a dor alheia, valendo-se, para tanto, de parâmetros doentios, como o grau de sofrimento demonstrado pelos familiares.

Não foram poucos os comentários envolvendo a figura do pesaroso casal. Línguas maldizentes ocupavam-se em julgar a ausência de lágrimas do pai, que mantinha uma tristeza taciturna e impenetrável diante do caixão. Diziam, maldosamente, que estava mais morto que os próprios mortos; outras, não menos pérfidas, criticavam o desespero da mãe, que julgavam exagerado.

Mariana, a jovem empregada da casa, ao retornar à copa após ter abastecido algumas garrafas térmicas com chá, comentou com sua colega de trabalho:

– É lamentável que as pessoas não saibam se portar durante um velório e não fazem o menor esforço para respeitar a dor que envolve este momento de despedida, tanto em relação à pessoa que se despede do plano físico quanto aos familiares que se veem diante da separação.

Sara, que desconhecia o viés espiritualizado da colega de trabalho, espantou-se com o comentário sensato da amiga, mas nada disse, apenas expressou sua concordância com leve franzir de lábios e discreto fechar de olhos.

Enquanto na cozinha as serviçais trocavam impressões sobre o triste comportamento dos presentes, no salão principal o alarido era generalizado, assim como generalizado era o desrespeito: os que riam alto disputavam a primazia da falta de consideração com os que conversavam sobre política, que, por sua vez, concorriam com aqueles que atendiam seus celulares sem a menor cerimônia, parlamentando em voz alta como se estivessem na mesa de um botequim, sem qualquer demonstração de respeito com o momento.

Mariana, que retornava ao salão trazendo uma bandeja com café para servir aos presentes, percebendo a situação nociva do ambiente, abandonou temporariamente seus afazeres, acomodou tudo sobre uma pequena mesa e postou-se respeitosamente nas proximidades do caixão.

Atraída por uma presença que a deixou ainda mais consternada, a jovem empregada, movida pelo sentimento de compaixão, iniciou, em tom alto e cadenciado, a oração do pai-nosso.

A prece maior, aquela que Jesus nos deixou em sua curta estada na Terra, foi seguida apenas por alguns, mas calou imediatamente os demais.

Através daquele singelo gesto, que não passou despercebido por Enrique, Mariana conseguiu transformar o ambiente pesado numa atmosfera respeitosa, salutar e balsamizante.

Depois de alguns minutos de prece, recitando orações conhecidas para atrair a atenção dos presentes, além da oração de São Francisco – desconhecida para alguns –, a jovem empregada deixou silenciosamente o local, retornando ao seu trabalho, não sem antes olhar fixamente na direção de Garcez. A moça percebia algo que não era registrado pelos demais.

A jovem repetiu o procedimento algumas vezes, pois, sempre que um novo grupo chegava, o vozerio e as práticas inadequadas retornavam com força total.

Na cozinha, Mariana seguia queixando-se a Sara da conduta das pessoas.

– Você parece saber do que está falando, Mariana. Qual a postura correta? – perguntou Sara.

– Acredito que a atitude mais sensata é manter-se em silêncio e orar por todos os envolvidos nesse doloroso processo, principalmente pelo falecido e pelos familiares.

Além disso, uma boa música, de preferência instrumental e em volume baixo, apenas para criar uma atmosfera convidativa à concentração, seria de grande valia.

Por fim, mas não menos importante, para os familiares mais próximos, evitar cenas de desespero, revolta, mantendo a confiança em Deus.

– Então, você acha que a pessoa deva ficar quieta durante um velório?

– Não foi isso que eu disse. Não é preciso fazer voto de silêncio, não precisamos ser radicais. Basta conversar em tom baixo, preferencialmente sobre assuntos saudáveis, edificantes, deixando a discussão sobre futebol, política, para momento e local adequados.

– Qual a sua religião, Mariana? – perguntou Sara, curiosa.

– Sou espírita. Por que a pergunta, Sara?

– Nada não. Não conheço muito sobre sua religião, mas já ouvi falar sobre Chico Xavier e as cartas que recebia de pessoas que já morreram.

Por que você foi até o caixão do patrão Tiago e começou a rezar?

– Para mostrar às pessoas que o momento pede oração, silêncio e respeito. Sabia que a prece faria parar aquele falatório absurdo.

– Você acredita que Tiago pode estar por aqui? – perguntou Sara, sussurrando e olhando para os lados, certificando-se de que ninguém a ouvia.

– É possível, inclusive minhas orações foram também para ele. Tenho certeza de que ele está presenciando essas cenas lamentáveis – falou Mariana, em tom enigmático.

– Como isso é possível?

– A explicação não é tão simples, Sara, mas posso tentar resumir rapidamente: a partir da morte do corpo físico, inicia-se o processo de desprendimento do nosso corpo espiritual, o perispírito.

– Nunca ouvi falar nesse tal corpo espiritual.

– Resumidamente, o Espírito, ou a alma, une-se ao corpo físico por uma espécie de envoltório semimaterial, um corpo fluídico, denominado perispírito. Esse corpo perispiritual molda o corpo físico e é responsável pela ligação deste ao Espírito. Não se esqueça de que estou apresentando a questão de forma simples, resumindo um tema que é bem mais complexo.

– E que tem isso a ver com a sua oração lá no salão?

– Calma! O desprendimento do corpo espiritual do corpo físico não acontece imediatamente, o tempo não é igual para todos. Há inúmeras variáveis, dentre elas o grau evolutivo da pessoa, o desapego em relação às questões da matéria, o tipo de vida que levou, o tipo de morte, as reminiscências de vidas passadas.

– Ainda não estou entendendo, Mariana.

– Eu chego lá, se você tiver paciência – sorriu. – Em alguns casos, esse desligamento pode durar dias, meses ou até mesmo anos, e a pessoa pode demorar muito a tomar consciência de que não pertence mais ao mundo dos chamados "vivos".

– Você está dizendo que o Espírito não sabe que morreu?

– Sem essa consciência – prosseguiu Mariana –, o Espírito age como se ainda estivesse no plano material e pode presenciar – isso corre na maioria dos casos – tudo o que ocorre em seu velório: conversas nocivas, maledicências, atitudes desrespeitosas.

Essa carga negativa de vibrações e energias desequilibra-o, gerando ainda mais perturbações. Por isso, Sara, fiz a oração, para evitar que Tiago ficasse ainda mais perturbado com o desrespeito a que estávamos testemunhando. Compreendeu?

– Você fala como se o Espírito dele estivesse por aí. Tenho medo dessas coisas – falou Sara, fazendo o sinal da cruz.

– Você entendeu mal, foi só um modo de falar – minimizou Mariana, tentando corrigir o ato falho.

– Pode ser que eu tenha entendido mal mesmo – concordou Sara, desconfiada.

– Bem, creio que seja melhor continuarmos esta conversa em outra ocasião e voltarmos ao trabalho antes que percebam a nossa falta – asseverou Mariana.

Sara concordou, pegou uma bandeja com uma jarra de água e alguns copos e seguiu na direção do salão.

Para os membros da família Garcez, o restante do dia foi marcado pela dor e pelo sofrimento, permeados pelo silêncio turvo, que, de quando em quando, era cortado por condolências sinceras, algumas decoradas, mas todas respondidas com palavras isoladas ou monossílabos vazios.

Para José Garcez, acrescia-se a culpa pelas palavras ditas e o arrependimento pelo pedido de perdão adiado, agora para sempre.

O tempo revelaria, mais cedo do que ele poderia supor, o quão equivocados estavam seus pensamentos.

Quando o féretro levando os despojos físicos de

Tiago Garcez deixou a fazenda Mar de España, a comoção e o desespero tomaram conta de seus familiares, exceto do velho Garcez, que continuava entregue a um mutismo preocupante e assustador.

A celebração de despedida foi realizada na igreja da própria comunidade, local em que a família frequentava. Padre José, amigo pessoal dos Garcez, discorreu longamente sobre o caminho para o que chamou de "vida eterna", uma vida sobre a qual muitos só ouviam falar na igreja, perdendo o interesse assim que cruzavam a porta de saída do templo para cuidar de suas vidas.

Além de morte e vida, palavras como "Deus", "reencontro", "juízo", "eterno", "pó" e expressões do tipo "morada futura", "Deus quis assim", "junto Dele" ditaram o enredo da cerimônia.

Findo o ato religioso, lentamente as pessoas começaram a deixar aquele templo de oração circunstancialmente decorado de tristeza e lágrimas.

Passos lentos e cadenciados, olhos marejados e fisionomias consternadas marcaram o ritmo da caminhada até o cemitério, que distava poucos metros da igreja.

Ao cruzar o grande portão de ferro que dava acesso ao lugar que, para muitos, é considerado a última morada, já se podia sentir o ar mais denso, exalando o mistério de quem esconde segredos. Capelas ricamente decoradas dividiam espaço com sepulturas retangulares, sem nenhum aparato arquitetônico, mostrando que também na morte havia diferenças sociais.

O cortejo seguiu caminhando por entre anjos de

cimento, flores artificiais desbotadas e fotografias sépias, encarceradas em suas molduras de vidro, até estancar o passo diante da capela da Família Garcez, que já servia de morada para os despojos carnais dos antepassados, inclusive dos náufragos espanhóis que fundaram a cidade.

Antes que o esquife fosse depositado na sepultura e lacrado definitivamente para as luzes do mundo material, Isabel, caminhando amparada pelo marido, aproximou-se do caixão, agachou-se e depositou carinhosamente, sobre o corpo sem vida de Tiago, dois pequenos ramos de lilases, sua flor predileta. Foi o último presente ao filho.

Por fim, sob os olhares tristes dos amigos e o choro compulsivo de Isabel e Enrique, o corpo físico de Tiago, o gêmeo mais velho – por dezessete minutos como ele repetia –, foi depositado na escuridão fria da lápide que o engoliria para sempre.

Garcez manteve postura introspectiva durante toda a cerimônia fúnebre. O homem não esboçou qualquer reação, despertando preocupações nos amigos e comentários maldosos dos curiosos. O que ninguém desconfiava era que o silêncio tornar-se-ia seu fiel companheiro nos dias vindouros.

Finalizada a cerimônia, as pessoas, em passos lentos, semblantes tristes e cabisbaixos, foram aos poucos deixando o dito campo santo e perdendo-se no tumulto da via pública, todas livres para retomar a rotina de suas vidas.

Os Garcez seguiram na mesma marcha da turba que se precipitava pela rua. Findava para a família aquele longo dia. Acompanhava-os a incerteza do amanhã e a insegurança produzida pela impressão de que nas suas vidas nada parecia estar no lugar. Tudo fora desarrumado.

Abraçados, sentiam a cada passo uma esmagadora sensação de tristeza. Pesava-lhes sobre os ombros a presença incômoda da ausência.

Isabel era a fisionomia da tristeza. Passos arrastados, olhar perdido e embaçado pela torrente de silenciosas lágrimas que corriam pelo rosto.

Enrique seguia com o braço direito enlaçado sobre a mãe. Soluços espaçados, olhos fixos ao longe, no horizonte, focado em tudo e em nada ao mesmo tempo.

Acompanhando o sofrimento daquela família, a tarde seguia adiantada, principiava a primavera e os pinheiros que circundavam o cemitério eram chicoteados pelo vento, produzindo um zunido agudo ao cruzar pelas folhas.

No horizonte, o verde dos morros dava lugar a tons escuros e os pássaros, em revoada, retornavam para seus abrigos noturnos, indiferentes ao ar carregado com o pranto dos familiares de Tiago Garcez, que retornavam tristes para o mundo que lhes arrancara uma parte da felicidade.

Em poucos minutos, o local readquirira sua paz aparente, pois, no plano espiritual, o cenário do cemitério era bem diferente do sossego e da tranquilidade que o mundo físico exibia aos olhos limitados dos encarnados, afinal, por trás de todas aquelas inscrições nas lápides, havia histórias de vida, e algumas delas ainda estavam sendo escritas naquele desolado lugar.

CAPÍTULO 3

Despertando

QUANDO SEGUIA NA DIREÇÃO DA SAÍDA DO CEMI-
tério, pouco antes de chegar ao portão, Mariana virou-se,
deteve o passo e voltou seu rosto no sentido contrário à
turba que começava a ganhar a rua, mantendo o olhar fixo
na direção da sepultura de Tiago.

Enquanto observava a inusitada cena que se apresentava diante de seus olhos, ouviu uma voz sussurrar-lhe em
pensamento:

*"Mais uma vez, testemunhas a vida transpassando a
morte; a luz irrompendo através da escuridão profunda da
sepultura, fazendo brotar a vida através do corpo morto na
natureza. Presencias a luz germinando através da escuridão.
Ainda que em condições tão difíceis, a vida desabrochará e,
após um período de depuração, florescerá e renderá frutos
no além-túmulo."*

Mariana manteve-se serena. Conhecia aquela voz

66

familiar e sabia que o alerta retratava apenas aquilo que seus olhos viam. Sentiu incontido desejo de retornar até o túmulo de Tiago, mas a razão lhe freou o ímpeto, pois uma atitude assim atrairia a atenção e comentários das pessoas.

Prudente, lançou um olhar terno e maternal na direção da capela, sussurrou sincera oração, virou-se na direção da saída e seguiu caminhando, acompanhando as pessoas que marchavam silenciosas e compenetradas.

No caminho de volta, comovida por tudo aquilo que seus olhos testemunharam, mentalizou, com muito carinho, a belíssima Prece de Cáritas[1] e, instantaneamente, a imagem de Tiago surgiu-lhe no pensamento.

Mariana permaneceu em oração por alguns instantes. Encerrada a rogativa, suspirou longamente, abriu os olhos, que estavam marejados de lágrimas, e exclamou baixinho:

– É preciso ajudá-lo!

Foi, então, que o vento vindo do mar soprou forte e passou correndo, penteando as árvores que estavam em seu caminho. Mariana parou, olhou ao redor e percebeu um quê de tristeza na sinfonia produzida pelo farfalhar das folhas ao embalo do vento. Sentiu um calafrio, abraçou-se, friccionando as mãos nos ombros e braços, e seguiu, emocionada.

✳ ✳ ✳

---

1. *A prece de Cáritas* – certamente uma das mais belas preces apresentadas à humanidade – foi psicografada, pela médium Madame W. Krell, na cidade de Bordeaux, na França, durante a noite de Natal do ano de 1873. Reunida a outras mensagens da médium, faz parte do livro "Rayonnements de la Vie Spirituelle", publicado na França em 1875 (nota do autor).

Girando as rodas do tempo em sentido anti-horário, voltamos ao momento do acidente em que Tiago foi alçado para fora da pista, perdendo-se no precipício.

Aturdido pelo impacto do caminhão contra as árvores e as pedras do fundo do cânion e desorientado pela sua nova condição, Tiago deixou as ferragens retorcidas de seu veículo, sem, contudo, compreender a realidade das circunstâncias: não pertencia mais ao mundo dos encarnados.

Afastando-se do local do acidente na tentativa de salvar-se, assim pensava, não percebeu que, no caminhão, ficara seu corpo sem vida. Olhou ao seu redor e procurou desesperadamente uma maneira de deixar a garganta de pedras e árvores que o havia engolido.

Livre das amarras físicas, mas com a consciência obstruída pelo abrupto desligamento do corpo físico, Tiago não teve o discernimento necessário para perceber que vencera rapidamente a imensa perambeira – obstáculo naturalmente impossível de ser transposto caso ainda estivesse na posse de seu limitado corpo físico –, retornando ao local do acidente e postando-se de frente ao motorista do outro caminhão, que, ferido, sentado no asfalto, com as costas apoiadas no muro de proteção, solicitava ajuda pelo telefone.

Tão logo o homem desligou o celular, Tiago interpelou-o, tentando entender as circunstâncias da colisão.

– O que aconteceu para você perder o controle do caminhão em uma curva tão lenta?

Alheio às interpelações daquele Espírito que ignorava sua condição, em estado de choque, o homem tinha suas atenções voltadas às suas próprias dores e agruras, pois, além de ferido, ainda que sem culpa, seu caminhão empurrara o outro na direção do cânion para uma queda mortal.

Ignorado, Tiago, inocentemente, atribuiu a ausência de resposta ao estado de saúde do motorista, que parecia não ser dos melhores. Havia uma grande quantidade de sangue em torno de sua perna direita, muitos cortes no rosto, mas o que mais chamava atenção era o olho direito, que parecia ter sido atingido por um objeto pontiagudo.

– Você não me parece bem – afirmou Tiago, tentando estabelecer um diálogo.

Novo silêncio. O motorista não esboçou qualquer reação, mantendo-se sentado, cabisbaixo, com a mão em forma de concha pressionando o olho que sangrava.

Tiago, então, tentou falar mais alto, mas a sensação era de que suas palavras não chegavam ao interlocutor, perdendo-se em algum vácuo no meio do caminho.

– Você está bem, senhor?

Novamente ignorado, Tiago começou a perder a paciência e a polidez que permearam seu comportamento até então.

– Tenho tentado ser educado, apesar do acidente ter sido culpa exclusivamente sua – falou ríspido, porém sem extrair, para seu desespero, qualquer reação do homem.

– Você perde o controle do caminhão, joga o meu

para dentro do penhasco e agora fica aí me ignorando? Seu erro quase me matou, caso não tenha percebido – falou, irritado.

Como o homem não lhe dava atenção, Tiago revoltou-se e começou a gritar, mas também foi inútil.

Irado e atormentado, o jovem afastou-se e foi sentar-se do outro lado da pista asfáltica. O monólogo raivoso atraiu para si energias deletérias, potencializando seu desequilíbrio.

Tiago, então, começou a sentir dores lancinantes em todo o corpo. Contorcia-se, a sensação era de que os ossos de seu corpo foram quebrados todos ao mesmo tempo. A cabeça doía-lhe e o sangue começou a escorrer em profusão das têmporas, ouvidos e nariz.

No auge do desespero, com muita dor, começou a gritar por ajuda. Mesmo desencarnado, o jovem padecia de dores que seriam normais no plano físico, e isso ocorria porque as sensações materiais ainda permaneciam latentes em sua mente. As circunstâncias da desencarnação, o desequilíbrio, potencializavam esse quadro.

Diante da rogativa de auxílio feita por Tiago, uma equipe de socorristas espirituais que a tudo observava, aguardando o melhor momento para auxiliar aquele confuso Espírito, cujo desligamento perpetrou-se de forma abrupta e violenta, postou-se ao seu lado e começou o trabalho de auxílio ao recém-desencarnado, que, apesar de desperto, ainda não havia tomado consciência da sua real condição, muito menos da gravidade do seu estado.

Pedro, Elias e Daniel, apesar da aparência jovial, há

muitos anos engrossavam as fileiras dos abnegados tarefeiros do Departamento de Auxílio da Colônia Espiritual Recanto da Luz, localizada sobre a cidade de Porto dos Anjos. A missão principal do grupo era prestar os primeiros socorros a Espíritos recém-desencarnados, auxiliando-os no desenlace das amarras que os prendiam ao corpo físico, recepcioná-los e auxiliá-los no processo inicial de readaptação à nova vida ou, para ser mais preciso, à continuidade dela.

Ao longo dos anos de trabalho, presenciaram toda espécie de desencarnação: lentas ou abruptas; serenas ou conturbadas. A cada auxílio, sempre extraíam um novo aprendizado com aquelas almas de retorno ao plano espiritual – nossa verdadeira casa – após temporário estágio pelos caminhos da Terra, em busca de valores evolutivos, visando galgar novos degraus no vasto trajeto ascensional que o Espírito imortal percorre rumo à evolução.

No caso de Tiago, as ligações fluídicas que prendiam o corpo físico ao espiritual foram quebradas traumaticamente em razão do acidente e, por isso, Pedro, que fora médico em sua última existência terrena, mas que, na colônia, especializara-se na medicina espiritual, ainda oculto aos olhos do rapaz, inicialmente impôs as mãos, aplicando-lhe passes balsâmicos na tentativa de reequilibrá-lo. A ação, todavia, não surtiu o efeito desejado em decorrência da carga energética negativa que envolvia o rapaz.

A equipe defrontava-se com uma situação bastante comum: arraigado a sensações terrestres, Tiago lutava inconscientemente para prosseguir ligado ao plano material. Não desejava deixá-lo para trás. Suas lembranças e os assuntos inacabados com o pai davam-lhe forças para repelir as ações dos socorristas.

Percebendo que suas tentativas mostravam-se inúteis e encontrando-se no limiar entre a tênue barreira que separa o auxílio da interferência no livre-arbítrio, os três socorristas decidiram respeitar o desejo daquele irmão que insistia em permanecer ligado ao plano físico.

Disse Pedro, que era o coordenador da equipe de resgate:

– Precisamos respeitar seu livre-arbítrio. Não podemos forçá-lo a receber ajuda. Deixemos que siga o caminho escolhido e que assuma as consequências desencadeadas em razão da via eleita, até que resolva modificar suas intenções e reúna condições para receber o auxílio que a ninguém é negado – explicou, com o semblante calmo e resignado.

– As desavenças com o pai nas horas que antecederam a desencarnação e suas consequências ainda o prendem a esse plano. Deixemos que ele esvazie a câmara de seu coração de todas as mágoas. Depois disso, livre do jugo que o retém à Terra, estará mais receptivo ao auxílio que hoje repele – complementou Daniel.

– Por ora – falou Pedro –, é aqui que ele quer estar, e sabemos que a alma eleva-se somente à altura daquilo que ela admira, ou, como disse Jesus, nosso Mestre e Irmão Maior: "onde estiver o teu tesouro, ali estará o teu coração".

Tiago ainda mantém sua atenção presa ao plano físico, logo, seu coração permanece atado a ele.

Somos artífices de nossas maiores conquistas e, ao

mesmo tempo, construtores de nossos piores desastres, dependendo de nossas atitudes. Nossas ações podem nos conduzir à luz ou à escuridão; pelos caminhos serenos da evolução ou pelas trilhas tortuosas do sofrimento. Nesse momento, Tiago encontra-se refém das próprias emoções, que o desestabilizam e subvertem-lhe o raciocínio. Respeitemos seu livre-arbítrio, por mais doloroso que isso seja, para ele e para nós.

– Muito em breve, cansado e fustigado pela luta inócua contra forças superiores às suas, como o Filho Pródigo da parábola contada por Jesus àqueles agricultores e pastores da Judeia, retomará o norte da sua consciência e retornará, arrependido, ao convívio do Pai, totalmente desperto para as realidades superiores. Só então seu Espírito realmente elevar-se-á acima de todas as aflições de seu coração.

Antes de retornarem, os tarefeiros lançaram mão de técnicas da medicina espiritual e abrandaram as dores de Tiago, deixando-o, a partir de então, entregue temporariamente à sua própria sorte.

– Por mais que devamos respeitar o livre-arbítrio de nossos irmãos, e pela quantidade de Espíritos recém-desencarnados que recusam, conscientemente ou não, nossa ajuda, apesar de longos anos de serviço, fico frustrado quando não obtemos êxito em nossa jornada de apoio – comentou Daniel, pesaroso.

Diante do lamento do colega, Pedro redarguiu:

– Compreensível a sua frustração, Daniel, mas lembre-se de que, na mesma medida em que auxiliamos nossos irmãos, também nós recebemos o auxílio deles. Socorrendo os recém-chegados, postamo-nos frente a frente com suas dores e suas mazelas, e aprendemos com elas. Nosso trabalho é estender a mão aos nossos irmãos nesse momento de transição, e, ainda que nossas ações não sejam aceitas, estaremos resgatando, pouco a pouco, nossos débitos pessoais decorrentes do sofrimento que um dia causamos a outras pessoas.

Através do nosso trabalho – continuou –, defrontamo-nos diariamente com cenas aterrorizantes que jamais imaginaríamos presenciar, entretanto, nossa fé também cresce a cada dia, pois somos testemunhas e, acima de tudo, instrumentos da bondade e do amor de Deus, que ama incondicionalmente Seus filhos e não os relega ao desamparo, por mais graves que sejam as suas faltas – finalizou Pedro.

Os minutos correram céleres desde a partida da equipe de Espíritos socorristas, e Tiago, ainda com dores, porém mais brandas, recostou-se na mureta de proteção que ladeava a pista asfáltica e respirou fundo, sentindo uma fisgada aguda na altura dos pulmões, como se um instrumento pontiagudo trespassasse seu corpo. Cansado e confuso, permaneceu naquela posição. "Preciso de um médico, pois devo ter quebrado as costelas e mais alguns ossos" – falou para si mesmo.

O jovem permaneceu sentado por mais alguns instantes, arfava pesada e dolorosamente, com as mãos a comprimir o lado direito das costelas, até que, cansado de permanecer em inação, alertado pelas luzes azuis e vermelhas e pela sirene das viaturas policiais, levantou-se com dificuldade, limpou o sangue que lhe escorria pelo nariz com as costas da mão e seguiu, trôpego, na direção dos policiais.

Tiago encontrou o grupo reunido em volta do motorista do caminhão – Lázaro era seu nome –, que recebia os primeiros socorros dos paramédicos, preocupados com o estado da perna e do olho direito.

Ainda irritado com o caminhoneiro por tê-lo ignorado, Tiago manteve-se a distância, aguardando, impaciente, o encerramento do trabalho em torno do ferido.

Quando Lázaro foi encaminhado para o interior da ambulância, que partiu rapidamente, fazendo a mesma algazarra de luzes e som de quando chegou, Tiago aproximou-se dos policiais e solicitou auxílio para suas dores.

Mais uma vez, a cena ocorrida minutos atrás com o motorista se repetia, e os policiais ignoraram seus apelos, prosseguindo com o trabalho sem suspeitar que um Espírito os interpelava com grande irritação.

A cada tentativa frustrada de diálogo, Tiago revoltava-se, desequilibrando-se. Com isso, aumentavam-lhe as dores e o sangramento nos ferimentos. O jovem enredava-se cada vez mais num doloroso e nocivo círculo vicioso.

Desesperado, depois de inúmeros chamados não respondidos, afastou-se e procurou refúgio sob a escuridão da vegetação que compunha o cenário nas laterais da pista asfáltica.

Tiago desejava entrar em contato com os pais ou

Enrique, para tranquilizá-los, contando-lhes que estava bem, precisava apenas de tratamento para os ferimentos, mas acreditava ter perdido o telefone celular na queda e, como as pessoas o ignoravam ostensivamente, não sabia como entrar em contato com a família para virem buscá-lo.

Depois de algumas horas, Tiago, que permanecia sentado sob a vegetação da lateral da pista, viu aproximar-se do local um veículo que lhe era familiar. Apenas mais alguns metros foram suficientes para que reconhecesse a figura de Enrique no volante.

– Finalmente! – exclamou feliz, bendizendo sua sorte, que julgava estar mudando.

Vendo a figura paterna descer do carro, juntamente com Enrique, acercou-se de ambos e foi logo narrando, de forma rápida e atropelada, os detalhes do acidente.

Garcez avançou alguns passos sem nada dizer e pôs-se a olhar para baixo, na direção do abismo, exatamente no ponto onde a mureta havia se rompido.

O patriarca levantou os olhos para o alto, tentava inutilmente conter as lágrimas que começavam a lhe escorrer pelo rosto, e exclamou desanimado:

– Meu Deus! Por que isso foi acontecer?

– Como assim, pai? O acidente foi grave e só escapei por um milagre, mas estou aqui, com algumas dores e esse sangramento que não para, mas estou bem – falou Tiago de forma atabalhoada.

Garcez permaneceu impassível, internalizando em silêncio a dor que invadia seu coração.

Diante do silêncio do pai, chamou por Enrique, que observava a parte frontal do outro caminhão, mas o irmão também não esboçou qualquer reação.

Antes que pudesse reclamar de Garcez e Enrique por não lhe estarem dando a devida atenção ou, o que é pior, por estarem ignorando-o por completo, o comandante das operações aproximou-se, e Tiago ficou estarrecido com o diálogo que testemunhou:

– Sou José Garcez, o pai de Tiago, motorista do caminhão que caiu no cânion, e este é meu filho Enrique – apresentou-se Garcez, estendendo a mão para cumprimentar o policial.

– Sou Tenente Benito e sinto muito pela sua perda, senhor José – respondeu o oficial, cumprimentando ambos.

– Pode me chamar de Garcez. Mas diga, Tenente, o que vocês sabem sobre o acidente? Como tudo aconteceu?

– É cedo para tirar conclusões, senhor, mas tudo nos leva a crer, segundo as evidências físicas e as próprias declarações do motorista do outro caminhão, que uma imensa pedra se soltou das paredes da serra e estilhaçou o para-brisa do caminhão, fazendo com que perdesse o controle e colidisse com o caminhão de seu filho, que trafegava em sentido contrário, jogando-o pela encosta.

– Alguém já desceu até o local onde meu filho caiu?

– Certamente, senhor Garcez. Neste momento, há uma equipe no local estudando a melhor maneira de içar o caminhão do fundo do cânion.

– Ele realmente faleceu? – perguntou Enrique, alimentando a vã esperança de que tudo aquilo não passava de um grande pesadelo.

– Infelizmente, o óbito está confirmado, seu corpo já foi retirado das ferragens. Bem que eu gostaria de dar-lhes uma notícia diferente, mas a realidade nem sempre é como gostaríamos que fosse.

Tiago sentiu uma espécie de corrente elétrica percorrer-lhe da cabeça aos pés quando ouviu a palavra corpo. Aquela conversa era surreal. Não sabia o que pensar. Do que estavam falando?

– Morto, eu? Estou vivo, vocês não estão vendo? Que tipo de piada de mau gosto é essa? – falou, postando-se em frente ao irmão. Havia irritação em seu tom de voz.

A conversa entre os familiares e o comandante encarregado pelas buscas prosseguiu, enquanto Tiago tentava, sem sucesso, chamar a atenção de todos para a sua presença.

O jovem recém-desencarnado foi apresentado à sua realidade quando, ao lado do pai, viu o policial abrir o zíper do saco mortuário, revelando um corpo sem vida; seu corpo.

Perplexo, o jovem deu dois passos para trás. A paisagem começou a girar diante de seus olhos e a respiração ficou pesada.

– Não é possível! – exclamou, fitando aquele corpo inerte, pálido e desfigurado.

Respirou fundo, mas novamente o ar lhe faltou.

Olhou sua forma atual e apalpou-se sem entender como podia haver duas versões de si mesmo.

– Existem dois "eus" – murmurou, incrédulo.

A experiência fora forte demais para ele. Perturbado com a realidade que se descortinara abruptamente diante de seus olhos, o gêmeo caiu em doloroso pranto.

As emanações provenientes do seu desespero foram imediatamente sentidas pelo pai, causando-lhe mal-estar, que se manifestou sob a forma de tontura e desequilíbrio, sendo necessário o apoio de Enrique.

– O senhor está bem, pai? O que está sentindo? – perguntou Enrique, apoiando-o pelos ombros.

– Tudo bem, foi só uma vertigem passageira – respondeu Garcez, sem compreender a súbita sensação.

A dor da perda do filho e o remorso começavam a impor seu peso sobre a consciência do velho Garcez, situações que, somadas ao sofrimento do Espírito de Tiago, inconscientemente percebido pelo pai, fragilizavam-no ainda mais. A angústia tornou-se sua fiel companheira.

As engrenagens do tempo avançavam. Tiago Garcez estava agora no centro da grande sala da casa que lhe servira de residência na Terra.

Ainda bastante perturbado pela revelação da sua nova condição, o jovem postou-se ao lado dos pais, próximo ao caixão onde jazia seu corpo físico.

Alheios ao estado daquele Espírito, as pessoas circulavam pelo velório que prosseguia, alternando momentos de oração e de conversas fúteis, banais, superficiais.

Tiago, que a tudo acompanhava, entristecia-se a cada palavra acusadora proferida por pretensos amigos, que ali estavam para prestar-lhe, supostamente, a última homenagem.

Por muitas vezes, tentou falar com os familiares, mas suas tentativas foram inúteis. Não compreendia como não podiam ouvi-lo, senti-lo, mesmo estando tão próximo.

O desespero crescente foi amainado quando Mariana, a empregada da casa, postou-se à sua frente e, com o olhar fixo em sua direção, recitou em voz alta o pai-nosso, sendo seguida por alguns dos presentes, enquanto outros se limitaram a ficar em silêncio. Aquele ato teve efeito calmante e trouxe alguns momentos de tranquilidade a seu Espírito.

O jovem desencarnado acompanhou todo o velório, a cerimônia religiosa e o enterro de seu corpo físico, recebendo toda a sorte de vibrações: tanto as positivas, provenientes das orações sinceras, quanto a carga deletéria que emanava das línguas maledicentes.

Tiago oscilava entre a decepção e a ira, pelos comentários maldosos, ao relaxamento temporário em decorrência das preces.

A tolice do ser humano ao acreditar que o túmulo anuncia o marco final da vida beira a fronteira da insensatez. O incauto não percebe que a vida sempre triunfa em sua plenitude sobre tudo, inclusive sobre a morte do corpo, e essa compreensão romanceada da vida e da morte o faz tomar atitudes equivocadas ao longo de sua jornada.

Durante o enterro, Tiago perambulava em torno do

jazigo da família. Quando seus despojos foram depositados, solitários, em sua definitiva morada terrestre, permaneceu nas imediações do túmulo, até que percebeu um par de olhos ternos e serenos a observá-lo atentamente, registrando sua presença espiritual: era Mariana.

"Será que Mariana pode me ver"? – perguntou-se, intrigado.

A partir desse ponto, a narrativa retoma os trilhos do presente, após breve parêntese, transitando-se por rememorações e desdobramentos dos fatos sob a ótica do recém-desencarnado Tiago Garcez.

* * *

Mariana deixou o cemitério bastante impressionada com a imagem do Espírito de Tiago parado ao lado de sua sepultura, lançando-lhe um olhar perturbador, que mesclava incompreensão e súplica.

Habituada às visões do plano espiritual, afinal desde criança começara a perceber a presença e a manter diálogo com os Espíritos – apesar da incredulidade e das ameaças dos pais –, Mariana não havia perdido a capacidade de se impressionar com o sofrimento dos desencarnados que insistiam em se manterem distanciados dos valores espirituais e, presos ao plano material, deambulavam aos montes pela Terra, mundo do qual não mais faziam parte.

Decidida a ajudar o ex-patrão, em casa, após banho vivificante e reparador, a moça separou alguns livros de sua pequena biblioteca e resolveu dedicar-se aos estudos para encontrar a melhor maneira de ajudar Tiago.

Depois de algumas horas de pesquisas e leituras, Mariana sedimentou sua convicção de que Tiago, caso não tomasse consciência da necessidade de prosseguir sua jornada evolutiva, agora em outro plano, prender-se-ia cada vez mais a uma vida que não mais lhe pertencia.

A jovem concluiu que o centro da questão era a desavença ocorrida entre pai e filho no dia do acidente. A discussão fora realmente séria, os gritos ecoaram por todo o casarão.

Auxiliar Tiago implicava necessariamente em também auxiliar Garcez e a família. Somente o esclarecimento mútuo seria capaz de eliminar pesadas vibrações e quebrar o poderoso elo que os mantinha acorrentados.

Mariana tinha consciência de que a tarefa não seria simples, pois seria necessário lidar com assuntos delicados, como crenças religiosas. Mesmo assim, decidiu que tentaria auxiliá-los e faria isso da única maneira que conhecia: apresentando-lhes a palavra consoladora do Evangelho de Jesus e os conceitos da Doutrina Espírita, mostrando-lhes que a morte, como aniquilamento, não existe e que todas as criaturas lutam para chegar a Deus através dos caminhos da evolução e, neste processo, a morte cumpre o elevado papel de devolver almas encarnadas à sua terra natal, o plano espiritual.

Chegará o dia em que ela não será mais necessária, mas essa ainda não é a realidade em um mundo de expiações e provas como a Terra.

CAPÍTULO 4

Remorsos

PARA GARCEZ, OS DIAS, IMEDIATAMENTE APÓS A desencarnação do filho Tiago, seguiram tristes, reclusos e calados. E assim, como na alegoria sobre a criação da vida, descrita no Gênesis bíblico, no seu primeiro dia, na companhia implacável do remorso, só havia trevas.

Desesperançados também foram os demais dias. A vida seguiu seu curso sem projeto algum. No sétimo – ainda trilhando pelos campos da simbologia bíblica –, diferentemente do Criador, não houve descanso para a família, pois, em razão da celebração religiosa pela passagem do sétimo dia da morte do filho, o sofrimento foi renovado e as lembranças afloraram com a força da correnteza de um rio caudaloso, impulsionado pelas águas de chuvas torrenciais de um dia de verão.

Marcado de forma indelével pelo terror daquele fatídico momento em que discutiu com Tiago, Garcez entristecia-se ao relembrar a rispidez de suas palavras. Não se recordava exatamente dos termos que usara, pois foram ditos no calor da discussão, mas tinha certeza de que haviam sido duros e hostis, como nunca fizera antes.

A cena negativa do filho cabisbaixo, magoado – por sua culpa –, deixando a fazenda rumo a uma viagem, da qual não retornaria, era a última imagem de Tiago vivo que tinha na mente, e isso o torturava.

Penitenciava-se por ter se deixado convencer pelo orgulho, adiando o pedido de desculpas, quando a consciência o aconselhara a correr até Tiago, no momento em que o filho se preparava para partir.

Garcez também julgava que fora sua omissão o elemento decisivo para o desencadeamento dos eventos que culminaram com a morte prematura do filho.

A soma de suas culpas formava uma teia de remorso que o enraizava no solo árido do sofrimento, aprisionando-o, mesmo sem grilhões físicos, a sentimentos deletérios que minavam lentamente sua resistência física e espiritual.

Com Isabel, a dor pela perda do filho também impôs suas consequências nefastas. A sofrida mãe, pouco a pouco, fechou-se totalmente em casa. As amigas até tentavam visitá-la no intuito de proporcionar-lhe momentos, ainda que curtos, de distração, mas ela rechaçava toda e qualquer iniciativa de retirá-la daquele casulo de dor em que havia se encarcerado.

"Tenho vontade de gritar e chorar... chorar sem parar, o tempo todo, para ver se toda a dor que se instalou em meu coração desaparece" – dizia Isabel, nas raras vezes em que estava disposta a falar de suas angústias e agruras.

Em meio a culpas, sofrimentos e economia de palavras, correram os dias e as semanas sem mudança significativa no estado de espírito do casal Garcez, exceto pelo afastamento que se acentuava.

Sem olvidar da atenção que a mãe necessitava, Enrique estava realmente preocupado com o estado do pai, que mudara perceptivelmente seu comportamento e tentava fazer do trabalho na fazenda a válvula de escape para as angústias que lhe martelavam a alma.

A dor de Garcez era tamanha, que mesmo a lida diária não se mostrava suficiente para libertá-lo da tortura dos pensamentos acusadores, ao contrário, acrescia ao seu combalido estado de espírito a certeza de que se tornara um estorvo ao bom desempenho dos trabalhos, pois virara alvo de preocupações constantes de todos aqueles que o cercavam e que, não raras vezes, interrompiam suas tarefas para consultar o patrão sobre seu estado quando o percebiam parado, totalmente alheio a tudo o que ocorria ao seu redor.

Esses momentos de ausência tornavam-se cada vez mais frequentes, e todos temiam que Garcez pudesse sofrer algum acidente com o maquinário, nos tanques de criação de peixes e camarões. Alguns receavam que, em um momento de perturbação extrema, Garcez pudesse atentar contra a própria vida, pois, na propriedade, havia diversos locais em que uma mente desesperada poderia considerar como convidativos ao autoextermínio.

Enrique tentava de todas as formas retirar da mente do pai a ideia obsessiva de culpa pela morte de Tiago, lembrando-o de que o acidente fora provocado pela inevitabilidade das circunstâncias.

– Foi uma fatalidade! – repetia o gêmeo.

Mesmo diante da lógica e da sensatez, as teorias de Enrique eram veementemente repelidas por Garcez, que, embalado pelos braços da culpa, cristalizava a ideia de que era o maior – talvez o único – responsável pelos fatos desencadeados naquele fatídico dia, repudiando qualquer outra explicação.

– Não fosse a nossa briga, tudo teria sido diferente – era a frase que Garcez repetia a todos que tentavam dissuadi-lo da ideia de culpa.

O gêmeo lamentava, desanimado, pela ideia fixa do pai e por sua incapacidade de mudar aquele cenário. Sentia-se de mãos atadas.

Enrique também sofria com a perda do irmão, mas, apesar da dor e da saudade, acreditava que Tiago fora vítima de uma superlativa falta de sorte, nada mais do que isso.

O jovem repetia a única explicação que era capaz de compreender: "Tiago estava no lugar errado, na hora errada. São circunstâncias que a vida nos impõe e para as quais não há outra explicação. Fatalidades!".

Por vezes, até surpreendia-se em reflexão – sem chegar a nenhuma conclusão – sobre teorias envolvendo destino, determinismo absoluto, fenômenos do universo, vontade de Deus ou situações pretéritas que influenciam no presente, mas logo desistia do pensamento.

Apesar das muitas explicações aceitáveis sobre o ocorrido – teóricos não faltaram para impor-lhe explicações –, suas dúvidas multiplicavam-se cada vez mais quando pensava no assunto e, assim, diante de tantas correntes filosófico-religiosas, tornava-se mais cômodo acreditar na falta de sorte do irmão.

"Qual a probabilidade de uma pedra desprender-se do penhasco da serra e cair exatamente sobre o para-brisa de um caminhão, levando seu motorista a perder o controle e chocar-se com outro caminhão, em sentido contrário, no único ponto da pista onde não havia qualquer espaço para realização de manobra de evasão ou defensiva?" – perguntava-se.

Como não encontrava explicações eficazes para dissipar suas interrogações, concluía, resignado, dando de ombros: "a vida tem lá suas encruzilhadas e caminhos pouco iluminados, e, para todas estas veredas escuras que não conseguimos explicar, resta-nos o consolo de tratar como fatalidade".

Contrariando todas as previsões daqueles que conheciam seu temperamento antes do acidente, Enrique, apesar da falta que sentia de Tiago, conseguia lidar com a perda de maneira tranquila e serena, tentando, na medida do possível, manter a normalidade de sua rotina de trabalho.

"Não posso viver entre pêsames e choro. O mundo não para, e a vida segue" – dizia aos amigos.

Havia um assunto, entretanto, que o intrigava desde a cerimônia fúnebre de Tiago: a postura de Mariana.

Enrique notara que a moça, cada vez que passava defronte ao caixão, fixava seu olhar na direção do pai, muito embora não fosse ele a quem seus olhos procuravam. A impressão – paradoxal – que tinha, e que não sabia exprimir corretamente, era de que Mariana, apesar de lançar um olhar na direção do nada, fixava-o num ponto específico.

Chamou-lhe a atenção também o fato de que a jovem empregada, sempre tão discreta no desempenho de suas atribuições diárias, que fazia de tudo para não ser percebida – se a vida fosse um imenso desenho, podia-se dizer que Mariana fora desenhada à lápis e colorida em tons de bege –, parar diante do féretro e, sem cerimônia ou qualquer razão aparente, rezar em voz alta. Estava curioso para ouvir da moça as justificativas para aquele comportamento, que não recriminava, antes o contrário.

Desde o episódio ocorrido no velório de Tiago, passou a observar, discretamente, o comportamento de Mariana e não necessitou de muito tempo para perceber que a empregada era dotada de uma personalidade que refletia ostensiva calma e extrema tranquilidade.

Por fim, decidiu que, na primeira oportunidade, tentaria tocar no assunto, sem constranger a moça.

Naquele mesmo dia, quando o sol já iniciava seu discreto ritual rumo ao ocaso, tingindo a paisagem com contornos alaranjados, Enrique, quieto, observava a mãe sentada numa cadeira de cedro de estilo antigo, com um alto e largo espaldar, estrategicamente posicionada no alpendre de forma a permitir-lhe ampla visão do grande jardim que adornava o casarão da família.

Pensativa, com a cabeça recostada em uma pequena e confortável almofada, posicionada na altura do pescoço, Isabel mantinha o olhar voltado para o céu. Remoía suas angústias.

Respeitando o silêncio que mantinha a mãe perdida em seus próprios pensamentos, torturada pelas próprias dores, Enrique permaneceu imóvel, fitando-a com ternura.

Quando sentiu a presença do filho, Isabel convidou-o a sentar-se. Enrique atendeu ao pedido, puxou uma cadeira e acomodou-se ao seu lado.

Nos minutos que se seguiram, o imponente fícus, plantado em local privilegiado da fazenda, testemunhava, impávido e calado, por entre suas folhas alviverdes, um raro episódio de partilha de sentimentos entre mãe e filho.

Enrique conversava com a mãe acerca das dificuldades para manter o perfeito funcionamento do negócio da família, em razão da perda de Tiago e do estado deplorável em que o pai se encontrava, quando seus olhos foram atraídos para a figura de Mariana, que, debruçada sobre alguns vasos, cuidava do jardim da casa.

O jovem gêmeo aproveitou a oportunidade para retirar a mãe daquelas lamentações perturbadoras:

– O que a senhora me diz dessa moça? – perguntou, apontando para Mariana com um leve gesto de cabeça.

– Quem? Mariana?

– Sim, apesar de já trabalhar há algum tempo em nossa casa, sempre passou-me despercebida. A senhora sabe que sou desligado em relação aos empregados da casa.

– Como sei! Mas qual a razão do súbito interesse nela agora? Enrique, Enrique... – advertiu, desconfiada.

– Não é nada disso que a senhora está pensando, dona Isabel. Durante o velório de Tiago, Mariana teve um comportamento que me chamou a atenção.

– O que ela fez?

– Nada de errado, ao contrário. É que ela, sempre tão discreta, por algumas vezes parou em frente ao caixão e começou a rezar em voz alta, fazendo parar todo aquele falatório das pessoas.

– É? Confesso que não percebi essa atitude, mas a julgar pelo meu estado, nem poderia ser diferente.

– Teria relação com questões religiosas?

– Pelo que tenho conhecimento, Mariana é espírita. É possível que tenha tomado a iniciativa baseada em suas crenças.

– Deve ter sido isso, então – concordou Enrique.

– Vou descansar um pouco – despediu-se Isabel, cortando a conversa.

A mãe levantou-se com alguma agilidade, beijou a testa do filho e perdeu-se no interior da casa.

Enrique manteve-se em sua posição e acompanhou,

com o canto do olho, os passos da mãe, que desaparecia pelos imensos corredores do casarão.

Tão logo notou-se distante de olhares perscrutadores e desconfiados da mãe, atravessou o pequeno arco de madeira insculpido em estilo provençal que delimitava a saída do alpendre, e dirigiu-se calmamente na direção de Mariana, que trabalhava despreocupada.

Saindo daquele singelo ornato da residência, Enrique caminhou por estreito carreiro formado por pedras decorativas, ladeado por ininterrupto canteiro de lavandas de cor violeta, que desembocava no belíssimo e bem cuidado jardim da família, o lugar preferido de sua mãe.

Mariana remexia delicadamente a terra em torno de exemplares de mini azaleias, totalmente absorvida pelo trabalho, e não percebeu a aproximação de Enrique.

O rapaz, por sua vez, observou-a enquanto caminhava em sua direção e percebeu encantos que, até então, não haviam despertado sua atenção. Mariana era uma bela mulher: alta, esguia, pele moreno-clara, cabelos marrom-acobreados, que desciam abaixo da linha do pescoço. No rosto, chamou-lhe a atenção a simetria formada pelos grandes olhos castanhos, os lábios finos, o nariz pequeno e delicado.

– Mariana?

– Oi, senhor Enrique. Estava distraída e não percebi que estava aí – respondeu, assustada, levantando-se e esfregando as mãos no avental sobreposto à roupa.

Assim que a jovem levantou-se, Enrique foi tomado

por inexplicável sensação de *déjà vu*. Foram necessários alguns segundos para voltar à realidade.

– Não queria assustá-la – desculpou-se, respirando fundo na tentativa de se refazer da estranha intuição.

– O que posso fazer pelo senhor? – respondeu a jovem, olhando o patrão com grande firmeza, mas irradiando humildade e bondade.

– Preciso conversar com você, Mariana, mas antes deixe de formalidades e esqueça o "senhor", por favor.

– Esta bem, senhor... – riu a jovem diante do ato falho, que também arrancou sorrisos de Enrique.

– Na verdade, faz algum tempo estou querendo perguntar algo a você.

– A mim? – perguntou, espantada.

– Sim, diz respeito ao seu comportamento durante o velório de Tiago.

– Meu comportamento? O que fiz de errado?

– Fique calma, não se preocupe. Não me expressei direito, espere: no dia do velório de Tiago, notei que você fez questão de puxar orações em voz alta. O que me chamou a atenção não foram as orações, mas o fato de ser você, sempre tão reservada. Além disso – continuou Enrique –, cada vez que passava diante do corpo, seus olhos fixavam-se na direção de meu pai, muito embora parecesse que o foco não fosse ele, mas algum ponto no vazio.

– Peço desculpas se fui inconveniente – retraiu-se, baixando a cabeça.

– Não me entenda mal, isso não foi uma recriminação, muito pelo contrário. Sua atitude foi providencial e merece agradecimento, pois trouxe ligeira paz ao ambiente. Toda nossa família lhe é grata pela sensibilidade naquele momento tão complicado para todos – arrematou Enrique.

– Não creio que haja motivos para agradecimentos. Fiz o que devia ter feito

– Você está sendo modesta. Demonstrou extremo carinho para com todos nós.

– Não fiz mais do que a minha moral cristã me obriga, pois cada um de nós tem o dever de ofertar ao próximo todo amor e bondade que nos for possível.

– Independentemente de suas motivações, seremos sempre gratos pelo auxílio. Não reduza a importância de suas atitudes.

Sentindo um calor súbito tomar conta de seu rosto, que certamente estava corado, Mariana baixou a cabeça, encabulada.

Percebendo o desconforto da jovem, Enrique mudou rapidamente o foco da conversa:

– Como eu disse, não vim aqui para recriminá-la, mas sua ação me intrigou e despertou minha curiosidade: por que você agiu daquela maneira? Minha impressão, corrija-me se eu estiver errado, foi a de que você sabia exatamente o que estava fazendo, não? Além disso, o que me diz sobre o olhar vago, na direção do nada?

Por alguns instantes, Mariana manteve-se calada,

refletindo e escolhendo as palavras adequadas para a resposta. Temia ser mal interpretada. Pior, poderia ser demitida caso não se fizesse compreender e não podia se dar ao luxo de perder aquele emprego.

Na fração de segundos em que seu cérebro concatenava a perspectiva mais adequada para a abordagem da questão, novamente aquela voz conhecida, a qual se habituara a ouvir ao longo dos anos, acompanhando-a, orientando-a e guiando-a pelos caminhos e situações mais importantes de sua vida, sussurrou-lhe aos ouvidos:

– A verdade é sempre o melhor caminho, minha irmã. Confie!

Enrique, parado à sua frente, aguardava ansiosamente pela resposta. Mariana, então, seguindo o conselho da voz amiga, decidiu apresentar-lhe a verdade.

***

Interrompe-se brevemente a narrativa para retroceder os rotores do tempo até o dia que marcou de maneira indelével a encarnação de Mariana, o momento em que foram descerrados, de maneira definitiva, os véus de sua mediunidade, e que a jovem veio a conhecer Saul, o Espírito designado pela Espiritualidade Superior para auxiliá-la durante sua passagem pelo estágio do corpo físico nesta Terra de provas e expiações.

Desde a infância, o comportamento da pequena Mariana já despertava preocupação nos pais, cujo conservadorismo e a mente cristalizada em dogmas seculares não entendiam – ou recusavam-se a entender – quando a menina passava horas conversando ingenuamente com seu amigo imaginário. Julgavam que o amigo invisível não passava de produto de sua fértil imaginação.

Mariana, aureolada pela pureza infantil, alheia a crenças e despreocupada com dogmas de quaisquer espécie, perdia-se em longas conversações com aquele amigo que, na ingenuidade de sua mente, era tão real quanto aqueles com quem brincava na vizinhança do bairro em que morava.

Os anos se passaram e levaram consigo a inocência. As conversas de criança com o amigo invisível espaçaram-se até desaparecerem por completo.

Embora os encontros tivessem ficado gravados na memória como uma lembrança distante, em nenhum momento Mariana deixou de acreditar na realidade daquela experiência.

A jovem contava com dezessete anos quando aquele amigo de lembrança longínqua reapareceu em sua vida, mas agora tinha discernimento suficiente para concluir que não se tratava de um devaneio ou brincadeira de uma mente infantil, mas a constatação da existência de um mundo espiritual e da possibilidade de intercâmbio com seus habitantes, que nada mais são do que as pessoas que um dia conviveram conosco neste mundo e a quem, equivocadamente, rotulamos de "mortos".

Findava a tarde de um domingo qualquer, as cortinas do quarto valsavam delicadamente, embaladas pelo ar cálido do anoitecer que penetrava pela janela, enquanto

Mariana, concentrada, estudava para uma prova escolar. Foi neste instante que, à sua frente, uma luz começou a surgir e, lentamente, aumentou em tamanho e intensidade.

Mantendo a calma, traço marcante de sua personalidade, Mariana viu aparecer diante de si aquela figura amigável a quem não via desde a infância, mas cuja fisionomia jamais esquecera. Era Saul, o "amigo imaginário".

Saul apresentava-se com aparência jovial – aparentava trinta anos, avaliava Mariana – e apareceu-lhe vestido com uma espécie de túnica em tons *dégradé* de amarelo, envolto por um halo de luz levemente azulada.

Surpresa, porém sem temor, Mariana observava com olhar sereno enquanto a figura do jovem amigo tornava-se gradativamente visível – quase tangível – à sua frente.

Foi, então, que Saul quebrou o silêncio que se fizera no ambiente e revelou a Mariana as razões pelas quais fazia-se presente em sua vida desde a infância.

O benfeitor apresentou-se a ela como um Espírito afeto e que fora designado para acompanhá-la durante sua jornada reencarnatória, servindo-lhe de conselheiro, guia e protetor, fazendo-a compreender que, nesta reencarnação, a moça, impulsionada pela inderrogável lei de causa e efeito, haveria de trilhar pelas veredas da mediunidade.

– Você é dotada da capacidade de sentir, ver, ouvir, conversar, interagir da forma mais ampla possível com o Espírito dos desencarnados. Sua responsabilidade será muito grande; o desafio, imenso – alertou Saul, com ar didático.

– Por que eu?

– Porque é necessário. Isso é tudo que você precisa saber agora.

– E se eu não conseguir?

– Conseguirá!

– Você, então, será meu anjo da guarda?

– Mais ou menos isso. Desde antes do seu retorno à Terra, fui designado para, nos limites das minhas possibilidades e do seu livre-arbítrio, protegê-la, orientá-la, conduzi-la no caminho do bem e do progresso através das provas da vida.

– Sendo assim, só me resta dizer obrigada – agradeceu a moça.

E foi nesse singelo vão da história que Mariana obteve respostas para questões existenciais que assolam todo ser humano: quem somos? De onde viemos? Para onde vamos?

Entretanto, como a todo bônus corresponde um ônus proporcional, Saul alertou-a de que a mediunidade, direcionada à prática do bem, implica na necessidade de se manter uma conduta disciplinada e uma vida pautada por renúncias, voltada para o amor ao próximo; uma busca constante pela espiritualização, em detrimento da procura por prazeres mundanos. Aquele trabalho exigiria disciplina, perseverança e definição rígida de prioridades.

Mariana sentiu-se acuada diante da apresentação de

uma tarefa para a qual duvidava estar qualificada. Saul, porém, amenizou seus temores em relação às responsabilidades futuras, asseverando que a renúncia, quando feita em nome do bem, tem o condão de produzir a transformação moral do próprio renunciante, bem como de tudo e de todos que o rodeiam.

Desde então, Mariana, que poderia, fazendo uso de seu livre-arbítrio, recusar o trabalho, resolveu entregar-se de corpo e alma ao estudo e ao desenvolvimento da mediunidade, com a finalidade primeira e principal de auxiliar seu semelhante, deste e de outro plano.

Muitas foram as dificuldades enfrentadas durante o processo de educação de sua mediunidade, mas em todas Saul se fez presente, orientando-a, auxiliando-a na compreensão de sua missão e evitando desvios.

Houve situações em que Mariana por pouco não se desviara do caminho traçado, como no período em que enfrentou a maior dificuldade de sua existência, sendo forçada, pelas circunstâncias, a mudar completamente de vida.

Mariana nasceu no seio de uma família de muitas posses: o pai, um político influente, e a mãe, professora universitária, proporcionaram a ela e a Tessália, sua irmã mais jovem, uma vida luxuosa, com todos os confortos que o dinheiro seria capaz de proporcionar, inclusive educação de excelência nas melhores instituições de ensino disponíveis na região, até que a vida lhe mostrou o quão efêmeros podem ser os bens terrenos.

Desde que o pai alçara voos mais altos na política,

Mariana e Tessália começaram a sofrer com a ausência constante do casal. Além disso, as irmãs também não mantinham uma relação muito próxima. A diferença de idade – cinco anos – e o temperamento oposto: Mariana, centrada e tranquila; Tessália, intempestiva e revoltada com sua situação, contribuíam decisivamente para o afastamento.

O castelo de cartas de sua vida começou a desmoronar quando a irmã, cansada da ausência dos pais, tirou a própria vida, causando um verdadeiro furacão no seio da já desestruturada família.

Pouco tempo depois, descobriu-se que o pai estava envolvido em um grande esquema de corrupção, cuja repercussão implodiu o pouco que ainda restava da débil base familiar.

O pai chegou a ser preso por alguns dias, mas o exército de advogados que contratou lhe garantiu o direito de responder o processo em liberdade.

Meses mais tarde, acabaria condenado a vinte e um anos de prisão, além da perda dos bens adquiridos com dinheiro público desviado, ou seja, todo o patrimônio da família, pena que jamais chegou a cumprir, pois ele e a esposa perderam a vida num misterioso acidente aéreo com o monomotor da família.

Órfã, sem parentes próximos vivos, sem qualquer suporte material, afinal os bens da família foram retomados pelo Estado, Mariana teve ainda que carregar a vergonha de ser apontada nas ruas como filha de político corrupto, rótulo que lhe fechou as portas do mercado de trabalho, mesmo diante de suas inúmeras qualificações.

Sem opção, a jovem, que também detestava os olhares de pena lançados por alguns – suportava melhor a indiferença do que a piedade –, ergueu a cabeça, reuniu os poucos pertences pessoais que lhe restara e decidiu mudar-se para a pequena e pacata Porto dos Anjos, terra natal de seus familiares, reduto que há muito os esquecera, pois os viu partir jovens em busca de oportunidades. Tinha certeza de que nela encontraria o anonimato de que necessitava para o recomeço.

Mariana não conhecia a cidade de origem dos pais – faziam questão de renegá-la por julgá-la inexpressiva – que hoje abrigava os despojos físicos da irmã, que foi sepultada numa cerimônia íntima e discreta, no jazigo dos avós, para amainar o escândalo relacionado às circunstâncias de sua morte.

Foi então, em Porto dos Anjos, que Mariana recomeçou a vida de forma humilde e tranquila, trabalhando como empregada na fazenda Mar de España, tentando deixar para trás um passado de tristezas e sofrimentos.

Durante a dura transição, Saul foi o sustentáculo de sua pupila, que, apesar do berço onde nascera, adaptou-se rapidamente à nova vida, que, apesar de ser repleta de privações e saudade, abundava em paz de espírito.

Chorou muitas vezes a perda de todas as pessoas que amava, com quem nunca conseguiu manter contato, apesar da mediunidade ostensiva, mas, por fim, resignava-se, encontrando, no auxílio ao próximo, o alento para suas próprias dores.

※※※

Retomando a narrativa, após breve, porém necessário, parêntese no tempo, Enrique Garcez estava postado em frente a Mariana aguardando a resposta sobre suas ações durante o velório de Tiago.

A jovem pediu, em pensamento, que os bons Espíritos a auxiliassem no encontro das palavras adequadas para não chocar ou constranger Enrique e iniciou o relato dos fatos que presenciou através da faculdade da clarividência:

– Espero que não entenda mal o que vou lhe dizer – o tom de voz de Mariana e suas expressões corporais eram de receio.

– Fique tranquila, Mariana. Não há motivos para ter receios. Pode ser franca.

– Desconheço se o senhor, digo, você, tem conhecimento de que sou espírita?

– Não sabia – mentiu Enrique.

– Relativamente à oração que tomei a liberdade de fazer durante o velório, a ideia era justamente fazer cessar as conversas simultâneas e pouco edificantes, que estavam criando uma atmosfera perturbadora para todos que ali se encontravam, inclusive para o próprio Tiago.

– Para o próprio Tiago? Você está querendo dizer que o viu durante o velório?

– Sim – respondeu Mariana, com sobriedade –, na verdade, Tiago fez-se presente durante todo o processo: no velório, na igreja e também no cemitério.

– Você tem certeza do que está dizendo?

– Jamais ousaria brincar com algo tão sério, principalmente em se tratando do sentimento de pessoas que sofrem com a dor da separação.

– O que você viu exatamente? Como ele estava?

– As conversações fúteis durante o velório, algumas de baixíssima vibração, o falatório nos telefones celulares, as maledicências, dentre outras coisas, estavam perturbando ainda mais o já aturdido Espírito de Tiago, que sofria diante do choque traumático produzido pela desencarnação repentina. Tiago estava postado próximo ao caixão, bem ao lado de seu pai...

– Então era por isso que você olhava fixamente sempre na mesma direção? – interrompeu Enrique, bruscamente.

– Exatamente, era a ele a quem eu buscava com os olhos em todas as vezes que passei por vocês ou parei para fazer as orações.

Tiago permaneceu o tempo inteiro ao lado do seu pai, com olhar de súplica, e havia desespero em sua expressão. Suponho que ele deveria estar angustiado diante do sofrimento da família, mas, como eu disse, isso é apenas suposição mesmo, pois em nenhum momento o vi pronunciar uma palavra sequer.

Minha intenção naquele instante foi acalmá-lo e tentei fazê-lo através dos benefícios que a prece oferece aos que sofrem. Aliás, a oração sincera, tão útil, era a única coisa que não se via naquele ambiente barulhento.

– Acho fascinantes suas explicações, concordo com

a questão relativa à importância da prece, mas confesso que tenho muita dificuldade para aceitar essa visão de Tiago ou da existência de um mundo espiritual como um todo.

Custa-me crer ou divisar em minha mente um mundo habitado somente por Espíritos, invisíveis aos nossos olhos, ou parte de nós, e que um deles seja Tiago. Para falar a verdade, nunca me interessei por isso e sempre achei que fé, morte, Espíritos, são termos que fazem sentido somente nas igrejas, mas que não têm qualquer significado fora delas. Talvez eu seja ateu e não saiba – sorriu.

– Compreendo seu ceticismo ou suas dificuldades de aceitar o que contei, é uma reação natural, eu diria, mas posso garantir que se trata da mais pura expressão da verdade. Repito: jamais levantaria um assunto tão sério se não tivesse certeza do que estou falando.

– O que mais você viu sobre Tiago? – perguntou Enrique, curioso, apesar do ceticismo.

– Tiago não só esteve presente durante toda cerimônia, do velório ao sepultamento, como já o vi, recentemente, perambulando pela fazenda e no interior da casa. Sua presença por aqui tem sido uma constante.

Não me leve a mal, Enrique, não creia que estou querendo assustá-lo ou tentando impor minha crença, mas as visões que tenho são reais e há uma vasta literatura disponível capaz de demonstrar que a sobrevivência do Espírito, a manutenção da sua individualidade após a morte do corpo, além da possibilidade de contato com os ditos "mortos", são fatos comprovados.

– É muito difícil aceitar essa realidade, pois vai de encontro a conceitos que cresci ouvindo, que correm em minhas veias, que estão presentes em meu DNA. Confesso, porém, que a teoria que você defende é muito fascinante e, admitindo, apenas no campo das hipóteses, a veracidade do que você diz, só o fato de saber que Tiago continua vivo confortaria nossos corações machucados pela perda repentina – desabafou Enrique.

– Caso você tenha interesse de conhecer mais sobre o tema, posso indicar-lhe algumas obras através das quais poderá aprofundar-se na questão, tirar suas conclusões e construir a sua própria verdade, ainda que seja para afastar da sua cabeça tudo aquilo que eu lhe disse hoje.

– Faça uma lista com as obras cuja leitura esteja relacionada com essa situação que conversamos, que irei hoje mesmo à livraria comprá-las, pois quero, verdadeiramente, estudar e tentar compreender melhor o assunto, ainda que seja para descartá-lo, como você disse.

– Assim que terminar meu trabalho aqui no jardim, faço a lista de alguns livros – sorriu a jovem.

– Lembrei-me de que você não respondeu como Tiago está, já que afirmou tê-lo visto.

Mariana olhou para as flores com as quais estava trabalhando antes da chegada de Enrique, aproveitando aquele breve instante para formular a resposta à indagação do patrão.

Depois de alguns segundos, mas cujo silêncio e a expectativa da resposta pareceram longos e intermináveis minutos para Enrique, cravou os olhos castanhos no rapaz, que a encarava ansioso, e respondeu:

– Para ser sincera, Tiago não está bem. Devido ao acidente, seu Espírito foi expulso do corpo de forma violenta e, por manter-se excessivamente apegado a este plano, permanece entre nós. O ideal seria que fosse conduzido pelos socorristas do plano espiritual a um local de tratamento.

Estando Tiago ainda por aqui, significa, muito provavelmente, que o socorro ainda não foi prestado por opção dele próprio, em respeito ao seu livre-arbítrio. Está claro que algo o prende ao nosso plano e deduzo que esta circunstância esteja relacionada ao senhor Garcez, pois em todas as vezes que o vi pela casa, estava junto de seu pai ou próximo dele.

– Você acha, então, que Tiago está preso ao nosso mundo devido a algum assunto inacabado ou algo assim?

– Enrique, não posso fazer de conta que não sei da terrível discussão de Tiago e seu pai no dia do acidente, os gritos podiam ser ouvidos por todos os cantos da casa.

Seria leviandade da minha parte, afirmar, categoricamente, que este é o motivo que impede seu irmão de seguir adiante, mas a julgar pelo contexto da situação, certamente esse fato deve estar contribuindo muito para isso.

O acidente impediu que palavras fossem ditas e desculpas pedidas, tanto por Tiago quanto pelo senhor Garcez. Ambos devem estar carregando a culpa pela omissão, naquele fatídico dia.

Criou-se, assim, um círculo vicioso do qual não conseguem se libertar e, por isso, encontram dificuldades para seguir em frente, cada qual no seu plano de existência.

– Você acha que Tiago também pode estar sofrendo por arrependimento ou remorso?

– Quando você olha para o seu pai, consegue visualizar em sua fisionomia o peso da culpa a pesar-lhe os ombros? – perguntou a jovem.

– Com certeza! Meu pai está profundamente abalado com o fato de o acidente ter ocorrido logo após a discussão que teve com meu irmão. Sente-se culpado pelo estado de espírito de Tiago ao deixar esta casa e que isso, na sua avaliação deturpada, teria sido o fator determinante para o acidente.

– Da mesma forma que você consegue identificar o sofrimento através de um simples olhar, eu vejo, com a mesma nitidez, sofrimento idêntico em seu irmão. Ele sofre, não tenha dúvida disso.

Quanto à culpa pelo acidente, não há como concordar com o pensamento do senhor Garcez, por mais que compreenda seus sentimentos. É preciso ter em mente que não há improvisações nos planos Divinos; tudo aconteceu da forma e no momento em que deveria acontecer. Havia um plano para o Espírito de Tiago quando este encarnou na Terra, assim como há para todos nós, e este plano seguiu seu curso na forma planejada.

– Na mesma proporção com que duvido de suas explicações, sou atraído por elas.

– Estude. Aprofunde-se no tema com a mente aberta; se acreditará ou não é outra situação. O conhecimento é o caminho mais seguro para dissipar suas dúvidas.

Antes de despedir-se da moça, Enrique solicitou-lhe que não se esquecesse da relação dos livros, além de pedir que ela mantivesse segredo sobre a conversa, não revelando aos pais o teor de suas visões, pois não sabia quais seriam as suas reações.

– Deixe-me estudar mais sobre o tema e, no momento oportuno, eu mesmo me encarrego, se for o caso, de conversar com meu pai e minha mãe sobre o que conversamos hoje – solicitou Enrique.

– Não se preocupe quanto a isso, pois não fosse a sua indagação direta, eu jamais teria tocado nesse assunto, inclusive com você, pois sei o quanto a situação é complexa e delicada, pelo fato de envolver sentimentos e crenças. Deve ser abordado em momento e forma oportunos.

O sol na dosagem correta produz a vida; em demasia, cresta a planta – complementou Mariana.

Em seu íntimo, a moça sabia que a mera permissão que Enrique se concedia, para duvidar sobre as explicações, era um grande indício de que a semente lançada encontrara solo fértil. A literatura indicada, caso realmente lida e estudada pelo jovem, será o adubo e a água que farão brotar e vingar a semente plantada.

Eis que o semeador saiu a semear... inevitável não lembrar do Mestre neste momento.

Algumas sementes ficam enterradas e ocultas, aguardando o melhor clima, e brotam rapidamente quando estimuladas pelo alento da estação favorável. Chegara a primavera para Enrique.

"A verdade é irresistível! Que enorme vantagem desfrutam todos aqueles que têm a capacidade de aproximar-se, receptivos, dos caminhos do bem" – sussurrou-lhe Saul, seu amigo e mentor espiritual.

Mariana sorriu, concordando.

Enquanto Enrique dava os primeiros passos pelos caminhos da verdade, aquela cujo conhecimento liberta, seu pai, bem próximo de si, enlaçado pela fixação mental do remorso a lhe corroer lentamente, perdia-se, dia após dia, na solidão de silenciosas reflexões.

Os fantasmas pessoais, liderados pela culpa, alteraram-lhe sobremaneira o modo de ser. Passava horas a fio fechado no escuro do escritório. Se pudesse, Garcez escolheria ficar sozinho ali para sempre. Deixaria o tempo escorrer, enquanto mergulhava numa vida de miséria existencial, quase sub-humana.

A única luz que penetrava no ambiente eram os filetes que, pelas frestas, delineavam o contorno da porta fechada.

Sua companhia na penumbra era a consciência, que, implacável e inclemente, açoitava-o com lembranças repetidas das palavras que, com o dedo em riste, dissera ao filho no último momento em que estiveram juntos.

108

Palavras difíceis de relatar e ainda mais difíceis de esquecer. O passado ecoava no presente.

Todos na casa estavam preocupados com o isolamento de Garcez. O patriarca abandonou, inclusive, o comando dos negócios da família, controle centralizador que fora o motivo da discussão com Tiago. Ironias da vida!

Até mesmo à mesa seus hábitos mudaram. Apreciador de farta refeição, com boa comida, em torno da família reunida, desde então passou a alimentar-se frugalmente, preferencialmente isolado, gravitando num universo vazio onde o remorso era sua única realidade.

Enrique tentou, por várias vezes, retirar o pai daquele pernicioso estado a que se entregara, mas todos os seus esforços mostraram-se inúteis e eram repelidos, na maioria das vezes, de forma ríspida.

– A companhia da solidão, sempre convidativa a exames de consciência, é suficiente para mim – repetia, filosofando.

Isabel também esboçou algumas tentativas de animar o marido, mas enfraquecida psiquicamente pelo peso de suas próprias agruras, desistia rapidamente.

Não raras eram as oportunidades em que, sintonizada com as angústias do marido, entregava-se ao choro revoltoso.

No plano espiritual, o sofrimento de Tiago não era menor, e os motivos eram idênticos.

109

Os assuntos não resolvidos com o pai perturbavam sobremaneira aquele Espírito recém-desencarnado.

Compartilhando do mesmo remorso do pai, fruto da desavença familiar não resolvida, culpava-se por ter contrariado seu genitor e provocado mágoa, dor e sofrimento naquele a quem muito amava.

Formava-se, assim, um círculo pernicioso cujas energias deletérias o prendiam à casa paterna e o mantinham junto a seus entes queridos, tentando, desesperada e inutilmente, falar-lhes tudo aquilo que o orgulho e a raiva o impediram quando deixou a residência da família pela derradeira vez.

"Sinto muito, meu pai. Perdoe-me pela intempestividade dos meus atos e por não lhe ter consultado antes de tomar as decisões. Não queria causar tantos aborrecimentos" – falava, aos prantos, ao pai, que não captava suas palavras.

"Perdoe-me!" – suplicava, acercando-se da mãe.

"Enrique? Diga-lhes que sinto muito" – implorava ao irmão, que, assim como os demais membros da família, permanecia completamente alheio ao seu desespero.

A atmosfera – física e espiritual – da casa era densa, e qualquer um que fosse dotado de mínima sensibilidade seria influenciado pelo peso das energias insalubres acumuladas no ambiente.

A situação na fazenda era preocupante. A família Garcez esfacelava-se lentamente.

CAPÍTULO 5

Alvorecer

ASSIM COMO A HORA MAIS ESCURA DA NOITE MARCA o início do alvorecer de um novo dia, para a família Garcez, que enfrentava os momentos de maior escuridão em suas vidas – uma madrugada de dor, de saudade e de remorso –, aproximavam-se as primeiras luzes da alvorada e a réstia de luz trazia consigo a esperança de dissipar o manto de trevas que recobrira as almas daquelas pessoas.

Enrique, o gêmeo tido como inconsequente, chamado até de *bon vivant* por muitos, seria o elo que ofereceria à família o caminho para reencontrar a paz e o consolo, temporariamente perdidos.

Aquela família, como um botão de flor, encontrará, na escuridão da noite de suas vidas, o elemento e a força necessários para florescer e revelar toda a beleza de uma existência com a face totalmente voltada para a luz.

A morte de Tiago cobriu o ambiente de trevas, mas a

certeza de que a vida não cessa será o orvalho que os fará desabrochar para a verdadeira existência.

Após a conversa com Mariana, Enrique ficou bastante intrigado com o teor das revelações feitas pela moça.

– Será mesmo que é possível esse intercâmbio entre os vivos e os mortos? E Tiago, estaria ele sofrendo como uma "alma penada", preso a este mundo em virtude dos assuntos não resolvidos com meu pai? – perguntava-se, preocupado.

Ainda que superficialmente, já ouvira falar do Espiritismo, sabia que se tratava de uma crença que defende a reencarnação e na qual as pessoas dizem comunicar-se com os Espíritos daqueles que já morreram, mas seu conhecimento parava por aí, pois, criado no seio de uma família católica apostólica romana, jamais deu qualquer importância a assuntos dessa natureza.

Até o acidente de Tiago, morte e Espíritos eram assuntos distantes para Enrique e recebidos com relativa má vontade – ficção, dizia mesmo –; temas que não faziam parte de seu pensamento, que diziam respeito tão somente a outras pessoas, como se sua família pudesse ser indefinidamente poupada da inevitável visita da morte.

A dor da perda, a saudade e, posteriormente, a conversa com Mariana foram divisores de águas na sua vida, fazendo despertar no jovem o súbito interesse pela compreensão daqueles assuntos, antes sem importância, relegados à categoria de crendice ou, como dito, ficção.

Ainda enfrentando uma reticência pessoal, interrogava-se sobre os reais motivos de seu repentino interesse pelo assunto. Seria pelos fundamentos da Doutrina Espírita, brevemente apresentados por Mariana, ou pelo consolo que a mera hipótese de veracidade da teoria da sobrevivência do Espírito produziria – já estava produzindo – em sua vida?

"Independentemente das razões que movem minha busca, irei atrás do entendimento necessário, ainda que seja para descartá-lo por descrença" – disse a si mesmo, determinado, dando de ombros às próprias dúvidas.

Mariana, por sua vez, no intuito de cumprir com a promessa feita a Enrique, dirigiu-se até a cozinha, abriu uma das portas da despensa e retirou uma caneta e um pequeno bloco que usava para anotar os itens que precisavam ser comprados no supermercado. Ali mesmo começou a esboçar pequena lista de obras espíritas, suficientes para que Enrique iniciasse os estudos.

A lista era encabeçada pelo *O Livro dos Espíritos*, seguido pelo *O Evangelho Segundo o Espiritismo*, dois exemplares das chamadas "obras básicas" da Codificação Espírita.

Apesar de reconhecer a importância do estudo das cinco obras básicas apresentadas por Allan Kardec, o Codificador da Doutrina Espírita – *O Livro dos Espíritos, O Livro dos Médiuns, O Evangelho Segundo o Espiritismo, O Céu e o Inferno* e *A Gênese* –, Mariana julgou que, por ora, essas duas obras seriam suficientes para atender aos interesses imediatos de Enrique.

À pequena relação, foram incluídos ainda alguns

itens da literatura espírita subsidiária, como o clássico "Nosso Lar" e "Os Mensageiros", ambos psicografados pelo médium Chico Xavier, ditados pelo Espírito André Luiz.

Mariana finalizou a lista com a inserção da obra intitulada "Recordações da Mediunidade", de Yvonne do Amaral Pereira, incluída com base na linha de interesse delimitada pelo próprio Enrique, pois, nesse livro, a autora, com a orientação do elevado Espírito do Doutor Bezerra de Menezes, relata suas próprias experiências com a mediunidade e, além de tratar de temas relacionados a memórias de vidas passadas, trata da situação de Espíritos que desencarnaram através de mortes violentas, dentre outros assuntos envolvendo a vida no plano espiritual.

A intenção da jovem empregada era a de que o patrão tomasse conhecimento dos princípios básicos da Doutrina Espírita: a existência de Deus, a sobrevivência do Espírito, a reencarnação, a pluralidade de mundos habitados e a comunicabilidade com os Espíritos.

Entendia que essa introdução, ainda que superficial, poderia auxiliá-lo consideravelmente na forma de lidar com todas as questões relacionadas à morte do irmão.

Mariana tinha consciência de que havia muito mais a ser apresentado a Enrique; obras com envergadura doutrinária tão grande quanto as que listara naquele momento, mas entendia que deveria ir devagar, apresentar o essencial, levando em conta o interesse manifestado por Enrique e, depois, aguardar o resultado, esperando que o passo seguinte fosse dado por iniciativa dele, a partir do interesse que a leitura inicial e o tema, como um todo, despertariam.

"A luz em demasia cega, e o Sol em excesso queima" – repetiu para si mesma, em voz baixa.

Tão logo terminou a lista, e após escrever mais algumas palavras, Mariana saiu à procura de Enrique pela propriedade, queria entregar-lhe suas anotações o quanto antes, já que o jovem lhe pedira urgência, pois tencionava deslocar-se até a livraria da cidade para buscar o material ainda naquele dia.

A busca de Mariana não se estendeu por muito tempo. Encontrou o rapaz, distraído, sentado no sofá da sala de estar, lendo algo no aparelho celular.

– Com licença, senhor Enrique, perdão por interromper – falou, respeitosa.

– Já lhe pedi para deixar estas formalidades de lado, Mariana. Além disso, você não interrompeu nada importante.

– Desculpe-me, Enrique, não se livra de velhos hábitos assim tão facilmente.

– Pois trate de aprender a fazer isso – sorriu –, pois este tratamento faz com que eu me sinta um ancião e temos praticamente a mesma idade.

Como eu disse, você não está atrapalhando nada. Estava justamente lendo no celular alguns artigos sobre o Espiritismo, principalmente em relação àquilo que você me falou sobre Espíritos que ficam ao nosso redor.

Mariana nada comentou sobre as pesquisas dele, não era adepta à realização de consultas na internet, salvo se tivesse certeza da procedência da fonte, pois havia muitas informações de confiabilidade duvidosa circulando na rede, que mais confundem do que esclarecem ou, o que é pior, apresentam informações equivocadas.

Mantendo a discrição que lhe marcava a personalidade, com olhar terno, e apresentando um sorriso cálido, limitou-se a entregar os nomes das obras espíritas que havia relacionado.

– Aqui está o que eu havia prometido, Enrique – falou calmamente, estendendo a mão direita, na qual trazia o pedaço de papel dobrado ao meio.

O rapaz estendeu a mão para pegar o papel e sua mão roçou na de Mariana. Por uma fração de segundo, ambos olharam-se nos olhos, como se uma afinidade em estado de hibernação fosse subitamente despertada. O futuro confirmaria aquela impressão.

Mariana, tocada por uma sensação que não sabia explicar, mesmo encabulada, tratou logo de quebrar aquela atmosfera.

– Creio que esses livros sejam suficientes para introduzi-lo nos temas que conversamos antes. Terminando-os, se houver interesse, posso indicar outros. Há muitos! – sorriu.

– Sou apaixonado por leitura, compulsivo até. Perguntar se desejo livros é o mesmo que perguntar a um coelho se deseja cenouras – brincou Enrique, exibindo um sorriso largo, na tentativa de disfarçar um ligeiro desconforto.

– Bem-vindo ao time – respondeu a jovem.

– Ótimo! Fico feliz por saber que temos esse gosto em comum, podemos trocar impressões e experiências literárias, mas, neste momento, meu foco será ler estas obras que você sugeriu.

– Espero sinceramente que goste.

Dito isso, Mariana pediu licença e despediu-se, pois precisava continuar seus afazeres.

Enrique agradeceu à moça pelo auxílio e permaneceu observando-a, até que perdeu contato visual com ela, que se embrenhou pelos corredores da casa.

Sozinho novamente, Enrique desdobrou o pequeno papel e começou a ler pausadamente o conteúdo do singelo bilhete, manuscrito com caligrafia arredondada e simétrica:

"Enrique, julgo que seria interessante iniciar os estudos pelos livros abaixo e, se possível, leia-os nesta ordem:

* O Livro dos Espíritos
* O Evangelho Segundo o Espiritismo
* Nosso Lar
* Os Mensageiros
* Recordações da Mediunidade

Espero que sejam esclarecedores, e que, ao final, você tenha ainda mais dúvidas, pois só encontra a verdade aquele que a procura.

Mariana

PS: Reflita sobre João, 8: 31-32"

Enrique analisou detidamente o título de cada um dos livros indicados por Mariana, aguçando ainda mais sua curiosidade e o desejo de iniciar a leitura, mas, antes de sair em busca das obras, quis ler o teor da citação evangélica pós-escrita no bilhete.

Dirigiu-se até a estante da sala e retirou uma Bíblia, encadernada em couro, com páginas douradas na extremidade, que fazia parte da decoração do ambiente.

O jovem abriu o exemplar aleatoriamente, era a primeira vez na sua vida que se interessava pela leitura de uma página da Bíblia – já lera textos bíblicos antes, mas somente nos folhetos da missa dominical, nunca por iniciativa própria.

Folheando cuidadosamente as finas páginas daquele que sua mãe chamava de "livro sagrado" e tendo a sensação de que as páginas se rasgariam ao menor toque, tentou localizar o livro de João referenciado por Mariana, mas enfrentava grande dificuldade na empreitada, pois não compreendia as divisões e subdivisões dos livros bíblicos, as perícopes, os capítulos e versículos, bem como as abreviaturas – estas eram as que mais o confundiam, pois não conseguia encontrar o autor do livro através das abreviaturas existentes no que era chamado "índice de abreviaturas".

Foram alguns minutos de busca, contando com a pequena trapalhada que o levou a ler equivocadamente o capítulo do livro errado, confundiu o Evangelho de João, situado no Novo Testamento, com o livro do Antigo Testamento de Jó – "culpa das abreviaturas que são parecidas", justificou-se para si.

Finalmente, depois de algumas idas e vindas nas páginas da Bíblia e uma longa procura no índice sistemático, Enrique finalmente encontrou o texto correto, o de João, Capítulo 8, versículos 31 e 32, e só então compreendeu as razões pelas quais Mariana o instigou a procurá-lo. Relatava o texto bíblico:

> *"Dizia Jesus, então, aos judeus que haviam crido nele: se vós permanecerdes na minha palavra, sois verdadeiramente meus discípulos. E conhecereis a verdade, e a verdade vos libertará".*

– Conhecereis e verdade, e ela vos libertará – repetiu a sentença de forma pausada e com o pensamento voltado para o irmão Tiago.

Depois de um longo suspiro e de impedir, com as costas da mão, a queda de uma pequena lágrima de saudade, respirou fundo e partiu em busca das obras indicadas por Mariana.

Segundos após ganhar a estrada, Enrique olhou para trás e percebeu que a fazenda Mar de España era agora apenas uma mancha perdida entre o verde dos montes que a circundavam.

A única livraria da cidade estava localizada na região central de Porto dos Anjos. Em uma cidade pequena, os comerciantes precisavam diversificar seus negócios, por isso vendiam-se livros em diversos estabelecimentos comerciais, como papelarias, supermercados, lojas de conveniência, mas livraria propriamente dita, dedicada exclusivamente ao comércio de livros, por mais redundante que possa soar a expressão, havia apenas uma.

Depois de dirigir alguns quilômetros pela longa reta que cortava campos recém-colhidos, que se intercalavam com áreas pendentes de colheita, formando um cenário que mesclava distintos tons de verde, já podia notar traços da aproximação da região urbana do município; o centenário e imponente eucalipto, cujo tronco necessitaria de, pelo menos, uma dezena de pessoas de mãos dadas para abraçá-lo, servia de marco natural da divisa entre a zona rural e a zona urbana.

Daquele ponto em diante, a distância entre as residências começara a ficar cada vez menos espaçada e, aos poucos, foram surgindo crianças correndo e brincando num terreno baldio, dividindo uma bola de futebol de plástico com os vira-latas da rua, que latiam felizes por participarem da brincadeira.

No lado oposto ao campo de futebol improvisado, uma fileira de patos nadava sossegadamente, desfrutando das águas serenas e verdes de um pequeno lago artificial.

Na paisagem, o contingente de árvores diminuía na mesma proporção em que a densidade de casas aumentava. Enrique se deu conta de que havia algum tempo que não visitava a cidade. Desde a morte do irmão, não havia saído dos limites da propriedade da família.

Este pensamento o conectou imediatamente a outro, qual seja, a situação do pai que, castigado pela dor da perda, havia perdido completamente o interesse pelos negócios da família, algo inimaginável num passado não muito remoto, considerando o perfil de José Garcez.

120

Ironicamente – pensou Enrique –, depois da morte do irmão, o pai olhava com carinho – o que não implicava necessariamente em cuidado excessivo – apenas para atividades relacionadas ao cuidado do gado comprado por Tiago, cuja aquisição desencadeou a terrível cizânia entre ambos, horas antes do trágico acidente.

Certamente, o pai estava buscando naquela atividade uma forma de mitigar a culpa que sentia pela morte do filho. Esta foi a maneira que encontrou para pedir desculpas por ter sido tão intransigente em relação ao projeto idealizado por Tiago.

E os pensamentos seguiam, conectando-se em grande velocidade, e aquela situação levou Enrique a refletir sobre uma outra questão: admitindo-se a hipótese de que Mariana estivesse certa quanto às suas teorias a respeito da vida após a morte e que tivesse a capacidade de ver Tiago, esta revelação poderia ser a escada que retiraria seus pais das profundezas do abismo de dor em que foram atirados.

Apesar da aparente lógica contida nas palavras da empregada, a situação ainda era muito estranha para a mente cética de Enrique, por isso estava tão determinado a estudar e tentar entender mais sobre o tema, sem tirar conclusões precipitadas e, principalmente, sem criar falsas esperanças sobre a atual condição do irmão falecido.

Não duvidava das intenções de Mariana, certamente a moça acreditava piamente naquilo que dizia, mas isso não implicava em tomar suas palavras como verdade absoluta, afinal, a jovem poderia estar se deixando levar pela sua crença e seu cérebro projetando visões condizentes com aquilo em que acreditava.

"Será que tudo não passa de uma ilusão produzida pelo subconsciente de Mariana? Mas ela é tão convicta em suas afirmações... Quantas dúvidas, Enrique..." – falava sozinho o gêmeo.

As suas reflexões cessaram quando adentrou no centro da bucólica cidade de Porto dos Anjos – "na Praça", como se referiam os moradores mais antigos ao centro da cidade –, deixando para trás a gracilidade e o frescor da zona rural, onde a sombra das grandes árvores abundava e o capim e os arbustos rasteiros recobriam o solo como um grande tapete em tons de verde em *dégradé*.

Porto dos Anjos, um simpático município com pouco mais de nove mil habitantes, economia movida pela agricultura, pecuária e piscicultura, destacava-se no cenário da região por ser qualificada como uma cidade simples, pacata, hospitaleira e com baixíssimo índice de criminalidade.

Suas construções antigas e estilo arquitetônico remetiam às raízes dos fundadores da cidade, deixando no ar a sensação de que aquele local havia estacionado no tempo e que vivia ainda no período compreendido entre o fim do século XIX e o início do século XX, sensação que só era suavizada pela presença de alguns itens característicos da tecnologia moderna, como o relógio digital colocado no canteiro da avenida principal, onde se via também uma placa informando a existência de rede de internet sem fio, fornecida gratuitamente pela municipalidade, além de um ou outro letreiro luminoso que enfeitava algumas das fachadas do diminuto comércio portoanjense.

Enrique estacionou o carro na praça central, em frente à confeitaria do alemão Hanz, cuja vitrina exibia uma variedade infindável de guloseimas da culinária alemã, com destaque para seus famosos biscoitos caseiros coloridos, cucas e potes de geleias, itens que atraíam a atenção de moradores de outras cidades da região e alguns turistas.

O jovem atravessou o sombreado verde veludoso e escuro das árvores do jardim central, seguindo por estreito caminho pavimentado com tijolos maciços que, se fossem amarelos, poder-se-ia dizer saídos do "mundo de Oz".

A "estrada de tijolos" – não amarelos – serpenteava por entre um gramado verde e bem cuidado, com poucas flores. Certamente, a pessoa que projetou aquele espaço preferiu a predominância do verde da grama e a sombra das árvores, uma conjugação reconfortante aos olhos que tinha a sua beleza, mesmo sem o colorido das flores.

Os passos foram interrompidos pelo repicar do sino da igreja matriz. O som fez ressoar na memória os ecos tristes do sino da igreja do bairro, que dobraram chorosos, marcando o compasso da marcha dos familiares que adentravam na nave principal carregando o caixão com o corpo de Tiago para a celebração de despedida. Inevitável para Enrique não relacionar aquele som com o dia da despedida do irmão; um dia de dolorosas recordações.

Enrique respirou fundo, atravessou toda a extensão do jardim central e avistou, do outro lado da rua, a livraria que procurava. Mesmo àquela distância, já se podia ler a fachada pintada com letras multicoloridas: *"Livraria Jardim do Éden – Porque a leitura é o verdadeiro paraíso"*.

À medida que se aproximava do local, lia-se também uma pequena frase do poeta Fernando Pessoa, escrita em preto, com caracteres em formato itálico, logo abaixo do *slogan* principal: *"Ler é sonhar pela mão de outrem"*.

Frases de efeito, a propósito, eram presenças constantes na decoração do ambiente.

Apreciador da boa leitura, Enrique já estivera várias vezes nessa livraria e, em muitas oportunidades, elogiara os proprietários – um jovem casal que também descendia dos náufragos espanhóis que fundaram a cidade – pela criatividade e bom gosto na decoração externa, atributos que abundavam também no interior.

Logo na entrada, já no interior do estabelecimento, as boas-vindas aos clientes eram dadas por um grande *banner* no formato de um livro aberto, fixado na parede atrás do caixa, onde se destacava o seguinte pensamento: *"As livrarias são as últimas evidências de que ainda há pessoas pensando (Jerry Seinfeld)"*.

Mais adiante, ao caminhar pelos corredores, vislumbrava-se pequenas placas de madeira, pintadas de branco, suspensas por finas correntes de alumínio, todas contendo breves citações escritas em preto, com uma fonte rebuscada que fazia lembrar a caligrafia desenhada de antigos pergaminhos, que delimitavam as diversas seções da livraria.

Logo à sua frente, no setor de livros escolares e didáticos, Enrique parou para ler a plaquinha que balançava ao embalo do vento. Nela estava escrito: *"Nunca pare de ler"*.

Na seção de romances e estilos literários relacionados, lia-se, na pequena tabuleta, uma citação que parafraseava o poeta gaúcho Mário Quintana: *"O livro nos permite estar só e acompanhado ao mesmo tempo"*.

Enrique circulou por entre os corredores e não demorou muito para avistar a seção que procurava, a de livros espíritas. Em seu íntimo, o jovem não esperava encontrar muitas obras dessa natureza, pois, apesar de ir à livraria com relativa frequência, em momento algum prestou atenção naquela seção, que qualificava de "livros exotéricos". O tempo mostraria quão equivocada era sua avaliação.

Para sua surpresa, o setor era bem maior do que supunha. Em sua imaginação, esperava encontrar uma pequena prateleira contendo alguns títulos espíritas, por isso espantou-se quando avistou um corredor inteiro com várias estantes abrigando os livros daquele setor.

Mais uma vez, seu olhar foi atraído para a pequena placa que girava freneticamente, movimentada pela corrente de ar produzida pela janela aberta que ficava exatamente na sua direção, indicando o início da seção.

Fã daquelas citações criativas que faziam parte da decoração da livraria, Enrique estendeu o braço, segurou delicadamente a tabuleta e pousou os olhos na sua inscrição: *"O livro é o corpo, a leitura, o Espírito"*.

"Muito apropriada!" – exclamou com sorriso nos lábios.

Os minutos seguintes foram dedicados não só à busca dos exemplares indicados por Mariana, mas também à análise curiosa e criteriosa de cada um dos livros do setor.

Não foram poucos os livros que atraíram sua atenção pelo título ou pela sinopse, como o caso de *"Há Dois Mil Anos"*, do Espírito Emmanuel, psicografia de Francisco Cândido Xavier. O jovem teve seu instinto de leitor compulsivo aguçado após rápida passada de olhos na contracapa, interessando-se imediatamente pela história de Públio Lentulus, senador romano que encontrou Jesus e que teria sido uma das encarnações do autor espiritual da obra.

"Este vai comigo também" – disse para si enquanto abaixava-se para pegar uma pequena cesta, estilo das usadas em supermercados, onde acomodou o primeiro dos muitos exemplares que levaria naquele dia, afinal, ainda precisava procurar a lista dada por Mariana.

Outro que Enrique adicionou à sua cesta de compras – também não indicado pela moça – foi um exemplar cujo título achou intrigante: *"Memórias de um Suicida"*, ditado pelo Espírito Camilo Cândido Botelho, psicografia de Yvonne do Amaral Pereira.

"Seria possível um suicida narrar sua história depois da morte?" – pensou Enrique, após ler na sinopse, na qual o autor afirma descrever na obra sua dolorosa experiência após a desencarnação pelo suicídio.

Quando acomodou o livro – um pouco mais grosso que os demais – e resolveu iniciar a busca por aqueles sugeridos por Mariana, foi que percebeu que a médium responsável pela psicografia de *Memórias de um Suicida* também era responsável pela psicografia de uma das obras de sua lista: *"Recordações da Mediunidade"*.

Enrique resolveu, então, procurar a atendente da

livraria para auxiliá-lo com os títulos que não encontrava. Depois de um discreto apontar de dedo com a mão direita, uma jovem, que não deveria ter mais do que vinte anos, trajando camiseta preta com a logomarca da loja estampada em branco, apresentou-se, prestativa, estampando um sorriso longo, estilo fotografia, pois o manteve durante o trajeto até Enrique, interrompido somente quando perguntou como poderia ajudá-lo, para depois retornar à face.

Enrique entregou a lista do livros que buscava à atendente, que os encontrou sem grande dificuldade.

Minutos depois, o rapaz deixava o local satisfeito, como todo leitor que sai de uma livraria trazendo uma sacola repleta de livros.

Enrique sempre dizia que nunca tinha livros suficientes e possuía dois prazeres relacionados a eles, os livros: o primeiro, tê-los; o segundo, lê-los.

De volta ao carro, Enrique acomodou a sacola de livros cuidadosamente no banco da frente e iniciou o percurso de volta. Sua dúvida principal era sobre qual leria primeiro. Embora Mariana tivesse sugerido a ordem, estava muito interessado na leitura daqueles que comprara por conta própria.

No caminho de volta, ainda impressionado com a quantidade e a diversidade da literatura espírita existente, todas, de alguma forma, descrevendo a existência de uma vida após a morte, a imagem do irmão veio-lhe à mente.

Quantas vezes ouvira alguém dizer: *"se existe vida após a morte, por que ninguém voltou para contar?"*. Agora, após sua visita à livraria onde tantas vezes estivera, dava-se conta de que cada um daqueles exemplares eram portadores de relatos de pessoas que retornaram justamente para contar sua história.

"Estariam ali as respostas às perguntas: 'Quem somos? De onde viemos? Para onde vamos?', que tanto intrigam a humanidade desde que o ser humano tomou consciência de si mesmo, concentradas naqueles simples escritos, ou será que tudo não passaria de uma conjunção de escritores contando histórias fictícias ou de uma fantasia coletiva? Mas são tantos!" – perguntava-se, lutando contra uma natural dose de ceticismo em relação ao assunto.

Novamente a lembrança do irmão povoou seus pensamentos, martelando incessantemente na cabeça. Era como se dezenas de slides com a imagem de Tiago fossem mecanicamente reproduzidos por seu cérebro. Instantaneamente, foi acometido por uma angústia repentina, seguida de aperto no peito. A respiração tornou-se pesada, pois o ar parecia ter ficado mais denso, praticamente irrespirável.

Sentindo um filete de suor frio escorrer-lhe pela face, Enrique abriu todos os vidros do carro na esperança de que o ar fresco da rua, batendo diretamente sobre o rosto, fizesse desaparecer o súbito e estranho mal-estar.

O que a percepção limitada dos sentidos físicos de Enrique não captava era que, ao seu lado, atraído pelos pensamentos constantes que lhe dirigia, o Espírito do irmão Tiago fitava-o com olhar de súplica, isto depois de tentar, inútil e desesperadamente, chamar a atenção do irmão para a realidade que ninguém percebia: a de que estava vivo!

Impotente diante da indiferença, Tiago desesperava-se por não se fazer ouvir. Como gostaria de produzir algum movimento, som ou qualquer ação física capaz de chamar a atenção, não só de Enrique, mas de todos os familiares que ignoravam sua presença.

Assustado com seu estado físico, Enrique não entendia o que estava acontecendo com seu organismo e as causas daquela sensação sufocante que chegara sem aviso.

Como a abertura dos vidros do carro não surtiu o efeito desejado, Enrique, percebendo que já havia adentrado no perímetro rural da cidade – a partir daquele ponto, o movimento de carros naquele horário era esporádico ou praticamente inexistente –, resolveu estacionar o veículo.

Aturdido e ligeiramente desorientado, o jovem desceu em um ponto onde a via de seixo rolado alargava-se e recebia o extenso sombreado produzido por eucaliptais que, em fila lateral e retilínea, guarneciam, inertes, os dois lados da estrada, tendo às suas costas algumas flores silenciosas, um rio de cachoeira que murmurava enquanto corria e uma alta montanha que apontava seus dedos de pedra na direção do céu.

O jovem moveu o espelho retrovisor na direção do rosto e notou que sua face estava pálida, trazia uma lividez quase cadavérica, como se fora feito de cera. Desceu do veículo e começou a sorver grande quantidade de oxigênio através de repetidos movimentos de inspiração e de expiração, cuja frequência e velocidade podiam ser comparadas aos movimentos sistólicos e diastólicos do coração.

Depois de um par de minutos repetindo os movimentos, o corpo começou a dar sinais de que voltava ao funcionamento normal. Olhou no retrovisor externo do veículo e constatou que a cor retornava ao rosto gradativamente. A partir de então, reduziu a intensidade da respiração, até que recuperou seu estado de normalidade.

Mesmo sentindo-se completamente recuperado, Enrique permaneceu sentado sobre o capô do carro, aproveitando mais um pouco a sombra dos eucaliptos. Esforçava-se para tentar compreender o que acontecera e qual a razão do repentino e inédito mal-estar.

Hipóteses surgiram aos montes: estresse em razão da situação da família; alimentação inadequada – quase não comera naquele dia –; fadiga física e psicológica.

Teorias não faltavam, mas todas passavam ao largo da verdade. Na realidade, fora a presença de Tiago e as energias deletérias provenientes de seu baixo padrão vibratório, provocado pelo desequilíbrio de não compreender totalmente a sua real condição, que levaram também Enrique ao desequilíbrio físico.

Conveniente lembrar que tal quadro só foi possível porque, de alguma maneira, o padrão vibratório de Enrique e a sintonia com o irmão gêmeo desencarnado criaram a conexão que poderia ter produzido efeitos mais graves.

Minutos se passaram até que Enrique foi retirado de seus devaneios por pingos de chuva que começaram a cair em seu rosto, de forma espaçada.

No primeiro momento, o rapaz não deu importância aos pingos, até achou-os reconfortantes, mas rapidamente as gotículas tornaram-se cada vez mais constantes, crescendo em intensidade, e uma chuva grossa desceu a terra com vontade, e gotas gordas começaram a explodir em seu rosto. Num instante, o ar ficou branco como algodão alvejado.

Essas mudanças bruscas das condições do tempo não o surpreendiam, tratava-se de fenômeno comum na região, onde tudo acontecia muito rápido, fruto da conjugação da geografia e do relevo do lugar – proximidade entre o mar e os morros, afirmavam, com razão, os moradores da região.

Enrique correu rapidamente para o interior do veículo, fechou os vidros que havia deixado abertos, pois agora a chuva caía com violência, em pingos grossos, martelando o para-brisa. Devidamente abrigado, o rapaz observou que alguns raios cortaram os morros, dando a impressão de que caíam sobre o carro. Aguardou mais alguns instantes e, quando a chuva reduziu minimamente a intensidade, retomou o caminho de casa.

A sensação de mal-estar generalizado havia desaparecido completamente, convencendo o jovem de que a indisposição fora algo pontual, sem causa pré-determinada.

Estava enganado!

CAPÍTULO 6

Desorientado

No plano espiritual, vamos encontrar cidades, colônias, postos avançados de socorro, dentre outras designações destinadas, inicialmente, ao refazimento e, posteriormente, ao prosseguimento da vida dos Espíritos durante o período na erraticidade, ou seja, no intervalo em que permanecem no plano espiritual, preparando-se para uma nova encarnação.

Seu antônimo são as regiões de sofrimento, zonas temporárias denominadas simplesmente de "umbrais", que são locais destinados a promover o esgotamento de resíduos mentais deletérios, como o orgulho, a vaidade, a inveja, o ciúme, a soberba, valores ilusórios acumulados durante a encarnação do indivíduo, inservíveis para os parâmetros de uma vida superior.

A existência de lugares de características diametralmente opostas, com leves contornos maniqueístas, não são, por si só, a garantia plena de que, após a morte do corpo, todas as almas encontrar-se-ão necessariamente em um destes locais, tendo como critério de seleção a conduta e os valores acumulados pela criatura durante sua jornada terrena.

Uma parcela considerável dos desencarnados permanece acorrentada ao mundo dos chamados "vivos", muitos inconscientes, não no sentido de despertos, mas ignorando sua condição. Outra parcela, porém, mesmo consciente de que não pertence mais ao plano físico, mantém-se presa ao mundo material por livre e espontânea vontade, motivada pelo apego excessivo às coisas terrenas das quais não conseguiu se livrar ou por circunstâncias que prendem sua atenção na Terra, transformando-se em exemplos vivos – na acepção plena do termo – do ensinamento do Mestre Jesus, registrado pelo evangelista Mateus no versículo 21 do capítulo 6 do livro que leva seu nome, inserido no mais belo discurso que a humanidade já presenciou, o Sermão do Monte: *"pois onde está o teu tesouro, ali estará também o teu coração"*.

Muitos se perguntariam as razões pelas quais a Providência Divina permite que criaturas permaneçam estacionadas, tentando viver uma vida que não mais lhes pertence? A resposta está no respeito incondicional ao livre-arbítrio, cláusula pétrea da Legislação Divina, observada com rigor.

Além disso, uma das maneiras mais eficazes de que Deus se utiliza para nos ensinar valiosíssimas lições é atendendo nossos pedidos.

O auxílio a ninguém será negado, mas será prestado somente a quem o busca e, principalmente, àquele que o aceita; jamais será imposto. Isso faz com que os benfeitores espirituais se afastem temporariamente daquelas criaturas recalcitrantes que repelem, conscientemente ou não, o auxílio ofertado, via de regra excessivamente apegados a questões materiais e toda a sorte de tesouros efêmeros.

Esta era a situação do Espírito Tiago Garcez, que repelia, sistematicamente, o auxílio da equipe espiritual. A mente do jovem permanecia voltada para objetivos outros que não o refazimento próprio e a readaptação ao plano espiritual.

Não compreendia que necessitava primeiro cuidar de si próprio, melhorar sua própria condição, para só então pensar na reconciliação com o pai.

Repelindo, ainda que inconscientemente, o auxílio ofertado, o recém-desencarnado, preso nas teias do arrependimento, preferia continuar trilhando caminhos equivocados, justamente por não compreender que para o Espírito existe apenas um único "pecado": manter-se afastado da luz, da sua própria luz.

Os assuntos inacabados e a culpa conduziam as rédeas de sua nova vida. Na verdade, a mácula da discussão marcara, de forma indelével, a vida de pai e filho, separados por dimensões diferentes, mas unidos pelo mesmo infortúnio. Estes eram seus tesouros; ali estavam seus corações.

Necessário novo breve recuo na linha do tempo para

analisar, sob a perspectiva do plano espiritual, as ações de Tiago após o sepultamento de seu corpo.

* * *

Taciturno e desorientado, o jovem acompanhou o cortejo até o cemitério, sentindo um choque muito forte no exato momento em que aquele corpo, que lhe serviu de veste em sua breve jornada na Terra, foi depositado no jazigo da família.

Quem pudesse acompanhar aquele momento de despedida, pela perspectiva de ambos os planos, constataria, ao ver Tiago, em Espírito, acompanhando o sepultamento de seu corpo físico, que o apóstolo dos gentios, Paulo de Tarso, tinha razão quando escreveu na primeira Carta aos Coríntios *"semeia-se corpo animal, ressuscita corpo espiritual"*[2]; perceberia também que a morte nada mais é do que a troca da roupagem física, deixada no túmulo, pela veste espiritual.

Encerrada a cerimônia de sepultamento, diferentemente do modo de como agira durante todo o dia, Tiago optou por não seguir seus pais quando os viu deixando o cemitério, ao contrário, o jovem permaneceu parado diante de sepultura, observando, soturno, a partida daqueles que acompanharam o enterro de seus despojos físicos.

Em silêncio e com olhar distante, observou a multidão que caminhava cabisbaixa e, lentamente, ultrapassava o portão, ganhando a rua.

---

2. 1 Coríntios 15:44

– Então é isso? Agora vão embora e tudo se acaba? – pensou, triste.

Tiago olhava fixamente na direção do portão, aguardando a última pessoa a deixar os limites do "campo santo" – a expressão que sua mãe sempre usava quando se referia ao cemitério.

Pouco a pouco, o local foi esvaziando, até que a última pessoa a sair deteve-se diante do portão e virou-se para trás. Lá estava Mariana, parada, olhando fixo em sua direção e lançando-lhe um olhar piedoso.

Tiago teve a certeza de que a jovem conseguia vê-lo. Mesmo assim, foi com incredulidade que viu a empregada dirigir-lhe uma prece.

Tiago, o jovem filho da família Garcez, não entendia como, ou através de quais sentidos ou mecanismos, a moça, contrariando a regra, podia perceber sua presença. Como isso era possível não tinha a menor ideia.

A verdade era que não compreendia a sua própria situação. Nunca imaginara que, após a morte do corpo, despertaria com os mesmos sentimentos, angústias, dores, virtudes, preconceitos de antes, por isso não se atrevia a tecer elucubrações sobre a capacidade de visão de Mariana.

Independentemente de qualquer tipo de explicação, Tiago importava-se com uma única questão: como transformar a capacidade de Mariana numa ponte entre ele e os pais, fazendo-os saber que permanecia vivo.

Depois que a moça desapareceu de sua vista, através da entrada do cemitério, Tiago voltou-se para o jazigo da família e pôs-se a refletir sobre a frase que, havia muito tempo, tinha sido gravada no local, mas à qual nunca dera a devida importância. Acima das fotos de seus avós, cujos restos mortais também foram ali sepultados, bem ao centro da capela, estava escrito com letras confeccionadas em alumínio, fixadas à parede: "*Não desaparece quem morre, mas aquele que é esquecido*".

– Ser esquecido... a possibilidade o assustava. Eterno e infinito perderam o sentido de outrora.

Ainda desfrutando da energia revigorante, proporcionada pela prece de Mariana, Tiago pôs-se a andar pelo cemitério, notando que o local não era tão silencioso e desabitado quanto imaginava, pelo menos não do seu atual ponto de vista.

Ali pôde observar a presença de outros Espíritos, cada qual vivendo seu próprio drama pessoal.

Caminhou lentamente pelos espaçosos corredores que separavam as fileiras de lápides e capelas, prestando atenção nas fotos, nos nomes e na data de morte de cada uma das pessoas ali sepultadas.

"Já que a morte não existe – minha situação é a prova dessa afirmativa –, onde estarão cada uma dessas pessoas das fotos?" – perquiriu-se.

"Se foram para o céu ou para o inferno, por que eu também não fui para um desses lugares?" – indagou enquanto caminhava, dando vazão às suas interrogações.

Adentrou numa das muitas ruelas existentes no local, bem defronte a uma luxuosa capela, construída à sombra dos cinamomos que circundavam o muro do cemitério, deparou-se com uma jovem que não pôde precisar a idade, dado o deplorável estado em que se encontrava.

Aproximou-se vagarosamente e notou que a moça trajava um vestido que algum dia deveria ter sido branco, mas que se encontrava roto e enlameado, com manchas amarronzadas que indicavam ser originárias de sangue que secara sobre o tecido. Seus cabelos eram escuros, lisos, mas estavam sujos e em completo desalinho. A tez pálida e o olho escuro completavam o perfil daquela estranha criatura.

Receoso, Tiago avançou em passos lentos, mas a jovem, alheada, não percebeu sua aproximação.

– Olá, quem é você?

A entidade virou o rosto na direção de Tiago, olhando-o nos olhos. Nesse instante, pôde perceber um semblante jovial por trás daquela máscara disforme.

– O que você quer?

– Eu? Nada especial.

– Diga à turma dos "Missionários do Cordeiro" que estou farta de suas conversas enjoativas de paz e amor e de suas lições de moral inúteis. Já disse que não vou a lugar algum e que minha vida agora é bem aqui onde estou.

– "Missionários do Cordeiro"? Meu nome é Tiago e não tenho a menor ideia do que você está falando.

– É um grupo que vive circulando por aqui, recitando falas de Bíblia ou mensagens estúpidas de autoajuda, querendo me levar com eles para não sei onde.

– Não os conheço – respondeu Tiago, balançando a cabeça.

– É, olhando melhor para o seu estado, de fato você em nada se parece com algum deles. Está muito desalinhado para pertencer àquela turma.

– Estou tão mal assim? – sorriu.

– Está!– respondeu secamente, não demonstrando qualquer indício de bom humor.

– Como é o seu nome? – perguntou Tiago.

– Por que quer saber?

– Algum problema em dizer seu nome?

– Tessália! – exclamou, amarga.

Enquanto ela falava, Tiago notou dois cortes profundos, ainda não cicatrizados, em ambos os pulsos, dos quais um pouco de sangue tentava se coagular.

– O que você faz aqui, Tessália?

– Moro aqui! Assim como você – falou com rispidez.

– Eu não moro aqui, apenas estou aqui, mas, em breve, voltarei para a minha casa.

– Todos dizem isso. Tivesse você uma casa, estaria nela agora.

– Tenho uma casa, mas acabei de morrer ou seja lá o que foi que aconteceu comigo, pois morri, mas estou aqui, vivo.

– Você tinha uma casa, mas ela não lhe pertence

mais. Espere mais uns dias e perceberá que esta será sua casa daqui para a frente.

– Há quanto tempo você mora aqui? - perguntou Tiago, esforçando-se para não contrariar aquele Espírito temperamental. Pretendia manter um diálogo amistoso, na medida do possível, para, quem sabe, compreender como funcionavam as coisas por ali.

Tessália pensou por um instante, mas como não encontrou a resposta, deu de ombros e não respondeu.

– O que houve com você? Por que não volta para a sua casa? Quer me contar o que aconteceu, Tessália?

– Quantas perguntas! Você tem certeza de que não faz parte da turma dos "Missionários do Cordeiro"?

– Já disse que não sei do que você está falando. Pode responder a minha pergunta?

– Então, você é alguma espécie de repórter?

– Repórter? Não! – sorriu Tiago.

– Sei!

Tiago permaneceu calado, aguardando. Tessália tossiu forte, fez cara de enfado e, mesmo se mostrando bastante desinteressada com as perguntas, começou a contar sua história com voz viscosa e mal-humorada:

– Estou aqui porque este é o meu lugar. Suicidei-me tentando buscar, na morte, a fuga para os tormentos de minha existência, mas, para meu desgosto, nem isso consegui, pois, quando dei por mim, continuava viva e, o que é pior, padecendo de dores terríveis. Vê estas marcas? –

estendeu os braços para a frente, com os pulsos voltados para cima – Não cicatrizam e não param de sangrar.

Revivo de forma recorrente o momento em que o estilete rasgou a pele dos meus pulsos e o sangue começou a esguichar com força; sinto todas as dores novamente e também as sensações físicas que a perda de sangue produz: tontura, sede, o desespero do coração tentando manter o corpo vivo, diante da perda do sangue, falta de ar. Tudo!

Recapitulo cada segundo dos momentos finais de minha existência, inclusive os gritos abafados por socorro quando, no auge do sofrimento, quase sem forças, implorei para que alguém me salvasse da morte que eu mesma havia chamado para junto de mim.

Recordo-me de quando tudo ficou muito escuro e, em queda livre, meu corpo perdia-se no vazio de um abismo de trevas.

Quando recobrei a consciência, refiro-me aqui à consciência de mim mesma, da minha situação, notei que um fio prateado me mantinha presa ao meu corpo sem vida.

Lutei desesperadamente para me desvencilhar, mas meus esforços foram inúteis. Meus movimentos desesperados enredavam-me cada vez mais naquela teia de sofrimento. Senti cada célula do corpo decompor-se.

Mesmo com toda dor, hoje uma força me compele a permanecer neste lugar, como se ele fizesse parte de mim ou fosse feito especialmente para mim. Por isso, não posso, ou melhor, não desejo abandoná-lo. Aqui é minha casa, assim como será a sua.

Tiago ouvia atônito o relato de Tessália. Apesar das angústias indizíveis que vinha experimentando, desde o momento do acidente que interrompeu sua existência física, aquilo era nada se comparado ao sofrimento daquela jovem.

Sempre ouvira falar que o suicídio é considerado um dos maiores crimes contra as Leis de Deus. Padre José alertava constantemente sua congregação para este desatino. Assim falava em sua homilia: "a criatura que escolhe o caminho do suicídio pratica um crime gravíssimo aos olhos de Deus, pois atenta contra o bem mais belo e precioso que o Criador nos concedeu: a vida".

"Creio que o suicídio é considerado um equívoco em todas as religiões, e Tessália deve padecer com tamanha intensidade por ter infringido as Leis de Deus de que tanto ouvi falar" – deduziu Tiago, sem muita convicção, muito embora sua conclusão não estivesse distante da realidade e seria corroborada pelas explicações que a própria jovem lhe daria na sequência.

– Julguei – continuou Tessália –, levada pelo desespero, sentindo-me a senhora da verdade, que encontraria na morte a paz de que acreditava ser merecedora, mas tudo que fiz foi multiplicar meu sofrimento, e se há uma coisa que não obtive foi paz.

Esse é o castigo para aqueles que interrompem sua vida material. Ouço essas acusações de outros Espíritos o tempo inteiro por aqui. Os próprios "Mensageiros do Cordeiro" ofereceram-se para me levar até um lugar onde poderia me livrar do peso de minha atitude, mas não acredito neles, pois, se suicídio é um crime, eles querem me prender, e isso não deixarei.

Estava enganada quando dei fim à minha própria vida e se quer saber... – Tessália interrompeu sua fala, olhou para os lados e sussurrou: como poderia saber que não iria morrer?

– Você está arrependida por ter feito isso?

– Arrependida? Você está brincando? Meus pais mereceram a lição.

Todo o sofrimento em torno de mim: dor, frio, vozes e trevas foram um sacrifício enorme, mas eles mereceram, repito.

Tiago limitou-se a ouvir calado aquela triste criatura, sem atrever-se a dar qualquer conselho, afinal, não tinha sequer condições de entender e resolver a sua própria situação, de auxiliar a si próprio, quanto mais um caso com essa gravidade.

O jovem não sabia como seria a sua vida no além-túmulo, mas de uma coisa teve certeza, após ouvir o relato de Tessália: não estava disposto a fazer daquele cemitério a sua morada eterna. Aquela seria a casa de seu corpo físico, não a sua.

Depois de breve reflexão, a fim de quebrar o silêncio que se instaurou no ambiente, perguntou a Tessália:

– O que seus pais fizeram de tão grave para justificar seu suicídio?

– Você quer mesmo falar sobre isso?

– Por que não?

– É uma longa história – balbuciou Tessália, mostrando impaciência.

– Creio que tempo é o que não nos falta por aqui – sorriu Tiago, tentando demonstrar gentileza e conquistar a confiança da jovem suicida.

Tessália esboçou um sorriso escondido no canto da boca e fez um resumo de sua curta história de vida:

– Nasci em uma família abastada, sou a filha caçula de duas filhas. Meu pai era importante político da região; minha mãe, professora universitária.

Eu e minha irmã sempre tivemos tudo o que quisemos, tudo aquilo que o dinheiro poderia proporcionar. Meus pais jamais negaram um só desejo meu. Dificuldade? Não conhecia o significado dessa palavra.

Apesar de ter crescido com todo o conforto possível, eles eram ausentes. Viviam para o trabalho e para viagens, enquanto minha educação era entregue a professores particulares, instrutores e outros empregados da mansão em que morávamos.

Na escola, ouvia impressionada os relatos dos colegas que diziam invejar minha condição financeira e o fato de ser filha de famoso político. Da minha parte, eu os invejava por terem pais presentes, com quem podiam compartilhar todas as suas alegrias e decepções diárias.

Os anos se passaram, a infância deu lugar à adolescência, mas a ausência de meus pais só aumentou. Nos últimos tempos, eu passava dias sem vê-los. Além disso, o casamento deles também não ia lá muito bem.

Um dia, após termos marcado um programa familiar para comemorar meu aniversário, meus pais cancelaram os planos em cima da hora para cumprirem compromissos relacionados a mais uma campanha política na qual meu pai estava envolvido. Essa desfeita me deixou muito desorientada.

Cansada daquela rotina de descaso e no auge da tristeza, desequilibrada, resolvi chamar a atenção aplicando uma lição da qual nunca mais se esqueceriam.

Enfurecida, fui até ao banheiro da suíte do casal, apanhei algumas cartelas de comprimidos de que minha mãe fazia uso de forma contínua – calmantes e antidepressivos estavam na extensa lista – e ingeri um punhado deles de uma só vez, engolindo-os com um gole generoso de uísque, que peguei no bar da casa.

Aguardei algum tempo e, quando percebi que os remédios começavam a produzir efeito, já com a vista turva, valendo-me de um pequeno estilete, abri dois cortes profundos em ambos os pulsos e caí no chão da sala.

Sentia-me solitária, rejeitada e não amada. Qualificava minha existência como "de sofrimentos" e, por isso, resolvi tomar aquela atitude extrema.

Quando chegaram a casa, meus pais presenciaram uma cena dantesca. Meu corpo caído ao chão envolto em uma poça de sangue. Era exatamente o que eu havia idealizado.

Os paramédicos foram chamados, mas já era tarde demais para salvar minha vida, pois havia perdido muito sangue e a dose de medicamentos ingerida foi alta demais. Tudo estava terminado.

Meu único pesar era minha irmã, de quem sentiria saudade, mas em relação a meus pais, tudo ocorreu conforme havia idealizado: o efeito do remorso em suas vidas foi devastador.

Quanto a mim, chumbada àquela energia deletéria e presa ao meu corpo físico, acompanhei – com certo prazer e deleite – o desespero de meus pais ao constatarem que sua filha mais nova estava morta; que havia preferido deixar aquela existência a manter o convívio com ambos. Fiz questão de frisar esse ponto de vista em um longo bilhete deixado sobre a mesa central: "a manter o convívio com ambos".

Meu plano correu exatamente conforme havia planejado. Eis-me aqui, agora!

Tiago observava que, apesar da calma e serenidade aparentes, nitidamente a jovem lutava para dominar suas emoções e expressões gestuais, deixando escapar, durante a conversa, estranhos trejeitos, como um ininterrupto piscar de olhos, movimentos involuntários e constantes com a língua, sempre no intervalo entre as falas, além de uma inquietação angustiante com os braços. Concomitantemente, podia sentir, principalmente nos momentos em que Tessália demonstrava agitação, odores pútridos, característicos da decomposição orgânica, para espanto de Tiago, pois sabia ele que não estava diante de um corpo de carne.

O recém-desencarnado desconhecia que o cheiro provinha do perispírito de Tessália, ainda impregnado pelo processo de putrefação de seus restos mortais, dada sua condição evolutiva atual.

Condoído com a situação da jovem, mas impotente diante das circunstâncias, despediu-se, impressionado com a sua história e sensibilizado com seu drama.

O véu escuro da noite já havia envolvido o local quando o gêmeo pediu licença e afastou-se de Tessália. Algo lhe dizia que deveria permanecer distante daquela estranha figura.

A jovem suicida, por sua vez, não deu qualquer importância à partida de Tiago, permanecendo imóvel diante de sua sepultura, como uma estátua de cera, lançando o olhar perdido no vazio, contemplando o nada, na mesma posição em que o rapaz a havia encontrado.

Fez-se pesado silêncio.

Tiago continuou caminhando pelas vielas do cemitério, circundando túmulos e capelas, atento às vozes da noite.

Enquanto transitava por entre as campas, notou a presença de outros Espíritos que, à sua passagem, lançavam olhares de súplica, carregados de pesar; alguns emanavam ódio.

Tiago, que não se considerava um Espírito carecedor de auxílio, ainda impactado com a história de Tessália, resolveu ignorar aquelas criaturas como se fossem seres invisíveis – de certa forma eram – para não se envolver com seus sofrimentos.

A verdade é que o rapaz sentia-se cansado. A história da suicida havia sugado parcela considerável de suas energias, além de ter lhe provocado náuseas e, por isso, não estava disposto a repetir a experiência. Tinha seus próprios dramas para resolver.

A cada passo, o desejo de deixar o cemitério só fazia aumentar. O lugar o asfixiava. O silêncio era desconfortável.

Tiago caminhava lentamente, mas um sentimento negativo, cuja origem não sabia explicar, impeliu-o a buscar a saída daquele lugar o mais rápido possível.

Subitamente, ficou com medo da noite, daquela noite. Da solidão da noite. Daquilo que se ocultava na escuridão da noite.

Assustado, começou a correr em indisfarçável ritmo de fuga. Precisava ultrapassar o quanto antes o portão em forma de arco, último obstáculo que o separava da rua. Lá estaria seguro – imaginava.

Aquilo mais pareceu as cenas de um angustiante pesadelo, pois, apesar de empreender todas as suas forças – ou o que restou delas – naquela alucinada corrida, a impressão era de que todo o esforço estava sendo em vão e que não se movia do lugar. O desalento só crescia, sentindo que algo assustador o perseguia pelas costas.

O medo começou a invadir os recônditos mais profundos de seu ser. Havia um toque de ironia na cena, pois o temor provinha da presença dos seres desencarnados que supostamente o perseguiam pelo cemitério – ao menos esta era a sensação. Tiago esquecia-se, entretanto, de que ele próprio era um ser que não mais pertencia ao mundo dos chamados "vivos".

Com muito custo, entre desespero e tropeções, finalmente chegou ao portão do cemitério. Mais alguns passos largos e já havia chegado à rua, que, naquela hora, encontrava-se adormecida. A escuridão era densa.

Ofegante, sem olhar para trás, afastou-se do local. A rua, aos seus olhos, era mal iluminada, e a maioria das casas se encontrava imersa na escuridão, algumas com manchas negras que escorriam dos peitoris, aparentando pares de olhos a chorar diante da vista triste e permanente do cemitério.

As poucas residências que ainda mantinham os vidros abertos exalavam um ar sinistro, pois suas janelas mais pareciam olhos iluminados a espreitar na penumbra.

A ideia do rapaz era relativamente simples: voltar para a fazenda e tentar fazer contato com os pais através do auxílio de Mariana, pois tinha certeza de que a moça detinha a capacidade ou o dom – não sabia como defini-lo – de vê-lo.

Tempos mais tarde, impactantes acontecimentos confirmariam suas suspeitas: Mariana realmente se tornaria peça fundamental para seu futuro, que, naquele momento, ainda era incerto e eivado de dúvidas e incertezas.

O tempo de Tiago estava chegando, mas não se pode sucumbir à tentação de adiantar a ordem dos fatos.

CAPÍTULO 7

Dias de escuridão

A LUZ PRATEADA DO LUAR ESCORRIA POR ENTRE AS folhas da copa fechada da frondosa figueira, que reinava solitária na planície descampada de parte da imensa propriedade dos Garcez.

O silêncio da noite era quebrado pelo bater de asas das aves noturnas, perdidas no breu da madrugada em busca de sua cota de alimento diário, e pelo som grave do cantar de um Urutau, a ave-fantasma das matas (nome recebido devido ao canto emblemático e misterioso só ouvido à noite, parecido com um lamento, e também por não se deixar ver com frequência pelo homem), que parecia ter pousado em uma árvore não muito distante.

Além da sinfonia dos seres notívagos, ouvia-se também a melodia suave das águas límpidas do córrego que serpenteava tranquilo pela fazenda, vigiado a distância por imponentes montes a completar a paisagem daquele belíssimo vale que jazia indiferente aos dramas de seus habitantes.

Naquela noite, José Garcez se deitara com o coração espicaçado por mais uma sessão de tortura proporcionada pela mãos impiedosas de seus algozes: a culpa e o remorso. Ambos arraigaram-se nos escrínios mais profundos de seu ser, mergulhando-o num mundo brumoso, quase de trevas, onde apenas tristeza e sofrimento eram perceptíveis e a tudo envolviam. Nada havia sido capaz de reduzir aquele doloroso espetáculo.

Depois de lutar, e até implorar pela chegada do sono, afinal era o único momento em que se via livre das suas dores morais – ou quase sempre –, foi acometido por crescente torpor, até que as pálpebras, pesadas, não suportaram o cansaço e uniram-se, vencidas pelos encantos irresistíveis de Morfeu.

Dentro dos limites materiais das quatro paredes de seu quarto, Garcez despertou para a vastidão infinita do mundo dos sonhos, um mundo sem barreiras materiais, onde tudo é possível, inclusive defrontar-se com seus próprios fantasmas.

O sofrido pai levantou-se e olhou de soslaio para Isabel, a companheira inseparável de longos anos. Fechou os olhos, esfregou-os com as costas das mãos, na tentativa de afastar a neblina que turvava suas vistas e, quando os reabriu, viu-se perdido na escuridão, debaixo da grande figueira, aquela árvore solitária que, desde menino, fora seu refúgio quando desejava afastar-se dos problemas, à época, infantis e inofensivos.

Garcez olhou ao redor e ficou perplexo com a penumbra que predominava no ambiente. Tudo que via eram imagens esfumaçadas, coisas com contornos indefinidos e sombras confusas.

Com um pouco de esforço, conseguiu divisar também os galhos enfeitados com cortinas tecidas de barbas-de-velho daquela árvore que tantas vezes o abrigou do medo dos castigos do pai, após as incontáveis travessuras de que fora protagonista.

O clarão da lua cheia trespassava a copa da árvore, transformando seus galhos em riscos escuros na paisagem. O visitante noturno sentou-se no chão, recostou-se no imenso tronco, olhou para o céu estrelado, depois ao derredor, e percebeu algo diferente no ar, mas não conseguia identificar o que seria.

Depois de alguns segundos investigando a paisagem em volta, imagens desconexas começaram a projetar-se em sua mente em forma de *flashes*, até que uma lembrança surgiu-lhe como um relâmpago e Garcez levantou-se num salto, gritando desesperado.

– O dia de hoje! O tempo! Ele ainda está vivo...

Os gritos calaram as criaturas noturnas na redondeza, e um silêncio profundo, que passava a certeza de que uma coisa terrível aconteceria, envolveu o lugar. Era como se os animais estivessem demonstrando solidariedade para com o desespero do angustiado pai.

– Que tolo sou eu! Não posso ficar aqui parado, abobado, a me recordar da infância enquanto Tiago corre perigo. Preciso avisá-lo antes que entre naquele caminhão. A essa hora, já deve estar se preparando para sair.

Não! Ele não pode sair, preciso impedi-lo. Preciso pedir-lhe perdão. Preciso evitar o acidente.

Garcez percebeu que o tempo havia recuado e que Tiago ainda estava vivo. Correu desesperadamente na direção da sede da fazenda na tentativa de evitar a tragédia de que o filho seria vítima, mas as pernas pesavam como chumbo e não obedeciam ao comando da mente, e o máximo que conseguia era uma corrida em câmera lenta, apesar de imprimir toda a força e velocidade possíveis.

Debilitado pelo cansaço, o desesperado pai começou a gritar pelo filho:

– Espere, Tiago... Não vá, meu filho...

O homem gritava a plenos pulmões, mas as palavras saíam sem força e ele não conseguia ouvir o som das próprias sílabas, que, sem conseguir percorrer alguns míseros metros, morriam no silêncio; perdiam-se no vácuo.

Apavorado com a perspectiva de não alcançar o filho antes de sua partida e angustiado diante da impotência perante aquela situação, Garcez reuniu o restante de suas energias e tentou gritar com mais força, mas foi inútil novamente, pois, desta vez, apesar do esforço, não houve qualquer som; a voz não produziu um mísero eco.

Nada parecia funcionar naquele mundo de câmera lenta onde os sons não se propagavam e se perdiam no vazio, mas ele não podia parar, precisava continuar correndo. A vida de Tiago dependia unicamente de seus esforços. Não estava disposto a desistir.

Garcez esforçava-se para continuar correndo, até que, lentamente, o casarão da família começou a surgir e a crescer em seu campo de visão. O homem animou-se, mas sua alegria esvaiu-se em pouco tempo, pois, quando estava próximo, a poucos metros da casa de onde o filho aprontava-se para sair, percebeu que, à medida que avançava, a construção recuava e a distância que os separava não diminuía.

A angústia e o desespero aumentaram. Garcez gritou pelo filho mais uma vez, mas não havia som. Chorando, percebeu que suas pernas de chumbo começaram a perder as forças e que, à sua frente, o casarão foi se afastando numa velocidade que não conseguia mais acompanhar.

– Tudo está perdido novamente. Não conseguirei impedi-lo de entrar naquele maldito caminhão. É culpa minha, tudo culpa minha. Por quê? – lamentou-se. – Por mais que eu lute, por mais que tente me iludir, a realidade é que Tiago estará morto em breve.

Garcez chorava amargamente diante da frieza da verdade, até que um som estridente o retirou das profundezas daquele sufocante pesadelo.

Por instantes, ficou pairando numa região intermediária, mapeada entre o real e a fantasia, até que o insistente alarme do telefone celular tocou mais alto e o trouxe definitivamente ao mundo real.

Despertou triste. Olhou em torno do quarto e se viu só, observava os fachos de luz que emolduravam a janela, dando um pouco de alegria e brilho à severidade do momento. Levantou-se da cama e olhou sua figura no espelho: tinha a expressão pálida, inspirava e expirava pesado e uma camada de suor reluzia no rosto.

Aturdido, tentando entender que tipo de pesadelo terrível era aquele, chegou a misturar passado e presente em sua mente, mas, aos poucos, os clarões de lucidez auxiliaram-no a reorganizar as ideias.

A lembrança do filho, a esperança de evitar o acidente e o desespero por não conseguir chegar até Tiago feriam-no como um pontaço de lança a lhe varar o peito, e a dor aprofundava-se diante da sensação de impotência.

Desta vez, nem o sonho o poupou da perda. Aquele seria mais um dia movido pela rudeza rotineira da tristeza.

Custosamente, a família tentava reerguer-se das ruínas produzidas pela perda. Corações e sentimentos aos poucos vinham sendo remendados e reconstruídos, mas, em alguns momentos, eles mesmos – aqui entenda-se Garcez e Isabel – criavam os próprios obstáculos que dificultavam a reconstrução de suas vidas ante a inevitabilidade do vazio deixado pelo desaparecimento de Tiago.

A tarefa era árdua, pois não enfrentavam uma dor qualquer, mas uma dor aguda que nunca cessava, mesmo com o passar dos dias. O tempo – ao contrário do velho clichê tantas vezes repetido por aqueles que tentavam trazer alguma espécie de consolo – estava longe de ser o melhor remédio para o sofrimento do casal.

A cada despertar para um novo dia era sempre a

mesma tortura, pois as manhãs marcavam o retorno à realidade. A realidade que Isabel e Garcez se esforçavam para encarar, mas que ainda não haviam encontrado condições, tampouco coragem, para enfrentá-la.

As chagas deixadas pelo acidente de Tiago encontravam-se expostas, e uma leve lembrança que os fizesse relacionar ao filho produzia novo sangramento, renovando a revolta contra o mundo, contra os desígnios de Deus. O Criador tornara-se o principal alvo das lamentações.

O sofrimento estava sempre na ordem do dia na residência dos Garcez, à exceção de Enrique que, apesar da falta que sentia do irmão, era quem melhor estava lidando com o afastamento físico imposto por sua morte.

Garcez, calado, lambia seus ferimentos, internalizando sua dor e sua culpa. O patriarca da família deixava o local em que estivesse sempre que a conversa, direta ou indiretamente, remetia ao filho ou ao dia fatal.

Dentro de casa, refugiava-se no escritório. Fora dela, punha-se a caminhar pensativo e solitário pela fazenda, até abeirar-se da sombra da velha figueira, onde permanecia por horas na companhia do silêncio. Ali sentia como se o tempo não fluísse, permanecendo estanque como a água negra de um charco.

Evitava a todo custo deixar os limites da fazenda, algo que fazia rotineiramente antes do acidente do filho.

Garcez afastou-se de tudo o que lhe era mais caro: amigos, esposa, trabalho – realizava algumas atividades, mas era uma sombra esquálida do homem incansável que fora um dia –, encasulando-se no silêncio dos dias, não obstante as constantes tentativas de Enrique de retirá-lo da modorra.

– Tiago não era a única razão da sua existência. Nem a sua, nem de minha mãe. A vida precisa continuar. Há muitas pessoas que se importam com vocês e que precisam do apoio dos dois – protestava Enrique com veemência.

Garcez limitava-se a ouvir os protestos do filho, sem replicar. Baixava a cabeça, franzia o cenho e, se a reprimenda persistisse, deixava o local sem dizer nada.

– Reaja! Dê uma bronca por estar falando dessa maneira. Faça qualquer coisa, mas saia desse quarto escuro em que o senhor se trancou – desesperava-se Enrique, tentando, inutilmente, apelar aos brios do pai, que sustentava o silêncio mesmo diante de recriminações tão incisivas.

Eu sei como você se sente, pai – continuou Enrique –, pois também sofro a perda de Tiago. Todos que passam pela perda de alguém querido enfrentam um período de clausura, mas, no seu caso, isso tem dado mostra de que o deixará no chão para sempre.

– A sua dor pela perda do irmão não pode ser comparada com a minha de perder um filho. Aliás, a maioria das pessoas não passará pela dor da perda de um filho, por isso você não pode me comparar com outras pessoas – contrapôs Garcez, quebrando finalmente o silêncio.

– Não quero e não irei comparar dores, porém, guardadas as devidas proporções, a minha dor tem o mesmo potencial de destruir minha vida quanto o seu sofrimento tem de destruir a sua. Os riscos são os mesmos para nós dois, a diferença é que, apesar de tudo, estou me esforçando para seguir em frente.

Garcez até tentou esboçar uma nova reação, mas Enrique interrompeu-o antes mesmo que começasse a falar, confrontando-o de forma ainda mais incisiva:

– Sinceramente, não sei quais fantasmas o atormentam. Vejo apenas que seus dias têm sido preenchidos por uma luta perdida contra eles.

Fechado em si mesmo desde a morte de Tiago, sua vida tem se resumido ao isolamento. O senhor vive num mundo de culpa, embora não queira admitir isso, e numa espera sem fim por algo que, definitivamente, não consigo imaginar o que seja.

Garcez permaneceu imóvel por um longo momento, perguntando-se silenciosamente como chegara naquele abismo de desamparo, mas preferiu calar-se a retrucar a reprimenda do filho.

Era inútil. Enrique sentia que o caminhão frigorífico da família levou para o fundo do precipício não apenas o irmão, mas também o pai.

Com a mãe, a situação era um pouco diferente: apesar da dor da perda, Isabel valia-se de constantes sessões de lamúrias e prantos convulsivos para desabafar, atitude que surtia efeito positivo em seu estado geral, diferentemente do que acontecia com o pai, que se mantinha passivo, alheio a tudo o que ocorria ao seu redor. O silêncio era torturante, sua atenção estava voltada para as próprias dores, ao próprio drama.

Enrique suspeitava que o pai sofria ou adentrava em um quadro depressivo de relativa gravidade, mas a única vez em que tentou convencer o genitor a procurar auxílio de um profissional médico teve sua proposta recusada de forma ríspida e grosseira, fazendo-o recuar de seus propósitos e desistir de novas tentativas.

Com o passar dos dias, o tema Tiago, ou seu acidente, foi transformando-se em assunto proibido no casarão, tamanho o estrago emocional que a mera pronúncia de seu nome produzia no seio da família.

Não se conversava muito sobre o assunto e, quando ocorria, era sempre aos sussurros ou longe dos ouvidos de Garcez e Isabel. Até mesmo os poucos amigos que os visitavam evitavam tocar no tema que se transformara num tabu.

Em determinada ocasião, quando já havia transcorrido cerca de três semanas do falecimento de Tiago, o pároco do bairro, Padre José, percebendo o afastamento de Isabel e Garcez das celebrações, e alertado por amigos em comum sobre o estado psicológico deplorável do casal, resolveu fazer-lhes uma visita de cortesia.

As intenções do pároco eram as melhores possíveis: prestar solidariedade na qualidade de amigo pessoal e, na condição de padre, trazer uma palavra de consolo espiritual à luz dos ensinamentos de Jesus e da Igreja que representava.

Padre José encarnava totalmente a figura do sacerdote à moda antiga: um homem austero, pele e cabelos claros – fisionomia de quem parecia ter saído de um anúncio turístico da Suécia –, não raras vezes era visto vestindo a tradicional batina preta com trinta e três botões de alto a baixo, que simbolizam a suposta idade que Cristo tinha quando foi crucificado, além de cinco botões em cada punho, representando as chagas do Mestre Galileu. O colarinho eclesiástico branco compunha a ocasional indumentária.

Quando indagado pelos curiosos sobre as razões que o motivavam a adotar a vestimenta preta e branca, respondia com altivez:

– Sinto-me bem com a roupa, resgata uma época em que a figura do padre impunha mais respeito aos paroquianos. Quanto às cores, o preto representa minha morte, como homem, para o mundo, e o branco, a pureza, que deverá me acompanhar dentro e fora dos limites da igreja.

À exceção do traje conservador e tradicional, em desuso no meio sacerdotal, esse era o único ponto de sua vida em que se mostrava completamente intransigente e irredutível, pois, em linhas gerais, mantinha uma postura liberal, sempre aberto a novas ideias.

Definitivamente, era um homem verdadeiramente vocacionado para aquele papel. Acreditava, e não poderia ser diferente, que o sacerdócio era uma função nobre e que havia sido escolhido por alguma razão.

"Não precisei partir em busca da fé, ela já fazia parte de mim" – respondia às indagações sobre a origem de sua vocação.

Assim que chegou na propriedade dos Garcez e

encontrou-se com o sofrido casal, não houve a necessidade de muito tempo de conversa para concluir que a situação era bem mais grave do que supunha.

O abatimento saltava aos olhos e suas palavras não tinham força suficiente para penetrar nos corações empedernidos pela dor e fechados dentro de si mesmos.

Garcez não se mostrava aberto a explicações ou justificativas de qualquer natureza, principalmente de cunho religioso envolvendo a "aceitação dos desígnios Divinos".

– A vontade de Deus impõe-se à revelia de nossos desejos. Na maioria das vezes, tomados pelo imediatismo característico do ser humano, não compreendemos as decisões do Criador – disse Padre José.

Garcez, apesar da quietude, mostrava-se mais revoltado com as circunstâncias do acidente do que Isabel e rechaçava todas as investidas de Padre José.

– Sentimos muito a falta dele – disse Isabel.

– A saudade é um sentimento nobre – respondeu o pároco.

– Pode ser, mas também machuca. Eu trocaria a nobreza deste sentimento por mais dias com Tiago.

– Devemos aceitar a vontade do Criador. Ele sabe o que é melhor para nós.

– Eu sei, Padre. Por mais que eu concorde que Deus rege nossas vidas como um Pai que sabe o que é melhor para Seus filhos, isso não torna minha dor menos severa.

– Tenha fé, minha filha.

– Fé eu tenho, o que não tenho é outra resposta diante desta dor absurda.

Padre José concluiu que, no estágio em que a família se encontrava, seria absolutamente impossível tentar justificar a tragédia pelo prisma da religiosidade. Teodiceia alguma seria capaz de explicar a situação.

Sempre muito circunspecto, José Garcez, aproveitando-se da ausência temporária de Isabel, confessou ao pároco que a briga com o filho no dia do acidente o torturava de forma incessante, envenenando seus pensamentos e sua vida, ou o que sobrara dela.

Mesmo com Garcez totalmente arredio e refletivo à aceitação de explicações de cunho religioso, mas movido pela gravidade da situação que presenciava, Padre José tentou remover daquele coração o sentimento de culpa, conclamando Garcez a perdoar-se, esquecendo a desavença havida com o filho no dia de sua morte.

Infelizmente, José Garcez mantinha-se impermeável a conselhos, fossem eles espirituais ou não.

Para o varão da família, todos aqueles anos de devoção incondicional ao Criador, obediência às Suas leis e submissão aos Seus desígnios foram recompensados com uma tragédia sem precedentes.

– Espero que Deus não tome como ofensa pessoal, mas Ele foi injusto com nossa família – resmungou, desconsolado.

Vencido, Padre José decidiu não insistir com suas tentativas de consolo, concluiu que seriam inúteis enquanto permanecessem afundados na sua própria desesperança. Ficou claro que não estavam dispostos a vencer suas dores, ao contrário, lutavam ferozmente para sustentá-las.

Depois de alguns minutos de conversa protocolar sobre trivialidades, o padre deixou a propriedade da família Garcez muito preocupado com a situação do casal. Era óbvio que ambos precisavam de muita ajuda para amainar a dor que os corroía por dentro.

"Como a ausência de uma fé, em princípios religiosos sólidos, pode produzir consequências quase irremediáveis, causando estragos profundos às criaturas. Quando tudo o que se vê é a sua própria dor, nada mais importa: as pessoas, Deus, a vida. Nada!" – pensou o padre em voz alta enquanto deixava os domínios da Fazenda Mar de España.

Quanto a Garcez, era indiscutível que o patriarca da família necessitava livrar-se urgentemente do remorso, de pensamentos e recordações tristes. Sem estas providências, jamais conseguiria libertar-se do redemoinho de sentimentos negativos em que estava envolto.

Era imperativo que a família, apesar da imensa dor que a castigava, tentasse seguir a vida, reiniciando-a a partir do ponto de ruptura, ou seja, a morte de Tiago.

A todo aquele triste cenário, acrescia-se um componente invisível aos olhos de seus moradores, ao menos à maioria deles, qual seja, a presença de Tiago Garcez, ainda perturbado com a nova realidade e com a impossibilidade de contato com os familiares.

Desde o dia do sepultamento de seu corpo físico e do momento em que deixara o cemitério, Tiago acercou-se de sua família e passou a perambular pelos domínios da fazenda.

O lar que o abrigou, durante o curto período em que esteve encarnado na Terra, agora era também seu refúgio após o retorno à pátria espiritual.

A permanência de Tiago no torrão natal estava longe de constituir-se num fato positivo na vida de todos os envolvidos naquele drama familiar.

Desesperado por não poder fazer contato e relatar a todos que estava bem, suas energias, na maioria das vezes, eram captadas inconscientemente pelos pais, aumentando ainda mais a angústia e a dor que já abundavam na vida do casal.

Através daquela cadeia de eventos, formava-se, em torno de toda a propriedade, um nocivo redemoinho de vibrações negativas e de energias prejudiciais.

Assim a vida prosseguia na Fazenda Mar de España.

Desde menino, Tiago sempre fora aficionado pela imponência do Sol. Gostava de levantar-se antes do alvorecer para contemplá-lo.

Observar o nascimento do astro rei era seu prazer matinal. Ver as primeiras luzes tingindo, da cor de mel, os verdes campos da fazenda, muitas vezes pintados de branco pela geada da madrugada, que assumiam contornos prateados ao toque dos raios solares, sentindo vento, por vezes frio, a chicotear-lhe o rosto, inundava-lhe o Espírito com as energias necessárias para enfrentar mais uma jornada de trabalho.

Na parte dos fundos da propriedade, os antepassados de Tiago, logo que trocaram a pesca em alto mar pela criação de peixes em cativeiro, ergueram um observatório, inicialmente construído com madeira, extraída na própria fazenda, e depois reconstruído em alvenaria, a fim de fiscalizar o trabalho desenvolvido pelos empregados. Do local, podia-se ter uma vista perfeita de toda a extensão produtiva da fazenda.

Com o passar dos anos e com a modernização das técnicas de produção, aquela construção perdeu sua finalidade original, mas foi mantida de pé por Garcez como forma de homenagem aos pioneiros da família.

A construção desativada transformou-se no local preferido de Tiago Garcez nas manhãs que a mãe natureza o brindava com a presença do Sol. Daquele posto privilegiado, podia observar a projeção dos raios solares por toda a extensão de terras da família, até onde os olhos podiam avistar.

Muitas foram as vezes em que Tiago, aproveitando-se do silêncio e da solidão proporcionada pelo local, permaneceu longos períodos em estado de contemplação da natureza, ordenando seus pensamentos.

Sua avó materna repetia sempre que "Deus é a beleza que se ouve no silêncio". Aquele era sem dúvida um dos poucos lugares que conhecia em que a frase da avó fazia todo sentido.

Agora, como habitante do mundo espiritual, Tiago retornava ao ambiente que tantas vezes encantou suas manhãs para, mais uma vez, refugiar-se na tentativa de dar vazão ao sentimento de desilusão que tomava conta do seu ser. Quem o visse, naquele instante, notaria facilmente a nuvem de tristeza que envolvia seu rosto.

Naquele refúgio particular, as recordações de dias felizes retornavam com força e, com elas, as reflexões amargas proporcionadas pela certeza de que perdera preciosa oportunidade de dizer muitas coisas às pessoas que amava, além do tempo e de energias despendidos em busca da satisfação de interesses mesquinhos, prioridades sem importância e irrelevantes no mundo em que agora habitava.

– Se eu soubesse... – suspirava.

Tiago estava longe de ser um Espírito de má índole ou dissociado do bem, ao contrário, o gêmeo mais velho da família Garcez sempre fora uma pessoa generosa e dotada de valorosas virtudes, mas estava desorientado devido às circunstâncias que redundaram no seu retorno ao plano espiritual.

Por ora, tudo o que o jovem desejava era mitigar o sofrimento dos pais, que era também o seu sofrimento. Nada mais o interessava, nem mesmo a sua própria condição.

Apesar de louvável o desejo do recém-desencarnado, o método que escolhera estava longe de ser o ideal, pois, ao invés de auxiliá-los, o desequilíbrio e o baixo padrão vibratório os prejudicava.

Tiago precisava urgentemente de uma correção de rota.

O Sol já iniciava seu caminho rumo ao desaparecimento na linha do horizonte, que se apresentava cada vez mais alaranjado. As sombras começavam a ficar maiores e, ao fundo da paisagem, destacava-se a silhueta negra das montanhas, indícios de que a noite pedia passagem.

Naquela mesma hora, Mariana despediu-se da patroa Isabel, após mais um dia de trabalho.

A distância, Tiago observou quando a jovem deixou os limites da fazenda e rumou na direção da parada de ônibus localizada a pouco mais de trezentos metros do portal de entrada da casa dos Garcez.

Caminhando a passos largos pela estrada de chão batido, que cruzava a frente da Fazenda, Mariana chegou rapidamente à pequena construção que servia como parada de ônibus, erguida sob a sombra de um velho e imenso cinamomo, naquele dia carregado fartamente com pendões de seus frutos redondos de cor amarelo-escuro que se espalhavam também pelo chão ao redor do grande tronco que o sustentava.

Cansada, Mariana acomodou-se no banco e pôs-se a esperar pelo ônibus que, pelos seus cálculos, não demoraria. Sentada, respirou fundo para refazer o fôlego – caminhara rápido demais – e, com a palma da mão, secou uma gota de suor que lhe escorria pelo rosto.

Minutos depois, vindo da região balneária da cidade, o ônibus municipal apontou na curva próxima à parada e deteve a marcha até parar em frente ao local onde a moça esperava.

Mariana subiu os três degraus da porta da frente, cumprimentou o motorista e apresentou o passe, obtido através de cadastro realizado na prefeitura – documento que lhe garantia a gratuidade na passagem.

O ônibus não estava totalmente lotado e Mariana conseguiu encontrar um assento vago junto à janela. Acomodou-se, colocou sua bolsa no banco ao lado, que também estava vazio, e forçou a janela para abri-la. Imediatamente, a brisa fresca penetrou sem pedir licença, dispersando parte do leve odor acre que o local exalava.

Tão logo o veículo pôs-se em marcha, Mariana observou a paisagem, que se movia em velocidade ascendente, até que uma imagem lhe chamou a atenção: parado à beira da estrada, lá estava um par de olhos perdidos, vazios de qualquer expressão, a fitá-la... Tiago Garcez!

Mariana levantou-se levemente do banco e seguiu o jovem desencarnado com os olhos, acompanhando sua imagem, que ficava para trás à medida que o ônibus se afastava. Na sua mente, ficou gravado o semblante de súplica daquela alma desencontrada de si mesma.

A visão produziu, na jovem empregada, um misto de pena e medo. Não sabia o porquê do temor, afinal, não havia razões para isso.

"Definitivamente, nossos sentimentos são ilógicos, talvez por isso não sejam tão simples" – filosofou.

A viagem até sua casa, localizada num bairro pobre da cidade, a algumas quadras do fim da linha do ônibus, levou cerca de vinte minutos. A demora não ocorria em razão da distância, mas em função das constantes paradas que o ônibus era forçado a fazer para que os demais ocupantes desembarcassem nos seus respectivos pontos.

Mariana desceu na parada bem em frente à sua casa. Atravessou a rua, destrancou com as mãos o pequeno portão, retirou da bolsa a chave da porta, que se recusou a entrar na fechadura após a primeira tentativa, mas atendeu à ordem na segunda.

A moça abriu a porta e entrou na casa modesta cuja construção e disposição dos cômodos era de uma simplicidade primária: um retângulo de madeira dividido desigualmente em três partes, formando dois quartos e uma sala maior. Anexa, na direção dos fundos, uma construção de alvenaria, onde funcionavam a cozinha e um pequeno banheiro sem revestimento cerâmico, completava a casa de arquitetura singela, porém, adocicada pela genuína simplicidade.

Tudo o que Mariana queria naquele instante era um banho; deixar a água morna cair sobre a cabeça e relaxar. Era sob o chuveiro que gostava de refletir sobre seus dilemas. Assim o fez.

Minutos depois, revigorada pelo poder relaxante da água, foi até a sala de estar e abriu a janela, permitindo que uma lufada de vento lhe acariciasse o rosto, espalhando pelo ar a doce fragrância das flores.

Na rua, a noite clara e morna já cobria a tudo com sua escuridão. Enquanto procurava as constelações e admirava o disco claro da lua, lembrou-se de sua avó que gostava de repetir:

"Nunca abram as janelas durante a noite, a morte entra através delas" – frisava com o dedo indicador apontando para o alto, acrescentando um ar teatral ao supersticioso alerta.

Debruçada na janela, com as mãos entrelaçadas sob o queixo e os cotovelos apoiados no estreito parapeito de madeira, Mariana olhava serenamente para o céu tranquilo de um escuro prateado, entregando-se a particular momento de contemplação à obra do Criador.

Defronte à janela, na antiga laranjeira, que já existia antes da construção da casa, silêncio total no ninho de pintassilgos que adornava a árvore; nele, os dois filhotes que eclodiram recentemente acomodavam-se na segurança da plumagem áureo-negra da mamãe "pintassilva" – assim o pássaro era conhecido na região.

Mariana admirava a tudo despreocupadamente quando um calafrio percorreu toda a extensão de sua coluna e, imediatamente, sentiu a presença de alguém às suas costas.

A jovem virou-se e percebeu que sua avó errara por pouco nas suas advertências macabras, afinal, as janelas abertas à noite não permitiram a entrada da morte, mas dos mortos.

Bem à sua frente, olhando-a fixamente, circundado por um brilho invulgar, irradiando uma luz que se espraiava pela casa, ali estava o Espírito Saul, seu amigo e mentor, a alma querida que a acompanhava havia anos e que, naquele instante, a observava de forma séria, porém, sem nenhuma dureza no olhar.

Mariana assustou-se, seu rosto ruborizou e fez-se cor de cereja. Não esperava a presença do amigo espiritual, que andava ausente havia algum tempo.

– Acalme-se! – sorriu Saul.

– Você me assustou, criatura. Custava entrar pela frente como todo mundo?

Saul abriu um sorriso largo diante da espirituosa pergunta de sua estimada pupila.

– Que graça teria se eu entrasse da maneira tradicional? Perderia a melhor parte da diversão: sua impagável expressão de susto.

– Você ri porque o fantasma aqui é você, queria ver se fosse o contrário?

– Eu sairia correndo, pois tenho medo de alma penada – gargalhou.

– Muito engraçado! Muito engraçado!

– Não seja ranzinza, Mariana, apenas aproveite que estou num raro momento de bom humor. Não é sempre que isso acontece.

– Isso é bom. Aja assim com mais frequência e com menos rigor comigo – sorriu a jovem.

– Deixemos as brincadeiras de lado – respondeu Saul, agora em tom sério –, pois tenho algo muito importante para falar com você.

– Mudou tão rápido? Eis o bom e velho Saul de sempre: sério e rigoroso.

– Vamos falar com seriedade?

– Calma, só estou de bom humor. Não foi assim que você falou, meu querido amigo espiritual?

Saul riu-se diante do comentário da pupila, que o

fazia provar do próprio veneno, mas retomou o tom sério na sequência.

– Mariana, estou aqui para alertá-la sobre a possibilidade de Tiago Garcez procurá-la.

– É possível que isso ocorra mesmo, Saul. Hoje mesmo o vi na estrada, próximo ao ponto do ônibus.

– Ele tem rechaçado todas as tentativas de auxílio ofertadas pelos socorristas espirituais e insiste em permanecer em meio a sua família. Sua intervenção pode ser de grande valia para convencê-lo a aceitar ajuda.

– Eu o tenho visto perambulando pela fazenda, principalmente junto ao pai - comentou Mariana. - Quando isso ocorrerá, Saul?

– Muito em breve, por isso você deve preparar-se para uma longa conversa com o jovem desencarnado, tentando convencê-lo a aceitar a ajuda.

O cenário ideal não seria uma conversa direta entre vocês dois, mas que você consiga convencer sua família a ir até a Casa Espírita para que o jovem seja atraído ao local e lá receba o auxílio necessário, aliás, todos receberiam auxílio. Entretanto, caso a família Garcez não esteja disposta a isso ou se o próprio Tiago buscar o entendimento direto com você, nossa melhor opção é que tente demovê-lo da ideia de permanecer neste plano, recusando toda sorte de auxílio.

Veja lá fora – falou o benfeitor espiritual, apontando para o lado de fora.

Mariana enfiou a cabeça no quadrilátero da janela e

avistou, parado no lado oposto da rua, com o mesmo olhar perdido e rosto inexpressivo, o Espírito Tiago, que, ao vislumbrá-la, começou a caminhar lentamente na direção da casa.

– Santo Deus! – exclamou a jovem.

– Impressão minha ou você está assustada? Parece que viu um fantasma? – brincou Saul.

– Como você está espirituoso hoje, Saul. Queria que fosse sempre assim.

– Não se acostume! – brincou. – Então, qual é o seu medo, Mariana?

– Não estou com medo dele, só não sei o que dizer. Preciso de mais tempo para me preparar, encontrar os melhores argumentos para tentar convencê-lo a aceitar auxílio. Preciso que você me ajude a falar com ele.

– Não se preocupe, Mariana, isso não ocorrerá hoje. Tiago ainda não está completamente seguro de que você possa ajudá-lo da maneira que ele pretende. Além disso, minha presença – fiz questão de me fazer visível para ele – adiará o encontro, afinal, ainda não me conhece.

– Aqui não seria o local mais indicado para uma conversa tão importante – argumentou Mariana.

– De fato, não – concordou Saul. – Tiago é um Espírito bondoso que precisa apenas de orientação para se reencontrar e seguir em frente.

Enquanto Saul falava, Mariana voltou a olhar pela janela para ver se avistava Tiago, mas o rapaz já não estava mais lá.

– Tiago vê em você um elo entre ele e os pais; uma ponte entre os dois planos; sua interlocutora – explicou Saul.

– Sabemos que as coisas não são tão simples assim.

– Sim, mas ele já percebeu que você consegue vê-lo, por isso deseja fazer contato com os pais através de você.

– Eles não acreditariam em mim.

– Certamente que não. É preciso prepará-los primeiro – finalizou Saul.

Depois disso, o silêncio voltou a reinar no ambiente. O benfeitor pousou a destra sobre o ombro da jovem em sinal de carinho e despediu-se da pupila e amiga.

Após a partida de Saul, Mariana permaneceu debruçada na janela refletindo sobre os acontecimentos da noite. Receava não corresponder às expectativas que estavam sendo depositadas sobre si.

Permaneceu ruminando a situação por alguns instantes, até que uma rajada de vento retirou-a de suas elucubrações, trazendo-a de volta à realidade. A jovem sentiu um arrepio de frio, esfregou os braços, fechou a janela e foi buscar no sono as energias para enfrentar as responsabilidades futuras.

O dia seguinte seria conturbado.

CAPÍTULO 8

Fique bem!

A NOITE ENTRAVA DE MANSINHO EM PORTO DOS Anjos, embelezada pelo pontilhado das estrelas e pela exuberância de uma lua cheia, cujo brilho iluminava os caminhos da fazenda Mar de España.

Recostado no tronco de uma velha árvore, nos fundos da fazenda, com a lua a erguer-se por trás do contorno escuro da paisagem, Garcez lançou o olhar vazio na direção do relevo da região.

Daquele ponto da propriedade, podia-se avistar ao longe os morros que circundavam o local, além das árvores de espécies e tamanhos variados, que não passavam de figuras negras contornadas pela luz tímida e suave do luar.

A noite calma e silenciosa trazia consigo o ambiente propício para suas reflexões, muito embora contribuísse também para o aumento da sensação de desassossego.

Pela mente, desfilavam, em formação militar, todos os seus fantasmas pessoais, trazendo pavor, angústia e uma dolorosa tristeza. O exército invisível que trucidava sua alma era poderoso e incansável em suas investidas.

"Sexta-feira 13... No meio deste turbilhão de emoções, não tinha me dado conta desta data, que tudo aconteceu numa sexta-feira 13... bem que dizem que é um dia de mau agouro" – resmungou para si, enfatizando uma superstição que, definitivamente, não possuía, pois vivia dizendo que "superstição é a maneira que o homem encontrou para tentar controlar fatos dos quais não se tem controle algum".

"Sexta-feira 13... odiarei esta data pelo resto de meus dias" – esbravejou, transferindo para o calendário toda a revolta que trazia no coração.

Sentia frio. Não era seu corpo que tiritava, mas sua alma, castigada de forma implacável pelo frio cortante do remorso. Aquela seria mais uma noite de angústia, como foram todas as outras, desde a partida de Tiago.

Esforçava-se para relembrar momentos felizes na companhia do filho, como no dia em que ensinou Tiago e Enrique a montarem a cavalo, mas as recordações alegres vinham sempre acompanhadas de uma bruma espessa que dificultava a fixação das imagens na mente.

Com olhar enternecido, o sofrido pai ria solitário, tentando desesperadamente fixar na memória o sorriso de satisfação dos filhos já nos primeiros galopes sobre o cavalo. Sua alegria, porém, não durava muito tempo, pois tão logo uma boa recordação surgia, era suplantada pelas cenas da briga com Tiago ou pelo momento em que o policial descerrou o saco mortuário.

A dificuldade de manter em evidência, no pensamento, somente as boas rememorações o irritava profundamente. No auge da exasperação, pôs-se a bater, freneticamente, com as duas mãos nas têmporas, tentando, em vão, afastar aquelas imagens tenebrosas que o torturavam noite e dia.

Mesmo já tendo decorrido alguns meses, o sentimento de culpa o machucava com a mesma intensidade dos primeiros dias.

Cultivando uma visão desfocada e equivocada de Deus, Garcez remexia nos escaninhos mais longínquos de sua memória para tentar encontrar as razões pelas quais Ele despejara sua ira sobre a família.

Apesar da sensação de frio, uma gota de suor desceu-lhe à fronte. Após a primeira, outras seguiram-na, unindo-se em grossas gotas, até que a transpiração gelada intensificou-se de tal forma, que sua roupa começou a ficar empapada.

Garcez fixou novamente os olhos na paisagem escura, contornada de prata pela luz da lua, mas não conseguiu reter a imagem na retina. Seus olhos, tal qual uma câmera fotográfica tentando, sem sucesso, ajustar o foco automaticamente, enviavam para o cérebro apenas imagens embaçadas e sem linhas definidas.

Não bastasse a visão turva, repentinamente começou a sentir fisgadas agudas em toda parte frontal da cabeça. Bastaram alguns segundos para a dor, que chegou sem aviso prévio, ficar insuportável, a ponto de um discreto mexer de olhos ser suficiente para detonar o gatilho que produzia ferroadas ainda mais fortes.

Suportando a dor excruciante, seguiu caminhando na direção da casa. A escuridão agora tornara-se mais intensa à sua vista. O caminho era denso e negro.

Cambaleante, Garcez tentava apoiar-se em qualquer vulto de tonalidade mais escura que seus olhos conseguissem delinear, mas a visão estava cada vez mais turva diante da dor.

Seus passos ficaram curtos, lentos e cansativos e, por vezes, eram interrompidos por tropeções em alguma saliência do chão.

Sentia vontade de curvar-se diante da dor, mas precisava chegar a casa para pedir ajuda.

"O que está acontecendo comigo?" – perguntou-se, assustado.

Garcez parou um instante e começou a realizar movimentos de abrir e fechar as mãos, percebendo que estava perdendo a sensibilidade da mão esquerda, enquanto sentia, na direita, um leve formigamento. Aquilo era um péssimo sinal.

Consciente da gravidade do momento, canalizou toda sua energia para uma singela meta: vencer a curta distância que o separava do alpendre, de onde poderia alcançar a porta dos fundos do casarão. Entretanto, dada sua condição, percorrer aqueles poucos metros transformou-se num obstáculo quase impossível de ser vencido.

Passaram-se alguns minutos e Garcez, com muito esforço, viu a entrada do alpendre aproximar-se. Mal conseguia enxergar a construção, quiçá seus detalhes. Sabia que ali havia uma grande cadeira de balanço e algumas cadeiras simples, mas a visão piorara consideravelmente e todos os móveis não passavam de vultos esfumaçados que giravam à sua frente.

Esticou os braços tentando tatear em busca de algo sólido para lhe servir de apoio. Ofegante, respirando com dificuldade, sentiu a escassez de ar nos pulmões e viu surgir milhões de pontos negros em sua vista. A situação era séria – conhecia-se – mas era um homem forte e não estava disposto a desistir daquela desumana e estranha batalha com seu organismo.

Lutando para manter a consciência, percebeu que estava prestes a desfalecer e, num derradeiro e hercúleo esforço, gritou a plenos pulmões por auxílio, chamando pelo filho. O plano era pedir auxílio a Enrique, mas, num ato falho, detonado por um organismo em colapso ou por um desejo inconsciente, o nome que ecoou pela casa através de um potente grito não foi o de Enrique, mas o de Tiago.

Aquele gesto desesperado esgotou-lhe as últimas forças e Garcez sentiu o breu impregnar-se pelo ambiente até ser absorvido totalmente pela escuridão e cair desacordado.

José Garcez abriu os olhos lentamente, mas a claridade o fez fechá-los involuntariamente. Em nova tentativa, piscou repetidas vezes para acostumar-se com a luz.

179

Necessitou de alguns segundos, repetindo o exercício, para conseguir captar e divisar corretamente as formas.

Confuso e desorientado, sem movimentar a cabeça, perscrutou somente aquilo que estava no seu campo de visão. Enxergava apenas parte das paredes de um quarto inteiramente branco. Estranhou o fato de estar deitado naquele ambiente desconhecido.

Com algum esforço, moveu levemente a cabeça para o lado direito e, identificando a cama onde estava deitado e os apetrechos ao lado dela, confirmou suas desconfianças e temores: aquele era um quarto de hospital.

A luminosidade escapava pelas frestas da persiana e pela moldura da janela, levando-o a concluir que o Sol estava alto.

Seu semblante era de dúvida e preocupação. Perguntava-se como e, principalmente, por que fora parar em um quarto de hospital. Não se recordava de nada.

Franziu o cenho, tentando puxar pela memória, mas tudo o que se recordava era de estar nos fundos da casa observando a paisagem e pensando nos problemas, quando sentiu uma forte dor de cabeça que o fez, com muito esforço, voltar para sua residência.

A pequena movimentação de Garcez na cama produziu um barulho desproporcional no colchão, despertando a atenção de Enrique, que estava sentando numa confortável poltrona, posicionada próxima à cama, concentrado, com um livro nas mãos, muito embora não fosse a leitura a responsável pelo aprisionamento de sua atenção.

Apesar de segurar o livro em posição de leitura, as

palavras nadavam pela página, e Enrique não conseguia fixar seus pensamentos em mais nada.

O despertar do pai já era aguardado. O médico responsável informara que a inconsciência temporária era decorrente da medicação.

Assim, quando viu Garcez de olhos abertos a fitar o vazio, Enrique desistiu da tentativa de leitura, acomodou o marcador de página no interior do livro, fechou-o e depositou-o sobre o criado-mudo. Por mais que tivesse se esforçado, não havia avançado uma página sequer, não tinha a mínima condição de concentrar-se em algo que não fosse o estranho fenômeno testemunhado por algumas pessoas do hospital naquela noite e que, naquele momento, monopolizava integralmente seus pensamentos.

Considerando os últimos acontecimentos da noite, concluiu que a vida dá mostras de que, muitas vezes, utiliza-se de atalhos inesperados para revelar seus caminhos.

Enrique era o único acompanhante no quarto, pois o hospital permitia que somente uma pessoa permanecesse junto ao paciente, e o rigor no cumprimento da regra era extremo. Aliás, foi em decorrência disso que tomou conhecimento dos impressionantes fatos ocorridos no início da madrugada anterior.

Lutando para não deixar o pai perceber seu aturdimento, o gêmeo aproximou-se da cama e, com um sorriso forçado, porém num tom amável, tentou descontrair-se com Garcez:

– Que susto o senhor nos deu, hein?

– Como foi que vim parar aqui, Enrique?

– O senhor não se lembra?

– Pouca coisa.

– Estava na sala de estar lendo quando ouvi um grito vindo dos fundos da casa chamando por Tiago.

Corri até a porta e, quando cheguei, encontrei o senhor caído, inconsciente.

Depois disso, o trouxemos rapidamente para o hospital.

– Quando isso ocorreu?

– Ontem à noite.

– Os médicos já explicaram o que houve comigo? Lembro-me de uma dor de cabeça repentina e insuportável.

– Sim, pai. Doutor Silva, o médico que o atendeu, informou-nos que o senhor teve o que eles chamam de acidente vascular cerebral isquêmico transitório.

– Um AVC?

– Pelo que ele nos explicou, é uma espécie de mini AVC, pois houve a interrupção temporária do fluxo sanguíneo para o cérebro. Os sinais e sintomas são iguais ao de um AVC tradicional, porém, neste caso, por ter ocorrido uma interrupção transitória, o quadro reverteu-se espontaneamente em curto período de tempo.

– Não sabia que isso existia.

– Foi o que disse o médico. Isso foi um aviso, pai. É preciso agora descobrir e tratar a causa, antes que um AVC de verdade ocorra.

Garcez ouviu as explicações do filho com atenção, mas em completo silêncio, assustado diante da gravidade da ocorrência.

Conhecendo o temperamento do pai e acostumado com seu habitual mutismo, principalmente depois da morte de Tiago, Enrique manteve-se em silêncio e aproveitou para abrir a persiana do quarto, permitindo que a luz do sol o invadisse, banhando o ambiente com seus raios reconfortantes.

Como a temperatura estava relativamente baixa, afinal o outono vivia seus últimos dias e o inverno já pedia passagem, o ato de Enrique foi bem aceito por Garcez.

Sem perceber, Enrique desviou o olhar do pai e permaneceu estático, voltado na direção da janela.

– O que o incomoda, Enrique?

– Não há nada, não se preocupe – disse o jovem, tentando disfarçar seu estarrecimento com o que ocorrera na noite anterior.

– Você é um péssimo mentiroso. O semblante o denuncia.

– O senhor está enganado. A noite foi bem longa para todos. É só cansaço – mentiu mais uma vez.

– Onde está sua mãe?

– Como o hospital só permite que uma pessoa fique no quarto por vez, deixei que ela lhe fizesse companhia no "primeiro turno" – movimentou a ponta dos dedos indicadores e médios das mãos para cima e para baixo, simbolizando expressão "entre aspas".

No meio da madrugada, enquanto o senhor permanecia desacordado, depois de muita insistência e prometer que não arredaria pé deste quarto, consegui convencê-la a ir para casa para descansar um pouco.

O senhor sabe que dona Isabel não tem mais idade para virar a noite em claro.

Garcez concordou.

Enrique lutava para disfarçar os motivos que o incomodavam. Era necessário escondê-los do pai, para seu próprio bem, por isso mudou o rumo da conversa e começou a falar do bom atendimento prestado pelo hospital, suas instalações

Não demorou muito e Garcez voltou a demonstrar sinais de sonolência.

Aos poucos, a fala foi ficando cadenciada, e os intervalos entre as palavras, maiores. Por fim, Garcez começou a lutar ferozmente para manter os olhos abertos, até que, vencido pelo peso das pálpebras, adormeceu novamente.

Enrique suspirou aliviado quando percebeu que o pai dormira. Sentia-se desconfortável por lhe omitir fatos tão importantes, mas tinha consciência de que era o melhor a ser feito; um mal necessário.

O jovem aproximou-se do pai, ajeitou o lençol que o cobria, puxando-o até a altura do peito, retornou para a janela e, admirando o pequeno jardim cultivado na frente do hospital, onde ao centro destacava-se uma aroeira com seu formato rodado, carregada com cachos de seus pequenos frutos avermelhados, rememorou os acontecimentos inexplicáveis. Ele mesmo não acreditaria se outra pessoa lhe contasse tudo aquilo.

* * *

Havia decorrido cerca de uma hora desde que Garcez dera entrada, desacordado, na emergência do Hospital Menino Jesus, o único da cidade de Porto dos Anjos. Enrique e Isabel aguardavam na sala de espera, angustiados por notícias sobre seu estado de saúde. Na última vez que o viram, o chefe da família havia sido entubado pela equipe chefiada pelo Dr. Silva e encaminhado às pressas para um setor restrito do hospital, onde seriam realizados alguns exames para identificar a causa do mal súbito.

Estavam todos apreensivos, pois o caso aparentava tratar-se de extrema gravidade. A suspeita inicial era de acidente vascular cerebral.

Um a um, os minutos foram se passando e a apreensão aumentando com o tiquetaquear do relógio. A cada corre-corre percebido nos corredores a que não tinham acesso, correspondia a um sobressalto, tanto de Enrique quanto de Isabel, aumentando o receio de que algo mais grave sucedia-se com Garcez.

Isabel chorava temendo por mais uma perda na família e, dando vazão à sua fé, curvou a cabeça, sustentou-a com a palma da mão, fechou os olhos e fez uma súplica silenciosa para que Deus os poupasse de mais um sofrimento.

Enrique, que caminhava nervoso de um lado para o

outro, percebendo a ação da mãe, interrompeu seus passos e manteve-se em atitude respeitosa. Quando Isabel levantou a cabeça, o jovem acercou-se dela, afagou seus cabelos e disse, mesmo sem ter convicção alguma de suas palavras, que tudo ficaria bem.

Passava da meia-noite, um novo dia já havia rompido o calendário, quando a porta que ostentava o aviso "somente para pessoas autorizadas" abriu-se, e o médico, Dr. Silva, um senhor alto, com cerca de um metro e noventa, aparentando meio século de idade, cabelos grisalhos, com uma longa entrada revelando a calva, barba rala e bem cuidada, também com fios brancos, chamou pelos familiares de José Garcez. Enrique correu até sua direção e perguntou afobado:

– Como está meu pai?

– Acalme-se – tranquilizou o médico, convidando o jovem e a mãe a segui-lo até uma sala reservada.

O médico abriu a porta, fez sinal com a mão espalmada apontando na direção de duas cadeiras, a fim de que ambos ficassem acomodados, e sentou-se atrás de uma pequena mesa de escritório e, sob os olhares aflitos e arregalados de Enrique e Isabel, com voz suave e pausada, denotando calma, começou a explicar a situação de Garcez:

– O senhor José encontra-se estável e não corre qualquer risco de morte. Em breve, será encaminhado para o quarto, onde permanecerá sedado por mais algumas horas.

– O que houve com ele? – desta vez foi Isabel quem perguntou.

– O senhor José sofreu o que chamamos de "acidente vascular cerebral isquêmico transitório".

Como Enrique e Isabel não compreenderam a parte final do diagnóstico – pois acidente vascular cerebral sabiam do que se tratava –, o médico esclareceu, por alguns minutos, em linguagem menos técnica, a origem, as prováveis causas e as implicações do AVC transitório.

Enrique e Isabel suspiraram aliviados – quase em sincronia – quando ouviram do Dr. Silva que a recuperação seria total e que o incidente não deixaria sequelas. Porém, o médico alertou, de forma taxativa, que o AVC transitório via de regra é o precursor de um acidente vascular cerebral propriamente dito, ou derrame, como frisou o médico, lançando mão de um termo mais popular.

Por fim, o médico informou que o paciente deveria permanecer internado em observação pelas próximas quarenta e oito horas, no mínimo, colocando-se à disposição para sanar eventuais dúvidas dos familiares, que não foram muitas.

Vencidas as formalidades de despedida, Isabel e Enrique foram reconduzidos à sala de espera e esclarecidos, por uma das enfermeiras, que seriam notificados tão logo o paciente fosse encaminhado para o quarto, mas que as regras do hospital eram rígidas e que somente uma pessoa por vez poderia acompanhar o paciente.

– Esta regra não comporta exceções, é para o bem do paciente – complementou a enfermeira, de forma gentil, após Isabel ter solicitado que apenas no primeiro momento entrassem ela e filho.

Enquanto aguardavam, Enrique combinou com a mãe para que ela entrasse no quarto inicialmente e lá permanecesse nas primeiras horas e, depois, no tempo que achasse conveniente, a levaria em casa para descansar e retornaria ao hospital para ficar acompanhando o pai.

Após frágil resistência, Isabel concordou com a proposta do filho. No fundo, sabia que não tinha mais saúde para suportar uma noite em claro sentada numa poltrona.

Mãe e filho, desta vez, não precisaram aguardar muito, pois, em menos de vinte minutos, Isabel foi conduzida ao quarto de número treze. A coincidência não passou despercebida, já que ela também odiava aquele número, com todas as forças.

Recebidas as orientações de como fazer para acionar o botão de chamado do corpo de enfermagem, Isabel aproximou uma cadeira estofada, relativamente confortável – ao menos nas primeiras horas –, e sentou-se próximo da cama onde o marido permanecia desacordado.

Isabel olhou demoradamente para Garcez e realizou uma silenciosa e sincera oração de agradecimento a Deus por não ter levado mais um membro de sua família. E continuou a rogativa pedindo por sua completa recuperação. Por último, mantendo a cabeça baixa e as mãos postas, dirigiu o pensamento ao filho Tiago, suplicando ao Criador que o amparasse em Seus braços.

Depois da prece, a matriarca da família manteve-se em silêncio, cabisbaixa, foi quando um sentimento estranho lhe invadiu o peito. Sem condições de explicar como ou por que aquilo estava acontecendo, começou a sentir nitidamente uma energia balsâmica, e uma sensação de conforto tomou conta de sua alma. A sensação foi indescritível. Isabel chorou.

Mais tarde, refeita da emoção, ao rememorar a experiência, lembrou-se de uma frase de Gandhi que havia lido em algum lugar, onde o pacifista e líder espiritual indiano dizia que "a oração é a respiração da alma".

"Respiração da alma... Definição perfeita!" – repetiu após a sensação de paz espiritual vivida naquele insólito lugar.

Na sala de espera, sentado com a cabeça entre as mãos e com os cotovelos apoiados nos joelhos, Enrique experimentava grande angústia enquanto concatenava suas ideias na tentativa de assimilar o grave alerta dado pelo organismo do pai. Naquela noite, Garcez flertara com a morte.

Era inevitável, porém, que, nestes momentos de elucubrações, seus pensamentos fossem desviados para o irmão Tiago e sua condição atual.

Apesar de sedutora, a crença de Mariana na sobrevivência do Espírito ainda não o convencera. A teoria era fascinante, mas trazia consigo uma centena de dúvidas intrigantes.

Desejava, porém, do fundo de seu coração, que a tese apresentada pela empregada da família, de que o Espírito sobrevive à morte do corpo e mantém sua individualidade, fosse verdadeira.

O jovem ainda não havia começado a ler os livros

sugeridos por Mariana, pois, apesar de ter retornado da livraria com essa intenção, preferiu primeiro terminar a leitura de dois exemplares que havia tomado por empréstimo com amigos – não gostava de ficar por muito tempo com livros emprestados.

Após algumas horas de espera, na sala que ficava contígua à recepção, Enrique começou a demonstrar sinais de cansaço físico e também mental.

Depois da tensão extrema por que passou ao ter encontrado o pai caído e desacordado, as notícias reconfortantes dadas pelo médico fizeram seu corpo relaxar.

Infelizmente – ou não – as emoções daquela noite estavam apenas começando, e seu pragmatismo seria colocado à prova. Além disso, lamentar-se-ia intensamente pelo fato de ainda não ter iniciado seus estudos, pois seriam muito úteis na compreensão dos fatos de que estava prestes a tomar conhecimento.

Isabel permaneceu por cerca de três horas ao lado da cama, velando o marido que dormia, alheio à angústia e à preocupação que o cercava, quando sentiu que o sono começava a dominar-lhe.

Naquele período, Garcez não fizera um único movimento, exceto aqueles produzidos pelo sistema respiratório, tornando a estada ainda mais tediosa.

Quando percebeu que a batalha para controlar o sono estava sendo perdida, a dedicada esposa apertou o botão ao lado da cama, chamou pela enfermeira e comunicou que deixaria o quarto para trocar com o filho, alertando à servidora para intensificar os cuidados com o marido, pois, antes de substituí-la, o filho a levaria em casa e o marido ficaria desacompanhado.

Depois que a enfermeira lhe garantiu que Garcez ficaria bem cuidado e que ela própria encarregar-se-ia disso, Isabel desceu até a sala de espera, solicitou a Enrique que a levasse em casa e retornasse o mais rápido possível para evitar que o pai permanecesse sem acompanhante por muito tempo.

O Hospital Menino Jesus fora construído na chamada "Cidade Alta", região nobre do município, assim designada por estar incrustada em um conjunto de três morros com aclives não muito acentuados, onde foram erguidas as construções do bairro, mas que não distava muito da residência da família.

A pequena, porém bem aparelhada, casa de saúde foi criada a partir da reforma de um antigo convento que, havia anos, encontrava-se desativado. O produto final foi uma belíssima obra que conciliou a arquitetura espanhola renascentista, presente na parte externa do prédio – optou-se por manter a fachada original da construção religiosa –, com as instalações modernas de seu interior, tão necessárias ao bom desempenho das funções do hospital.

Poucos minutos após ter deixado o estacionamento, Enrique já adentrava no portão principal da propriedade da família. O percurso, normalmente cumprido em no máximo quinze minutos, desta vez levou menos tempo em razão da ausência de movimento na região central de Porto dos Anjos naquela hora da noite.

Apressada para que o filho retornasse à companhia

do pai, Isabel desceu do carro rapidamente e obrigou Enrique a retornar imediatamente ao hospital.

Exasperou-se, achando uma cautela exagerada, quando o filho sugeriu fazer-lhe companhia até que estivesse totalmente acomodada, para só depois tomar o caminho de volta.

– Seu pai precisa mais de companhia do que eu. Consigo cuidar de mim sozinha!

Atendendo à ordem da mãe, sem replicar, Enrique virou-se rapidamente e, em segundos, já estava acionando o carro para iniciar o caminho de volta.

Tinha receio de deixá-la sozinha, mas concordava que o pai necessitava mais de companhia do que a mãe.

O caminho de volta também foi rápido e, em razão do horário, Enrique não teve dificuldade para encontrar vaga no pequeno estacionamento do hospital, deixando o carro a poucos metros da porta principal.

Dirigiu-se à portaria com passadas longas e rápidas, mas, tão logo cruzou a porta, diminuiu bruscamente o ritmo dos passos e cruzou a deserta entrada que o separava da recepção.

Exibindo um sorriso aberto, brincou com a recepcionista do período da madrugada, Maya, uma jovem *yonsei* com marcantes traços orientais, com quem fizera amizade enquanto aguardava o término do turno da mãe junto ao pai.

– De volta, Maya. Até que não demorei muito. Meu pai não saiu por aí enquanto estive fora, não é?

– Infelizmente, está lá no quarto. Bom seria se o paciente já estivesse em condições de sair por aí.

– É verdade! Isso seria ótimo. Subirei para começar meu turno.

– O senhor precisa aguardar, senhor Enrique. Conhece as regras – advertiu, gentilmente.

– Como assim? Não entendi.

– Somente uma pessoa no quarto, esqueceu?

– Meu pai recebeu uma visita enquanto estive fora? Quem será que veio vê-lo a essa hora?

Na fração de segundo que separou sua pergunta da resposta da atendente, Enrique pensou na rapidez com que as notícias se espalham numa cidade minúscula como Porto dos Anjos, onde todos se conhecem. No mesmo átimo, tentou adivinhar quem visitaria Garcez àquela hora.

"Deve ser algum amigo... quem mais poderia ser?" – deu de ombros após externar, pela fala, seus pensamentos.

– Amigo? Não, não é um amigo quem está com ele.

– Não? – a ênfase na pergunta causou estranheza a Maya.

– Sendo da família, pensei que soubesse. Quem está com ele é seu irmão.

Tão logo Maya terminou a frase, Enrique ficou paralisado, mudo, lívido e, depois de um longo hiato, falou:

– Meu o quê? Espere... talvez eu não tenha compreendido direito. Quem você disse que está lá com meu pai? – notava-se um leve tremor na sua voz.

– Seu irmão – respondeu Maya, inocentemente, sem ter a menor ideia dos reais motivos do espanto do jovem.

Fez-se novo hiato de palavras, quebrado na sequência pela atendente.

– Você está bem, Enrique? Está pálido.

O jovem respirou fundo e tentou reequilibrar-se. Precisava controlar as emoções e retomar as rédeas das ações.

– Deve haver uma explicação racional para isso tudo – balbuciou.

– Do que você está falando, Enrique? Falei algo errado?

– Errado, não. Impossível!

– Impossível? Não estou entendendo nada.

– Você pode descrever a pessoa que esteve aqui?

– Isso é fácil, pois ele é igual a você, diferenciei apenas pela roupa. Não sabia que você tinha um irmão gêmeo. Vocês são muito parecidos, a propósito – sorriu a atendente, sem desconfiar da gravidade de suas palavras.

Enrique gelou com a descrição fornecida pela recepcionista e com a segurança com que o fez, convicta de ter visto alguém muito semelhante a ele.

– Maya, você conhecia minha família antes de nossa entrada neste hospital?

– Eu? Não. Sou nova na cidade. Mas qual o motivo da pergunta? Não estou compreendendo aonde você quer chegar.

194

– Tem certeza? – insistiu Enrique, ligeiramente alterado.

– Por que está perguntando isso? Não entendo essa reação, tudo o que fiz foi avisá-lo de que seu irmão está aqui. Qual o problema?

– O problema, Maya... – Enrique respirou fundo. Estava difícil continuar a frase – o problema... é que meu irmão faleceu há alguns meses.

– Ele o quê?

Com a revelação de Enrique, foi a vez de a jovem recepcionista perder a cor. A sensação era de que o ar estivesse parado.

– Im-pos-sí-vel! Não pode ser... – gaguejou Maya, afundando na cadeira.

Enrique inspirou fundo novamente e, mais uma vez, tentou racionalizar.

– Descreva como tudo aconteceu, Maya. Tente lembrar-se de todos os detalhes, por favor.

Tremendo, numa luta intensa para controlar o nervosismo, Maya fez um exercício de memória e relatou a sequência exata dos fatos, na ordem e da forma em que ocorreram:

– Estava cabisbaixa, totalmente absorta no trabalho de preenchimento de alguns formulários de internações ocorridas no turno anterior, quando senti um instantâneo calafrio que me percorreu rapidamente dos pés à cabeça.

Achei muito estranho aquele frio despropositado, pois a temperatura no interior do hospital, um ambiente climatizado, estava agradável, mas não dei importância a isso. Foi nesse instante que senti uma presença diante de mim e, ao levantar os olhos, o vi ali, parado, encarando-me em silêncio, com um olhar distante.

Tomei um susto, pois estava distraída. Olhei de soslaio e a primeira impressão que tive foi a de que você havia retornado, mas, logo em seguida, percebi que estava enganada, porém, dada a semelhança com você, supus tratar-se de um seu irmão gêmeo.

– E depois?

– Cumprimentei-o e perguntei se estava ali para ver o senhor Garcez, mas ele não disse nada, apenas permaneceu parado na minha frente.

Enrique ouvia a tudo espantado e, em algumas partes do relato, boquiaberto. A narrativa, com toda a certeza, era bizarra demais.

– Você não estranhou o comportamento?

– Achei grosseiro, até pensei na diferença entre os irmãos, afinal, você foi tão educado, mas atribuí tudo à tensão da situação. Recebo grosserias todos os dias nesta portaria. Há muito tempo, tornei-me impermeável a gritarias, ofensas e mau humor.

Depois disso, como não havia ninguém com o senhor José, informei-o do número do quarto e também que tinha autorização para ir até lá, caso quisesse.

– Qual a reação dele?

– Não houve qualquer reação expressiva. Apenas permaneceu calado e seguiu na direção que indiquei sem dizer uma palavra, e eu retornei ao meu trabalho, normalmente.

– Por quanto tempo ele ficou aqui? – Enrique não acreditava nas perguntas que fazia. Aquilo era surreal, ou melhor, irreal.

– Ficou? Como lhe disse, ainda está, ao menos não saiu por aqui. Deve estar no quarto – havia um misto de incredulidade e pavor em sua fala.

A moça mal terminara de pronunciar a última frase e Enrique, sem nenhuma cerimônia, saiu em disparada na direção do quarto do pai. O quarto de número treze ficava no primeiro andar.

O jovem venceu os dois lances de escada que separavam o térreo do primeiro andar com passadas largas que escalavam três degraus de cada vez.

Contrariando todas as regras do hospital, tão logo deixou a escada, disparou em desabalada corrida pelo estreito corredor na direção do quarto do pai, que ficava do lado esquerdo, assim como todos os outros de numeração ímpar.

Quando chegou em frente do quarto de Garcez, Enrique reduziu a passada até deter-se por um instante. Inspirou fundo, esforçando-se para normalizar a respiração, já que os batimentos cardíacos eram impossíveis de reduzir.

A calma reinava absoluta naquela ala, no momento em que Enrique, ofegante, olhou para o número "13" insculpido em ferro de cor escura e em formato itálico, fixado exatamente no centro da porta, a fim de certificar-se de que estava no quarto correto. Não podia correr o menor risco de errar de quarto e importunar outro paciente.

Inspirou profundamente mais uma vez, mentalizou três longos segundos, segurou a maçaneta com a mão direita e, com o coração descompassado, movido por um misto de esperança e descrédito, girou o mecanismo vagarosamente... a porta destravou e foi abrindo silenciosamente, no mesmo instante em que os olhos de Enrique lançaram-se ansiosos, porém receosos, na direção do interior do quarto, na tentativa de registrar tudo no menor espaço de tempo possível.

Com os olhos arregalados, o jovem fixou o olhar na direção da cama do pai e da cadeira reservada ao acompanhante.

Depois de soltar a respiração, presa desde o instante em que segurou a maçaneta para abrir a porta, testemunhou que a realidade, cruel ou providencial, apresentava-se diante de si, sem intermediários. Enrique esfregou os olhos para certificar-se de que nada turvava sua visão e exclamou:

– Deus do céu!

O jovem não sabia como reagir, mas, no quarto, encontrava-se apenas quem deveria estar, ou seja, seu pai, sem qualquer vestígio da presença do irmão falecido.

Garcez dormia tranquilamente, como era de se esperar.

– Não é possível! – exclamou, irritado com a situação.

No fundo, nutria a esperança de que a visão de Maya fosse confirmada com a abertura daquela porta e com o encontro do Espírito do irmão ali, visível, como supostamente apresentara-se para a funcionária. Mas não! As coisas não seriam tão simples assim. O quebra-cabeça – não podia esquecer que Mariana também dizia ver Tiago – ganhara mais uma peça, mas esta não seria a única da noite.

Enrique ainda tentava concatenar as ideias quando Maya chegou no quarto. Preocupada, deixara seu posto para seguir Enrique, que saíra correndo. Assim como ele, a jovem funcionária estava tão impressionada e interessada no deslinde daquela história, afinal, era a sua palavra que estava em questão naquele momento.

Ao perceber a moça às suas costas, Enrique fechou a porta do quarto e, do lado de fora, voltou-se para a recepcionista.

– Ninguém no quarto, como era de se esperar.

– Enrique, eu sei exatamente o que vi. Não tinha como saber da existência de um irmão gêmeo e, mesmo que soubesse da história, jamais brincaria com algo tão sério, seja por respeito a vocês, clientes do hospital, seja em respeito ao meu emprego, que prezo e necessito.

– Desculpe-me, Maya, não estou duvidando de você ou acusando-a de qualquer coisa, mas você há de convir que esta história é estranha demais e me deixou perplexo.

Compreendo a sua situação, mas faça um exercício e coloque-se no meu lugar – argumentou Enrique, tentando retomar a calma perdida.

– A mim também, Enrique. Nunca tinha ouvido

falar e, principalmente, passado por uma experiência como a de hoje. Nem acredito em vida após a morte, em Espíritos ou coisas desse tipo.

Deve haver alguma explicação lógica para tudo isso e que não podemos nos prender a teorias sobrenaturais, muito embora esteja cada vez mais difícil se esquivar delas.

– E as câmeras de segurança? – apontou Enrique para uma câmera instalada no teto, bem ao centro do corredor.

– As câmeras foram instaladas nos corredores e na portaria recentemente, mas o sistema ainda não está em funcionamento. Questões burocráticas, você sabe como é.

Enrique suspirou desanimado, deixando os ombros caírem.

– Mais alguém poderia ter presenciado o que você viu?

– Podemos perguntar às enfermeiras responsáveis por esta ala.

Dizendo isso, Maya convidou Enrique a segui-la até uma pequena sala localizada bem no centro do corredor daquele setor. Ambos caminhavam com passadas largas.

A jovem bateu na porta, que já estava aberta, cumprimentou duas enfermeiras que ali se encontravam, Sandra e Marina, e apresentou Enrique, que já conhecia Marina, afinal, era a profissional que vinha dando assistência ao pai.

– Tudo bem, Maya? Para você deixar a portaria, deve ter acontecido algo muito sério – disse Marina.

– Joana ficou na recepção enquanto estou auxiliando Enrique a solucionar uma questão. Além disso, exceto pelo fato que estamos investigando, a madrugada está calma hoje.

– Realmente, está tudo muito tranquilo. Nem é bom comemorar por antecedência – sorriu Marina.

– Gostaria de saber se hoje, à noite, em algum momento, vocês perceberam outro visitante no quarto do senhor Garcez, que não Enrique ou sua mãe?

– Você teria esta informação melhor que nós, não? – perguntou Sandra, com desconfiança.

Por alguns segundos, a jovem ficou sem saber o que dizer, mas Enrique, percebendo a situação embaraçosa, intrometeu-se na conversa:

– Deixemos de rodeios. Estamos diante de uma situação muito estranha aqui: Maya contou-me que, durante o período em que fui levar minha mãe em casa e que meu pai deveria ter ficado sem acompanhante, alguém o visitou.

Não houve qualquer motivo para desconfiança da entrada desse visitante, pois se parecia muito comigo, por isso teve o acesso ao quarto franqueado normalmente. Na verdade, era meu irmão... gêmeo, segundo Maya, que o viu na recepção.

Ao ouvir a explicação de Enrique, a enfermeira Marina, sem esconder sua incredulidade, contestou:

– Mas isso só pode ser brincadeira, não é? Conheço sua família, Enrique. Vocês só podem estar brincando.

201

– Considerando o estado de meu pai e a tragédia que se abateu sobre nossa família, você há de convir que eu jamais brincaria com algo tão sério, não?

– Desculpe-me pela minha reação, Enrique, mas essa história beira ao absurdo. Não quis ofender. Peço que me perdoe, pois deixei me levar pelo espanto.

– Tudo bem! Isso não está sendo fácil de digerir – amenizou Enrique.

– Foi exatamente isso o que aconteceu, Marina. Estava na portaria quando o irmão gêmeo de Enrique, que eu não sabia que existia, subiu para visitar o pai.

– Você tem certeza de que viu isso mesmo, Maya?

– Claro que tenho! – exclamou, irritada.

Sandra, que até então não havia se manifestado, interrompeu a conversa com uma informação que surpreendeu a todos:

– Vocês disseram irmão gêmeo?

– Sim, por quê? – Marina foi quem respondeu à companheira de enfermagem.

– Não falei nada porque achei que vocês falavam da visita de uma pessoa estranha, mas vi no corredor, próximo ao quarto do senhor Garcez, um rapaz que achei que fosse você – apontou com a cabeça para Enrique. – Era seu irmão, então?

– Quando foi isso?

– Agora há pouco, cerca de quinze ou vinte minutos, não sei precisar.

– Você não notou nada de estranho em seu comportamento? – indagou Enrique.

– Sinceramente não dei importância, pois como você tem circulado por este corredor desde que o paciente do quarto treze foi internado, jamais passou pela minha cabeça que fosse outra pessoa. Sendo assim, deve ter sido ele, então. Realmente a semelhança é impressionante, pois achei que fosse você.

Creio que, com isso, a questão fica solucionada, vocês não acham? Só não compreendo a relevância. Ele fez alguma coisa no quarto? – perguntou a enfermeira, ingenuamente.

O silêncio se fez longo e pesado no ambiente. Sandra olhou, sem entender, para a fisionomia marmórea de todos, principalmente de sua colega. Seus olhos esquadrinharam rapidamente os rostos aparvalhados à sua frente, tentando entender qual parte da sua inocente narrativa teria provocado tamanha e exagerada – pensava – reação.

Por segundos, que mais pareceram minutos, ninguém ousou pronunciar uma única sílaba naquela sala.

– Perdi alguma coisa? – perguntou Sandra abrindo os braços.

Foi Enrique quem respondeu:

– Na verdade, eu não tenho um irmão gêmeo, aliás, eu tinha. Ele faleceu há alguns meses em um acidente.

– Sinto muito pela sua perda, mas, desculpe-me a franqueza: se seu irmão já é falecido, por que vocês estão aqui a perguntar por uma pessoa morta? Que tipo de brincadeira é essa? – contraditou a enfermeira, sem captar a real gravidade da situação.

– As coisas não são tão simples assim – disse Maya em tom baixo.

– E por que não?

– Porque, tão logo Enrique saiu para levar a mãe em casa, eu presenciei a chegada desse rapaz que, a princípio, assim como você, também pensei que fosse o próprio Enrique que havia retornado, mas não era.

– Como assim... não era?

Antes que Maya pudesse dizer algo, Sandra esticou o braço direito com a mão espalmada a fim de interromper a resposta da recepcionista e disse:

– Vocês estão querendo dizer que a pessoa que eu vi circulando por esse corredor não era ele – apontou novamente para Enrique –, mas seu irmão morto? Vocês só podem estar loucos.

– Nem nós sabemos o que estamos querendo dizer ou procurando. A bem da verdade, não sabemos o que pensar sobre tudo isso, mas posso garantir que eu não estava aqui, havia saído para levar minha mãe para casa – esclareceu Enrique.

– Meu Jesus! – exclamou Sandra com os olhos arregalados, enquanto fazia o sinal da cruz.

– Desejo que isso seja verdade, mas não sei o que pensar. O dia de hoje está sendo terrível. Não bastasse o problema com meu pai, agora essa "visão" – fez sinal com os dedos para indicar entre aspas – de Tiago.

As três funcionárias do hospital, solidárias com o sofrimento do rapaz, preferiram não dizer nada.

A situação realmente era muito delicada, afinal de contas, não é todo dia que se descobre a existência – ou a possibilidade de existência – de habitantes do mundo dos ditos mortos.

Elas mesmas estavam estupefatas com essa história, principalmente porque não podiam fugir das evidências: duas delas haviam visto o irmão gêmeo de Enrique no interior do hospital.

– Como é possível uma coisa dessas? – insistiu Enrique, colocando as mãos entrelaçadas sobre a cabeça.

– Deve haver algum engano. Aqui na cidade todos conhecem a história da perda que sua família sofreu – falou a enfermeira Marina.

– Eu ouvi a história do acidente, mas como não conhecia a família, não tinha como fazer a ligação do nome à pessoa – atalhou Sandra.

– Pois eu desconhecia, inclusive, o fato – complementou Maya.

Não tendo mais o que ser feito, Enrique solicitou, delicadamente, discrição às funcionárias do hospital quanto ao assunto, pois queria evitar que começassem a surgir pela cidade boatos sobre algo que ninguém sabe do que se trata.

Como não havia provas conclusivas sobre a questão, além da hipótese de que tudo não tenha passado de um grande mal-entendido ou alucinação coletiva, afinal, a imaginação cria coisas infinitas, muito embora, diante dos fatos, nenhum dos quatro estivesse propenso a acreditar nessa teoria.

Como argumento definitivo para o silêncio das funcionárias, Enrique informou-lhes sobre o receio de que um boato envolvendo a visão de pessoas mortas circulando pelo hospital seria péssimo para a imagem e para a boa reputação do local, que, certamente, seria taxado de mal--assombrado.

– Não gostaria nem que meu pai ficasse sabendo disso, pois uma história como essa poderia causar um estrago irreversível à sua frágil saúde. Ele ainda sofre muito com a perda de Tiago – arrematou Enrique.

As razões e as preocupações do jovem membro da família Garcez encontraram ressonância nas jovens funcionárias, e todas concordaram com a discrição solicitada, comprometendo-se em manter no mais absoluto sigilo tudo o que ocorrera naquela noite.

***

Por longos minutos, Enrique permaneceu a observar pela janela do quarto. O jovem tentava digerir e, acima de tudo, encontrar uma explicação racional para os fatos ocorridos na noite anterior, cuja inconclusividade servia tão somente para multiplicar as suas já incontáveis dúvidas.

Cansado, física e mentalmente, retornou para o lado do pai e deixou o corpo cair sobre a poltrona destinada ao acompanhante, e ali permaneceu por longos minutos, perdido pelos labirintos e veredas de seus próprios pensamentos, tão absorto, que não percebeu que o pai acordara novamente.

O patriarca da família permaneceu calado, com o olhos postos no teto. Trouxera do sono uma experiência que lhe parecia absolutamente real e que acrescentaria novas nuanças ao enigma surgido na noite anterior.

A experiência de Garcez, na verdade, era uma importante peça do intrigante quebra-cabeças que Enrique tentava montar e que estava abalando sua desnutrida e anêmica fé.

Só depois de um tempo foi que o jovem percebeu que o pai acordara novamente

– Tudo bem, pai? Não percebi que o senhor havia acordado – justificou Enrique, enquanto girava a manivela para levantar a cabeceira da cama, deixando Garcez mais confortável.

Garcez virou-se e olhou na direção do filho, mas permaneceu calado por alguns momentos. Também ele tentava organizar seus pensamentos e digerir suas dúvidas.

Enrique insistiu na pergunta:

– O senhor está bem? Está sentindo algo? Estávamos conversando e o senhor dormiu novamente.

– Está tudo bem – balbuciou, sonolento.

O jovem notou que havia algo diferente no semblante do pai, mas, apesar do desejo de perguntar-lhe algo, preferiu respeitar seu momento.

Depois de alguns minutos, sem movimentar um músculo sequer, Garcez resolveu quebrar o silêncio tumular que havia se instalado no quarto:

– Você vai achar que estou louco ou que é fruto do efeito dos remédios, mas preciso lhe contar algo, algo bem estranho que você não vai...

– Pode falar tranquilo, pai. Nada mais me surpreende, mas termine o que o senhor ia dizer.

– Quando despertei da primeira vez, e você me contou sobre o que aconteceu comigo, minha mente estava confusa; ideias embaralhadas. Mas, agora, a lembrança me veio nítida.

– Do que o senhor está falando, pai? – perguntou, desconfiado.

– Sim, vamos lá: não sei se estava dormindo ou acordado; se foi real ou um sonho – prosseguiu Garcez, pronunciando espaçadamente cada palavra –, mas tenho certeza de que Tiago esteve aqui.

Enrique ficou petrificado com aquela revelação. Não bastasse a recepcionista e a enfermeira, agora o pai também falava da presença de Tiago no hospital, naquele mesmo dia?

– Eu sei que isso parece loucura, que tudo pode não ter passado de um sonho, um sonho muito real, aliás.

– Conte-me o que houve – pediu o filho, impaciente, não conseguindo esconder a curiosidade.

– Eu estava no quarto só, pelo menos não consegui identificar ninguém, talvez tenha sido na hora em que você

208

disse ter saído para levar Isabel em casa, quando vi Tiago aproximar-se e parar bem diante de mim. Ele não falou nada, apenas ficou me olhando.

Garcez fez uma pequena pausa na narrativa, tomou fôlego, mas reiniciou logo em seguida, sob o olhar de espanto do filho.

– Havia tantas coisas para dizer, e tive vontade de dizer todas elas, mas, por razões que desconheço, não tive forças para expressar tudo aquilo que gostaria de falar. Então, ele se aproximou, inclinou-se levemente e perguntou: "Como o senhor está?" Não respondi, fiquei paralisado, sem ação, olhando com os olhos esbugalhados.

Depois de alguns segundos, Tiago aproximou-se da cama, tocou a minha mão – pude sentir o calor do seu toque, embora, no quarto, fizesse muito frio naquele momento – e complementou a frase anterior, dizendo: "Fique bem, papai. Fique bem", repetiu.

Contagiado pelos sentimentos que impregnavam o ambiente, finalmente consegui organizar uma frase, que, depois de pronunciada, soou ridícula: "Fique bem você, Tiago".

– Nem sei por que desperdicei uma oportunidade, pode ser que não tenha outra, de dizer tudo aquilo que ficou por ser dito.

Quantas vezes pedi a Deus – que já nem mais sei se existe – para ter a oportunidade de pedir perdão a Tiago e, quando esta oportunidade aparece, eu jogo fora?

– E ele, o que disse? O que fez?

– Ele apenas me olhou. Duvido que tenha compreendido alguma coisa. Depois disso, Tiago deu alguns passos para trás, postando-se a uma pequena distância, e permaneceu estático por instantes, apenas me observando, sem dizer nada.

Seu olhar envolveu-me de tal maneira, que não pude retribuir, até que ele foi se afastando sem se virar e se despediu com gestos suaves e um sorriso que me pareceu emocionado.

Parecia que ele também estava querendo me dizer algo, mas não podia ou também não conseguia.

Deixando-se levar pela emoção do momento, Garcez deu passagem a copioso choro.

– Era ele! Tenho certeza de que vi meu filho – falou entre suspiros chorosos e com a voz embargada.

– Não duvido disso, acredite – falou Enrique, abraçando o pai.

– Vi, meu filho. Não pode ter sido um sonho, foi tudo tão real.

– Acalme-se, meu pai. Você não pode se exaltar ou se deixar levar por emoções mais fortes. Pense em seu estado de saúde e em tudo o que aconteceu. O senhor precisa repousar e, depois, quando estiver melhor, conversaremos sobre isso.

– Se tudo foi um sonho, foi muito intenso e irritantemente breve. Não deve ter durado mais que vinte ou trinta segundos, em tempo real, mas, para mim, esta experiência, apesar de breve, será eterna – insistiu Garcez, ainda aos prantos.

Garcez sentia-se invadido por estranho sentimento, algo que lhe dava a estranha certeza de que Tiago continuava vivo em algum lugar.

– Acalme-se, por favor! – pediu Enrique, enquanto acionava discretamente a campainha de alerta do corpo de enfermagem.

Segundos depois, Marina, a enfermeira, surgiu no quarto e, ao perceber o estado emocional do paciente, aproximou-se, perguntando em tom sedoso:

– Tudo bem?

– Sim, tudo bem – disse Garcez, tentando disfarçar o indisfarçável.

– A enfermeira conferiu o soro, checou sua planilha, pediu licença e saiu.

Pai e filho apenas entreolharam-se e nada disseram.

Logo em seguida, a moça retornou trazendo um novo frasco de soro, substituindo o antigo.

Depois disso, pediu licença e mediu a pressão do paciente.

– Como está? – perguntou Enrique.

– A pressão está em 16 por 10, o que indica uma hipertensão moderada. O senhor precisa evitar qualquer exasperação. Preciso insistir no repouso, senhor José.

– Providenciarei para que isso ocorra – sorriu Enrique.

Antes de sair, Marina lançou um olhar exclamativo na direção de Enrique, e o jovem resolveu acompanhá-la até a saída do quarto.

– Devo tomar mais alguma precaução? – indagou o rapaz enquanto se virava para olhar na direção do pai, que, distante, com a cabeça deitada para o lado oposto, não prestava atenção na conversa dos dois.

– É fundamental que ele se mantenha calmo, por isso foi ministrado no soro uma medicação leve, que o fará dormir mais um pouco.

Enrique assentiu com a cabeça em sinal de concordância e agradeceu a presteza. Depois, despediu-se de Marina, fechou a porta e acomodou-se novamente na poltrona, ao lado da cama.

Garcez até tentou retomar o assunto, mas o filho solicitou paciência, no mesmo instante em que retirou o livro de seu descanso e o abriu sem vontade.

Certamente, não estava com disposição para a leitura; se antes não tinha condições, depois da revelação do pai, concentrar-se era algo impossível. Entretanto, sua intenção com aquele gesto não era mergulhar no mundo de ficção narrado no livro, mas deixar claro ao teimoso genitor que não estava mais aberto ao diálogo.

Garcez continuou resmungando solitário por mais alguns minutos, mas, em seguida, o remédio, adicionado ao soro, começou a fazer o efeito anunciado por Marina, fazendo-o dormir pela terceira vez, para alívio de Enrique.

Apesar da excitação provocada pelo aparecimento de Tiago, seja em sonho ou não, interiormente houve um curto instante de paz na alma daquele sofrido pai, que, desde o acidente que vitimou o filho, pôde sentir, ainda que temporariamente, os benefícios que só a doce tranquilidade é capaz de fornecer.

O sono induzido afrouxou as garras da culpa e do remorso, que se mantinham presas a Garcez.

Novamente só, Enrique abandonou a leitura teatral – mais uma vez, não havia sequer olhado para suas páginas – e retomou suas rememorações, tendo o sossego do quarto por companheiro de reflexão.

Depois de ter ouvido o relato do pai sobre a presença de Tiago, a junção desta narrativa com a história contada por Maya e confirmada por Sandra, isto é, três pessoas diferentes, em circunstâncias distintas, levava o jovem a crer que algo fora do que chamamos de normal tinha acontecido no hospital naquela noite.

Não era crível que as duas funcionárias do hospital, no mesmo dia, tivessem sofrido alguma espécie de alucinação coletiva. Além disso, não podia desprezar a história do pai, que a princípio havia acreditado não ter passado de um sonho, mas que ganhava novos contornos quando somada aos relatos de Maya e da enfermeira Sandra.

Enrique observou ainda que a cronologia das três histórias estava perfeitamente alinhada entre si, tornando a ocorrência ainda mais surpreendente.

O jovem tentava, de todas as formas, unir as peças daquele quebra-cabeça e transformá-lo numa história que valesse a pena acreditar. Infelizmente, porém, não era um exercício simples.

Depois de angustiantes minutos de dúvidas, esperanças e incertezas, o gêmeo concluiu que precisava abandonar o terreno movediço das elucubrações pessoais e partir em busca de bases firmes, respostas concretas e alicerçadas na lógica, de preferência. Foi, então, que lhe veio à mente a figura de Mariana.

– Sim! Mariana e a doutrina em que acredita devem ter uma explicação equilibrada e lógica para tudo o que aconteceu hoje aqui. Preciso procurá-la e também começar a ler, urgentemente, o material que me sugeriu – falou baixinho para si.

Enrique arrependeu-se por ter protelado o estudo dos livros espíritas indicados pela empregada. Talvez encontrasse nos estudos os elementos capazes de ajudá-lo a entender os incríveis fatos da noite.

Até então, Enrique havia adiado seu inevitável encontro com a Doutrina Espírita, mas aquele episódio aceleraria os acontecimentos.

Mais uma vez, o "destino", travesso, tocava-lhe sutilmente os ombros, chamando-o para a descoberta de uma verdade que mudaria a sua vida e a de sua família.

O tempo encarregar-se-ia deste trabalho, mas, antes, muitos sofrimentos ainda seriam necessários.

CAPÍTULO 9

Procurando respostas

As horas correram lentas e angustiantes naquele quarto hospitalar após o turbilhão de acontecimentos a que todos foram submetidos e assim prosseguiram até o momento em que Garcez recebeu alta médica.

Enrique ainda não tivera uma chance verdadeira de ficar sozinho com seus pensamentos, sem outra preocupação paralela, para ordenar em sua mente os acontecimentos surpreendentes ocorridos durante a internação do pai.

Tão logo chegou em casa, o convalescente foi acomodado no quarto do casal, que necessitou de algumas improvisações para melhor recebê-lo.

A família cercou Garcez de todos os cuidados possíveis para facilitar sua recuperação, exceto pela contratação de uma enfermeira, fato que o doente se mostrou radicalmente contrário.

215

Assim que o pai foi devidamente instalado no quarto, Enrique pediu licença a todos e saiu rapidamente à procura de Mariana. Não esperaria mais um minuto sequer para ouvir a interpretação da amiga sobre as supostas visões de Tiago no hospital.

O rapaz a procurou na cozinha, mas foi informado de que a encontraria no jardim. Enrique sabia que a mãe descobrira em Mariana uma aptidão incomparável para jardinagem, o que a fez deslocá-la das funções na cozinha, responsabilizando-a pelos cuidados com as flores do grande jardim da propriedade. Auxiliaria nos trabalhos da casa apenas ocasionalmente, quando nada mais houvesse a ser feito no jardim, ocupação que foi aceita com satisfação por Mariana, pois o contato com as plantas – com a natureza em geral – era algo que lhe aprazia.

Enrique cruzou a porta dos fundos do casarão, parou sobre a soleira e relembrou da última vez em que ali estivera: como esquecer a cena do pai caído, desacordado, a poucos metros da porta?

Já no primeiro passo do lado externo, pôde sentir o ar gelado no rosto. O vento da manhã agitava o arvoredo com seu sopro frio. Suas lamúrias e silvos alertavam aos habitantes daquelas paragens que o inverno – que, previam, seria rigoroso – aproximava-se.

O gêmeo inspirou profundamente e sentiu o ar gelado abrir caminho pelas narinas até invadir-lhe os pulmões. Esfregou as mãos para aquecê-las e fez uma busca visual por Mariana, encontrando-a cuidando dos exemplares de ciprestes-dourados que Isabel plantara em fileira simétrica para formar uma cerca viva informal ao redor da área do jardim.

A jovem retirava algumas folhas secas e podava outros ramos a fim de manter seu formato piramidal e dar maior destaque às cores amarelo-dourado e verde da folhagem natural da planta.

Percebendo a aproximação do rapaz, Mariana interrompeu o trabalho, soltou a tesoura de poda, retirou as luvas e, lançando-lhe um olhar doce, cumprimentou-o com ternura.

– Bom dia, Enrique. Como está o senhor Garcez?

Com o olhar fixo na jovem, Enrique seguiu caminhando em sua direção, sem responder à saudação. Deslumbrado com a moça, não prestara a atenção.

– Bom dia, como está seu pai? – repetiu Mariana.

Embaraçado, Enrique gaguejou:

– Meu pai? Desculpe... diante das circunstâncias, eu diria que ele está bem.

– Que ótimo! – sorriu a jovem, percebendo o desconforto do rapaz.

– O susto foi grande, mas já passou. Nosso problema agora é fazer com que ele siga as instruções médicas. Tarefa quase impossível!

Mariana nada disse, apenas sorriu em concordância.

Refeito da distração da chegada, mas sem deixar de admirar as feições da moça, Enrique entrou diretamente no assunto:

– Aconteceu algo muito impressionante no hospital, sobre o qual gostaria de ouvir sua opinião – disse em tom de urgência.

– Espero corresponder às suas expectativas – respondeu, calmamente.

Enrique a convidou para se sentarem em um dos muitos bancos espalhados pelo jardim, cada qual insculpido artesanalmente a partir de um tronco bruto de eucalipto.

Sentados ao sol, aproveitando os benefícios revigorantes, e do calor suave dos raios do astro rei, e diante do olhar atento de Mariana, Enrique narrou detalhadamente as aparições de Tiago no hospital, inclusive o suposto sonho do pai que, na sua visão, estava interligado aos relatos das funcionárias.

Enrique estava convicto de que a apresentação de Tiago ao pai, seja em sonho ou em estado de vigília, ocorrera na sequência cronológica das aparições do irmão, que teve início na portaria, seguiu-se no corredor da ala onde Garcez estava internado e findou no quarto.

Embora sua convicção espírita, cujos princípios básicos, além de chancelarem a existência de materializações de Espíritos (materialização era a explicação mais lógica para o evento, salvo se os envolvidos fossem médiuns videntes e desconhecessem essa condição), explicam com riqueza de detalhes fenômenos dessa natureza, Mariana ficou impressionada com a história relatada por Enrique.

Sabia que estava diante de um fenômeno incomum. Não que um Espírito se fazer visível para encarnados seja algo fantástico ou de raridade fora do comum, mas normalmente isso só ocorre mediante a conjunção de circunstâncias especialíssimas, principalmente se considerado o estado mental de Tiago, bem como o grau de tangibilidade com que seu Espírito – de acordo com o relato de Enrique – apresentou-se diante das testemunhas. Tudo levava a crer tratar-se de uma ocorrência involuntária, o que torna a situação ainda mais especial.

A conjugação de fatores, como energia, sintonia mental, preocupação com o risco de morte de Garcez, local, mediunidade dos envolvidos – ainda que desconhecida –, dentre outros elementos, certamente foram os responsáveis pelo fenômeno.

– E então, o que me diz sobre tudo isso? – perguntou Enrique, retirando a jovem de seus pensamentos.

– A Doutrina Espírita – iniciou Mariana – estuda e esclarece tudo a respeito das formas e ocasiões em que nos é possibilitado manter contato com aqueles que já retornaram ao plano espiritual, os chamados – impropriamente – mortos.

A tangibilidade ou a possibilidade de Espíritos fazerem-se visíveis diante de nós, encarnados, não é um fenômeno incomum. Esses fatos são amplamente estudados e aceitos pelo Espiritismo.

Obviamente que um acontecimento com tamanha riqueza de detalhes como este que você descreveu é bem raro de acontecer, mas isso não o transforma em um evento milagroso, muito pelo contrário, trata-se de um fenômeno natural, perfeitamente explicável pela ciência espírita

– Então, você acha que Tiago realmente esteve naquele hospital?

– A julgar pelo que você narrou, tudo leva a crer que sim.

Além disso, Enrique, nos últimos dias, a presença de Tiago nesta fazenda tem ocorrido de forma recorrente, por isso acho perfeitamente possível que ele tenha seguido o senhor Garcez até o hospital. Incomum apenas o fato de ter ficado visível para algumas pessoas.

– Minha nossa! Com que frequência você tem visto meu irmão?

– Tento manter a discrição, embora não seja fácil, mas garanto que com frequência maior do que você imagina e maior do que eu mesma gostaria de ver. Acredito até que ele saiba que consigo perceber sua presença.

Certa vez, conversava com sua mãe, aqui mesmo neste jardim, quando Tiago postou-se atrás dela. Instintivamente, desviei o olhar e não consegui conter o espanto, a ponto de dona Isabel ter percebido minha mudança de fisionomia.

"– O que foi? – perguntou ela, olhando para trás."

"– Não foi nada, não – respondi com dificuldade após olhar novamente para aquela direção e não ver mais nada."

Enrique ouvia a tudo com indisfarçável espanto, que poderia ser confundido facilmente com incredulidade, muito embora não pudesse negar que havia uma pequena dose de descrença motivando sua reação.

Admirava-se, por outro lado, com a naturalidade de Mariana ao tratar do assunto, como se ver Espíritos fosse a coisa mais trivial do mundo.

– Alguma vez ele já tentou entrar em contato com você?

– Ainda não, mas acredito que fará muito em breve. Disso não tenho dúvida.

– O que a faz ter tanta certeza disso?

– Ele fará, ou ao menos tentará. Acredite!

– Não se ofenda, Mariana, mas, apesar de você afirmar isso com tanta convicção, mesmo com esse tom enigmático – sorriu –, não é muito fácil para mim racionalizar sobre isso. É tudo muito novo.

– Natural sua dificuldade, mas não se preocupe, estou acostumada com este tipo de reação.

Por sua vontade, Tiago já teria feito contato direto com algum de vocês, familiares mais próximos, mas, como sua presença não é notada por ninguém da família, ele certamente procurará alguém que possa lhe servir de ponte com os pais.

É só uma questão de tempo para que ele me procure e, quando isso acontecer, minha missão será fazer todo o possível para dissuadi-lo do desejo obsessivo de permanecer preso a este local, a uma vida que não lhe pertence mais.

É preciso convencê-lo a aceitar a ajuda, buscar tratamento, reencontrando, assim, o equilíbrio necessário para melhor lidar com os assuntos pendentes que o afligem.

– Esses assuntos pendentes devem estar relacionados à briga com meu pai, eu suponho.

– Exatamente! Tanto o senhor Garcez quanto Tiago alimentam um círculo vicioso, criado não apenas por tudo aquilo que foi dito na discussão, mas, principalmente, pelo que deixou de ser dito. Essa situação, dadas as circunstâncias, impede que ambos prossigam com suas vidas.

Enrique refletiu por alguns instantes sobre as palavras de Mariana e questionou-a:

– Não compreendo uma questão: considerando a hipótese de que Tiago ainda exista e que esteja com o mesmo problema que meu pai, ou seja, o remorso pela discussão, não seria mais simples que fossem criadas condições para que houvesse um contato direto entre ambos, permitindo que os assuntos mal resolvidos, que hoje os atrapalham, fossem resolvidos de uma vez por todas?

– Infelizmente, o quadro não é tão simples. Você realmente acredita que Tiago ou seus pais já reúnem as condições necessárias para manter uma conversa equilibrada? Já imaginou como o senhor Garcez reagiria a um contato direto com o Espírito de Tiago, seja lá de que forma isso viesse a ocorrer?

Dor, culpa e remorso, quando juntos, formam uma mistura extremamente volátil que, se for não manipulada com sabedoria, pode fugir do controle, produzindo um cataclismo psíquico de proporções inimagináveis.

Além disso, nós, os seres humanos, temos como principal característica o imediatismo, achando que nossos problemas, muitas vezes frutos de séculos de erros, possam ser resolvidos num estalar de dedos, como num passe de mágica. Infelizmente, as coisas não funcionam dessa maneira.

A espiritualidade superior trabalha com um planejamento reencarnatório-evolutivo secular, com expectativa de obtenção de frutos benéficos ao longo das reencarnações sucessivas.

Nossa visão da situação é míope e incompleta, afinal, não dispomos de todos os dados e desconhecemos o histórico das reencarnações de Tiago e do senhor Garcez. Podemos estar diante de uma desavença antiga, envolvendo sentimentos e mágoas seculares, que pode necessitar de mais do que uma simples conversa para solucioná-la, principalmente estando ambos, temporariamente, separados por dimensões distintas.

Talvez a dor e a culpa, geradas pelo afastamento temporário, sejam os insumos que prepararão a terra para receber a semente da concórdia e do perdão, buscados sem sucesso por décadas, ou séculos.

O tempo é o melhor e mais barato remédio. Nesse caso, o clichê é adequado.

– Já fui completamente cético em relação às questões espirituais e, principalmente, em relação aos Espíritos. Entretanto, depois de tudo o que tenho ouvido e presenciado, ainda que indiretamente, minha mente abriu-se para esses assuntos. Mesmo assim, tudo ainda parece muito surreal. Não sei explicar.

– Tudo a seu tempo, Enrique. A natureza não dá saltos.

À medida que você empreende os primeiros passos na direção do entendimento, o caminho vai se abrindo lentamente.

Quando estudar o assunto com mais profundidade, terá melhores condições de compreender os acontecimentos vivenciados no hospital.

– Bem que eu gostaria de ter todas as respostas imediatamente, mas...

– E quem não gostaria?

Dizendo isso, Mariana despediu-se do rapaz, não sem antes prometer que lhe traria material contendo explicações sobre o assunto materialização de Espíritos.

Enrique afastou-se, pensativo. Acompanhou-lhe, no restante do dia, o silêncio morno das reflexões e o gritar estridente das dúvidas. Decidiu encher seu tempo enclausurando-se na espaçosa biblioteca da casa.

No cômodo, havia um número considerável de livros, muitos dos quais eram mantidos em cativeiro, encarcerados na escuridão das páginas fechadas, ansiosos para que alguém lhes desvendasse os segredos.

A biblioteca exalava ares de austeridade. Coleções desfalcadas de alguns de seus volumes dividiam o espaço com Machados, Clarices, Éricos, Euclides, Drummonds, dentre outros autores nacionais e também estrangeiros.

Naquele momento, porém, não foi nenhum dos notáveis escritores que atraiu a atenção de Enrique. O jovem trazia, na mão esquerda, *O Livro dos Espíritos*, uma das obras sugerida por Mariana.

Enrique examinou cuidadosamente o exemplar, ritual que executava sempre antes de iniciar a leitura de qualquer livro, deteve-se, por instantes, na singela capa que estampava a figura de uma cepa – compreenderia, mais tarde, que a imagem não fora colocada na capa por circunstância do acaso, mas trazia, em seus contornos, uma explicação simbólico-filosófica bem interessante[3].

Reflexivo, o jovem pousou um olhar despretensioso pelo cômodo que tantas vezes o abrigara em seus estudos, elucubrações e dúvidas. De soslaio, visualizou a mobília que compunha a biblioteca: além das estantes de livros, cinco pequenas mesas redondas construídas de cumaru--ferro, em que foram preservadas as cores bege-acasta-nhados, com o cerne castanho-escuro amarelado naturais, guarnecidas por duas cadeiras construídas do mesmo material da mesa e uma luminária de sisal fabricada artesa-nalmente.

Enrique dirigiu-se até sua mesa preferida, localizada em frente a grande janela, de onde se podia avistar o diver-sificado pomar da fazenda.

No seu campo de visão, destacava-se um enorme pessegueiro que exibia, majestoso, seus cachos de flores de cinco pétalas, de tonalidade roseada, cujo cheiro suave e delicado se podia sentir mesmo a distância.

Antes de sentar-se, voltou sua atenção para o livro que segurava e começou a folheá-lo descompromissada-

---

3. *"(...) Coloca na cabeça do livro a cepa de vinha que te desenhamos, porque ela é o emblema do trabalho do Criador; todos os princípios materiais que podem melhor representar o corpo e o Espírito nela se encontram reunidos: o corpo é a cepa; o Espírito é o licor; a alma ou o Espírito unido à matéria é o grão"* (Prolegômenos de *O Livro dos Espíritos*, Allan Kardec, IDE Editora).

mente, outro ritual que repetia antes de iniciar a leitura de qualquer livro.

Logo na primeira página, a breve descrição da obra despertou-lhe a curiosidade e o interesse:

> "*Contendo os Princípios da Doutrina Espírita sobre a imortalidade da alma, a natureza dos Espíritos e suas relações com os homens, as leis morais, a vida presente, a vida futura e o futuro da Humanidade, segundo o ensinamento dado pelos Espíritos Superiores com a ajuda de diversos médiuns.*" [4]

Enrique passou, então, os olhos rapidamente pelos capítulos e tópicos elencados e ordenados no índice inserido na parte final do livro. A ânsia por compreensão sobre a situação do irmão Tiago o fez pousar o dedo sobre o capítulo III, denominado "Retorno da Vida Corpórea à Vida Espiritual".

– Interessante! – exclamou baixinho, lançando um olhar distante. Lamentava profundamente a ausência de Tiago e, principalmente, pelas oportunidades de convívio desperdiçadas.

Fechou o livro vagarosamente e fitou-o enternecido, como se depositasse naquele exemplar toda a esperança de um dia reencontrar Tiago.

À mente, surgiu-lhe, através de *slides* contínuos e ininterruptos, imagens dos momentos vividos ao lado do irmão gêmeo. As recordações nostálgicas levaram-no às lágrimas.

---

4. *O Livro dos Espíritos*, Allan Kardec, IDE Editora.

Absorto, com o pensamento algemado à saudade, não percebeu o afrouxamento da pressão que os dedos exerciam sobre o livro, que se precipitou de borco sobre a mesa, puxado pela atração irresistível e inexorável da lei da gravidade, produzindo um ruído seco que ecoou em seus ouvidos como um grito de alarme, fazendo-o emergir das profundezas de seu devaneio.

Nas horas seguintes, o jovem entregou-se de corpo, mente, mas principalmente de alma, à leitura daquela obra que achou inusitada, pois deparou-se com uma espécie de "pingue-pongue" de perguntas e respostas entre o autor, Allan Kardec, o questionador, e uma plêiade de Espíritos, responsáveis pelas respostas.

Encantou-se com a riqueza, com a lógica e com a palpabilidade das respostas fornecidas pelos Espíritos, que lhe apresentavam nova perspectiva de compreensão sobre a vida, no sentido mais amplo que se possa atribuir à expressão.

A leitura fez Enrique perceber que a beleza das respostas fornecidas pelos Espíritos era impulsionada pela genialidade das perguntas feitas pelo autor. Via-se como espectador de uma equilibrada partida de tênis disputada por atletas de altíssimo nível, na qual a bola rebatida com maestria por um era devolvida com a mesma perfeição pelo outro jogador. Assim, prosseguiu com a leitura.

Nesse clima de encantamento, em que as horas iam passando e a leitura avançando, o jovem filho da família Garcez viu brotar, dentro de si, a semente da verdade, fincando suas raízes no terreno fértil de uma consciência preparada para o plantio, produzindo-lhe o imediato e crescente sentimento de liberdade que só ela, a verdade, é capaz de causar no indivíduo que a descobre.

A passagem de João Evangelista citada por Mariana em seu bilhete – "e *conhecereis a verdade, e a verdade vos libertará*" – fazia todo sentido agora.

* * *

Nos primeiros dias, após seu retorno do hospital, José Garcez submeteu-se, sem grandes problemas, às inúmeras recomendações médicas, que implicavam na modificação completa de sua rotina na fazenda.

Ao patriarca da família foi recomendado o controle rigoroso da alimentação, repouso, atividade física, retorno gradativo ao trabalho e, acima de tudo, evitar situações de estresse. As orientações foram aceitas imediatamente pelo paciente quando da alta médica, muito embora Enrique e Isabel suspeitassem de que aquela pronta concordância, sem contestação, mesmo diante de uma infinidade de restrições, poderia ter ocorrido apenas para se livrar com maior rapidez da presença incômoda do médico e da estada entediante no hospital.

Vencidos os primeiros dias na fazenda, os temores da esposa e do filho confirmaram-se e Garcez foi, gradativamente, retomando os hábitos de outrora, relegando ao completo esquecimento os conselhos médicos.

De início, Isabel e Enrique até tentaram cobrar do teimoso doente o cumprimento das ordens médicas, apresentando, como argumentos, o risco real da ocorrência de um AVC, mas suas tentativas foram rechaçadas com rispidez e, dependendo do grau de insistência, com grosseria.

Ao cabo de duas semanas, tudo voltou como antes e nada significativo havia mudado na vida do patriarca da família, que mandara o tratamento às urtigas, como dizia uma expressão local.

Na rotina de Garcez, retornaram a impaciência, os gestos inquietos e desconcertados e as habituais horas de isolamento em seu escritório de trabalho, além do comportamento esquivo com os demais membros da família, manifestado através do silêncio, tudo para mascarar o verdadeiro mal: a dor aguda produzida pelo aguilhão do remorso que, enterrado nas profundezas de sua alma, acusava-o e cobrava-lhe a expiação de suas culpas ou do "pagamento de seus pecados", como ele próprio repetia.

Na bagagem do hospital, trouxera o "sonho" – preferia chamar assim – com Tiago, experiência que lhe proporcionara sentimentos conflitantes: felicidade e esperança por ter revisto o filho; tristeza por não ter conseguido pedir perdão.

Garcez também tinha dúvidas sobre a natureza de sua visão: realidade ou construção mental de seu subconsciente durante o sono? Definitivamente, não sabia responder.

Enrique, por sua vez, temeroso com a saúde do pai, optou por ocultar, inclusive da mãe, a aparição de Tiago às funcionárias do hospital. O jovem temia que a revelação daquela incrível história abalasse sensivelmente o frágil equilíbrio dos pais.

Embora não estivesse totalmente convencido de que Tiago se fizera visível na noite da internação de Garcez, tinha a convicção de que algo mudara em seu íntimo; sentia-se diferente.

A incrível história abriu-lhe a mente. Era como se uma grande explosão tivesse acontecido dentro de si, despertando-o para novas sensibilidades, tornando-o mais acessível ao aprendizado de novos conceitos.

Enrique tinha consciência de que não poderia permanecer por muito tempo ocultando os fatos do pai, mas decidiu que, quando chegasse o momento, a primeira a saber seria a mãe. Só não revelava a ela imediatamente, pois desconhecia qual seria sua reação, além de não confiar na capacidade de guardar segredos de dona Isabel.

Havia muitas chances de a história fugir do controle e acabar prejudicando ainda mais o estado do pai, por isso mantinha-se tão reticente em compartilhar a experiência ocorrida no hospital.

No dia seguinte a ter pedido a opinião de Mariana sobre a suposta aparição de Tiago no hospital, Enrique recebeu da jovem empregada o livro intitulado *O Livro dos Médiuns*, orientando-o a analisar o capítulo VI, que tinha o título "Manifestações Visuais", aconselhando-o a ler o capítulo com certo cuidado, pois o texto trazia conceitos, proposições e termos com os quais Enrique não estava familiarizado, além da falta de contextualização, consequência de uma leitura pinçada.

Enrique agradeceu a presteza da amiga e dirigiu-se ansioso à biblioteca para ver com calma o que dizia o capítulo assinalado por Mariana.

Valendo-se de uma caneta marca-texto, iniciou a leitura, destacando cada ponto que lhe chamava a atenção.

À medida que a leitura avançava, o jovem percebia que o livro era bastante elucidativo e considerava possível a hipótese de um Espírito fazer-se visível, mesmo que involuntariamente, supostamente o que acontecera com o irmão.

Em dado momento, interrompeu a leitura por alguns instantes diante da constatação da sua mudança de visão acerca do tema "vida após a morte".

Em curto espaço de tempo, seu ceticismo cedera lugar à certeza da continuidade da vida. Percebeu que não estava mais interessado em provar a si mesmo a possibilidade da sobrevivência do Espírito, pois isso tornara-se uma certeza. Buscava, agora, compreender através de quais mecanismos Tiago se fizera visível às atendentes do hospital.

Retornando ao livro, após encerrada a leitura do capítulo, seguido de mais alguns minutos de reflexão, Enrique releu os muitos trechos que destacara na cor verde-limão:

"Como o Espírito pode se tornar visível?

O princípio é o mesmo de todas as manifestações, e prende-se às propriedades do perispírito, que pode sofrer diversas modificações à vontade do Espírito.

No vosso estado material, os Espíritos não podem se manifestar senão com a ajuda do seu envoltório semimaterial; é o intermediário através do qual age sobre os vossos sentidos. É sob este envoltório que eles aparecem, às vezes com uma forma humana, ou outra diversa, seja nos sonhos, seja mesmo no estado de vigília, tanto na luz como na obscuridade.

(...)

O Espírito quer ou pode aparecer revestido, algumas vezes, de uma forma ainda mais nítida, tendo todas as aparências de um corpo sólido, a ponto de produzir uma ilusão completa e fazer crer que se está diante de um ser corporal. Em alguns casos, enfim, sob o império de certas circunstâncias, a tangibilidade pode tornar-se real, quer dizer, se o pode tocar, apalpar, sentir a mesma resistência, o mesmo calor como da parte de um corpo vivo, o que não impede de se desvanecer com a rapidez do relâmpago. Então, não é mais pelos olhos que se constata a presença, mas pelo toque. Se se podia atribuir à ilusão, ou a uma espécie de fascinação, a aparição é simplesmente visual, não é mais permitida a dúvida quando se pode agarrá-la, palpar, quando ela mesma nos agarra e nos aperta. Os fatos de aparições tangíveis são mais raros.

(...)

Pela sua natureza e em seu estado normal, o perispírito é invisível, e tem isso de comum com uma porção de fluidos que sabemos existir, mas que jamais vimos; mas pode também, como certos fluidos, sofrer modificações que o tornam perceptível à visão, seja por uma espécie de condensação, seja por uma alteração em sua disposição molecular; é quando nos aparece sob uma forma vaporosa. A condensação (e não é preciso tomar esta palavra ao pé da letra, de vez que a empregamos na falta de outra e a título de comparação), a condensação, dizíamos, pode ser tal que o Espírito adquire as propriedades de um corpo sólido e tangível; mas pode, instantaneamente , retomar seu estado etéreo e invisível.

(...)

As aparições no estado de vigília não são nem raras nem novas; houve em todos os tempos e a história relaciona um grande número delas; mas sem remontar tão longe, em nossos dias são muito frequentes; em muitas pessoas que a tiveram, tomaram-na de início pelo que se convencionou chamar de alucinações. São frequentes, sobretudo, nos casos de morte de pessoas ausentes que vêm visitar seus parentes ou amigos. Frequentemente, não têm um objetivo bem determinado, mas pode-se dizer que, em geral, os Espíritos que assim aparecem são atraídos pela simpatia."[5]

Embora tenha achado o texto bastante complexo, dada a falta de familiaridade com alguns termos e com a própria Doutrina Espírita, como um todo, Enrique conseguiu compreender a essência das páginas que havia sublinhado.

---

5. *O Livro dos Médiuns*, IDE Editora.

Em linhas gerais, *O Livro dos Médiuns* ratificava as explicações fornecidas por Mariana, além de chancelar a possibilidade de Espíritos fazerem-se visíveis mediante a conjugação de alguns fatores.

O texto fez crescer ainda mais em Enrique a convicção de que o irmão, por razões e circunstâncias que desconhecia, esteve no hospital enquanto o pai estava internado, correndo risco de morte, e fez-se visível para algumas pessoas, inclusive para o próprio pai, que interpretou a experiência como um sonho, certamente influenciado pela debilidade física ou pelo efeito da pesada medicação.

O mundo dos "mortos" começava a descortinar-se para o gêmeo, que sentia cada vez mais a necessidade de aprofundar-se nos estudos. O caminho estava traçado; os horizontes ampliados. Não haveria mais volta.

Nos dias que se sucederam, os estudos tornaram-se uma verdadeira obsessão na vida de Enrique. Via-se como um viajor caminhando perdido pelo deserto da ignorância, sedento pela água do conhecimento; a água viva da verdade, que sacia pelo resto da vida a sede de quem a bebe, transformando-se numa fonte que jorra por toda a eternidade, como ensinou o Mestre dos Mestres à mulher samaritana do poço de Jacó.

O aprendizado estava apenas começando, mas o jovem descobriria que há lições que não se aprende em livros.

CAPÍTULO 10

Revelações

Desde o retorno do hospital, apesar da significativa melhora em sua condição física, o estado psicológico de José Garcez piorara consideravelmente.

Adquiriu o hábito de conversar sozinho, passeando pelos cômodos da casa, e mesmo a presença de outras pessoas não inibia seus monólogos.

O vigor de outros tempos converteu-se numa referência remota. Refugiava-se no vácuo de palavras e seu *bunker* voltou a ser o escritório.

O estranho comportamento despertou a preocupação da família, principalmente de Enrique, temeroso com o luto oficial que Garcez havia decretado em sua vida, luto que se prolongaria até o fim de seus dias se nada fosse feito.

Sem acompanhamento especializado, Enrique temia pelo agravamento da condição de saúde do pai. Suas conversas solitárias, ainda que inofensivas, poderiam transformar-se num estado de delírio perpétuo do qual não mais se recuperaria.

Notou também o descuido do pai para com a alimentação, agora frugal. Além disso, suas noites de vigília aumentavam na mesma proporção em que reduzia o sono diário.

As horas de trabalho também se reduziram drasticamente. Diante da ausência do pai, Enrique obrigou-se a tomar a frente dos negócios.

Seu aspecto físico também sofrera alterações: a face aparentava acelerado envelhecimento e as mãos, por vezes, entregavam-se a leve tremor, por isso as mantinha, com frequência, fora da visão das outras pessoas.

Não raras vezes era encontrado perambulando pela casa durante a madrugada ou sentado, soturno, na cadeira de balanço.

Transformou-se num espectro do passado e encontrava, na penumbra solitária da casa e nos profundos e prolongados silêncios, os ouvintes de suas confidências e mazelas, além da mão que o ajudava a suportar o peso das cruzes que, voluntariamente, punha sobre as costas.

Garcez trancou-se para o mundo externo. Mantinha-se perigosamente encarcerado em seu universo particular, nutrindo o que parecia ser um profundo desprezo por si mesmo. Não havia uma réstia de automisericórdia. Sequer sentia falta do tempo em que era senhor de suas horas, de seus desejos, de sua vida. Tornou-se escravo de sua consciência.

Vencidos diante das circunstâncias, todos na casa se acostumaram com aquele apego ao insulamento e ninguém voltou a se preocupar com seu costume de não dormir e vagar perdido pelos labirintos da culpa e pelos desfiladeiros da solidão.

Para encerrar a descrição da personalidade triste em que se transformara, Garcez impermeabilizou-se para questões de cunho religioso, sempre revoltado pelo que chamava de "ingratidão de Deus". Julgava-se possuidor de "créditos" junto ao Criador, que, segundo pensava, não lhe retribuiu adequadamente os anos de conduta cristã.

– Precisamos fazer algo para ajudá-lo antes que seja tarde demais, principalmente diante do que o médico nos alertou no hospital – dizia Enrique à mãe, que concordava, cabisbaixa, pois sabia que, na prática, Garcez recusaria qualquer tipo de tratamento.

Mariana também estava bastante preocupada com a situação da família Garcez. A jovem empregada percebeu que o isolamento do patrão coincidia com o aumento da presença de Tiago na casa. Era óbvio que as circunstâncias estavam ligadas.

O recém-desencarnado vagava sigiloso pelos cômodos da casa, principalmente ao lado do pai, preso a uma realidade que não mais lhe pertencia. Tiago não percebia que sua presença invisível era a principal causa do estado depressivo do pai, que, tomado pelo remorso, captava suas vibrações, cuja consciência também se encontrava aprisionada pela culpa. Um nutria o outro, e o círculo pernicioso se completava.

237

Mariana procurou Enrique e relatou-lhe sobre a frequência com que o Espírito de Tiago era visto pela casa.

Enrique, por sua vez, confessou à jovem suas aflições em relação ao estado físico do pai.

Por razões distintas, ambos temiam pelo futuro do chefe da família, comprovando a gravidade da situação.

– O que você sugere, Mariana? – perguntou Enrique, inquieto, afastando a cortina da janela para observar a escuridão que se formava em torno da cidade, prenunciando a chegada de tempestade.

– Tiago está ligado ao senhor Garcez, que, por sua vez, o atrai devido ao pensamento obsessivo no filho. É preciso conscientizá-los de que um prejudica o outro.

Gostaria de convidar você e sua família para frequentar algumas sessões públicas do Centro Espírita Mensageiros da Luz, do qual faço parte, principalmente o senhor Garcez.

– Se tirar meu pai de casa já não é uma tarefa das mais fáceis, imagine levá-lo a um Centro Espírita...

– Sei disso, Enrique, mas a situação é gravíssima e pede medidas extremas.

– E o que você sugere?

– Talvez tenha chegado o momento de você contar a todos sobre o hospital.

– Você quer que eu conte para meu pai sobre a visão que as funcionárias tiveram de Tiago? Tem certeza? Em que isso ajudaria?

– Acredito que, ao tomar conhecimento desse fato, o senhor Garcez o associará à sua própria experiência envolvendo Tiago no hospital e, talvez, desperte o interesse por respostas. Você pode complementar contando a todos sobre minhas visões. Sem contar que você não poderá esconder isso deles por muito tempo, afinal, já se passaram semanas.

– Sei que, mais dia menos dia, terei de revelar a aparição de Tiago, mas tenho dúvidas se este é o momento certo, pois temo pela reação e pela saúde de meu pai. Também não sei como minha mãe receberia essa história.

– Sua mãe reagirá bem, da mesma maneira que reagiu positivamente quando seu pai contou a ela sobre o sonho.

É justa sua preocupação com a reação do senhor Garcez, mas ele necessita de ajuda urgente agora e, talvez, esta seja a forma de despertar seu interesse pela busca de auxílio. Não se esqueça de que Tiago também precisa de ajuda.

– Talvez você tenha razão. Tentarei encontrar uma forma de tocar no assunto com ambos o mais rápido possível.

Sacie minha curiosidade, Mariana: por que você acredita que seria tão importante levá-lo ao Centro Espírita?

– Porque, desta forma, estaríamos ajudando a ambos. Tenho convicção de que Tiago o acompanhará e, lá chegando, poderá receber orientações e auxílio da equipe espiritual que trabalha no local. Ajudar Tiago é parte do procedimento necessário para auxiliar o senhor Garcez.

– Equipe espiritual?

– A parte que nossos olhos enxergam do Centro Espírita ou qualquer casa de oração é tão somente seu lado material, pois a construção, do ponto de vista do mundo espiritual, é bem mais ampla. Nela há toda uma plêiade de Espíritos trabalhando no auxílio de todos os frequentadores, encarnados ou não. É desta forma que acredito que Tiago e o senhor Garcez possam ser auxiliados através do simples comparecimento de sua família à reunião.

– Interessante. Bem, não custa tentar! – exclamou Enrique, sem convicção nas palavras.

O ideal, então, seria conversar com meu pai num momento em que você esteja por aqui, pois, se precisar de maiores esclarecimentos, não terei condições de prestá-los.

Mariana não se opôs à ideia de Enrique, mas sabia que estavam diante de uma empreitada bastante árdua.

Os jovens nem imaginavam, mas o "destino", maroto, encarregar-se-ia de criar as condições para a realização daquela difícil conversa.

Pensando em soluções para o dilema, Mariana e Enrique permaneceram calados, amplificando o silêncio surdo que fazia em toda a casa. Parecia que todos seus habitantes estavam entregues, sincronizadamente, a seus próprios pensamentos, algemados às suas dúvidas, dado o vácuo que se instalara na mansão dos Garcez, até que o silêncio dos últimos momentos foi abruptamente quebrado pelo ribombar distante de trovões.

A aproximação da tempestade trouxe movimentos ao casarão. Passos apressados e ruídos do fechar das janelas e das cortinas começaram a ser ouvidos por todos os lados.

Mariana pediu licença e saiu rapidamente para auxiliar os demais empregados nas precauções contra a tempestade que se avizinhava.

Enrique assentiu e ficou acompanhando a jovem, que, em passos largos e apressados, desapareceu rapidamente da sua vista.

O rapaz permaneceu estático, meditando sobre a proposta de Mariana. Seus pensamentos eram interrompidos a todo instante pelo som dos trovões e pelo *flash* dos relâmpagos que clareavam o horizonte para os lados do poente.

Enrique lançou um olhar investigativo na direção da janela, pois aprendera com o avô a contar mentalmente o espaço de tempo entre um trovão e outro. Dizia o avô que através dessa técnica podia-se medir a aproximação da tempestade: quanto menor o espaço de tempo entre os trovões, mas próxima estava a chuva.

"1... 2... 3... 4... 5... 6... 7..." – começou a contar Enrique após ouvir um trovão –, mas, antes que pudesse contar o número 8, novo estrondo ecoou pela fazenda.

Estava preocupado com o estado do pai e não sabia como iria convencê-lo a aceitar a proposta de Mariana. Tinha dúvidas quanto às consequências da revelação de tudo aquilo que sabia.

"Talvez fosse melhor mesmo falar abertamente com

Garcez e contar tudo o que aconteceu no hospital..." –
seus pensamentos foram interrompidos por novo estrondo.

O rapaz recomeçou a contagem: "1... 2... 3... 4...", e
veio, então, na sequência, um grande trovão, interrompen-
do-o quase na metade do tempo da medição anterior.

"A tempestade está se aproximando!" – falou para
si, após constatar a redução do intervalo entre os trovões.
Confiava na fórmula do avô.

"Mariana está correta: só a verdade poderá tirar o
velho Garcez da modorra"... Nova interrupção nos pensamentos porque um relâmpago cortou o céu com raiva e
iluminou tudo ao redor, destruindo momentaneamente o
império da escuridão que havia tomado conta da paisagem, e, num piscar de olhos, houve um grande estalo que
fez tremer as vidraças.

Com o novo trovão, Enrique recomeçou, mentalmente, a medição do tempo aguardando o outro:

"1... 2..." a contagem mal começara e já fora suspensa
por nova sequência de raio e trovoada.

"Só até 2? Logo a chuva chega" – pensou.

Segundos depois, antes que o próximo relâmpago
crivasse o firmamento com seu risco de luz, as comportas
celestiais se abriram e a chuva caiu com força descomunal
sobre a pequena cidade de Porto dos Anjos.

"É, vovô Garcez, sua teoria não falha" – exclamou,
olhando para cima.

A princípio, a chuva forte não despertou grandes

preocupações nos habitantes da pacata cidadezinha, mas este estado de espírito mudaria nas horas seguintes.

Construída sobre um imenso espraiado, espremido entre morros, colinas e o Oceano Atlântico, a cidade de Porto dos Anjos era cortada por incontáveis riachos, cujas nascentes localizavam-se nas partes mais altas do relevo, juntando-se para formar o Rio dos Anjos, características que faziam com que cheias repentinas fossem uma constante na região.

Por outro lado, o mesmo relevo que fazia descer as águas da chuva com rapidez era responsável pelo retorno dos córregos ao seu leito original, após algumas horas de calmaria.

Naquele dia, a chuva abateu-se de forma insistente e impiedosa sobre a cidade, como há muito não se via, e, com o passar das horas, a população começou a sentir os transtornos decorrentes da constância e do grande volume d'água.

Rapidamente, os inúmeros córregos e riachos espalhados pela região abandonaram seu curso natural, cobriram pontes e inundaram estradas e as casas construídas em locais mais baixos.

Na fazenda Mar de España, apesar de a construção ter sido planejada de forma a não sofrer com o constante mau humor dos córregos que a circundavam, a chuva forte também produziu mudanças na rotina, principalmente para os empregados, que ficaram impossibilitados de retornar aos seus lares em razão dos diversos pontos de alagamentos nas estradas, que interromperam o tráfego de veículos.

Da residência dos Garcez, localizada na zona rural da cidade, só havia um único acesso para as demais localidades e este foi interrompido pela equipe da defesa civil, pois, em determinados pontos, o rio estava a quase um metro acima do nível natural, mantendo submersa a pequena ponte de resistência duvidosa, colocando em risco a travessia dos veículos: os maiores em razão de seu peso; os menores em virtude do nível da água.

Forçada pelas circunstâncias a pernoitar na fazenda, Mariana – assim como todos os demais empregados – foi convidada a acomodar-se em um dos muitos quartos de hóspedes existentes na casa.

Enrique viu, no pernoite compulsório de Mariana, uma ótima oportunidade para ter a conversa com os pais. A amiga poderia auxiliá-lo fornecendo detalhes e esclarecendo as inevitáveis dúvidas dos pais.

Era estranho para o gêmeo sugerir aos pais a frequência no Centro Espírita, algo que ele próprio não fazia, e talvez essa fosse a oportunidade para começar.

As horas seguintes mostrariam que Enrique soubera se aproveitar positivamente das circunstâncias para tentar convencer os pais a aceitarem o plano de Mariana, porém, o que o jovem desconhecia era que, a partir daquela noite, ele e Mariana reviveriam uma cumplicidade inviolável que atravessava séculos.

Era noite sem lua, e a chuva seguia caindo fraca, quando Enrique convidou Mariana a acompanhá-lo até onde estavam os pais.

Quando os dois entraram na sala de estar, Garcez e Isabel ficaram surpresos, não com a chegada do filho – a quem esperavam –, mas com a presença de Mariana.

– Pedi a Mariana que nos acompanhasse nesta conversa, pois creio que ela tem mais a dizer a vocês do que eu – introduziu Enrique, enquanto convidava a jovem a acomodar-se em uma poltrona ao lado da que escolhera para sentar-se.

Curiosos, Garcez e Isabel sentiam sinais de que algo sério viria daquela conversa.

Enrique, com a objetividade que lhe era natural, sem meias palavras ou frases vagas, tratou logo de iniciar o assunto:

– Pedi que viessem aqui para conversarmos sobre a noite em que o senhor ficou no hospital, meu pai. A mesma noite em que diz ter visto, ou sonhado, com Tiago.

– Sim, tudo não passou de um sonho com seu irmão, mas por que esse assunto agora? – perguntou Garcez com indisfarçável desconforto.

– Porque, talvez, digo talvez, possa não ter sido apenas um sonho – respondeu o filho, em tom grave.

– Do que você está falando?

– Sim, do que você está falando, Enrique? – perguntou Isabel.

– Porque existem peças desse quebra-cabeça que vocês desconhecem.

– Você está me assustando, Enrique – disse Isabel, inclinando seu corpo na direção do filho.

Então, sob os olhares arregalados do casal, Enrique narrou, com riqueza de detalhes, as visões das funcionárias do hospital, que guardavam perfeita sincronia cronológica com o suposto sonho de Garcez.

– Por que você não nos contou isso antes? – perguntou Garcez, irritado.

– Receio! Não sabia como reagiriam a tudo isso. Além do mais, ainda não sei o que pensar e que conclusões tirar dessas visões. Não há como fechar os olhos para a relação entre as histórias contadas pelas funcionárias e o sonho que o senhor relatou.

– Isso... isso... é perturbador – gaguejou Isabel, com lágrimas nos olhos.

– Há mais coisas ainda.

– Mais? – perguntou a mãe.

Foi, então, que Mariana, com voz pausada e suave, demonstrando muita calma, assumiu a narrativa, permeada com alguns hiatos de silêncio:

– A senhora sabe, dona Isabel, que sou espírita.

– Sim, já conversamos sobre sua preferência religiosa, mas o que isso tem a ver com essa história?

– Exatamente, já conversamos. O que nunca comentei com a senhora é que possuo aquilo que nós, espíritas, chamamos de mediunidade. Tenho a faculdade de ver, ouvir e falar com pessoas desencarnadas, que hoje vivem no mundo espiritual, as chamadas "mortas" – Mariana fez sinal com os dedos indicando "entre aspas".

Enrique pediu minha opinião sobre o ocorrido no

hospital. Expliquei-lhe que, possivelmente, estávamos diante de um fenômeno chamado de materialização. O Espírito de Tiago, voluntariamente ou não, pode ter ficado visível a algumas pessoas por um curto espaço de tempo, algo incomum, mas possível. Uma outra explicação possível para o fato é que as pessoas que o avistaram sejam médiuns, ainda que desconheçam essa condição, embora seja uma hipótese menos provável, mas igualmente possível.

Garcez ouvia a tudo paralisado, espantado com o rumo da conversa, mas foi Isabel quem interpelou a jovem:

– Você está me dizendo que toda essa história do hospital pode ter sido realidade?

– Acredito que sim – disse a moça, com segurança –, e confesso que não fiquei surpresa.

– E por que não ficou surpresa? – perguntou Isabel.

– Não tenho a pretensão de convencê-los e não ficarei ofendida se duvidarem do que tenho para dizer, mas... – Mariana hesitou por um instante.

– Continue, por favor – insistiu Isabel.

– Em virtude de minhas faculdades mediúnicas, tenho visto constantemente o Espírito Tiago circulando pela fazenda, o que reforça ainda mais a veracidade do que ocorreu no hospital.

– Como assim, tem visto Tiago por aí? Por que não nos contou sobre isso?

– Não tocaria num assunto tão delicado envolvendo crenças religiosas. Além disso, para ser sincera, não gostaria de ser mal interpretada e, com isso, colocar meu emprego em risco.

247

– Então, chegou a hora de contar-nos tudo – atalhou Isabel, em tom sério.

Mariana ajeitou-se na poltrona e, sem perder a serenidade, sob os olhares atônitos de Isabel e Garcez, contou sobre suas visões. Nenhum dos dois ousou pronunciar uma única palavra.

– Desde o velório, percebi a presença de Tiago na fazenda. Ele permaneceu o tempo todo ao lado de vocês, mas estava bastante perturbado por conta de tudo o que aconteceu, inclusive com o falatório durante o velório. Aliás, foi por isso que resolvi fazer uma oração naquele momento.

– Não me recordo dessa sua atitude, o que não é de se espantar, a julgar pelo meu estado de espírito – suspirou Isabel.

– Falei com a senhora sobre isso, lembra? – atalhou Enrique.

– Ah! É verdade.

– A partir de então – continuou Mariana –, tenho visto Tiago por aqui com alguma regularidade, normalmente junto ao senhor Garcez.

– Tiago, ou o Espírito de Tiago, vagando por aqui? Você tem noção do que está nos contando? Desculpe-me, mas essa é uma história difícil, eu não diria de acreditar, mas de assimilar – falou Garcez, com inesperada calma. – Você tinha conhecimento disso, Enrique?

– Sim! Como disse, estranhei o comportamento de Mariana, sempre tão discreta, no dia do velório de Tiago, e por isso resolvi conversar com ela, mas, só depois de muita insistência, foi que ela me falou sobre suas visões. Fiquei muito impressionado com a história e, desde então, tenho estudado um pouco sobre o tema.

Vejo com naturalidade o espanto de vocês, pois a história é mesmo difícil de acreditar, talvez eu seja mais cético que todos aqui, mas vocês hão de convir que, se unirmos as visões de Mariana às histórias do hospital, fica difícil imaginar que tudo tenha passado de uma alucinação coletiva, sonho ou crença religiosa, concordam?

– Não sei o que pensar – balbuciou Garcez.

– Pois eu acredito em Mariana, até pelo fato de que imaginar que ele se foi para sempre abriria um abismo que me engoliria com a mesma facilidade com que engoliu o caminhão de Tiago – falou Isabel.

Também não vamos cobrir o Sol com a peneira. Todos sabemos que a discussão entre você e Tiago no dia do acidente abalou a ambos. Palavras duras foram ditas e não me parece tão absurdo que Tiago esteja preso a esse assunto como você está.

– Do que você está falando? – protestou Garcez.

– Sei que a briga entre vocês transformou-se num tema proibido nesta casa, mas, talvez, você não tenha se dado conta do estado em que se encontra. Você se fechou no luto e se esqueceu daqueles que ainda estão aqui com você.

Sua dor não é maior que a minha, Garcez, mas, apesar do coração despedaçado, tenho me esforçado para seguir adiante.

Garcez assustou-se com o desabafo da esposa, que aproveitou a oportunidade de dizer ao marido tudo aquilo que há muito desejava, e que lhe faltara coragem e oportunidade.

– Já parou para pensar que da mesma maneira que você carrega internamente a culpa pelo ocorrido naquele dia, Tiago possa estar sentindo algo semelhante e, por isso, não consegue seguir adiante?

– Seguir adiante? Desde quando você começou a acreditar em Espíritos, Isabel?

Isabel lançou um olhar firme na direção do marido, que mais parecia um pontapé, respirou fundo para não perder a tranquilidade e respondeu:

– Sinceramente, não sei mais em que acredito. Tudo que sei é que qualquer teoria que afirme que meu filho continua vivo em algum lugar me interessa.

Além disso, você tem certeza de que não existe vida depois da morte? E se o que Mariana está dizendo for verdade? Você não acha que, na dúvida, devemos seguir o caminho que possa auxiliar nosso filho? Pecar por excesso, não por omissão? – falou a matriarca com convicção e olhar fixo no marido.

Um silêncio perturbador assenhorou-se do ambiente após o desabafo de Isabel, até que Mariana retomou as rédeas do diálogo:

– A senhora tem razão, dona Isabel: Tiago sofre diante da troca recíproca de vibrações e energias negativas decorrentes das preocupações, decepções, remorsos e tristezas.

Em relação ao senhor – a jovem olhou na direção do patrão –, perdoe-me a sinceridade, mas toda esta carga de energias negativas está afetando seu corpo físico, a ponto de o senhor ter sido hospitalizado e, infelizmente, pode não ficar só nisso se algo não for feito.

Garcez até ameaçou protestar quanto à intromissão da empregada, mas freou o ímpeto quando cruzou com o olhar firme da esposa, que denotava sintonia com o pensamento de Mariana. No fundo, ele também sabia que a moça tinha razão.

– Quanto ao Espírito de Tiago – continuou Mariana –, o resultado é uma espécie de prisão sem grades, onde o Espírito se mantém ligado a este plano, em total desarmonia, buscando solucionar pendências que o atormentam.

Resignado diante da sensatez da empregada, Garcez caminhou em silêncio até a janela da sala e passou a contemplar a rua, que jazia desolada diante da teimosia da chuva. Das folhas robustas da grande castanheira plantada na frente da casa, que nos dias de sol escaldante brindavam os moradores com o refrigério de sua sombra, escorriam longos fios de água, encharcando um formigueiro que se erguia junto à base de seu grosso tronco.

Apesar do aparente desinteresse, ouvindo o cochicho que as folhas das árvores produziam com o choque dos pingos da chuva, as palavras da jovem tocaram-lhe no fundo da alma, aumentando ainda mais sua culpa em relação ao filho.

Sentia-se triste e perdido. Não bastasse a discussão no dia do acidente que, na sua opinião, influenciara diretamente nos acontecimentos, admitindo a hipótese de que a moça estivesse certa, seu comportamento estaria prejudicando Tiago novamente, agora em outro plano.

– E o que podemos fazer para ajudá-lo? – perguntou Isabel.

– Penso que seja necessário pôr em prática um conjunto de pequenas atitudes – respondeu Mariana.

– E quais seriam estas pequenas atitudes?

Mariana, valendo-se de toda sua reserva de persuasão, com extrema ternura, explicou seu plano:

– Inicialmente, Tiago necessita receber nossa caridade através da prece. Sugiro que, doravante, canalizemos nossas orações para que ele possa compreender sua atual situação e permita-se ser auxiliado.

Paralelamente, é preciso nos cercarmos, na medida do possível, de bons pensamentos e atitudes, melhorando a qualidade das energias que emanamos.

É necessário eliminar a culpa, as acusações pessoais e a intolerância, produzindo, assim, calorosas vibrações e quebrando toda a corrente negativa de energias. Isso certamente afrouxará as amarras que ainda prendem Tiago a este mundo.

Por fim, tenho uma sugestão, talvez o item mais importante, inclusive já a fiz a Enrique, mas não sei se estão dispostos a aceitá-la...

– Diga! Faremos tudo o que estiver ao nosso alcance para que Tiago receba ajuda – interrompeu Isabel.

– Acredito que seria essencial que vocês se disponham a frequentar, ainda que temporariamente, o Centro Espírita. Algumas idas apenas.

– Em que isso ajudaria? – perguntou Isabel.

– Como expliquei a Enrique, indo ao Centro Espírita para realizar o que chamamos de atendimento fraterno, assistir a algumas palestras e tomar o passe, teria duplo benefício: primeiro, o reequilíbrio de vocês mesmos; segundo, o auxílio a Tiago, pois acredito que ele os acompanhará e lá será atendido por toda a equipe espiritual que trabalha junto à Casa.

– Então, você crê que o simples fato de o Espírito de Tiago nos acompanhar até o Centro Espírita o faria ser auxiliado por uma equipe espiritual?

– Exatamente! Talvez isso não ocorra de imediato, mas a ideia é essa.

Acredito que o contato com um ambiente equilibrado seja o suficiente para que Tiago se torne receptivo ao auxílio de que necessita.

Compreendo que minha proposta possa afrontar suas crenças, mas não estou pedindo para se tornarem espíritas ou acreditarem piamente nas nossas teorias, mas peço que considerem a possibilidade de frequência, temporária, repito, em nome de Tiago.

O pior que lhes pode acontecer, caso acreditem que tudo não passa de uma grande bobagem – Mariana parecia ter lido os pensamentos de Garcez –, é ter destinado parte do tempo de vocês para ouvir palavras de consolo, através de uma conversa fraternal com pessoas que querem ajudá-los. Se bem não fizer, mal também não fará.

Os argumentos de Mariana eram sólidos, praticamente invencíveis, e encontraram ressonância imediata em Isabel. A matriarca concordou em frequentar, por algumas semanas, o Centro Espírita, mas já sabia que o ponto chave seria Garcez, pois, se fosse real a história narrada pela moça, de que Tiago estaria ligado ao pai, seria fundamental que este também fosse até a Casa Espírita.

Tão logo Mariana encerrou sua fala, todos os olhares se voltaram para Garcez. O homem mantinha-se aparentemente distante, com os olhos fixos na direção da rua, ouvindo o gotejar da chuva caindo do telhado.

Quando o patriarca percebeu o silêncio, desviou o rosto da janela – deixou no vidro uma marca redonda embaçada –, olhou para o relógio cuco – herança de seu avô – acima da lareira e encarou com seriedade cada um dos olhares inquiridores que perturbavam sua fingida abstração.

Diante da inevitabilidade da situação que lhe exigia uma manifestação imediata, Garcez fez, então, um último esforço na tentativa de livrar-se, ainda que temporariamente, de seu imenso orgulho e deu a resposta que todos queriam, mas que não imaginavam ouvir:

– Sou a última pessoa nesta sala que tem o direito de dizer não a este pedido, mesmo que não veja um sentido prático nessa excursão. Por mim, tudo bem – concluiu, levantado os dois braços em sinal de resignação.

Aliviados com a concordância de Garcez, e após Isabel crivar Mariana de perguntas, buscando maiores detalhes sobre as visões que tinha de Tiago, Enrique tratou logo

254

de aliviar a tensão que o assunto causava, mudando o rumo da conversa para os problemas causados pelas cheias.

Apesar das boas intenções de Enrique, sua tentativa de desviar o foco da conversa foi em vão, e, para surpresa de todos, José Garcez pediu licença para conversar a sós com Mariana.

Enrique até tentou protestar, mas a jovem balançou a cabeça positivamente, aceitando o pedido do patrão.

Temeroso com o resultado daquele inusitado pedido, e curioso com o teor da conversa, porém resignado, Enrique abraçou-se à mãe e ambos deixaram a sala.

Garcez aguardou que o filho e a esposa saíssem de sua vista e, depois, sentou-se no confortável sofá, batendo com a mão espalmada no assento ao lado, indicando onde gostaria que Mariana se sentasse.

A jovem acomodou-se no lugar sugerido e lançou um olhar doce na direção do patrão, dando a deixa para que ele revelasse seus intuitos.

– Essa história das visões de Tiago me impressionaram muito, embora eu nunca tenha acreditado em alma do outro mundo, se bem que... nem sei verdadeiramente em que acredito agora. Aconteceram tantas coisas...

– Compreendo sua resistência. Não é um assunto fácil, reconheço.

– Apesar de católico e frequentador assíduo das celebrações, até hoje sempre acreditei que viver se resume a constituir uma família, dar boas condições a ela, assegurar a perpetuação do nome, como fizeram meus antepassados, e, na medida das forças, lutar para deixar o mundo o mais tarde possível. Mas agora, depois de tudo isso, não sei mais o que dizer.

Mariana sorriu ternamente diante da filosofia de vida do patrão. Criticável, é verdade, dado o viés materialista, mas de uma praticidade e objetividade incontestáveis.

– O problema em si ou o que me intriga, melhor dizendo, é que seus relatos não estão isolados. Tem a revelação que Enrique nos fez sobre as visões no hospital e também o meu sonho com Tiago. Tudo isso, quando colocado lado a lado, transforma-se num relato sólido, consistente e, no mínimo, curioso.

Não me parece coincidência que tanta gente diferente tenha uma história de contato feito com Tiago, seu Espírito, ou seja lá como se chama.

– Senhor Garcez – falou Mariana em tom afável –, o senhor tem razão quando acredita que as histórias não podem ser reduzidas a mera coincidência, justamente porque não são.

Desconheço as razões que fizeram Tiago materializar-se no hospital para duas pessoas, mas saiba que, segundo os princípios da Doutrina Espírita, da qual o senhor tem conhecimento de que sou adepta, tais fenômenos são perfeitamente normais e têm explicações científicas.

– Quando o vi no meu quarto do hospital naquela noite, tive a nítida impressão de que a experiência era real, e não produto de um sonho. Depois, com o passar dos dias, aquela lembrança foi esmaecendo na minha cabeça, fazendo-me acreditar que tudo ocorrera enquanto eu dormia ou que fosse obra dos remédios. Agora, não sei mais em que pensar.

Não é segredo para ninguém desta casa a briga que eu e Tiago tivemos no dia do acidente. Desde aquele dia, não tenho tido mais um minuto de paz, pois sei que fui o responsável pelo acidente de Tiago. Tudo teria sido diferente se eu não tivesse agido daquela forma.

– Não diga isso, senhor Garcez. Tudo aconteceu como deveria ter acontecido.

– Não tente minimizar minha culpa com clichês, Mariana. Não fosse aquela briga, Tiago teria saído de casa mais calmo, em horário diferente, e não teria cruzado com aquele maldito caminhão.

– Não há como garantir que tudo seria diferente caso não tivesse ocorrido a desavença entre vocês.

– Com certeza, seria diferente. Não bastasse isso, naquele dia eu estava decidido a pedir desculpas por tudo o que disse...

A emoção tomou conta de Garcez e o sofrido pai interrompeu a narrativa por alguns segundos.

– Desculpe-me.

– Não se preocupe com isso – respondeu Mariana, com ternura.

– Como eu ia dizendo, estava disposto a pedir perdão por ter sido tão duro, mas, por orgulho, e não passa um só dia em que eu não me cobre por isso, preferi deixar para fazê-lo na volta da viagem.

Por que não me desculpei quando tive oportunidade?... – desabafou Garcez, limpando, com o punho da camisa, as lágrimas que escorriam pelo rosto.

Então, José Garcez se deu conta, com espanto, que, depois de muito tempo, Mariana era o único ser humano a quem tinha verdadeira vontade de relatar suas misérias.

– Desculpe-me por estar lhe dizendo tudo isso, jamais falei, a não ser com o padre, sobre esta culpa com alguém, nem mesmo com Isabel, e não sei por que veio este desejo de desabafar com você.

Mariana, entretanto, tinha conhecimento dos motivos daquele súbito e benéfico desabafo. Posicionado atrás de Garcez, seu amigo espiritual Saul aplicava-lhe passes bem acima da região da cabeça. Das mãos do benfeitor, partia um jato de luz levemente azulada que o envolvia, tranquilizando-o e criando uma atmosfera convidativa para que o angustiado pai, finalmente, abrisse seu coração, depois de longo tempo de sentimentos reprimidos.

– Todo o episódio envolvendo a morte de Tiago abalou profundamente não só meu ânimo, mas também minha saúde. Para falar a verdade, não tenho mais disposição para seguir em frente. Perdi a conta de quantas vezes pensei em dar um fim em tudo isso – confessou, cabisbaixo.

– Não diga isso, senhor Garcez. Abreviar a vida não o auxiliaria em nada, ao contrário, lhe traria ainda mais sofrimentos, além de que o afastaria cada vez mais de Tiago.

O que o senhor precisa é tentar seguir em frente. Modere o rigor do luto que está impondo a si mesmo. Abra as janelas da alma e permita a entrada do vento da misericórdia. Perdoe a si mesmo e ao mundo pela morte de Tiago. Ponha fim à rotina de lutos acumulados e de aborrecimentos contínuos em que sua vida se transformou.

Garcez estava admirado com a sabedoria e com a sutileza das palavras de Mariana, que continuou aconselhando-o:

– Desde o momento em que sepultaram o corpo de Tiago, o senhor fechou as portas da sua existência e enterrou-se em vida, cobrindo-se com uma grossa crosta de culpa e remorso que ninguém consegue romper. Liberte-se e estará libertando Tiago.

A longo prazo, todo esse sentimento negativo acumulado poderá trazer consequências muito sérias, e dona Isabel e Enrique talvez não o tenham nesta casa por muito tempo.

Por fim, mas não menos importante, tenha fé em Deus; fé no futuro, tendo em mente que a morte não existe. Tudo muda se pensar nas coisas sob este prisma.

– Se a morte não existe, quem sabe ela me leve por uma doença, e eu consiga me reconciliar com Tiago mais rapidamente.

– Não se iluda, senhor Garcez, pois, neste caso, o senhor estaria retornando ao plano espiritual na qualidade de suicida, ainda que de forma indireta. As consequências, nessa situação, seriam igualmente gravíssimas para todos: o senhor, dona Isabel, Enrique e Tiago.

Olhe ao seu lado e veja o quanto o senhor está cercado de pessoas que o amam e que se importam com o seu bem-estar. Não desperdice esta dádiva.

Dizendo isso, não estou sugerindo que esqueça Tiago ou que não sofra por sua ausência física, mas apenas para que sofra com resignação, com serenidade, sem deixar que a revolta guie seus passos e controle seus atos.

O velho Garcez estava realmente admirado com Mariana, tanto que permaneceu trocando confidências com a jovem por quase uma hora, para angústia de Isabel e Enrique, que aguardavam ansiosos o desfecho daquela improvável e impensável conversa.

Esgotado o assunto, o patriarca pôs as mãos nos ombros de Mariana, olhou em seus olhos e abraçou-a, emocionado e, acima de tudo, agradecido.

A jovem despediu-se do patrão e deixou a sala. Estava muito feliz.

Garcez manteve-se imóvel. Ruminava tudo aquilo que ouvira e ali permaneceu mesmo depois que todos se recolheram.

Insone, tentava conciliar o som de seus pensamentos com a sinfonia de vidro dos grilos, alvoroçados com o fim da chuva. Pela janela, observou a água da chuva que escorria pelas laterais da estrada em pequenas correntezas.

Aquela seria uma longa noite. Tentaria buscar refúgio e consolo no calor das antigas recordações dos momentos felizes vividos com a família. Estava disposto a passar horas tentando romper, aos arranhões, a dura casca da culpa que o envolvia.

Não seria uma tarefa fácil.

CAPÍTULO 11

Auxílio

FINDAVA A MADRUGADA QUANDO GARCEZ, QUE PASsara mais uma noite em claro, presenciou o céu recolher, definitivamente, a chuva que fustigou impiedosamente toda a região. A escuridão, que ainda reinava, possibilitou a visão de algumas estrelas que se apresentavam por entre os buracos esparsos que se abriram entre as nuvens, uma gentileza da natureza depois do mau humor do dia anterior.

Ao alvorecer, fustigado pela atormentada vigília, Garcez decidiu caminhar nos fundos da propriedade.

O dia amanhecera turvo pelo nevoeiro; adiante dos limites da fazenda, a silhueta das árvores erguiam-se como vultos disformes.

Quando saiu e adentrou na bruma azulada da neblina, o rosto umedeceu-se imediatamente. Respirou fundo e deixou o ar gelado da manhã penetrar nos pulmões;

era preciso encontrar disposição para enfrentar aquele que prometia ser um longo dia, um dia que poderia marcar o início de seu resgate do escuro e sombrio desfiladeiro da culpa e do isolamento em que se enclausurara, içando-o de volta à realidade da vida e livrando-o, quem sabe, das mãos perversas do remorso que o arrastava a perturbadores desvios em sua caminhada terrestre.

À medida que a manhã avançava, a neblina dissipava-se e o sol abria caminho, esparramando lentamente uma luz suave e morna por toda a encharcada cidade de Porto dos Anjos.

Os instantes de solidão proporcionaram a Garcez uma pausa de sossego; um relâmpago de lucidez em sua luta para reorganizar os pensamentos depois de tudo que ouvira na noite anterior.

Caminhava pensativo pela fazenda, admirando o brilho que o astro rei deitava sobre os morros da região. Deteve os passos, arrancou com a ponta do sapato um pequeno seixo que estava meio enterrado ao solo, ergueu os olhos e pôde apreciar a luz que se decompunha através das gotículas que ainda cobriam as folhas mais largas das árvores e também a relva, refletindo um colorido minúsculo e discreto.

Quase não tinha forças – ou seria ânimo? – para enfrentar aquilo que prenunciava o horizonte da sua vida. No fundo, estava com medo, mas este era um sentimento que seu orgulho considerava uma fraqueza.

"Ele está morto?" – perguntava-se.

"Mas morto como, se muitos o veem?" – respondia, num diálogo solitário, resmungando em tom de voz mais alto do que gostaria, enquanto seus olhos fitavam o lago artificial construído na propriedade, que exibia um rastro brilhante formado pelo sol, parecendo um caminho decorado com lantejoulas.

"Não consigo entender o que está acontecendo. Eu estava lá quando fecharam Tiago na sepultura para sempre" – as palavras saíram surdas, sem muita ênfase e com pouquíssima convicção.

Quem o olhasse naquele momento ficaria desolado com a expressão facial triste, o olhar mortificado, porém torvo, e uma palidez marmórea que metia pena.

Garcez interrompeu seus passos, abaixou-se e tentou distrair-se assoprando algumas flores de dente-de-leão que encontrou pelo caminho. Observava enquanto a flor, no estágio que parecia uma penugem, desfazia-se no ar com grande facilidade a cada assopro, ao mesmo tempo em que remoía suas dúvidas e abria a porta da alma à imaginação, pensando na possibilidade de o filho ainda estar vivo em algum lugar.

Aquele ato infantil de jogar ao vento os dentes-de--leão o fez lembrar-se de sua mãe, que os chamava de "a flor da esperança". Em sua infância, ouvira a mãe dizer muitas vezes: *abre a janela e deixa a esperança entrar na casa através do vento da tarde*", numa referência à flor de dente-de-leão que, quando trazida pelo vento para dentro de casa, era sinal de boa sorte.

Esperança – ainda que tênue – de que o filho continuava vivo em algum lugar era tudo o que passou a ter.

Hoje, a recordação das histórias da mãe fazia parte do acervo de um passado longínquo, muito distante da realidade atual. Àquela época, corria feliz pela fazenda, sem preocupações; hoje, tudo o que tinha na sua vida era remorso, tristeza, além do som ensurdecedor do silêncio.

Apesar da proveitosa conversa que tivera com Mariana, aceitara, somente por imposição das circunstâncias, a sugestão da jovem para frequentar algumas reuniões do Centro Espírita, mesmo não estando totalmente convencido de sua eficácia.

A situação o angustiava, mas cumpriria com o prometido com a maior boa vontade que lhe era possível.

Perdido em seus pensamentos, Garcez não percebeu que caminhara até os limites da propriedade. Quem o alertou da distância foi o cansaço, pois precisou encostar as mãos num dos mourões da cerca de arame farpado que delimitava as terras, e deixou pender a cabeça para a frente por alguns minutos, para só então reiniciar o percurso de volta. Desde a hospitalização, vinha percebendo um cansaço desproporcional nas atividades – ainda que mínimas – que praticava.

As horas daquele dia transcorreram lentas e caladas, e, quando o ocaso findava e a réstia de sol tingia o céu de laranja, Garcez, Isabel, Enrique e Mariana deixaram a fazenda rumo à Casa Espírita.

Da janela do carro, observavam os últimos raios do sol iluminarem a copa das árvores mais altas e a escuridão descendo sobre os pontos mais baixos do relevo, onde o som estrídulo dos grilos misturava-se ao pio das primeiras aves da noite.

Horas antes, Enrique havia acompanhado Mariana até sua casa para que pudesse trocar de roupa, já que, na noite anterior, fora forçada pela chuva a pernoitar na fazenda.

No caminho até o Centro Espírita, os jovens evitaram tocar em temas relacionados a Tiago e conversaram animadamente no banco de trás do veículo sobre assuntos variados.

A afeição entre ambos crescia, porém, entre sorrisos ingênuos e sutis trocas de olhares, lenta e secretamente, sem que percebessem, um sentimento fortificava-se em seus corações. Muito em breve, o casal conheceria o amor, *"o amaríssimo travor do seu dulçor"*, como dizia a música que tocava no *player* do carro.

A noite já havia estendido seu manto negro quando Garcez estacionou o automóvel nas proximidades do Centro Espírita.

Apesar de nunca terem entrado em uma Casa Espírita, a construção não era estranha aos membros da família, por estar situada numa rua de grande circulação. Passavam pela frente sempre que iam ao centro da cidade.

Os quatro caminharam lado a lado até chegarem à entrada do Centro, quando Mariana adiantou-se e os apresentou a Paulo, trabalhador responsável pela recepção, que saudou a todos carinhosamente, dando as boas-vindas aos que chegavam à instituição pela primeira vez, convidando-os a entrar.

A instalação do Centro Espírita, na verdade, nada

mais era do que um imóvel comercial, que servira, durante anos, como sede de uma agremiação política, mas a arquitetura atendia perfeitamente aos propósitos dos trabalhadores, que não precisaram realizar grandes adaptações para as atividades do Centro Espírita, na medida em que aproveitaram a sala de conferência para a realização das palestras públicas e as demais salas de reuniões para os trabalhos mediúnicos, de passes e de atendimento fraterno.

Todos entraram silenciosamente e Mariana convidou-os a se acomodarem em uma das confortáveis cadeiras – estrutura deixada gentilmente pelo inquilino anterior.

Depois disso, a jovem pediu licença a todos, informando-os de que retiraria uma senha para a realização do atendimento após a sessão.

Enquanto aguardavam Mariana, a família observava o ambiente interno da Casa Espírita e percebia que imperava a sobriedade: primou-se pela simplicidade, evidenciada na ausência de objetos e enfeites que não móveis e utensílios minimamente indispensáveis ao cumprimento das atividades da casa.

Na parede nua, pintada totalmente de branco, chamou a atenção de Isabel uma discreta marca em forma de cruz, na qual o brilho da tinta estava mais preservado que no restante da parede. Aquele local, um dia, fora o *habitat* de um crucifixo, certamente removido devido à crença espírita de que adornos religiosos são dispensáveis.

Não demorou muito e Mariana retornou trazendo nas mãos um pequeno quadrado de papel plastificado em que estava impresso o número "5". Era a senha que prometera buscar.

Em seguida, a jovem despediu-se novamente da família – precisava tomar parte nos trabalhos a que estava designada – e orientou a todos que aguardassem onde estavam pela chamada da senha, quando um colega trabalhador conduziria Isabel e Garcez ao atendimento fraterno, termo a que todos já estavam familiarizados graças aos esclarecimentos prévios que Mariana havia prestado durante o percurso.

Faltava pouco menos de quinze minutos para o início da sessão e metade da sala, que tinha capacidade para cerca de cem pessoas, já estava ocupada. Alguns liam, outros mantinham-se cabisbaixos, com os olhos fechados. O silêncio que reinava absoluto só era quebrado pelo som suave de uma música instrumental que tocava em volume baixo.

– Não esperava que aqui fosse assim – comentou Garcez, discretamente, com a esposa.

– De fato, o local é bem discreto, mas como Mariana havia comentado que, no Espiritismo, não há culto a santos, amuletos ou cerimoniais, logo previ que o local seria bem simples.

– Pois eu me espantei logo que entramos, quando não vi nenhum desenho exotérico, nenhuma estátua, bicho empalhado ou esqueleto, sei lá.

– Você está falando sério, pai? – intrometeu-se Enrique. – Para onde o senhor imaginava que nós estivéssemos indo, para o trem fantasma de um parque de diversões?

267

– Como é que vou saber? Num lugar onde as pessoas dizem ver e falar com Espíritos, achei que tivesse coisas desse tipo.

Não demorou muito e a mesa central, forrada com alva toalha, sobre a qual havia uma pequena jarra com água, um vaso de flores e alguns livros, foi ocupada por uma senhora idosa, responsável pela coordenação dos trabalhos, além do palestrante da noite, que tomou seu lugar e abriu o *notebook* previamente acoplado a um projetor de imagens, que lhe serviria de apoio para a exposição.

A sessão iniciou-se pontualmente no horário marcado. A dirigente deu as boas-vindas ao público e conclamou a todos a elevar seus pensamentos ao Alto, esquecendo temporariamente os problemas cotidianos, deixando a mente aberta para o recebimento da mensagem da noite.

Após a breve introdução, convidou os presentes a acompanharem, em pensamento, a oração do Pai Nosso que passou a recitar.

Encerrada a prece, apresentou formalmente o expositor Mário Sérgio, informando que abordaria o tema intitulado "Reconciliação".

Quando ouviu o título da exposição, Garcez empalideceu e ajeitou-se na cadeira, manifestando ligeiro desconforto.

Após as saudações de praxe, Mário Sérgio iniciou a exposição apresentando o texto contido no Evangelho de Mateus, Capítulo 5, versículos 25-26, passagem que trazia a advertência de Jesus que servia de título à palestra.

Na sequência, o tema foi desenvolvido de forma simples e objetiva pelo orador, sob o olhar incrédulo de José Garcez:

"Segundo palavras do codificador da Doutrina Espírita, Allan Kardec, a misericórdia é o complemento do conceito de brandura que Jesus nos ensinou. O Mestre Nazareno também nos conclamou a sermos mansos e pacíficos, mesmo sabendo que ódio e rancor, sintomas presentes em almas endurecidas e sem elevação, são elementos latentes nos habitantes de mundos não evoluídos, como é o caso da nossa querida Terra.

Sendo o Espírito eterno e tendo a reencarnação como mecanismo evolutivo na medida em que podemos reparar nossos equívocos, o Espírito estará sempre preso a todas as ações que ofenderem à Lei do Amor. Logo, sempre que deixamos escapar a oportunidade de reconciliação com nossos irmãos, forçosamente teremos que retornar para reatar os laços rompidos.

A morte do corpo físico não repara inimizades. Assim, todos nossos desafetos terrenos permanecerão desafetos no plano espiritual.

É preciso lutar para não nutrir sentimentos nefastos e de baixa vibração, como ódio, ressentimento em relação às pessoas com quem nos relacionamos, pois, do contrário, atrairemos energias perniciosas que agridem nosso corpo espiritual e têm o poder de nos fazer adoecer de forma gradual, até que a repetição e a constância destas atitudes negativas transformem-se em agentes responsáveis pelo aparecimento de doenças gravíssimas no organismo, como o câncer, por exemplo.

Reconcilia-te depressa com o teu adversário, enquanto estás no caminho dele, aconselhou-nos o Cristo com sapiência, pois sabia que a reconciliação com os desafetos nos poupa de reencarnações expiatórias a fim de reatar laços de amizades desfeitos ao longo de nossa caminhada."

Mário Sérgio fez uma breve pausa em sua fala, ofertando ao público um pequeno instante para internalização da mensagem, reiniciando a explanação na sequência:

"Desperta, ó tu que dormes, nos alertou Paulo de Tarso em sua carta aos Efésios. O Apóstolo dos Gentios nos conclama a acordarmos para o amor, para o perdão, para a evolução, enquanto ainda permanecemos no campo das provas da reencarnação, modificando nossas prioridades de vida e buscando a porta estreita de que falava Jesus, porta que nos conduz a mundos mais evoluídos.

É mister observar que tipo de energias temos armazenado em nosso coração, vasculhando, nos porões de nosso ser, os sentimentos de ódio, remorso, raiva, inveja, orgulho, retidos indevidamente, sentimentos responsáveis, muitas vezes, por muitas de nossas dificuldades na vida e, não raras vezes, repito, agentes direto de doenças que culminam por abreviar nossa reencarnação.

Livrar-se de sentimentos deletérios, por mais difícil que seja para nós, seres imperfeitos, é libertar-se das corren-

tes invisíveis que nos dificultam a travessia pelos caminhos da vida, à medida que nos amarra a outras pessoas por tempo indeterminado, e esta conexão nos torna escravos destes mesmos sentimentos. Desperta, ó tu que dormes, disse Paulo de Tarso."

Garcez identificou-se nas palavras do orador, que reforçava as palavras ditas por Mariana na noite anterior, principalmente sobre as dificuldades enfrentadas por Tiago ao ver o sofrimento do pai pelo sentimento de culpa que o tem acompanhado pela vida desde o instante em que recebera a notícia do acidente do filho.

Naquele momento, perguntou-se intimamente sobre a utilidade de passar o resto de sua vida remoendo o sentimento de remorso. Aonde isso o levaria?

A palestra prosseguiu com algumas citações de *O Evangelho Segundo o Espiritismo*, com ênfase para falas e passagens de Jesus.

O expositor finalizou com uma exortação:

"Na vida, não existem coincidências, mas consequências de nossas escolhas. Tudo aquilo que semearmos pelos caminhos da vida brotará e produzirá em profusão. Entretanto, é do fruto de nosso plantio que forçosamente nos alimentaremos. Por isso, o alerta: semeie a boa semente!

A ofensa deve ser evitada, mas é importante nos conscientizarmos de que tudo aquilo que fizermos ao outro a nós retornará. Se procurarmos fazer o bem, esse retorno será abrandado, pois o amor cobre uma multidão de pecados, como sentenciou o apóstolo Pedro em sua epístola.

Na escola regeneradora da Terra, duas figuras são colocadas diante de nós: instrutores ou alunos, com quem devemos aprender e a quem devemos ensinar. É assim que a misericórdia de Deus atua em nossas vidas, concedendo-nos infinitas e permanentes oportunidades para crescer e evoluir, pelas asas do amor ou pelas algemas da dor.

Lembremos: ninguém é vítima sem que, em algum momento da existência, tenha sido vilão.

Por fim, saibamos que o caminho que nos conduz ao Criador não está aberto àqueles que se acreditam perfeitos, mas para aqueles que reconhecem a sua imperfeição e esforçam-se para delas se libertarem. Muita luz e paz a todos nós" – encerrou Mário Sérgio, sob olhares arregalados de José Garcez.

* * *

Nas redondezas do Centro Espírita, na dimensão espiritual, o cenário era diferente e os encaminhamentos aos recém-chegados desenvolviam-se de maneira bem distinta do que se via no plano físico: uma multidão de Espíritos, a maioria em condições deploráveis, acercava-se da Casa, alguns acompanhando encarnados – frequentadores e trabalhadores –, outros tentando furar as barreiras energéticas que os Espíritos protetores do local criaram para impedir que os trabalhos fossem perturbados. Havia também aqueles que desconheciam sua condição de desencarnados e seguiam a turba, atraídos pelo movimento e pelos fachos de luz que emanavam em todas as direções, produzindo um espetáculo de contrastes: a beleza calmante da luz vivificante que cobria uma grande área, contrapondo-se ao aspecto lamentável da plêiade de Espíritos que buscava auxílio ou apenas ficava ao redor de toda a área.

Ligado vibratoriamente com o pai naquele dia, Tiago esteve ao seu lado desde a madrugada, quando Garcez, preso pelas garras da insônia, caminhava pensativo pelos cômodos do casarão. Quando a família deixou os domínios da fazenda, em direção à Casa Espírita, Tiago seguiu-os, conforme previra Mariana.

Aproximando-se do portão de acesso do Centro, Tiago, que caminhava imediatamente atrás de Garcez, cruzou-o, espantado com a grandeza da edificação que seus olhos espirituais vislumbravam: as paredes erguiam-se formando uma construção que aparentava ter pelo menos três andares.

À medida que avançava, sentia-se envolvido pela atmosfera balsâmica do local e, aos poucos, foi reduzindo a atenção que o mantinha ligado ao pai, ficando para trás do grupo familiar, que já penetrava no interior do Centro Espírita.

O jovem desencarnado observava, boquiaberto, a estrutura espiritual da Casa quando foi abordado por Aurora, experiente trabalhadora do plano espiritual, de aparência jovial, que se aproximou e o saudou com ternura:

– A paz esteja com você, meu irmão. Posso ajudá-lo?

– Vim até aqui acompanhando minha família, mas estava a admirar tudo isso – apontou para a construção – e acabei perdendo todos de vista. Preciso alcançá-los.

Atenta à situação daquele Espírito, Aurora convenceu-o a segui-la ao interior da construção. Tiago agradeceu e, sem outra alternativa, acompanhou a bondosa servidora.

Aurora conduziu-o a uma sala onde a equipe de trabalhadores espirituais, liderada por Pedro, que se adiantou para abraçar o jovem, enquanto Elias e Daniel, demais componentes do grupo de tarefeiros, emanavam eflúvios que proporcionavam sensações reconfortantes.

– Seja bem-vindo, Tiago, estamos muito felizes que esteja aqui.

– Como você sabe meu nome?

– Eu diria que já nos conhecemos, muito embora você não deva estar lembrado de mim, mas isso também não é importante. O que importa realmente é que estamos aqui para ajudá-lo.

– Preciso encontrar meus pais, eles vieram para cá.

– Sim, seus pais serão atendidos daqui a pouco, mas antes gostaríamos que nos acompanhasse até outra sala – convidou Pedro, com tom de voz paternal.

Sentindo os benefícios proporcionados pelas energias fluidoterápicas aplicadas pelos membros da equipe espiritual, o rapaz concordou em acompanhar o benfeitor.

Tiago seguiu-o até o cômodo, onde encontrou diversas pessoas sentadas ao redor de uma grande mesa retangular, cada qual com uma entidade desencarnada à sua retaguarda, todas benfeitoras e mentoras espirituais, responsáveis pelos trabalhos desenvolvidos no Centro Espírita.

Imediatamente, reconheceu Mariana. A jovem estava sentada na cadeira situada na ponta da mesa e tinha, às suas costas, uma entidade espiritual masculina, envolta por uma luz ligeiramente azulada. Tempos depois, reequilibrado e livre de suas culpas, Tiago viria a saber que a entidade era Saul, mentor espiritual da jovem.

Mariana, apesar de acostumada à tarefa, mostrou-se ligeiramente aflita com a entrada do ex-patrão, mas Saul tratou logo de tranquilizar a pupila:

– Não tenha medo. Estamos aqui para auxiliá-la. Você está preparada para a tarefa. – sussurrou o benfeitor em seu ouvido.

Mariana balançou a cabeça, lenta e positivamente, sinalizando com discrição que havia compreendido a precaução do amigo espiritual.

Aurora conduziu-o na direção da médium que estava sentada à esquerda de Mariana, e Tiago, valendo-se das faculdades mediúnicas da trabalhadora, com o auxílio de Aurora e da equipe de socorristas, capitaneadas por Pedro, deu início ao diálogo com Mariana.

– Preciso falar com minha família. Tentei avisá-los de que não morri naquele acidente, mas ninguém me ouve. Esforcei-me, fiz de tudo para falar com todos, mas foi inútil – falou Tiago através da médium.

– Como você já pôde perceber... – Mariana fez uma

rápida pausa para encontrar as palavras certas – a vida continua após a morte do corpo físico. Você continua vivo, porém em um outro plano, o espiritual, uma dimensão que permanece invisível à maioria de nós, encarnados, salvo algumas exceções.

Seus pais e Enrique, neste momento, são incapazes de vê-lo ou ouvi-lo, por essa razão suas investidas não têm surtido efeito.

Na verdade, devido ao estado de desequilíbrio em que você se encontra atualmente, sua presença emana energias que acabam prejudicando ainda mais as pessoas que você preza.

– Não quero fazer mal a ninguém, apenas mostrar a todos que estou aqui.

– De suas intenções não duvido, Tiago, mas você precisa compreender que, nas condições atuais, sua presença acaba sendo captada inconscientemente por seus familiares e seu desequilíbrio pode também desequilibrá--los, ainda que involuntariamente.

Talvez seja o momento de você cuidar de si mesmo, de seu restabelecimento. Refeito e reequilibrado, reunirá as condições necessárias para, no momento oportuno, e com auxílio da Espiritualidade Superior, buscar o contato com aqueles que lhe são caros, valendo-se de métodos e formas seguras, que evitarão qualquer espécie de trauma.

– Preciso dizer que estou vivo, gritar se for necessário. Minha família precisa saber disso. Evitaria muito choro e muito sofrimento.

– Tiago, você precisa entender que nem todos estão prontos para compreender que a vida continua após a morte e que um contato de sua parte ou de qualquer outro Espírito poderia ser desastroso. Esqueceu que a grande maioria das pessoas o veria como "alma penada"?

– Mas eu preciso falar com eles, dizer que não estou morto e desculpar-me com meu pai, e isto não pode esperar.

– Aquiete seu coração e asserene seus impulsos, Tiago. Resigne-se com sua situação e cuide de si primeiramente. Permita-se ser auxiliado, para só então esboçar qualquer tentativa de intercâmbio com seus entes amados que permanecem na Terra.

Além disso, Enrique já começa a compreender que a morte não é o fim. Ele poderá tornar-se o elo que fará com que seus pais saibam que você vive.

– Meu irmão nunca acreditou nessas coisas.

– Muita coisa mudou desde a sua desencarnação.

– Então, ajude-me a falar com ele.

– Calma, Tiago. O contato entre os planos deve ser feito com responsabilidade para não causar mais danos.

– Como eu poderia fazer mal a alguém da minha família? Tudo o que quero é que saibam que estou vivo e, com isso, ajudá-los, nada mais do que isso.

Mais uma vez, Saul aproximou-se da jovem e fez Mariana tomar conhecimento da experiência de Enrique no carro, quando da tentativa frustrada de aproximação.

A moça ouviu em silêncio, balançou a cabeça positivamente e falou com ternura:

– Quando você tentou falar com Enrique no carro, lembra-se do que aconteceu a ele?

Tiago permaneceu pensativo por alguns instantes e respondeu:

– Ele passou mal... – o rapaz interrompeu a frase, dando-se conta do óbvio.

– Entende o que estamos querendo lhe dizer?

– Aquilo foi culpa minha?

Mariana não respondeu, sabia que Tiago já conhecia a resposta para a sua pergunta.

– Como pode? – indagou Tiago, espantado.

– Energias, meu irmão. Você teve uma pequena amostra do que pode acontecer quando se busca a aproximação e se tenta comunicação de formas inadequadas.

Primeiramente, você deve esvaziar seu coração de todos os detritos e experiências negativas e permitir-se ser auxiliado. Então, quando estiver recuperado, verá que todas as portas se abrirão, todos os caminhos ficarão livres e você atingirá seus propósitos mais facilmente.

Em desarmonia, tudo o que conseguirá será piorar ainda mais sua situação, prejudicando seus pais.

– Mas a culpa por ter discutido com meu pai está me consumindo.

– A seu pai também, Tiago. É certo que vocês deixaram assuntos pendentes, palavras não ditas, omissões que geraram remorsos, mas tudo será passado a limpo no momento certo. Não apresse os acontecimentos, pois isso poderá ter consequências irreversíveis.

– Não quero causar mal a ninguém, nunca quis, principalmente à minha família. Se eu pudesse, voltaria no tempo e evitaria a briga com meu pai.

– Não se martirize. Antes de pedir perdão, perdoe-se a si mesmo.

– Se não tivesse contrariado meu pai, teria evitado aquela discussão horrível e todos os acontecimentos que se seguiram. Talvez eu ainda estivesse junto deles.

– Tudo aconteceu como deveria ter acontecido. Não há falhas ou improvisos no Planejamento Divino. Nenhuma folha desprende-se de sua árvore sem a ciência e a permissão de Deus, mas nós não compreendemos essa máxima alegórica, pois somos imediatistas e pensamos apenas nas necessidades do agora, sem analisar nossos sofrimentos por um prisma mais amplo, considerando o contexto que envolve a jornada de nossos Espíritos imortais.

Aceite a ajuda de nossos irmãos, enviados pelo Alto, e siga para um lugar de refazimento, pois quem aspira ao soerguimento precisa, primeiramente, reconhecer a própria queda.

Enquanto falava, Mariana sentia que Saul a auxiliava, intuindo-a na escolha das palavras, pois aquela era uma oportunidade única para que Tiago aceitasse o auxílio da equipe de socorristas espirituais que aguardava, atenta, o deslinde da conversa.

– Mas e minha família, nunca mais os verei? Como ficarei longe deles?

– Fique tranquilo, Tiago. Após um período de tratamento, você terá inúmeras oportunidades para revê-los.

– Tratamento? Para onde você quer que eu vá? – perguntou, com feição assustada.

– Você será conduzido para uma colônia espiritual. Lá seu corpo espiritual será tratado e, com auxílio especializado, reconquistará a harmonia interior e a paz de que tanto necessita para prosseguir.

– Não preciso de tratamento. Estou bem.

– Não se iluda, Tiago. Ambos sabemos que você ainda sente muitas dores em razão do acidente e que os sangramentos retornam com certa constância.

– Como você sabe disso?

– Enquanto encarnados, o corpo físico permite que nos escondamos atrás de máscaras, atrás de aparências. Como Espíritos, esse recurso desaparece e todas as máscaras e rótulos ficam no túmulo; nem seus pensamentos passam despercebidos,

– Mas essas dores e sangramentos não são graves, posso suportá-los.

– Você está tentando se enganar.

Somos criaturas carentes e sequiosas de luz, de consolação moral, de valores espirituais. Sacie suas necessidades, abasteça-se com bons sentimentos e energias e, então, estará pronto para reencontrar seus entes amados e, assim, curar a ferida que ficou aberta após seu retorno ao mundo dos Espíritos.

– Tudo que mais desejo é o perdão de meu pai e que minha família fique em paz.

– Como você pode dar aquilo que não tem?

Você não pode conceder a paz de Espírito a alguém se você mesmo não a possui; perdoar, se não concede o perdão a si próprio.

Não enxergará com lucidez enquanto não voltar seus olhos para dentro de si mesmo. É necessário muito esforço e, acima de tudo, muita coragem para assumir-se como doente.

Nosso coração é um espelho de alcance ilimitado que reflete tudo aquilo que armazenamos nele. Hoje, você vive refugiado numa prisão de sombra e culpa, trazendo em seu peito apenas aflição e remorso; seria uma crueldade oferecer a seus pais algo que eles também possuem de sobra: sofrimento e remorso.

Tiago, que se utilizava do corpo físico da médium, ouvia a tudo cabisbaixo, mas Mariana ainda não havia encerrado suas explicações.

– Nada o deixa mais cego que suas próprias dificuldades, pois o impedem de enxergar mais além; nada o limita mais no caminho da evolução que a prisão imposta por seus próprios pensamentos. Precisa promover o reencontro consigo mesmo para só então reencontrar aqueles que permanecem ancorados na vida carnal da Terra.

A verdade, muitas vezes, pode ser dura como aço ou

delicada como uma flor, mas não podemos fugir dela, porque, mais cedo ou mais tarde, ela nos encontra.

É preciso, então, reunir coragem para defrontar-se com ela o quanto antes.

No silêncio natural que se fez, após as palavras inspiradas de Mariana, a emoção tomou conta de Tiago, que se entregou a copioso pranto.

Banhado pelas lágrimas da humildade e do arrependimento, o jovem solicitou ajuda para si e para os pais.

Nesse momento, a equipe de socorristas espirituais que aguardava o desfecho da conversa acercou-se de Tiago. Pedro estendeu-lhe a mão e convidou-o a acompanhá-los.

– Agora estou me lembrando de vocês. Já nos encontramos – constatou com espanto.

– Nossa função é auxiliar os recém-chegados do plano físico. Somos um pequeno feixe de luz lançado na direção daqueles que se encontram nas trevas da desorientação, mas nunca impomos a nossa chama, é preciso que a criatura esteja disposta a iluminar seu caminho.

De fato já nos encontramos e tentamos auxiliá-lo, mas respeitamos o seu desejo de recusar o auxílio.

– Fico feliz que não tenham desistido de mim.

– Assim como não coagimos ninguém a aceitar nossa ajuda, jamais a negamos a quem verdadeiramente a busca.

– Acompanhe nossos irmãos, Tiago, eles o auxiliarão – propôs Mariana.

Mariana olhou para o jovem e percebeu uma significativa mudança no seu estado mental. A reticência em aceitar auxílio diminuiu subitamente, como se uma onda tranquilizadora o tivesse envolvido por completo.

Emocionada com a cena, mas esforçando-se para manter a tranquilidade, Mariana inspirou profundamente, expirando de forma lenta. Uma sensação de amor e compaixão tomou conta do local.

Vencida pela atmosfera contagiante do ambiente, a jovem deixou cair uma nívea lágrima, feliz pela mudança que conseguia captar.

Também emocionado, Tiago fitou Mariana com olhar amoroso e fez-lhe um pedido:

– Você é uma alma boa e generosa – sua voz agora era grave e melosa, as palavras emergiam devagar –, queria muito poder abraçá-la, mas não sei como fazer isso. Cuide de meus pais. Diga que os amo e que, muito em breve, voltarei para dizer-lhes eu mesmo.

Ainda tomada pela emoção do momento, Mariana limitou-se a sorrir em concordância.

Então, o corpo espiritual de Tiago afastou-se do corpo da médium e ele, voltando-se para os benfeitores, afirmou determinado:

– Estou pronto! Acompanharei vocês.

Sem maiores delongas, Tiago, ladeado pelos socorristas, deixou o local. O jovem parecia mudado. Estava mais leve. Desaparecera toda a dor e a angústia. Aparentava estar em paz.

283

O gêmeo não sabia, mas, em breve, retornaria, ainda na condição de Espírito, para aparar as arestas deixadas nesta encarnação.

Mariana estava muito feliz. A sensação era incrível. Enquanto dava vazão às lágrimas contidas no celeiro de seu coração, a moça levantou-se da cadeira e observou pela janela o retorno daqueles Espíritos, todos envolvidos por suave luminosidade, até que os milhares de pequenos pontos de luz foram lentamente dissipando-se e as formas corpóreas lentamente desaparecendo de sua visão, esfumaçando-se na escuridão da noite, que voltava a reinar soberana.

Em seu íntimo, guardava o sentimento de dever cumprido, sabia que a travessia de Tiago do mundo material para o mundo espiritual agora estava completa.

– Até sempre! – sussurrou, olhando para o espaço onde antes havia luz.

Seus pensamentos perderam-se longínquos, como se tentassem acompanhar a viagem de Tiago e seus benfeitores.

Saul observava com ar de satisfação, mas preferiu deixar sua amiga apreciar ao máximo os benefícios daquele momento sublime em que uma ovelha desgarrada reencontrava seu pastor.

Impossível não recordar as lições do Mestre de Nazaré, que nos lembrou que o Pai Celestial não deseja perder nenhuma de suas ovelhas pelos desertos da vida.

Saul aproximou-se tranquilamente de Mariana e falou baixinho ao ouvido:

– O amor irradia aos quatro cantos sentimentos que as palavras são incapazes de traduzir. Por isso, ama teu próximo como a ti mesmo, mas, agora, voltemos aos trabalhos da noite.

***

Quando Mário Sérgio finalizou seu trabalho de exposição doutrinária, Garcez, ainda tocado pelo assunto abordado, pediu ao filho que o levasse para casa.

Enrique protestou, lembrando que agendaram atendimento com os trabalhadores do Centro Espírita, mas o teimoso patriarca mostrou-se irredutível.

Isabel, percebendo o ostensivo desconforto do marido, pediu a Enrique que não insistisse, prometendo que convenceria o pai a retornar em outro momento.

Vencido e visivelmente contrariado, Enrique pediu que ao menos aguardassem Mariana encerrar suas atividades, afinal, haviam prometido levá-la em casa ao final dos trabalhos.

Assim que a jovem deixou a sala de reunião mediúnica, Enrique adiantou-se e informou-lhe o acontecido, mas Mariana, radiante com o resultado obtido com Tiago, tratou logo de acalmar os ânimos do rapaz, para alívio de Isabel.

– Tudo a seu tempo, Enrique. O senhor Garcez não é o primeiro, tampouco será o último, a recusar o atendimento oferecido pela Casa. Não se preocupem.

A serenidade da jovem silenciou toda as inquietações, infundindo novo ânimo em todos.

Assim que entraram no carro, Mariana, com muito tato, comunicou que precisava ter uma conversa com a família.

Diante do pedido da moça, Enrique convidou-a para jantar com a família e pernoitar na fazenda, assim poderiam conversar sem culpa e sem a cobrança das horas.

Mariana ficou sem jeito, chegou até a esboçar uma negativa, mas Isabel a demoveu da ideia, para a felicidade de Enrique, que já não conseguia disfarçar o encantamento pela moça.

Com o sim de Mariana, o jovem membro da família Garcez viu dissipar completamente os últimos resquícios da decepção causada pelo comportamento do pai.

A noite, cujo céu, naquele momento, fazia economia de estrelas, prenunciava grandes revelações.

Mais uma vez, o "destino", brincalhão, movimentava suas engrenagens.

CAPÍTULO 12

O despertar do amor

APESAR DA CURIOSIDADE QUE IMPULSIONAVA OS insistentes pedidos de Isabel e Enrique, Mariana preferiu aguardar até que chegassem à fazenda para revelar o ocorrido com Tiago. Diferentemente dos demais membros da família, Garcez, ainda impactado com as observações do expositor espírita, preferiu o silêncio a fazer qualquer indagação à jovem.

Aproximava-se das vinte e duas horas quando o carro estacionou na garagem. Enrique desceu rapidamente, deu a volta no veículo e abriu gentilmente a porta para a mãe e para Mariana, a quem tomou pela mão, auxiliando-a a sair do veículo.

Garcez deixou o carro calmamente e seguiu para o interior da casa, enquanto Isabel rumou na direção da cozinha para ultimar os preparativos para o jantar. Antes de sair, havia passado instruções a Eunice, uma das duas

287

empregadas que residia na própria fazenda, numa das três pequenas casas construídas para acomodar alguns trabalhadores.

Enrique e Mariana ficaram propositadamente para trás. O rapaz aproveitou o afastamento dos pais, olhou para algumas folhas secas que deslizavam pela calçada, caídas da castanheira e impulsionadas pelo vento, até que perguntou à moça:

– Sei que você não quer adiantar o assunto, mas pode me responder a apenas uma pergunta? Tiago... você o viu?

– Você fez duas perguntas... sim! Tiago os acompanhou até a Casa Espírita como imaginamos, mas o restante da história deixemos para conversar todos juntos – sorriu.

Enrique aquiesceu sorridente, ainda que levemente contrariado por não ter recebido informações privilegiadas, mas percebeu que não se luta contra as circunstâncias, por isso deu de ombros e conduziu Mariana até a casa.

Sem conseguir esconder a timidez e o constrangimento, Mariana mostrou-se desconfortável quando foi convidada a sentar-se à mesa com o restante da família. Apesar dos objetivos e da importância por trás daquela reunião, não conseguia abstrair o fato de que era empregada da fazenda. Aquela atitude não lhe parecia adequada.

Por sugestão de Isabel, o assunto Tiago não seria comentado durante a refeição, mas, tão logo o jantar foi encerrado, rumaram à sala e acomodaram-se nas mesmas posições da noite anterior.

Confortavelmente instalados, todos os olhares foram dirigidos na direção de Mariana. Não havia mais senões a impedir que a moça revelasse os acontecimentos na Casa Espírita.

Sentindo o peso dos olhares, Mariana não se fez de rogada e, calmamente, começou a narrar os fatos, sob os olhares arregalados e atentos de Enrique, Isabel e Garcez.

O patriarca levantou-se e pôs-se a olhar pela janela tão logo Mariana iniciou seu relato, repetindo a atitude de aparente desinteresse manifestada na noite anterior.

– No Centro Espírita, é realizada uma atividade que chamamos de reunião mediúnica. Este trabalho não é aberto ao grande público, mas restrito a alguns trabalhadores. Nela, os médiuns trabalhadores auxiliam a equipe espiritual da casa, que conduz Espíritos nas mais diversas condições, mas com a necessidade de auxílio em comum.

Como previamos, Tiago os acompanhou até o Centro Espírita e foi conduzido pela Espiritualidade à sessão mediúnica de que lhes falei.

Ao ouvir sobre a presença de Tiago na Casa Espírita, Isabel e Enrique ajeitaram-se simultaneamente nas poltronas para melhor ouvir a jovem, que continuou a narrativa. O tom de voz de Mariana era macio como algodão e sua serenidade despertava ainda mais a atenção da família.

– Depois de conduzido ao local dos trabalhos, valendo-se das faculdades mediúnicas de uma das trabalhadoras, Tiago pôde relatar os conflitos e as aflições que o mantinham atrelado a este plano.

289

Ele sente muito pela discussão ocorrida entre vocês – Mariana voltou-se para Garcez – e também sofre por tê-lo contrariado, causando tanto sofrimento. Culpa-se por toda a dor que percebe em vocês e, por isso, tentou de todas as maneiras aproximar-se para dizer que continua vivo, mas desesperava-se porque ninguém percebia sua presença.

Isabel veio às lágrimas diante da simples menção do sofrimento do filho, e, no silêncio da breve pausa feita na narrativa de Mariana, Enrique levantou-se e entregou à mãe um lenço de papel que retirou de um pequeno pacote que trazia consigo.

– Prossiga, Mariana – falou Isabel, enquanto enxugava as lágrimas que escorriam pela face.

– Tiago conscientizou-se de que a escolha de permanecer ligado a este local, a vocês, ainda que imbuído das melhores intenções, não fora uma decisão acertada, pois estava prejudicando a todos, inclusive a ele próprio.

– A todos? – perguntou Enrique.

Mariana balançou a cabeça em confirmação e aproveitou para lembrar Enrique do episódio do súbito mal-estar no carro.

– Como você sabe disso? Não comentei esse fato com ninguém. Eu mesmo não dei importância a ele, pois não passou de uma indisposição passageira.

– Infelizmente, não foi só isso. Seu mal-estar foi fruto de uma tentativa de aproximação de Tiago. Esse fato veio à tona durante o trabalho de hoje. Saul, meu mentor espiritual, revelou esse exemplo como forma de fazer

Tiago compreender que poderia causar danos às pessoas, mesmo involuntariamente.

– Mentor espiritual? – perguntou Enrique.

– É uma longa história, mas não creio que seja conveniente contá-la neste momento.

– Tem razão, conversamos depois. Conclua o que você falava sobre o episódio no carro.

– Você se sentiu mal porque, naquele momento, emitiu vibrações de pesar, atraindo a atenção de Tiago até você. Este, por sua vez, tentou de todas as formas comunicar-se para dizer que estava vivo, mas suas energias desequilibradas provocaram em você súbita indisposição.

Enrique ficou duplamente impressionado com a revelação de Mariana. Primeiro, em razão da explicação para o mal-estar; segundo, por ela ter conhecimento de uma situação que ninguém sabia, e que ele próprio já havia esquecido.

– Você dizia que Tiago tomou consciência da decisão errada de permanecer aqui. O que houve com ele? – inquiriu Isabel, mostrando-se impaciente.

– Tiago reconheceu que o melhor caminho era aceitar ajuda e buscar sua recuperação, o seu reequilíbrio, readaptando-se à nova vida.

– Então, ele não está mais por aqui? – perguntou Enrique.

– Não – respondeu Mariana, calmamente.

Tiago acompanhou a equipe de socorristas espirituais, que o encaminhou para um local de tratamento, um hospital, para usar de uma analogia mais fácil de entender.

Nova pausa, e o silêncio foi cortado por Garcez.

– Então, tudo acaba assim? Tiago foi para esse lugar de que você falou e fim da história? Isso me soa como uma segunda perda.

– Acaba? Não! Na verdade, tudo começa a partir de agora. Em breve, Tiago poderá retomar sua caminhada – disse ela, de forma firme, porém amável.

Além disso, o senhor não pode pensar na presença do Espírito de Tiago nesta fazenda como algo positivo, pois está longe de ser uma situação benéfica, como eu disse antes.

– Mariana tem razão – disse Isabel.

– Na verdade, para ser sincero – prosseguiu Garcez –, ainda não havia sequer conseguido digerir essa conversa de vida após a morte e de aparições de Tiago, e, agora, você traz mais essa história de hospital e de tratamento? É demais para mim.

– Não o condeno por pensar assim. Diria que sua incredulidade é perfeitamente natural e até esperada – sorriu a jovem.

– Pois eu não duvido! – atalhou Isabel – A sequência de acontecimentos e relatos me fazem pensar dessa maneira.

No início, duvidei, reconheço, mas não posso fechar os olhos para o relato de tantas pessoas diferentes que

292

dizem ter visto meu filho – falou com firmeza, levantando-se de sua poltrona e postando-se ao lado de Mariana.

– Tiago falou algo? – perguntou, olhando-a nos olhos e segurando suas mãos.

Mariana movimentou a cabeça positivamente e, no mesmo instante, uma quietude descomunal assentou-se no ambiente.

Carinhosamente, a jovem inverteu a posição das mãos, passando ela a segurar as mãos de Isabel e, sob os olhares lacrimosos dos membros da família Garcez, começou a reproduzir em detalhes a conversa com Tiago: suas culpas, seus receios e o amor que o gêmeo disse nutrir por todos, e a impossibilidade, apesar do desejo, de dizer-lhes pessoalmente.

A emoção apoderou-se de todos, inclusive da própria narradora, ainda envolvida pela intensidade dos sentimentos da noite de trabalhos na Casa Espírita.

– A emoção foi muito grande, mesmo para os trabalhadores do Centro Espírita, habituados com esse tipo de situação, mas Tiago, felizmente, acompanhou os trabalhadores da Espiritualidade de forma serena.

Pelas características de Tiago, imaginávamos desde o princípio que seu atendimento seria tranquilo.

Nos trabalhos mediúnicos, deparamo-nos o tempo todo com Espíritos em estado deplorável, mas essa não era a situação dele, que estava perturbado em razão das circunstâncias que envolveram sua desencarnação, é verdade, mas não é um Espírito afastado do bem – completou Mariana.

Mesmo reticente quanto a assuntos relacionados à comunicação com Espíritos, mas impulsionado por remorsos e nostalgias, Garcez esforçava-se para disfarçar a emoção ao ouvir Mariana repetir as palavras carinhosas de despedida do filho. Chegou a dar uma risadinha nervosa, mas logo se fechou em seus pensamentos, como de hábito.

– O primeiro passo foi dado – disse a jovem –, resta-nos agora fazer aquilo que nos cabe para auxiliá-lo, deixar a vida seguir seu curso sem revolta e com muita oração.

Garcez permaneceu em silêncio, cabisbaixo, fitando o chão à frente de seus pés.

– Tudo ficará bem – completou Mariana.

– A noite foi de grandes emoções para mim. Estou cansada e creio que o melhor a fazer é buscar aconselhamento e entendimento no sono. Boa noite a todos. Você me acompanha, Garcez? – disse Isabel, já caminhando na direção da porta do escritório, não sem antes lembrar Mariana que mandara preparar um dos quartos para ela.

Garcez balançou a cabeça, concordando com a proposta da esposa, e seguiu-a pelo corredor, despedindo-se dos jovens com um ligeiro aceno de mão.

Enrique perguntou se Mariana estava com sono e, diante da negativa da jovem, convidou-a para sentarem-se no alpendre ou "varanda dos gerânios", como Tiago gostava de chamar o local, para conversarem. Ele também estava sem qualquer indício de sono.

Os jovens trocaram olhares ligeiros. Mariana sorriu.

– Você primeiro – Enrique fez sinal cavalheiresco

com a mão direita na direção da porta de saída do escritório.

– Muito obrigada! – respondeu Mariana, sorrindo e fazendo uma leve mesura com a cabeça.

Assim que chegaram nos fundos da casa, Enrique fez correr a porta e ligou o interruptor localizado no lado interno, iluminando o alpendre.

Instintivamente, Mariana fez um movimento de quebra-luz com as mãos para adaptar-se à súbita claridade, mas Enrique girou lentamente o *dimer* e ajustou a intensidade da lâmpada, deixando o local à meia-luz.

A casa estava quieta. Lá fora, o céu exibia poucas estrelas, e a lua cheia, alta no firmamento, esforçava-se para encontrar algum buraco entre as nuvens para exibir sua face prateada coberta de manchas escuras e emprestar, mesmo com dificuldade, alguma luminosidade ao lugar.

Enrique postou-se atrás de uma das cadeiras de balanço, empurrou-a mais para a frente e fez sinal para Mariana sentar-se, acomodando-se na outra, que estava ao seu lado esquerdo.

Além da brisa reconfortante que balançava levemente os cabelos marrons-acobreados de Mariana, havia no ar um leve clima de constrangimento entre os dois jovens.

Nada foi dito por alguns instantes, e tudo o que se ouvia era o ranger ritmado do atrito das cadeiras de balanço com o chão e o som discreto das aves noturnas, ressabiadas com o tempo que não inspirava confiança.

Ninguém contou o tempo em que durou o diálogo

de palavras silenciosas, mas aquele breve prelúdio reverberaria por séculos afora, embora os envolvidos não tivessem consciência disso.

– E pensar que foi aquele falatório todo no velório de Tiago que nos trouxe até este momento – Enrique cortou o silêncio.

Mariana encarou-o, encabulada, ao mesmo tempo em que interrompia com os pés o balanço da cadeira, mas nada falou.

– Foi justamente a atitude desrespeitosa das pessoas que motivou sua prece, e ela atraiu minha atenção. Tudo isso, no fim das contas, desembocou na ajuda a Tiago. As artimanhas do destino são mesmo intrigantes...

Você acredita em destino, Mariana? – Enrique esticou a mão para retirar uma minúscula pétala rosa que pousara em seus cabelos.

A jovem sorriu quando ele lhe mostrou a delicada pétala que trazia na ponta dos dedos, deitou a cabeça para trás e observou que caíra do vaso de gerânios pendentes que balançava calmamente sobre sua cabeça, suspenso por um fio transparente, amarrado num dos caibros à vista, que sustentava o telhado de estilo colonial do alpendre.

Mariana pediu-lhe a pétala, Enrique, então, equilibrou-a na digital do dedo indicador e depositou-a no dedo da jovem, que o olhava nos olhos.

– Agora, responda à minha pergunta: você acredita em destino? – perguntou, devolvendo o olhar fixo.

Ela respirou e pensou por alguns segundos, desejando organizar mentalmente sua linha de raciocínio.

– Bem, como algo pronto e imutável, não acredito. Ao reencarnarmos, traçamos algumas linhas básicas para nossa existência, uma espécie de espinha dorsal que tende a ocorrer, mas que depende de uma série de variáveis para se confirmar.

O futuro é construído todos os dias, passo a passo. O elemento que rege nossa vida não é o destino, mas o livre-arbítrio e as consequências decorrentes da sua utilização – Mariana desviou o olhar para a pétala que colocara na palma da mão.

– Mesmo que alguns passos de nossa vida – não todos – sejam preestabelecidos, isso não deixa de ser uma forma de destino?

– Olhando por este ângulo, com certeza – Mariana assoprou a pétala e acompanhou com os olhos enquanto ela caía em movimentos espirais, até que pousou no piso formado por um mosaico de pedra ferro.

– É possível que toda essa cadeia de acontecimentos estivesse predestinada a acontecer – concluiu Enrique, sentindo-se vitorioso.

– Possível é, mas... – sorriu a jovem.

– Tudo bem, tudo bem... vamos mudar de assunto: Você acha possível que tenhamos novo contato de Tiago? – perguntou, melancólico.

– É difícil afirmar, Enrique. Tiago precisa de cuidados e deve passar por um período de tratamento e readaptação, mas nunca se sabe. É impossível prever isso.

– Bem, como nada podemos fazer, melhor deixar que o tempo faça seu trabalho – suspirou Enrique, pensando no bem que faria aos pais um contato mais direto com o filho.

– E orar por ele e por seus pais – completou Mariana.

Enrique sorriu com os lábios e deteve seu olhar no rosto da jovem. No fundo, havia outro assunto que vinha monopolizando seus pensamentos, mas receava abrir seu coração para Mariana.

– Está tudo bem? – perguntou ela, interrompendo o breve momento de silenciosas dúvidas.

Desconfortável, Enrique ajeitou-se na cadeira, desviou o olhar para a cesta de vime, cheia de mini margaridas, que enfeitava a pequena mesa que compunha a decoração do ambiente, e tentou desconversar:

– Muito bonito este arranjo – apontou. – Minha mãe tem bom gosto para decoração.

– Realmente, dona Isabel tem muito bom gosto... Tem certeza de que foram apenas os dotes de florista de sua mãe que fizeram você ficar calado assim tão de repente?

– Mariana... – iniciou, reticente, desviando o olhar. – Há algum tempo, você trabalha conosco, mas somente agora o destino – sorriu – fez com que nossos caminhos se cruzassem e passei a conhecê-la melhor. Antes da morte de Tiago, sua presença aqui no casarão passava despercebida por mim.

298

– Perfeitamente natural – Mariana interrompeu o raciocínio de Enrique, percebendo seu desconforto.

– É, talvez seja, mas...

– Continue, diga o que o incomoda.

– Não, não se trata de incômodo, mas o assunto é delicado e estou tentando encontrar a melhor maneira de falar sobre isso.

– Pois, então, deixe de rodeios e diga – falou em tom afável, enquanto pousava carinhosamente a mão direita sobre a de Enrique.

O rapaz engoliu em seco e, enfim, olhou em seus olhos, respirou fundo, inclinou-se na direção de Mariana em postura quase conspiratória, revelando finalmente o segredo que, apesar de recente, mantinha escondido nos recônditos mais remotos de sua alma.

– Mariana, desde nossa primeira conversa efetiva, aliás, desde o momento em que me aproximei de você no jardim para conversar sobre Tiago, tenho pensado muito em você.

A princípio, achei que fosse em razão da ajuda que você tem nos dado, mas, à medida que os dias foram se passando, percebi que não se tratava disso, mas de um sentimento bem mais forte, que me faz desejar estar perto de você, junto de você, o tempo todo.

Mariana sorriu.

– Na verdade, Enrique, no dia em que o vi pela primeira vez, desde que comecei a trabalhar aqui, um sentimento semelhante surgiu dentro de mim, mas, considerando a minha condição de funcionária da casa, mantive a discrição, guardando o sentimento para mim.

Precisei, muitas vezes, disfarçar os olhares que lançava na sua direção – revelou Mariana, apertando carinhosamente as mãos do rapaz.

Diante da confidência da jovem, imediatamente a face de Enrique iluminou-se e o rapaz inclinou-se um pouco mais na direção de Mariana – já podia sentir o aroma levemente adocicado do perfume que ela usava –, os olhares prenderam-se um no outro, até que selaram as revelações com um beijo apaixonado, há muito esperado.

Assim foi que, naquela noite silenciosa, sob a luz discreta do luar, ligeiramente escondido pelas nuvens que iam e vinham, recomeçava uma história de amor interrompida por décadas.

E o "destino"... o "destino" sorriu, satisfeito.

CAPÍTULO 13

Recomeçando

OS MESES HAVIAM TRANSCORRIDO CALMOS DESDE que Tiago aportara na colônia Recanto da Luz e fora levado à área destinada a recém-desencarnados em condições consideradas boas.

Havia, na colônia, locais preparados para receber Espíritos em situação grave, que demandavam cuidados especiais, seja pela condição do corpo espiritual, seriamente danificado em razão do tipo de morte, seja pela dificuldade de adaptação à nova condição em razão do excessivo apego às questões da matéria. Esse não era, entretanto, o caso de Tiago.

Os cuidados com o jovem foram maiores e mais intensos somente nas primeiras semanas após sua chegada; era preciso tratar as dores e o sangramento contínuo na região da cabeça, mas, aos poucos, a intensidade do tratamento foi abrandada, como já era esperado pela equipe espiritual responsável.

Já nos primeiros dias após sua chegada, o jovem questionou Fernando, um dos médicos que o assistiam, sobre a sua situação – era assim que chamava seus cuidadores, muito embora estes não concordassem com o rótulo de "médicos" porque a associação não era adequada, tendo em vista que essa atividade ia muito além daquelas executadas pelos médicos terrenos, mas acabavam aceitando a designação diante da falta de analogia mais adequada.

– Por que sinto dores como se ainda tivesse um corpo físico?

Fernando, um Espírito que, pela fisionomia, aparentava possuir meio século de idade e que, na última encarnação, atuou na área da medicina, como médico de um grande hospital particular, além de professor universitário, respondeu suavemente:

– Enquanto encarnados, nosso corpo é instrumento de todas as sensações físicas, dentre elas, a dor. A alma – termo dado ao Espírito enquanto ainda está ligado a um corpo físico – tem a percepção dessas sensações. As dores físicas dizem respeito à matéria, obviamente; as morais, ao Espírito.

Ocorre que o Espírito pode conservar a sensação das dores de ordem puramente físicas, como no caso das pessoas amputadas que afirmam ter sensações de frio, dor, formigamento, no membro que não mais possuem.

A situação é similar. Ainda que você não tenha mais

um corpo físico, a impressão de dor permanece no corpo espiritual dadas as circunstâncias que permearam sua desencarnação, além do seu desequilíbrio generalizado. Compreendeu?

– Creio que sim... – relutou – na verdade, então, eu não estou sentindo dores propriamente ditas, mas apenas as sensações ou impressões, como se fossem físicas?

– Exatamente, Tiago. Como o corpo foi destruído pelo esgotamento físico, esta dor não passa de um sentimento interior. É mais uma lembrança dolorosa do que efetivamente uma dor.

– Mas, então, como poderei me livrar dessas sensações que, para mim, têm a mesma intensidade de uma dor física?

– Seu encaminhamento para este setor da colônia teve essa finalidade. Por isso, nossos amigos socorristas insistiram tanto para que você aceitasse a ajuda.

– Agora compreendo a importância – baixou a cabeça, envergonhado.

– Não se envergonhe, meu jovem amigo. Diante de tudo o que aconteceu com você, esse tipo de comportamento é perfeitamente natural, esperado até.

Esqueça tudo o que passou e mantenha seu foco no porvir. Há muito que fazer e o que reaprender – amenizou Fernando, em tom paternal.

Passadas algumas semanas de tratamento, aquelas sensações desapareceram por completo e Tiago deixou a casa de recuperação, passando a residir na área da colônia que poderia ser comparada a uma espécie de condomínio, formado por pequenas casas, de beleza singela, todas bem distribuídas.

Na região central do condomínio, havia larga área comum, que, à noite, era invadida por suave e quase inaudível música – Tiago bem que tentou, mas não conseguiu identificar de onde vinha – que convidava à meditação e estimulava sentimentos superiores. O objetivo daquele ambiente era justamente o de promover a convivência entre seus moradores.

Tão logo ambientou-se à nova vida, o jovem matriculou-se em uma instituição de ensino com características similares às de uma universidade terrena, mas que ofertava cursos direcionados ao estudo do Evangelho de Jesus, além de matérias relacionadas aos aspectos científicos da reencarnação.

Nos intervalos entre seus estudos, Tiago apreciava caminhar pelo bosque incrustado bem no centro do bairro onde residia. Sabia que a colônia não era subdividida em bairros, setores era o termo utilizado, mas usava a expressão assim mesmo, afinal, na prática, setores e bairros eram a mesma coisa.

O bosque, que batizou por sua conta de "Bosque do Sossego", apesar de pequeno, era um lugar bastante aprazível e convidativo à reflexão. O verde do extenso arvoredo, mesclado com tons violáceos das incontáveis fileiras de lavanda, além da beleza indizível, produziam um efeito nostálgico no jovem desencarnado, remetendo-o de volta ao jardim da fazenda. Mas as lavandas não eram as únicas espécies do local, havia também outras flores e arbustos decorativos que somavam as cores para compor aquele belo cenário.

Pensativo, andando por estreito caminho, ladrilhado de pedriscos, Tiago inclinou-se para a frente para melhor admirar uma tulipa que intercalava o rosa e o branco em suas pétalas e pôs-se a refletir sobre sua atual situação, de quantas coisas haviam acontecido desde que chegara na colônia.

No breve hiato de rememorações, era impossível não recordar do dia em que deixara a casa de repouso Lírios do Campo, cujo nome fora inspirado exatamente na célebre fala de Jesus durante o Sermão do Monte, em que o Mestre Nazareno conclama todos a se inspirarem na beleza dos lírios do campo, abandonando o excessivo apego às questões de natureza puramente material, exterior.

Apesar do rótulo "casa de repouso", pelas atividades ali desenvolvidas, o local era um verdadeiro hospital de almas, ainda que não usassem essa nomenclatura.

Para Tiago, mais do que um simples hospital destinado ao tratamento de Espíritos com dificuldades, aquela fora uma verdadeira estância de paz, que lhe abriu definitivamente os olhos para a nova vida e também lhe possibilitou ter noção dos equívocos que cometera, permanecendo atrelado à família e à casa terrena.

Quando se despediu do lugar que o abrigou desde o seu retorno às esferas espirituais, Tiago virou-se para o prédio e ficou parado a admirá-lo com carinho. O sentimento naquele momento era de gratidão.

Tratava-se de uma imensa construção em estilo colonial, muito semelhante às antigas fazendas de café do interior do Brasil, do período da colonização portuguesa: prédio simples, totalmente branco, amplas aberturas azuis, alicerce construído em pedra, grandes beirais, telhado de cerâmica, erguida sobre uma área cujo vasto gramado era decorado com canteiros em forma de círculo que exibiam flores, cujas cores oscilavam entre o amarelo vibrante, um vago azul e um roxo desbotado, tornando o ambiente agradável e acolhedor, além de produzir um efeito balsâmico para as criaturas em dificuldades, que ali lutavam para readaptar-se à nova vida.

Hoje, completamente recuperado, enquanto caminhava, envolvido pela beleza inebriante daquele paradouro multicolorido, Tiago também se recordava do diálogo que mantivera com Hanna assim que deixou a casa de repouso.

Hanna era a servidora da casa de repouso designada para acompanhá-lo durante o período de recuperação, mas que acabou se mostrando uma ótima amiga e transformando-se em sua companhia preferida, mesmo depois que deixara a instituição.

Na verdade, sua afinidade com Hanna foi instantânea. Assim que viu aquela jovem de descendência polonesa, tez clara, cabelos louros até a altura dos ombros, olhos de um azul suave como duas gemas de água marinha, sentiu um carinho muito grande, uma atração fraternal intensa. A sensação, inexplicável, era de que a conhecia há muito tempo.

306

As revelações que teria no futuro confirmariam sua impressão inicial.

* * *

E ficou a lembrar-se do diálogo travado:

– Quer voltar? – brincara Hanna, ao perceber que Tiago ficara estático admirando a casa Lírios do Campo.

– Voltar? Não, estou apenas agradecendo a este local e a todos os abnegados trabalhadores por tudo o que fizeram por mim. Devo agradecer a você também – respondera Tiago enquanto abraçava a amiga.

– Não fiz nada...

– Está brincando? Você tem sido minha "anja da guarda" desde que cheguei aqui.

Palavras não seriam suficientes para demonstrar minha gratidão. Aliás, sua presença me transmite uma sensação de paz, uma sensação familiar que não consigo explicar. Há algum tempo, estava para lhe dizer isso.

– Sou sua única amiga por aqui, por enquanto, talvez isso explique esse sentimento, Tiago.

Hanna achara temerário o rumo que a conversa poderia tomar, afinal, era cedo demais para revelar toda a verdade e, por isso, tratara logo de trocar de assunto.

– Então, que tal a paisagem do lado de fora da casa de repouso?

Tiago, na ocasião, observara o entorno, até onde a vista alcançava, curioso para descobrir que tipo de lugar era sua nova cidade. As imagens eram belíssimas; a sensação, reconfortante.

Mais do que a paisagem, cada vez que olhava na direção da rua, invadia-lhe a certeza de que aquele lugar lhe reservava algo muito importante, fazendo-o sentir uma pontada de empolgação. Estar ali era, por si só, um acontecimento profundo – pensava.

Apesar da beleza que transmitia boas energias e da bondade que encontrou nas pessoas desde que chegara, as incertezas quanto ao que o futuro lhe reservava o assustavam de alguma maneira.

– Onde estamos, Hanna? Que lugar é este? – perguntara, apontando o dedo ao seu redor.

– Você está na colônia Recanto da Luz.

– Colônia? Seria uma espécie de cidade?

– Sim! Uma cidade espiritual. Esse será seu novo lar daqui para a frente.

– Recanto da Luz... – repetira Tiago, em tom pensativo. – Estou impressionado com a beleza das coisas por aqui. É tudo tão iluminado, que a impressão que tenho é que o Sol brilha com mais intensidade.

– Bem observado, Tiago, pois aqui os raios solares penetram com mais pujança no ambiente, diferentemente do que ocorre na dimensão material da crosta terrestre, onde a luminosidade solar precisa vencer algumas barreiras físicas e energéticas que aqui não existem ou são mais sutis.

– Um contraste para mim, que fiquei um bom

tempo naquele quarto quase escuro durante parte do período de tratamento.

– Certamente, um grande contraste, mas saiba que o quarto a que você se refere foi extremamente importante, pois lhe proporcionou uma recuperação mais rápida.

– Interessante – balbuciara Tiago, sem convicção.

– Chamamos de UTR ou Unidade de Terapia de Recepção – complementou Hanna, percebendo o semblante de dúvida do amigo.

A baixa luminosidade é um método necessário para não ferir a sensibilidade dos recém-chegados, ainda não habituados ao novo ambiente. A ausência de luz cria uma atmosfera saudável e tranquila. Seu efeito calmante abre portas para a potencialização do tratamento principal.

– Nossa!

Hanna apenas sorrira com o espanto do jovem.

– Sem querer ser mal-agradecido, mas ainda prefiro a boa e velha luz do Sol à escuridão – brincara Tiago.

– Preferência anotada! Agora, siga-me, por favor, porque preciso levá-lo até sua nova casa e, como demonstrou ser um jovem de hábitos conservadores, utilizaremos um método de deslocamento bastante primitivo: caminhar! – rira da brincadeira, enquanto Tiago lhe devolvera o sorriso, mas não sem antes fazer-lhe uma careta.

***

Distante com as lembranças do dia em que deixou a

casa de repouso – que parecia fazer parte de um passado longínquo – e, com o olhar voltado na direção do córrego que cortava toda a extensão do Bosque do Sossego, Tiago não percebeu a aproximação de Hanna, sua amiga e "anja da guarda", como a chamava.

A jovem, que vestia um traje largo e simples, de um azul claro que refletia suave luminescência devido à incidência dos raios solares, aproximou-se lentamente do distraído Espírito e sussurrou-lhe:

– Tem alguém aí?

Retirado abruptamente de seus pensamentos, Tiago virou-se subitamente e sorriu com simpatia, permanecendo estático, olhando fixamente para a amiga.

– Tudo bem? – perguntou Hanna.

– Maravilhosamente bem. Estava apenas olhando para você e admirando o quanto a beleza azulada de seus olhos destaca-se ainda mais em dias ensolarados.

Desde que conhecera Hanna, Tiago notara que a amiga ficava extremamente encabulada diante de elogios e, por isso, adorava deixá-la sem jeito.

– Lá vem você novamente – disse Hanna, dando-lhe um carinhoso tapinha no ombro. – Diga-me onde estavam seus pensamentos, pois faz algum tempo que estou aqui e você não notou minha presença.

– Meus pensamentos? Pois saiba que você não morre mais.

– Sim, já morri... na verdade, não morri... é, tem razão, não morro mais mesmo – gargalhou Hanna.

– Foi só força de expressão. Ah! Você sabe muito bem o que eu quis dizer, mas vamos caminhar pelo Bosque do Sossego enquanto conversamos, assim aproveitamos para nos abastecermos das energias revitalizadoras daqui. É assim que você chama? Energias revitalizadoras?

Hanna sorriu em concordância, enlaçou seu braço no do amigo, e seguiram andando por entre os caminhos coloridos do jardim, aproveitando-se do ar puro e do dulçor do aroma que exalava das flores.

– Estava pensando no dia em que deixei a casa de repouso e você me trouxe para este lugar.

– Mas qual o foco da sua reflexão? – perguntou a jovem, de maneira séria, porém serena.

– Nada especificamente, mas tudo ao mesmo tempo, se é que você me entende?

– Passaram-se alguns meses desde a sua chegada e muita coisa mudou em você.

A compreensão quanto ao seu estado também mudou, principalmente depois que iniciou os estudos.

– Realmente, Hanna. Hoje compreendo com clareza tudo o que aconteceu. Consigo ter a noção exata da minha situação e, principalmente, das minhas deficiências...

– Mas...? – perguntou Hanna, percebendo que algo incomodava Tiago.

– Desde que vim para cá, não tive notícias da minha família. É impossível não pensar neles. Sinto muita saudade de todos.

311

Ainda tem meu pai... – Tiago agachou-se e pegou uma pedrinha arredondada, levemente azulada, e ficou brincando com ela entre os dedos.

– O que tem seu pai? – Hanna sabia exatamente a origem da angústia do jovem, mas preferiu deixá-lo falar.

– Talvez, o episódio envolvendo a discussão com meu pai seja a única página da minha vida que ainda mereça uma atenção especial. Sinto necessidade de resolver esse assunto, pedindo o seu perdão e concedendo o meu, caso ele ainda o deseje. Preciso me libertar de vez dessa situação.

– O perdão leva tempo, Tiago. Não é algo que acontece num estalar de dedos. Somente criaturas muito elevadas têm essa capacidade.

O perdão pressupõe uma ofensa prévia, ou seja, um machucado, e toda ferida necessita de um tempo razoável para sua completa cicatrização. Não se cura da noite para o dia.

– Concordo que o tempo é o melhor remédio para a cura das feridas, mas a saudade que sinto deles é muito grande. Além disso, a falta de notícias é torturante.

– Compreendo seus sentimentos, meu querido amigo, mas acredite que esse distanciamento da mágoa é benéfico. Eu diria que se trata de uma fase obrigatória do processo íntimo que conduzirá ao perdão pleno.

É preciso afastar-se temporariamente do centro do problema para deixar que os ânimos serenem, que o tempo acalme os corações machucados, abrindo caminho para a reconciliação. Tenha um pouco mais de paciência.

– Paciência é tudo que tenho tentado ter, mas confesso que não é fácil, e está me cobrando um preço muito alto.

– Você está indo muito bem. Continue assim e confie na Providência Divina. O imediatismo é o pior dos conselheiros.

– Tentarei...

– Antes de você pensar em qualquer forma de reaproximação ou tentativa de reconciliação com aqueles que ainda permanecem encarnados, é necessário a contextualização da história.

– Não entendi. O que você está querendo dizer com contextualização?

– A história envolvendo sua partida transcende aos limites desta encarnação. Saiba que vocês já estiveram juntos em vidas anteriores e trazem delas pendências ainda não resolvidas, cujas consequências ecoam na presente existência e ecoará nas futuras se nada for feito. A visão que você tem hoje dos fatos é incompleta, míope.

– Por que não consigo me lembrar de nada relacionado a outras vidas, como você diz? Não seria mais fácil me lembrar de tudo?

– As coisas não são tão simples assim. Até então, você não reunia condições para conhecer todo o seu passado. A retirada, antes da hora, do véu que esconde as lembranças das vidas anteriores poderia causar sérios prejuízos à sua recuperação. Por isso, é preciso muita prudência.

– Vejo que não deve ser coisa boa – suspirou Tiago.

– Não necessariamente – falou, enigmática.

Hanna preferiu a ambiguidade na resposta, pois sabia que as suposições de Tiago estavam corretas. Havia traumas profundos e muitas feridas abertas a serem superados, todos oriundos de existências anteriores, mais precisamente da última, ocorrida na distante Varsóvia da década de quarenta, no século passado.

Hanna também preferiu não comentar que a história dos membros da família Garcez era também a sua própria história, mas o momento da revelação se aproximava.

– Você disse que eu não reunia condições para conhecer meu passado. Reunia, verbo no passado... isso significa que hoje já estou pronto para conhecer a minha história?

– Hoje, sim.

– Então, o que você está esperando para me contar tudo? – disse Tiago, esfregando as mãos.

– Apenas aguardando autorização para isso, que acredito ocorrerá em breve. Então, relembraremos juntos de uma das facetas de sua longa trajetória como Espírito imortal.

Você já está pronto para o próximo estágio da sua recuperação.

– Então, não será hoje? – Tiago deixou os ombros caírem e suspirou, decepcionado.

– Não, quem sabe na próxima vez em que nos encontrarmos. Tenha paciência.

– Lá vem você com paciência, de novo... que escolha eu tenho?

– Não tem! Continuemos nosso passeio? – propôs a jovem, mudando de assunto.

Hanna sabia que os passos da recuperação de Tiago teriam de ser, apesar de simples, metodicamente planejados e ordenados: tratamento, conhecimento, reconciliação...

Tiago aceitou o convite e ofereceu o braço direito para conduzir a amiga. A jovem ofertou um sorriso doce, enlaçou-se a Tiago, inclinou a cabeça na direção de seus ombros, e ambos se perderam pelo bosque, passeando pelos caminhos que serpenteavam por entre árvores e flores.

Décadas haviam se passado, mas, depois de tanto sofrimento, aqueles dois Espíritos estavam novamente reunidos.

CAPÍTULO 14

Novos ares

ENRIQUE CORREU OS DEDOS CARINHOSAMENTE POR
entre os cabelos de Mariana, que respondeu ao carinho
inclinando levemente a cabeça para trás e dando-lhe um
beijo rápido, para depois aninhar-se ainda mais nos braços
do namorado, que a abraçava, colado às suas costas.

Com a visão privilegiada de cima do observatório
nos fundos da fazenda, Mariana e Enrique fitavam, ine-
briados, o espetáculo proporcionado pelo Sol, que ia chegando no fim do seu ofício e derramava os últimos raios
do dia sobre os morros verdes, que, aos poucos, transfor-
mavam-se em silhuetas escuras, sombreadas de um laranja
intenso.

A imagem, a contraluz, proporcionada pelo astro
rei durante o ocaso, tornava-se ainda mais deslumbrante
daquele ponto elevado de observação, refúgio de algumas
tardes do casal.

Enrique e Mariana dividiam aquele instante de contemplação da natureza com rememorações carinhosas das mudanças em suas vidas, desde a noite em que se declararam apaixonados um pelo outro, selando o sentimento com o primeiro beijo. Tudo ocorrera havia alguns meses, mas a sucessão de acontecimentos importantes dava aos jovens a impressão de que o início do romance fazia parte de uma lembrança distante.

Estavam felizes. Ao gêmeo haviam sido devolvidos a alegria e o olhar sonhador, perdidos após a desencarnação do irmão.

Na família, a vida também estava mudando. O auxílio espiritual prestado a Tiago produziu efeitos imediatos e indiretos nos Garcez. A notícia de que o rapaz estaria sendo amparado pela Espiritualidade não fora o fator principal da mudança no estado de ânimo, pois esse fato ainda era visto com certo ceticismo e desconfiança por José Garcez, mas, devido à ausência do Espírito de Tiago nas cercanias da fazenda, quebraram-se os laços infaustos que os uniam vibratoriamente e produziam tanto sofrimento.

Apesar da presença sempre incômoda do remorso, este não o abandonaria tão cedo, aos poucos o ânimo de Garcez para o trabalho foi retornando e seus momentos de clausura diminuindo.

O sentimento de vida foi reaparecendo gradativamente na fazenda Mar de España, enquanto a aura de morte recuava, embora não houvesse desaparecido por completo; o tempo trouxe nova esperança, mas ainda não cicatrizara totalmente as feridas.

O romance de Enrique e Mariana também contribuiu para a mudança de ares na fazenda.

A princípio, Mariana manifestou temor quando Enrique propôs contar aos pais, pois mesmo sabendo que os patrões não tinham perfil conservador ou preconceituoso, temia que sua condição social, e o fato de ser empregada da casa, pudesse ser uma barreira para o namoro ou, pior, que ela fosse rotulada como interesseira.

Apesar de justificáveis pelas circunstâncias, seus temores não se confirmaram, antes o contrário, pois Isabel, a primeira a tomar conhecimento da novidade – Garcez estava a cuidar de assuntos da fazenda na ocasião –, não manifestou qualquer espanto quando Enrique, acompanhado de Mariana – encabulada –, revelou à mãe a súbita paixão do casal.

– Não é de hoje que venho percebendo a troca de olhares entre vocês – disse Isabel.

– Mas o que fez a senhora suspeitar de nossos sentimentos, mãe? – perguntou Enrique.

– Além dos olhares? Seu súbito interesse por detalhes da vida de Mariana. A moça trabalha há anos conosco, e você nunca perguntou nada – falou Isabel, enquanto abraçava a jovem, que corou diante do teor da conversa.

– A senhora está enganada, mãe. Quando perguntei sobre Mariana, meu interesse era unicamente entender sua atitude no dia do velório de Tiago.

– Se você diz... – concordou, irônica.

Com Garcez, com quem Enrique conversou só,

apesar de a reação ter sido bem ao seu estilo, ou seja, contida, terminou por surpreendê-lo:

– Você tem certeza de que é isso que quer? – indagou o pai de forma direta.

– Nunca estive tão certo em minha vida.

– Então, creio que este assunto já tenha nascido encerrado – sentenciou.

– Só isso? Sem conselhos ou recriminações?

– Aprendi uma difícil lição com seu irmão, justamente por querer interferir em seus planos.

E, assim, o assunto romance se encerrou e Garcez retornou à sua rotina.

A rotina também foi alvo de conversa entre Enrique e Mariana, pois a jovem deixou claro que não modificaria a sua no que se referia às funções que desempenhava na casa e não admitiria qualquer espécie de privilégio por ter se tornado namorada do filho do patrão.

Enrique ouviu as ponderações de Mariana com admiração e não manifestou contrariedade, mas impôs também a sua condição: que a levaria para casa sempre que seus afazeres o permitissem.

Mariana até esboçou um ligeiro protesto, afinal, não via problema em retornar de ônibus como sempre fizera, mas Enrique terminou por persuadi-la sem grande dificuldade, pois apelou ao ponto fraco da namorada: seu senso de responsabilidade.

– Permitir que eu a leve para casa seria uma ótima oportunidade de termos alguns instantes de privacidade, a menos que prefira fazer isso – sorriu – enquanto ainda estiver por aqui trabalhando – disse o rapaz, lançando um olhar maroto e triunfante.

Mariana rendeu-se aos argumentos de Enrique. Não lutaria contra as circunstâncias, pois, no fundo, também desejava momentos de privacidade, longe dos olhares da família. Ainda se sentia desconfortável com Garcez e Isabel.

E, assim, a rotina prosseguiu na fazenda Mar de España. Sorrisos, ainda que tímidos, reapareciam uma vez que outra na face de seus moradores, e a vida readquiria, a passos lentos, o tempero cotidiano de outrora.

Depois de muita insistência, Isabel conseguiu, com auxílio de Enrique, convencer Garcez a retornar ao Centro Espírita e realizar o atendimento fraterno que havia se negado a fazer na primeira oportunidade em que lá estivera – Mariana o havia relembrado de que se tratava apenas de uma conversa informal com trabalhadores da Casa Espírita.

Teimoso e orgulhoso, Garcez aceitou passar pelo atendimento, mas só se fosse como acompanhante da esposa. Todos sabiam – muito embora, por conveniência, fingissem o contrário – que tudo não passava de uma desculpa; uma forma enviesada de participar do atendimento, que desejava, sem demonstrar – na sua visão – fraqueza.

Mariana, a principal incentivadora de Garcez, entendia que o patriarca da família poderia encontrar, na religiosidade, o bálsamo cicatrizante para as feridas que ainda permaneciam latentes.

Reproduzia a Garcez as palavras de seu mentor espiritual Saul, de que a religiosidade e a fé são virtudes fundamentais em nossa vida; representam nossa capacidade de entrar em contato com um poder maior e nos faz confiar que poderemos, nas dores e dificuldades, contar com uma força que transcende nossa capacidade de compreensão.

Essa energia recebe centenas de designações diferentes mundo afora. Nós, ocidentais, por exemplo, a chamamos de Deus.

No dia combinado, assim que chegaram à Casa Espírita, Mariana mostrou ao casal o lugar onde, ao final da palestra, ocorreria o atendimento, para a retirada da senha.

Como chegaram com relativa antecedência, Garcez e Isabel receberam a senha de número um. O usual seria o atendimento isolado, mas concluiu-se que o atendimento conjunto seria a maior garantia de que Garcez – se é que havia garantias – passaria por aquela conversa fraternal.

Ao final da exposição doutrinária, o casal foi chamado por Helena. A senhora, aparentando meia idade, cumprimentou-os e encaminhou-os a uma saleta, onde já se encontrava Rafael, trabalhador que participaria do atendimento, que se levantou e saudou os recém-chegados com um leve aperto de mãos.

Isabel olhou discretamente a pequena sala. Chamou-lhe a atenção a parede branca, nua, totalmente desprovida de ornamentos decorativos. A mobília era de simplicidade franciscana: uma mesa desgastada, coberta por uma toalha de crochê de cor cru com desenhos florais, com um par de cadeiras em cada lado. De um lado, sentaram-se os trabalhadores do Centro Espírita; do outro, Garcez e Isabel.

Sobre a mesa, bem ao centro, havia uma jarra com água, ladeada por uma pequena pilha de copos descartáveis, um pequeno vaso com rosas amarelas, ajeitado mais ao canto, e alguns livros que, pela lombada, Isabel identificou ser de autoria de Allan Kardec – depois, Mariana explicou que os livros eram as chamadas "Obras Básicas", produzidas por Allan Kardec, codificador da Doutrina Espírita, e serviam de apoio para eventual dúvida surgida durante a conversa.

Helena, coordenadora do atendimento, convidou o casal a relatar os fatos que os haviam trazido até ali.

Garcez olhou de forma exclamativa para a esposa; o silêncio do olhar era sinal claro de que deixaria para ela a tarefa de narrar o drama familiar.

Isabel não ignorava que a situação da família, depois de experimentar a plenitude da tragédia, havia mudado desde a primeira vez que o casal visitou o Centro Espírita e o marido decidiu sair apressadamente sem passar pelo atendimento que havia agendado. Não raras vezes se questionava sobre toda aquela situação, mas não podia esquecer o fato de que a transformação na família – principalmente de Garcez – começara, coincidentemente, a partir do dia em que, segundo os termos usados por Mariana, o Espírito de Tiago fora auxiliado e encaminhado para um centro de reeducação no plano espiritual.

A partir da melhora no ambiente familiar e do

acolhimento de Tiago nas esferas que a jovem chamou de "superiores", acontecimento que aprendera a não mais duvidar, o foco de suas preocupações passou a ser o marido, que, apesar da melhora no estado de ânimo, ainda não havia superado totalmente o remorso.

Isabel, tendo em mente as melhoras já constatadas, passou a narrar o drama familiar iniciado naquela trágica sexta-feira 13 do mês de setembro do ano anterior, até o dia em que o Espírito do filho recebera auxílio naquela mesma Casa Espírita.

Helena e Rafael ouviram atentamente e compreenderam as razões da insistência para que o atendimento ocorresse com o casal, e não isoladamente.

O desconforto do homem durante a narrativa da esposa era evidente, os sinais corporais não deixavam dúvidas: remexia-se na cadeira a todo instante e intercalava, inquieto, movimentos repetitivos com as mãos, esfregando-as uma na outra ou entrelaçando-as.

Os observadores atendentes concluíram, rapidamente, que o ponto central da problemática da família não era a esposa, mas o marido. Nela, percebia-se a dor latente de uma ferida em processo de cicatrização; nele, o sofrimento surdo, próprio dos males internos, escondidos nos escrínios ocultos da alma.

Quando Isabel encerrou sua narrativa exclamando "é isso!", Helena retirou os óculos, pousou-os na mesa, virou o rosto na direção de José Garcez e perguntou com voz terna:

– O senhor teria algo a nos dizer sobre tudo isso?

– Eu? – perguntou, desconcertado, pois não esperava e não queria ser introduzido na conversa.

A situação não lhe agradava. A revelação de suas dores mais secretas – Isabel não fez questão de poupá-lo no enredo – dava-lhe a sensação de estar sendo despido em frente a estranhos.

– Pelo que sua esposa contou, sinto que o senhor teria muito a acrescentar sobre tudo o que ocorreu, mas fique à vontade se não quiser tocar no assunto. Respeitaremos seu silêncio sem questionamentos.

Fez-se uma pequena pausa, durante a qual Helena procurou ler no rosto de seu interlocutor o efeito de suas palavras.

Retraído, Garcez baixou a cabeça e nada disse, mas, experiente, a trabalhadora prosseguiu, tentando persuadi-lo a falar:

– Não temos dúvida de que a situação é complexa e delicada, mas nosso intuito aqui não é emitir julgamentos, e, sim, auxiliar ao senhor e à sua família, inclusive o jovem desencarnado.

– Sinceramente – pigarreou Garcez, quebrando seu silêncio –, não sei como eu poderia ajudar. Pouco acrescentaria à história que Isabel terminou de contar.

– Tente – insistiu a atendente, percebendo uma brecha na guarda, antes completamente fechada.

– Com toda a certeza, eu não seria a pessoa mais indicada para isso.

À luz dos tempos verbais da fala de Garcez, os trabalhadores percebiam que a fala, contaminada por verbos no futuro do pretérito, mostrava uma grande dor e um esforço supremo para não demonstrar fraqueza. O homem escondia-se sob uma débil armadura criada por seu subconsciente; uma frágil fortaleza de força onde entrincheirava-se em busca de proteção.

– A sua visão da situação é muito importante, senhor José – disse Helena, consultando a ficha preenchida com os dados do casal.

– Garcez, chame-me apenas de Garcez.

– Tudo bem, senhor Garcez, mas quem sabe o senhor nos fala sobre sua relação com seu filho, das angústias relacionadas à sua desencarnação?

Apesar do aparente excesso de objetividade nas perguntas, a ideia de Helena era justamente fazer com que Garcez se despisse do orgulho, da casca na qual prendia todo o sentimento de culpa que ainda o mantinha algemado ao dia do acidente.

Por instantes, a quietude se fez tão densa, que cada um podia ouvir sua própria respiração, embora as inspirações e expirações de Garcez se destacassem das dos demais.

O clima emocional na sala oscilava entre extremos, com ondas de tranquilidade emanadas pelos trabalhadores do Centro Espírita, mesclada com a espuma da ansiedade de Isabel e a rudeza do desconforto de Garcez, que, acuado pelas circunstâncias, lutava para manter o equilíbrio.

Constatando, como de costume, que com as circunstâncias não se luta, Garcez finalmente falou, quebrando o silêncio pesado que ficara vagando pelo ambiente:

325

– Eu fui o responsável pelo acidente do meu filho. Não fosse por mim, nada disso teria acontecido. Tiago saiu de casa nervoso por conta de nossa briga. Por isso, sofreu o acidente. Não me perdoo por isso.

– Senhor Garcez, as circunstâncias que antecederam o acidente não tiveram qualquer influência sobre ele. O senhor precisa libertar-se dessa responsabilidade que, definitivamente, não possui – amenizou Helena.

– Aí é que você se engana! Tivesse Tiago saído de casa um segundo a mais ou a menos, não teria cruzado com o caminhão que provocou o acidente, e não estaríamos aqui falando sobre o assunto.

Não tivesse ocorrido a discussão, Tiago não teria saído de casa naquele horário, e nervoso. Não bastasse isso, eu me arrependi na mesma hora por ter sido tão duro com ele. Pensei em ir atrás para pedir desculpas, mas, por orgulho, desisti. Preferi esperar seu retorno.

Garcez fez uma pequena pausa, respirou fundo para conter a emoção e continuou:

– Tivesse eu ouvido minha intuição, e não meu orgulho, teria chamado Tiago para conversar e pedir perdão pelas minhas palavras. Ainda que ele não me desculpasse, o simples fato de parar para me ouvir o tiraria da rota de colisão daquele caminhão.

Enquanto falava, a cara de Garcez mudava de expressão, ora sombria, ora triste, ora interrogativa, ora explicativa.

– Todo mundo me diz que o acidente foi uma fatalidade. Não discordo! Uma colisão entre dois caminhões justamente naquele ponto, em razão de uma pedra que despencou da encosta da serra, é mesmo uma fatalidade. Entretanto, Tiago estar ali no exato momento em que tudo isso aconteceu poderia ter sido evitado por mim. É tudo o que tenho para dizer.

Helena olhou fixamente para Garcez, esperou alguns segundos para que sua respiração voltasse ao ritmo normal e, depois, sem mudar a expressão, escolheu as palavras com o mesmo cuidado com que um apaixonado escolhe flores para presentear a namorada, e respondeu ao pesaroso pai:

– A perda de um filho é, indiscutivelmente, um dos maiores, se não o maior, trauma que estamos sujeitos a enfrentar em nossa encarnação.

Depois do choque inicial, é perfeitamente comum o surgimento do sentimento de culpa. Por isso, compreendo que o senhor acredite que poderia ter evitado a desencarnação de seu filho...

– Então, você concorda – interrompeu Garcez.

– Deixe a moça concluir, Garcez – disse Isabel, tocando na perna do marido.

– Tudo bem! – sorriu Helena para Isabel. – O senhor – prosseguiu a explicação, agora voltando-se para Garcez – não me entendeu: eu disse que compreendo, não que concordo com seu sentimento de culpa.

Na visão da Doutrina Espírita, a morte não passa da transição do plano material para o espiritual, nosso verdadeiro lar. Paralelamente, cada um de nós viemos para este plano com algumas diretrizes reencarnatórias a serem cumpridas, dentre elas, o tempo aproximado em que aqui permaneceremos.

A grosso modo, o que quero dizer é que cada um tem a sua própria hora para retornar. Ninguém é responsável pela hora do outro.

O senhor não pode afirmar que foi responsável pela morte de Tiago, simplesmente porque não tem conhecimento – nenhum de nós o tem – do planejamento que envolveu a reencarnação de seu filho e, sem querer ser grosseira, mas talvez sendo, creio que o senhor está sendo narcisista, colocando-se no centro de tudo ao achar que o futuro da vida de Tiago dependeria unicamente de uma decisão sua. Em última análise, que os planos Divinos, que são perfeitos, estariam reféns do seu livre-arbítrio.

Desculpe-me estar lhe dizendo isso, mas... não! A desencarnação de Tiago não teve qualquer relação com suas atitudes ou omissões. A discussão entre vocês criou uma situação à parte, algo que um dia terão que resolver, mas, se no planejamento de Tiago estava ajustado o retorno naquele momento e sob aquelas circunstâncias, nada iria mudar isso.

Garcez ficou chocado, contrariado até, com a visão de Helena, mas manteve-se quieto, pois a trabalhadora continuou com os esclarecimentos:

– Se vocês me perguntarem por que um Espírito desencarna tão jovem ou que aprendizado esse processo traz a ele ou aos familiares, eu não saberia responder. Entretanto, não há dúvidas de que há um processo de aprendizado em curso, do qual faz parte a desencarnação de seu filho.

– A saudade é grande e não é sempre, apesar do esforço, que é possível nutrir bons sentimentos diante de tamanha dor. Eu mesma já questionei a Deus muitas vezes – atalhou Isabel.

– A ausência física é a parte mais dolorosa desse processo. Recomeçar a vida, retomar a rotina sem aquela pessoa querida não é tarefa fácil. O dia a dia leva a recordações, à tristeza e acaba alimentando a saudade – disse Helena. – Não estou pregando o não sofrimento, pois seria crueldade pedir que vocês não sintam a perda. Somos todos seres humanos, e o sofrimento é perfeitamente natural.

Nós, espíritas, apesar de acreditarmos que a morte não é o fim e que mantemos nossa individualidade após o esgotamento do corpo, também na comunicabilidade com nossos entes que já partiram, no reencontro, não estamos isentos do choro pela perda de um ente amado, sentimos, como todos, pelo distanciamento físico.

Digo isso para frisar que vocês têm o direito de sentir saudade, e até chorar. Mas tentem evitar a revolta, a rebeldia contra o Criador, o desespero. Tudo isso será sentido por Tiago, que certamente luta para readaptar-se à nova vida no mundo espiritual e que, ao vê-los desta maneira, ficará angustiado por não poder fazer nada para ajudá-los. Evitar esses sentimentos é uma das maiores demonstrações de amor por aquele que partiu.

– Esteja onde estiver, espero que ele me perdoe – disse Garcez, com semblante revelando visível emoção, esforçando-se para conter o choro.

– Sempre há tempo para pedir desculpas e buscar o

perdão. O fato de vocês estarem hoje em planos diferentes não é obstáculo para o entendimento. Absolutamente!

O Espírito continua, sobrevive ao corpo e, onde quer que esteja, vocês poderão conversar e fazer as pazes.

– Como isso seria possível?

– Assim como Tiago é capaz de sintonizar-se com pensamentos destrutivos, como a culpa, a revolta, a dor de vocês, pode fazê-lo também em relação aos bons sentimentos.

Em suas preces, dirija os pensamentos a ele, converse com seu filho, peça desculpas pelas ações que acredita tenham sido equivocadas. Essas vibrações certamente o encontrarão.

Repito: sempre é tempo para perdoar. A vida continua! Quem ama continua amando! A morte não modifica sentimentos. A separação é apenas física, mas vocês precisam tomar uma decisão importante: escolher quem vive e quem morre dentro de seu coração.

Apesar da descrença e da desconfiança quanto ao atendimento, as palavras de Helena, mesmo não acrescentando muitas novidades às explicações de Mariana, que já vinha semeando a esperança nos corações despedaçados da família, despertaram em Garcez o desejo de buscar o perdão de Tiago, ainda que em planos distintos.

Prestados os últimos esclarecimentos, Helena recomendou que, na medida do possível, Garcez e Isabel assistissem, com regularidade, às palestras públicas oferecidas pela casa, deixando claro que aquela não era uma imposição, tampouco uma condição obrigatória para o auxílio espiritual que buscavam, mas apenas uma sugestão.

Por fim, orientou ao casal tomar passes, esclarecendo rapidamente sobre a natureza e os benefícios desse recurso.

Em seguida, desculpando-se, Helena informou-os a necessidade de encerrar o atendimento, precisava dar sequência aos trabalhos, pois havia outras pessoas aguardando atendimento.

Após as despedidas, a família permaneceu no Centro Espírita até a finalização dos trabalhos.

No retorno para casa, Isabel e Garcez trocaram impressões com Enrique e Mariana. A moça sorria de satisfação ao sentir que algo havia mudado no ânimo do casal, principalmente no estado de espírito de José Garcez, antes enregelado em seu sofrimento, mas, naquele instante, demonstrava ter descoberto um caminho que talvez o levasse a aceitar com resignação o quinhão de lágrimas que a vida lhe havia reservado.

As semanas escorreram rápidas pela peneira do tempo e os meses gastaram-se em dias iguais.

Na fazenda Mar de España, José Garcez prosseguia, entre vitórias e derrotas, sua batalha contra a dor da perda de Tiago. O progresso lento, porém continuo, era permeado por momentos de resignação e revolta.

Para Isabel, a vida prosseguia entre sorrisos tímidos e prantos convulsivos, estes cada vez mais raros, muito embora a saudade do filho continuasse a ditar as regras de seu dia.

Enrique e Mariana, porém, encontraram no amor a felicidade que os transformava no contraponto ao estado de espírito penalizado do restante da família.

Os jovens viviam intensamente o romance recém-descoberto. Para Enrique, ainda que, dentre os Garcez, fora aquele que melhor soube lidar com a morte de Tiago, a vida ganhara sentido e recomeçara verdadeiramente a partir daquele ponto.

Mariana aprendera a vencer a timidez de relacionar-se intimamente com a família de quem era empregada. A situação, de contornos paradoxais, requereu grande dose de esforço da jovem no início do relacionamento.

Nos momentos de descontração, arrancava sorrisos de Enrique quando dizia estar acometida de "Síndrome de Cinderela": durante o dia, no borralho; à noite, com o príncipe no castelo. Assim, a vida seguia seu curso.

* * *

O veículo dirigido por Enrique serpenteava em velocidade baixa pela estrada de pequenos seixos rumo à casa da namorada. Mariana, com a cabeça inclinada sobre o ombro do rapaz, contemplava, absorta, a grandiosidade da paisagem que, sob a sombra densa da noite, assemelhava-se a imenso tapete de tons negros, que seus olhos perdiam de vista por trás da silhueta suave dos salgueiros que se enfileiravam ao longo do caminho.

Apesar da reticência inicial em razão da diferença de classe social entre ambos, estava disposta a aceitar tudo de bom que a vida poderia lhe oferecer ao lado do amado.

Mariana tinha nítida percepção – intuição ou sensação, não sabia definir – de que já vivera tudo aquilo e de que Enrique, de alguma maneira, fazia parte da sua existência, do seu passado. Este *déjà vu*, entretanto, a angustiava, pois trazia consigo também um inexplicável sentimento de profunda tristeza.

Em suas reflexões, a jovem não poderia imaginar que, muito em breve, seria apresentada aos porquês daquela história.

O carro foi estacionado em frente a casa, Enrique desceu, abriu a porta para a namorada e acompanhou-a até a entrada, pois as luzes dos postes de iluminação pública, estranhamente, estavam apagadas.

Na escuridão profunda, perceberam o bailado de alguns vaga-lumes, quando Mariana convidou o namorado para entrar, mas Enrique declinou, relembrando à jovem que precisaria acordar muito cedo no dia seguinte.

O casal despediu-se com um longo beijo e, da soleira da porta, a jovem ficou observando Enrique, acompanhando-o até que o vermelho das luzes do carro desaparecesse da sua visão.

Antes de entrar, Mariana viu as luzes dos postes retornarem à vida subitamente, iluminando parcamente o canteiro de malvas-rosa que havia plantado junto à janela.

Distraída, e um pouco intrigada, olhou novamente na direção das luzes e percebeu que mariposas, atraídas pelo calor das lâmpadas, começaram a circundá-las freneticamente. Assim permaneceu, até que o pio incisivo de uma coruja, oculta na escuridão, alertando – ou ameaçando – algum ser noturno para afastar-se do ninho de seus filhotes, retirou Mariana da profundeza dos seus pensamentos, fazendo-a compreender que estava na hora de entrar.

Cansada, tratou logo de praticar seu ritual noturno de asseio antes de preparar-se para deitar. Depois de um dia exaustivo, tudo o que desejava era uma noite inteira de sono, sem sobressaltos, de preferência sem sonhos. Na manhã seguinte, riria da ingenuidade do seu desejo...

Preparou uma generosa xícara de chá de camomila com folhas de maracujá, depositando-a sobre o criado-mudo, sentindo o aroma marcante da infusão.

Para auxiliar a chegada do sono, retirou um livro da gaveta. Admirou a capa por alguns segundos. "Operação Cavalo de Troia" – leu mentalmente o título enquanto passava o dedo sobre as letras em alto relevo.

Virou o exemplar, leu a sinopse no verso, que dizia conter a história de uma operação secreta, verídica nas palavras do autor, onde a NASA teria enviado dois cientistas para acompanhar os últimos dias da vida de Cristo na Terra.

Interessada, folheou as primeiras páginas, enquanto o chá era consumido em pequenos goles.

Quando terminou a bebida quente, acomodou-se e começou a ler, deitada. Sabia que a leitura naquela posição aceleraria a chegada do sono e encerraria qualquer chance de a insônia dar as caras.

Estava certa! Seu desejo de adormecer rapidamente foi atendido; o sono tranquilo, sem sobressaltos, não.

CAPÍTULO 15

O sonho

POUCOS MINUTOS APÓS TER CAÍDO NO SONO, Mariana sentiu afastar-se do corpo. Do teto, estática, olhava para si mesma, adormecida. Chamou-lhe a atenção o fino cordão prateado que ligava as "duas versões de si" – era assim que descrevia aquela situação – quando, subitamente, um violento empuxo retirou-a do alheamento em que se encontrava, sugando-a por uma espécie de vórtice luminoso. Aturdida, num reflexo, gritou por ajuda, mas sua voz perdia-se no vácuo.

Já tivera antes outras experiências fora do corpo durante o sono, mas nunca havia passado por aquela situação e, por isso, assustou-se.

Quando tudo parou de girar ao seu redor e conseguiu orientar-se, Mariana viu-se em um lugar desconhecido, mas, ao mesmo tempo, por razões que não compreendia, familiar.

Caminhou por uma larga estrada pavimentada de pedras retangulares, enfileiradas de forma irregular. O cenário era de devastação total, parecia que a cidade havia sido vítima de incessantes bombardeios.

"Sim, bombardeios. Lembro-me disso!" – falou para si mesma, espantando-se com a afirmação.

As cores de casas e comércios que teimavam em permanecer de pé contrastavam com os tons desbotados e sem vida das ruínas das construções destruídas.

Em alguns locais, a fumaça que subia dos escombros e o forte odor de queimado indicavam que a destruição fora recente.

A rua por onde seguiu levou-a até às margens de um rio. "O rio Vístula", pensou. "Como sei disso?" – perguntou-se espantada.

Parou às margens do rio e pôde avistar a "Cidade Velha", cujos contornos destacavam-se na margem oposta – assustava-se com o conhecimento da geografia do local.

Da sua posição, avistava algumas casas geminadas de cores variadas, todas com telhados formados por telhas curvas de terracota, ladeando as calçadas de pedra, que conduziam à praça do Mercado, na parte central da Cidade Velha.

"Becos estreitos levam você até a praça principal da cidade, cercada de casas góticas construídas no século XVIII" – Mariana deu de ombros para aquela informação que lhe veio à mente, desistindo de tentar entender de onde viera seu conhecimento topográfico da cidade, muito embora, contraditoriamente, não soubesse onde estava.

Para dirimir as dúvidas que a assaltavam sobre o lugar, seguiu caminhando até encontrar uma pitoresca banca de revistas – abandonada à primeira vista –, que exibia, em destaque, um jornal local.

Mariana parou diante do periódico preso a um suporte de madeira e ficou boquiaberta com o que leu.

Olhou dentro da banca e chamou pelo jornaleiro, sem obter resposta. Procurou por alguém nas redondezas, mas só havia ela no lugar. Retirou o jornal do suporte e deteve os olhos no título: *"Życie Warszawy"*. Franziu o cenho e traduziu mentalmente o título – mesmo sem saber como –, repetindo, em tom interrogativo, uma a uma as palavras que formavam o nome do jornal:

"Vida?"... "Varsóvia?" – deteve-se no último termo. – "Então, aqui é a Polônia?" – perguntou-se. – "Rio Vístula, Cidade Velha, Varsóvia" – pensou, juntando as informações.

O espanto aumentou quando passou os olhos na linha logo abaixo do título do jornal:

"Warszawy, Piątek, 13 Czerwiec 1941 r". Mariana repetiu para si, incrédula, o local e a data: "Varsóvia, sexta-feira, 13 de Junho de 1941."

Aquele sonho, tinha consciência plena de que seu corpo dormia em casa, na sua cama, estava se tornando estranho demais. A jovem não entendia por que fora remetida para a longínqua Varsóvia, na Polônia, no não menos longínquo ano de 1941, em plena segunda guerra mundial. Chamou-lhe a atenção também a data: sexta-feira, 13.

Novamente ela! Coincidência! Seria? A data remetia, inevitavelmente, ao drama da família Garcez.

Folheou, de forma rápida e despretensiosamente, o *Życie Warszawy* que, nas páginas seguintes, falava exclusivamente da vida dos poloneses subjugados pelos alemães e da segregação dos judeus no gueto criado na cidade.

Quando leu sobre o gueto, Mariana foi tomada por súbita nostalgia e lágrimas desceram-lhe pela face. A simples menção do local trouxe-lhe sentimentos antagônicos de desolação e esperança.

Recolocou o jornal no suporte e seguiu caminhando pela rua abandonada que serpenteava por entre ruínas, buracos e fumaça. Também ali não havia sinal de outras pessoas.

Caminhar por aquele cenário de desolação dava-lhe a impressão de que a morte a espreitava atrás da próxima montanha de escombros; podia sentir sua mão fria a acariciar-lhe o peito.

Algumas quadras adiante, uma bucólica praça chamou-lhe a atenção por ser o único ponto verde em meio à paisagem monocromática do amontoado de escombros das construções postas abaixo pelas bombas jogadas pela temida Luftwaffe alemã – conforme lhe informara o jornal.

Quando se aproximou do local, foi recepcionada por algumas campânulas que sobreviveram ao clima da primavera que findava. A chamada flor da gratidão dividia espaço com pencas de alhos silvestres que se acomodavam à sombra úmida das árvores, mas o exemplar que mais lhe atraiu a atenção foi uma solitária e bela edelvais, que se destacava na paisagem com sua flor branca, aveludada, em formato de estrela.

Amante das plantas e das flores, Mariana conhecia muito bem aquela rara espécie alpina, principalmente suas características paradoxais. A edelvais era a flor preferida de Hitler, que a utilizou como emblema das divisões alpinas de seu exército, mas que, durante a guerra, também fora adotada pelos alemães residentes na Alemanha, contrários ao regime nazista, como símbolo de resistência ao próprio *führer*.

A presença da planta naquele sonho surreal certamente não era por acaso. Mariana entenderia muito em breve o simbolismo contido na cena que o sonho delineava.

Passados os segundos de adoração ao belo espécime, seguiu caminhando na direção central da pequena praça, onde predominava no ar o aroma da resina de alguns pinheiros, um lenitivo natural para o olfato, impregnado pelo forte odor de morte e de destruição que as ruínas da cidade exalavam.

Embrenhou-se por entre os pinheiros, avistando, ao longe, um banco de jardim no qual, para sua surpresa, havia uma jovem de cabelos loiros sentada de costas, do seu ângulo de visão.

Mariana dirigiu-se até o local onde a jovem estava sentada, seguindo por uma trilha que cortava os canteiros de acácias e de petúnias em flor, mas preferiu dar a volta para apresentar-se pela frente à solitária habitante do lugar, pois não queria assustá-la.

A presença de Mariana não passou despercebida pela jovem, que acompanhou, sorridente, sua aproximação.

– Olá! – saudou Mariana, timidamente, enquanto, ao fundo, o barulho estrídulo das cigarras misturava-se aos pios dos cucos pousados nas árvores.

– Oi, sente-se aqui – convidou, apontando para o lugar vago ao seu lado no banco, exibindo um sorriso aberto e fitando a recém-chegada com seus grandes olhos azuis, iluminados pelos raios de sol que venciam a copa das árvores, olhos que se harmonizavam com a tonalidade clara da pele, atributos muito comuns nas mulheres do leste europeu. Seu rosto era sereno e suave.

– Muito obrigada! – respondeu Mariana, sentando-se no lugar indicado.

– Meu nome é Izolda, muito prazer.

– Mariana! O prazer é meu.

Mariana sentiu que o nome Izolda lhe era familiar, como se já a conhecesse há muito tempo. Aliás, tinha a impressão de que sua interlocutora também a conhecia e, subitamente, encheu-se de uma tristeza avassaladora.

– Que lugar é este? – indagou Mariana.

– Você não se recorda? – sorriu Izolda, maliciosamente.

– Deveria lembrar?

– Talvez...

340

– Você é a única pessoa que vi desde que cheguei aqui. A cidade parece estar abandonada.

– A guerra produz consequências terríveis, mas existem outras pessoas – falou Izolda, em tom enigmático.

– O que faz aqui sozinha?

– Sempre que é possível, venho até este lugar para contemplar a natureza e deixar meus pensamentos vagarem soltos por aí, rememorando lembranças doces de dias felizes, hoje tão distantes; de pessoas amadas das quais só restou a saudade – suspirou Izolda, enquanto olhava um par de píceas que equilibravam, entre seus galhos, grandes tufos esverdeados de barba-de-velho. – Este local me traz boas recordações.

– Quer falar sobre isso?

– Tem certeza de que quer ouvir a minha história?

– Algo me diz que foi para isso que vim parar na Polônia.

Izolda sorriu, piscou para Mariana, mas não disse nada.

– E então? – insistiu.

– Muito bem... já que você deseja, contarei minha história, mas saiba que ela não tem um final feliz. Entendi muito cedo que a vida real é repleta de momentos tristes; o mundo do faz de conta, com seus "viveram felizes para sempre", existe apenas nos livros.

Na prática, a vida tem caminhos lapidosos para a maioria das criaturas, e muitas delas passam uma existência inteira sem conhecer a tranquilidade.

Havia muito sofrimento impregnado no tom melancólico de Izolda, o que adicionou ainda mais curiosidade em Mariana, consolidando sua intuição de que deveria ouvir a história da jovem polonesa.

– Nasci e cresci no bairro de Wola, aqui em Varsóvia, próximo ao cemitério Powazki – iniciou Izolda. – Wola era um bairro tranquilo, mas, por estar próximo da área em que os alemães delimitaram o gueto judeu, tornou-se bastante movimentado, com a presença constante da guarda alemã e de judeus fugidos do gueto.

Wola, então, passou a ser palco e testemunha de histórias que mostram o quão grande pode ser a solidariedade humana, assim como seu grau de perversidade. Presenciou a emoção do ressurgimento da esperança em desesperançados, mas também a angústia da impotência diante de atrocidades indescritíveis.

– Tudo fruto da guerra? – perguntou Mariana.

– Sim, porque antes a vida em Varsóvia era pacata, sem grandes sobressaltos, e, agora, depois que a Alemanha de Hitler subjugou a Polônia, nos tornamos pessoas assustadas. Hoje, numa fração de segundos, a pulsação serena dá lugar ao batimento cardíaco disparado, provocado pelo medo de perder a vida na próxima esquina, por um motivo banal. Aqui se morre por acaso, pois você pode dar o azar de escolher rezar justamente na igreja em que os nazistas decidiram, naquele dia, fechar as saídas e queimar todos vivos.

– Por que fazem isso?

– Desprezo pela vida dos "não arianos" ou a forma doentia de fazer justiça a uma afronta real ou imaginária. Viver ou morrer depende da subjetividade do julgamento alemão.

A guerra reajustou até mesmo nosso metabolismo; dormir profundamente deixou de ser um ato simples como antes. Nosso nível de atenção modificou-se, mesmo em estado de repouso. Diagnosticar o perigo tornou-se a maior de nossas virtudes, pois ao nos depararmos com um soldado alemão, um mísero tremor de voz, a palavra mal colocada, o tom inoportuno, poderia significar uma sentença irrecorrível de morte.

Era preciso ter cuidado, cautela e atenção o tempo todo, em todos os lugares e com todas as pessoas. Caminhava-se olhando em todas as direções para ver se alguém estava vigiando, como um animal perseguido que fareja o perigo em toda a parte.

O medo tem olhos grandes, como dizia minha avó, repetindo um antigo adágio cigano.

Mariana ouvia atordoada aquele princípio da narrativa de Izolda, pois suas palavras a faziam reviver esse sentimento de medo descrito. A sensação era de que também vivera os horrores da segunda guerra.

– Como tudo começou? Como é estar em um lugar onde, num dia, tudo está em paz, e, no outro, acorda-se no meio de uma guerra?

– Pouca gente acreditou que as instabilidades envolvendo a Alemanha redundariam numa guerra com essas proporções, e a vida seguiu despreocupada.

343

O primeiro sinal de alerta soou quando, após uma ocupação sem sangue, a Áustria e a Tchecoslováquia capitularam, mas, mesmo assim, poucos aqui na Polônia acreditaram que também seríamos alvo dos nazistas.

O cenário começou a mudar quando Hitler exigiu que a Polônia restituísse à Alemanha a cidade livre de Dantzig, pedido que não foi aceito pelo nosso governo.

Na verdade, fomos ingênuos, pois, de todos os países que fazem fronteira com a Alemanha, a Polônia era o que mais devia temer. Ficamos cegos ao perigo alemão.

– Mas por que deveriam temer os alemães?

– Essas questões políticas eu não entendo muito bem, mas sei que tem relação com o tratado assinado pelos alemães no fim da primeira guerra...

– O Tratado de Versalhes! – completou Mariana.

– Exatamente!

Os alemães nunca engoliram a separação da Prússia Oriental do Reich, concedendo à Polônia um corredor de acesso ao mar através da cidade de Dantzig, que antes pertencia à Alemanha, mas que fora transformada em cidade livre sob a supervisão da Liga das Nações e dominada economicamente pela Polônia. Essa era uma ferida que nunca cicatrizou. Por isso, acredito que fomos ingênuos ao não perceber o problema.

– Para quem não entendia nada sobre questões políticas, você até que está demonstrando bastante domínio sobre o tema.

– Desde que a guerra eclodiu, ouvi essa explicação

milhares de vezes. Não há como não decorar isso tudo – sorriu.

– E depois, o que houve?

– Depois disso, tudo aconteceu muito rápido. No dia 1º de Setembro de 1939, acordávamos para mais uma sexta-feira normal de trabalho, enquanto os soldados alemães cruzavam a fronteira de nosso país e invadiam Varsóvia.

No céu, os aviões despejaram toneladas de bombas sobre a cidade, distribuindo morte e destruição em escala nunca antes vista.

Nossa resistência durou menos de trinta dias e, no dia 28 de Setembro, para nossa tristeza, foi assinado o documento de rendição. Desde então, nossa vida transformou-se num inferno sobre a Terra.

Mariana ouvia tudo em silêncio. Mais uma vez, tinha a estranha sensação de familiaridade com o cenário descrito por Izolda.

– O pior de todos os sentimentos é o de impotência diante da situação e foi justamente este sentimento que me fez tomar a decisão de lutar, de tentar fazer algo pelas pessoas, principalmente pelos judeus, que passaram a ser perseguidos desde o instante em que o primeiro alemão botou os pés por aqui.

– Sobre o povo judeu, como tudo aconteceu? Como reagiram a essa perseguição absurda? – indagou Mariana.

– Realmente um absurdo! Falamos de um povo trabalhador, ordeiro, gentil, com problemas como qualquer outro, mas que contribuíam ativamente para o desenvolvimento do país.

Uma das primeiras medidas dos nazistas foi ordenar que as autoridades públicas de Varsóvia demitissem os funcionários judeus e não mais concedessem ajuda à população judia pobre. Eles foram obrigados a usar uma faixa branca no braço com a Estrela de Davi pintada em azul e suas casas e estabelecimentos comerciais foram marcados com o mesmo símbolo.

Aos poucos, seus direitos, garantias, liberdades, começaram a ser limitados, culminando com o confisco de suas casas e o bloqueio de suas contas bancárias.

Alemães, poloneses e judeus formavam filas separadas para receber pão. Tudo estava racionado! As porções eram rigorosamente calculadas, estabelecendo-se uma quantidade específica de caloria diária para cada grupo: os alemães recebiam a maior parte, 2.600 calorias; os poloneses, 670; e os judeus, míseras 180 calorias.

A apoteose da maldade ocorreu com a criação do gueto, e aí, verdadeiramente, começa a minha história.

– Por que começa no gueto se você não é judia, ou é? – perguntou, intrigada.

– Não, não sou! Porque ser mandado para o gueto era uma verdadeira sentença de morte devido à fome, às doenças, ao isolamento.

Vivemos um período de trevas; uma época em que dar um copo d'água a um judeu sedento era punível com a morte por fuzilamento.

346

Cerca de seis meses após a tomada do país, Varsóvia, uma cidade onde nunca houve qualquer diferenciação entre poloneses e poloneses judeus, viu a criação da "*Seuchensperrgebiet*".

– Área de quarentena? – traduziu Mariana, que já havia perdido o espanto diante do domínio, sabe-se lá como, daquela língua, até então desconhecida.

– Sim, foi para onde os judeus foram encaminhados – confirmou Izolda, com um sorriso maroto.

Ao longo da delimitação, foram espalhados centenas de cartazes prevenindo sobre o risco de entrar nesses locais, até que o conselho judaico, o *Judenrat*, recebeu ordem para construir um muro com três metros de altura em torno de um perímetro que ocupava cerca de quatrocentos hectares.

Quando o muro ficou pronto, centenas de milhares de judeus foram confinados em seu interior. O gueto abrangeu setenta e duas das mil e oitocentas ruas de Varsóvia e nele calculou-se que havia vinte e sete mil moradias, além de um cemitério e uma quadra esportiva.

– É uma área considerável – ponderou Mariana.

– Seria, não fosse a imensa população judia que foi enviada para lá. Estima-se um número próximo a meio milhão de pessoas.

– E não havia como escapar?

– Sobre o muro, foram colocados vidro moído e arame farpado, e toda a área era vigiada, no lado externo, pelas polícias alemã e polonesa e, no lado interno, por uma espécie de polícia judaica.

– Polícia judaica? Os próprios judeus vigiavam os seus?

– As pessoas fazem o que podem para sobreviver e proteger suas famílias dos horrores da guerra, inclusive supervisionar e delatar o seu próprio povo. Não há como julgá-los por isso, porque, em Varsóvia, o gueto nada mais era do que uma forma organizada de morte – uma "caixinha de morte" – como chamavam as sentinelas postadas em seus portões, e garantir a sobrevivência era a meta de cada um lá dentro.

Os alemães viam o gueto como uma espécie de cemitério. Esse foi o objetivo: confiná-los e deixá-los morrer, de fome, por doenças ou pelas duas causas.

– Olhando por esse lado, você tem razão. Não há como recriminá-los e, talvez, agíssemos igual se estivéssemos na mesma situação.

– Não há como colocar de outra maneira, pois a criação do gueto envolveu um planejamento perverso. Ruas residenciais converteram-se em pátios de execução; hospitais tornaram-se centros de administração da morte e, por mais paradoxal que possa parecer, cemitérios revelaram-se excelente local para manutenção da vida, pois eram considerados os lugares seguros contra a brutalidade dos soldados alemães, que evitavam pôr os pés em cemitérios judaicos.

– E como ocorria essa segregação? – perguntou Mariana, horrorizada com o relato.

– Os nazistas simplesmente cercavam os quarteirões, entravam nas casas e apartamentos e davam trinta minutos para os moradores desocupá-los, deixando tudo para trás. Autorizavam que levassem alguns poucos pertences pessoais. O restante, todo o fruto do trabalho de gerações, deveria ser deixado, sob pena de fuzilamento ali mesmo.

Eu mesma presenciei famílias inteiras sendo dizimadas a sangue frio por se recusarem a abandonar suas lembranças.

– Que horror!

– O mais brutal disso tudo é que, dentro do gueto, tentava-se levar uma vida normal.

– Como assim?

– As pessoas têm uma visão romanceada do lugar, como se ali seus habitantes vivessem um terror constante e implacável. Não era bem assim! Obviamente, os judeus estavam sempre cercados pelo terror, mas, na medida do possível, tentavam levar a vida normalmente. O lugar era como uma cidade: havia teatros, casamentos, festas, bibliotecas.

As situações cotidianas entrelaçavam-se aos atos de brutalidade. Você poderia estar jantando em um restaurante enquanto, do lado de fora, podia ver o fuzilamento de alguém por ter cometido a grave ofensa de desviar o olhar durante uma revista de rotina.

O alemão Hans Frank, Governador-Geral da Polônia ocupada, certa vez declarou a seus subordinados: "Eu, aos judeus, não peço nada, a não ser que desapareçam". Por uma declaração dessa natureza, pode-se ter a noção exata do tamanho do desprezo que os alemães nutriam pelos judeus e por suas vidas.

– Fico sem palavras diante de tamanha barbárie.

– Infelizmente, isso aconteceu. Há outros fatos, pequenas histórias de vida que se perderam pelas frestas da grande história.

– Você disse que sua história iniciava no gueto. Como assim, Izolda?

– Vou contá-la!

A guerra mostrou que não é só a maldade humana que não encontra limites, mas também a compaixão, a solidariedade e o amor verdadeiro ao próximo.

A partir do instante em que o horror tomou conta da cidade, principalmente do gueto, e tão logo compreendeu-se que o lugar era um complexo destinado à execução em massa de judeus, criou-se, por intermédio de abnegados voluntários, a Zegota, uma organização clandestina de auxílio aos Judeus, da qual eu fazia parte.

– Que bela iniciativa. Como vocês os ajudavam?

– Formávamos uma rede de voluntários que contava com auxílio financeiro de particulares, e também do governo polonês, exilado em Londres, com a finalidade de contrabandear crianças de dentro do gueto e recolocá-las em segurança em famílias substitutas ou em orfanatos mantidos pela Igreja Católica, dando-lhes novo nome, novos documentos, novos pais, nova vida.

Foi através da Zegota que conheci Gustaw... – um

longo suspiro interrompeu-lhe a fala e Izolda manteve-se em silêncio por alguns instantes.

Com Mariana não foi diferente, a simples menção do nome Gustaw fez brotar um sentimento de profunda tristeza, como se o nome estivesse relacionado a um acontecimento extremamente doloroso, embora não soubesse explicar por que.

Aquele realmente não era um sonho comum, a começar pelo fato de que Mariana tinha plena consciência dele, do sonho.

Percebendo a reação da jovem, Izolda pousou a mão direita sobre seu ombro e estampou um sorriso de cumplicidade, como se conhecesse toda a verdade. Realmente conhecia, mas não se pode adiantar os fatos.

Izolda segurou as mãos de Mariana e pediu que fechasse os olhos, o que foi prontamente atendido pela visitante. Instantaneamente, começaram a surgir, em sua mente, como em um filme, as cenas da história da enigmática, porém familiar, polonesa.

✳ ✳ ✳

Era outono na Polônia. O tom vermelho-alaranjado já predominava na folhagem dos bordos – pouquíssimas de suas folhas ainda resistiam verdes – e as tílias, árvore sagrada para os poloneses mais supersticiosos, já assumiam a coloração de bronze. Na pradaria, os arbustos mais altos curvavam-se às carícias da brisa típica da estação, mudando o tom do cenário qual um tapete felpudo ao deslizar de uma mão.

Aproximava-se o horário do toque de recolher, e Izolda sabia que, se fosse encontrada perambulando pelas ruas, após o sinal, seria detida ou presa, num dia de sorte; espancada ou morta, caso o humor do soldado não estivesse bom.

O medo conferiu àquele horário uma autoridade majestática entre os habitantes da cidade. Todo mundo tinha uma história pavorosa para contar sobre alguém que fora pego na rua fora do limite estabelecido para o recolhimento e o silêncio.

Izolda sabia que precisava manter o caminhar equilibrado para chegar à sede da Zegota, localizada no coração do bairro Wola, na insuspeita casa de Oton, um dos fundadores da organização. Precisava ser rápida, mas não podia ser vista caminhando rápido, pois isso soaria suspeito e despertaria a atenção dos alemães.

Quando chegou ao local, tensa e ofegante, olhou discretamente ao redor para certificar-se de que não estava sendo observada, deu três batidas leves e ritmadas na porta – essa era a primeira parte da senha criada pelos membros do grupo –, ao que, do outro lado, alguém perguntou:

– O que você quer? – a indagação era a deixa para que a segunda parte do código de segurança fosse fornecida. Na hipótese de não se tratar de alguém da organização, medidas de segurança eram tomadas imediatamente antes de abrir a porta.

– *Überleben* – foi a resposta de Izolda, informando a senha, cuja palavra, na época, adquirira o sentido de "predominar e permanecer vivo".

Imediatamente, a porta abriu-se e uma lufada de ar fez a jovem sentir um aroma familiar que, certamente, vinha da cozinha.

– Bem-vinda, Izolda – saudou Irina, a presidente da organização.

– Que cheiro delicioso – disse Izolda, inclinando a cabeça para cima como um cão farejando um odor diferente, ao mesmo tempo em que penetrava no interior da casa.

– Torta de maçã e bolinhos de milho – respondeu Irina, fechando a porta, não sem antes colocar a cabeça para além do limiar da porta e olhar para os dois lados.

– Bolinhos de milho e torta de maçã me fazem lembrar a infância no interior. Estes eram os pratos principais que meus pais preparavam para os festivais da colheita no outono.

– Pois, então, acomode-se enquanto sirvo um pouco para você.

Assim que penetrou na sala, Izolda avistou Oton, um senhor de meia-idade, cabelos grisalhos, olhar sereno, fala sempre tranquila e pausada. Oton era alto funcionário de um grande banco de Varsóvia e um dos grandes responsáveis pela captação de dinheiro para a causa.

Ele saudou Izolda sem deixar o lugar onde estava sentado. A jovem correu os olhos pela sala e cumprimentou Michall e Dagmara, também membros da organização.

Michall trabalhava no cartório responsável pelo registro dos nascimentos na cidade e tornou-se peça fundamental para o processo de recolocação das crianças retiradas do gueto, preparando novas certidões de nascimentos, falsas, com nomes não judaicos.

Dagmara, sua esposa, era enfermeira num hospital público, assim como Izolda, e com isso fazia parte da seleta lista de pessoas que tinham autorização dos alemães para ter acesso à área interna do gueto.

O restante dos membros da Zegota estavam envolvidos no planejamento da retirada de quatro irmãos do gueto, uma operação ousada e de logística complexa, dada a peculiaridade.

Izolda correu os olhos para a cadeira posicionada mais ao canto da sala e foi aí que o viu pela primeira vez.

– Esse é Gustaw – apresentou Oton.

Izolda observou estática quando o rapaz, que devia medir cerca de 1,80m, cabelos ruivos, olhos verdes e tristes, vinte e cinco anos – soube depois – levantou-se, caminhou até sua direção, beijou-a levemente na mão dizendo *"Dzień Dobry!"* – uma saudação usual com que os poloneses iniciam diálogos formais, muito embora, discretamente, seu olhar tenha fixado-se em Izolda mais tempo do que o necessário para um simples cumprimento.

Oton informou Izolda que Gustaw era o mais novo membro da Organização Zegota, explicando que, por ser médico especialista em doenças contagiosas, obteve junto aos alemães um passe especial de acesso livre e irrestrito à área interna do gueto.

– Você sabe que os alemães abominam os judeus

354

e não estão preocupados com as mortes provocadas pela epidemia de tifo que se abateu sobre o gueto, até fazem gosto disso. Preocupam-se tão somente com a possibilidade de eles próprios sofrerem o contágio. Não por acaso mandaram realizar desinfecções forçadas na população do gueto.

"Sua gente deve resolver esse problema. É uma praga", dizem os guardas – explicou Oton.

– Que ótima notícia. Seja bem-vindo! – sorriu Izolda, cruzando olhares com Gustaw.

Izolda ficou muito empolgada com a notícia. Sabia que ter alguém circulando livre e legalmente pelo gueto abriria um leque de oportunidades para facilitar o contrabando de crianças para o lado ariano.

– Pensamos que Gustaw poderia ser seu parceiro nas incursões no gueto. Um médico e uma enfermeira não despertariam a curiosidade dos guardas. O que você acha? – perguntou Irina, que retornava da cozinha segurando uma bandeja com os quitutes prometidos à Izolda.

– Por mim, tudo bem, será um prazer – respondeu, enquanto pegava um bolinho de milho, que colocou inteiro na boca, sem perceber que, às suas costas, Gustaw esboçou um discreto sorriso de satisfação diante da aceitação da parceria.

Passaram o restante da noite traçando planos para futuras ações, além do contato, para prestar eventual auxílio, com famílias que já haviam acolhido crianças, pois o trabalho da Zegota não se encerrava com a entrega das crianças a novos lares.

Abstraídos com as atividades da organização, Oton, Irina, Michall e Dagmara não perceberam a troca de sorrisos, olhares e gentilezas entre Izolda e Gustaw.

A afinidade entre os jovens foi imediata e muito em breve se converteria num relacionamento que lhes proporcionaria momentos felizes, mas também dor e sofrimento.

Nos meses que se seguiram, valendo-se das facilidades proporcionadas por suas profissões e dos passes obtidos juntos aos alemães, Izolda e Gustaw conseguiram retirar mais de cem crianças do Gueto de Varsóvia.

Em sua primeira incursão, Gustaw precisou lutar ferozmente consigo mesmo para não deixar transparecer a emoção diante do quadro estarrecedor pintado em cores fortes diante de seus olhos.

Havia várias casas em que não existia mais nenhum adulto e as crianças estavam completamente sós e desamparadas, algumas convivendo com os cadáveres em decomposição. Nos locais onde a orfandade não chegou, o estado de penúria não era muito diferente, e os agentes da Zegota precisavam conter a angústia de não poder retirar todas aquelas crianças de uma vez só.

Diferentemente do que ocorria em outros países ocupados, onde esconder um judeu era punido com prisão, na Polônia, qualquer espécie de auxílio era punível com a morte – imediata – por fuzilamento, sentença extensiva também a vizinhos e familiares. O medo de ser fuzilado por uma infração cometida na casa ao lado transformava toda a população em sentinelas e delatores dos nazistas.

O risco era gigantesco, por isso era preciso muita engenhosidade e uma boa dose de sangue-frio para sair do gueto levando crianças sem ser delatado ou sem despertar a atenção da guarda.

Em um dos resgates, Izolda dopou uma criança que não devia ter um ano de idade, mas, devido à desnutrição, tinha peso e tamanho de recém-nascido, e Gustaw atravessou os portões levando-a dentro da mochila que trazia às costas.

Em outra oportunidade, Izolda, que sempre entrava no gueto trajando roupas largas, com o auxílio de ataduras transportou um bebê – também sedado – preso ao seu corpo.

Era comum também que crianças maiores fossem colocadas sob pilhas de cadáveres transportados em carroças ou carros fúnebres para um dos cemitérios judeus da cidade.

Apesar da criatividade das operações, o método mais comum para a retirada das crianças era através de buracos abertos no extenso muro que circundava o gueto. Por eles, as crianças esgueiravam-se e ganhavam a rua, onde outra equipe as aguardava. Apesar de eficiente, nunca se utilizavam da mesma passagem duas vezes seguida, pois, quando a ronda alemã descobria o buraco aberto, montava guarda nas redondezas para flagrar os fugitivos e seus facilitadores. Aquele era um verdadeiro jogo de xadrez ou de gato e rato.

Além de retirar crianças, também contrabandeavam, para o interior do gueto, vacinas e medicamentos contra tifo, tuberculose, disenteria, entre outros, uma operação igualmente arriscada.

Outro problema que Gustaw precisou vencer em suas primeiras incursões – Izolda já estava acostumada – era não sucumbir emocionalmente diante da tristeza das mães ao entregarem seus filhos a estranhos, sabendo que nunca mais os veriam. Definitivamente, um ato de amor e desapego incomensuráveis e de uma carga emocional absurda.

Algumas mães, porém, desistiam do plano no último instante.

"Qualquer que seja o meu destino, será também o destino dos meus filhos" – diziam, arrependidas.

O contrabando e a ação de organizações de ajuda não eram suficientes para amenizar as necessidades da área do gueto. A miséria humana era um fenômeno geral.

Distribuir solidariedade não era uma tarefa fácil e cobrava um alto preço das pessoas envolvidas naquela atividade humanitária, muito embora todas fossem unânimes em reconhecer que a preservação da vida de uma criança compensava cada segundo de horror que eram forçadas a presenciar.

Unidos pela tarefa de minimizar os infortúnios dos pequenos judeus, não demorou muito para que o amor se esgueirasse por entre a tristeza e o ódio que cercavam Izolda e Gustaw e, como uma flor que luta pela luz do sol num canteiro invadido por ervas daninhas, fosse ao encontro do jovem casal. Apaixonados, começaram, então, a viver um grande amor em meio ao caos em que estavam submersos.

Assim, a vida seguiu desfiando-se como um novelo. Dia após dia, os jovens aproveitavam intensamente o quinhão de felicidade que lhes era proporcionado, mesmo em condições tão adversas.

Gustaw gostava de levar Izolda para caminhar no Parque Łazienki, na avenida Ujazdow, bem no centro da cidade, um parque que, apesar da sua extensão, setenta e seis hectares, era o único que permanecia, milagrosamente, ileso aos bombardeios alemães.

Aquele ponto verde em meio à paisagem monocromática dos escombros era seu refúgio predileto, pois simbolizava, na sua visão, a teimosia da vida diante da insistência da morte.

Nesses momentos de paz e contemplação, o casal planejava o futuro, uma vida em comum, quem sabe, numa Polônia sem a presença e o domínio dos alemães.

Foi no Łazienki que Gustaw surpreendeu Izolda, presenteando-a com um singelo ramalhete que mesclava o branco das julianas-dos-jardins com o alaranjado das piloselas, todas colhidas ali mesmo no bosque sobrevivente da guerra. Supersticioso, Gustaw acrescentou, entre as flores, alguns ramos de artemísia, com suas hastes arroxeadas, folhas cinza-esverdeadas e pequenas flores amarelas. Essa antiga erva – explicou à amada –, antes usada para desfazer feitiços, repelir feiticeiros e bruxas, tornou-se símbolo de boa sorte.

Conhecedora e, acima de tudo, admiradora das flores, Izolda emocionou-se com o presente por conta de seu simbolismo. Como toda moça solteira, conhecia o costume das noivas varsovianas de usar grinaldas de artemísia para que a união fosse eterna. A surpresa só poderia significar uma única coisa...

– Aceita casar-se comigo? – propôs Gustaw, ajoelhando-se diante de Izolda, tendo a face iluminada pelo sol, que se infiltrava por entre os galhos do topo das árvores centenárias do parque.

A felicidade estampou-se no rosto da jovem. Gustaw percebeu quando lágrimas se uniram ao azul de seus olhos, produzindo um brilho que destacava ainda mais sua beleza, e, quando ela disse "sim" ao seu pedido, foi a sua vez de sentir as lágrimas brotarem.

Izolda lembraria com carinho até o fim de sua vida aquele que fora seu último momento feliz ao lado de Gustaw, muito embora sua lembrança não fosse capaz de reproduzir, com a cena, a mesma luminosa nitidez que a retina registrara e que seu coração gravara na alma.

"Contos-de-fadas só existem nos livros" – repetiria, muitas vezes, nos anos seguintes, num misto de revolta e saudade.

No dia seguinte ao pedido de casamento, lá estavam Izolda e Gustaw às portas da entrada sul do gueto, mostrando seus passes aos guardas.

Para os alemães, aquele seria mais um trabalho da equipe de infectologistas; para a Zegota, o resgate da pequena Rachela, que perderia seu nome judeu e passaria a se chamar Roma, assumindo a identidade e os documentos de uma menina morta havia alguns meses, dados que a organização obteve com Monsenhor Godlewski, da Paróquia de Wola, que auxiliava a organização repassando nomes, datas de nascimento e documentos de batismo das crianças e adultos falecidos encaminhados à sua igreja para realização da celebração de corpo presente, dados estes que seriam utilizados para os judeus egressos do gueto.

Para o casal, aquela era mais uma incursão de rotina, com os dramas e riscos de sempre. O que não sabiam é que, no interior do gueto, testemunhariam a mais dramática de suas experiências e, talvez, um dos capítulos mais brutais do regime nazista na Polônia.

Já nos primeiros instantes, dentro dos muros, perceberam que havia um burburinho anormal. Pessoas cochichavam apavoradas, com os olhos marejados, pois os alemães ordenaram que todas as crianças judias daquele setor, com até seis anos de idade, deveriam se apresentar na Rua Leszno, em frente à Igreja de St. Nicholas, coincidentemente o único lugar arborizado do gueto.

Quando chegaram nas imediações da igreja, Gustaw e Izolda visualizaram um grupo de cerca de duzentas e cinquenta crianças caminhando pela rua e, atrás delas, um agrupamento de trinta soldados alemães com armas apontadas para os pequenos e para as pessoas – dentre elas, pais e mães – que observavam da guia das calçadas, horrorizadas, mas em silêncio, a procissão infantil.

A maioria das crianças trajava uma roupa de brim

azul, que era uma espécie de uniforme distribuído pela *Shutzstaffel ou* SS, como ficaram conhecidos. Algumas estavam assustadas, outras brincavam com bonecas e carrinhos que traziam nas mãos, mas nenhuma sabia que marchavam rumo ao mais trágico episódio de suas tristes infâncias e que davam os últimos passos de suas curtas vidas.

Inicialmente, Izolda e Gustaw não se deram conta da gravidade daquele cortejo. Imaginavam ser apenas mais um ato de desinfecção para combater os piolhos, um dos principais agentes de disseminação de tifo no gueto. Não poderiam imaginar que testemunhavam crianças caminhando tranquilamente ao encontro da morte.

Motivos? Os alemães não precisavam deles para matar.

A gravidade da situação só foi percebida quando uma mãe, desesperada, tentou protestar e foi fuzilada sumariamente na frente de todos. Nesse momento, Gustaw e Izolda se deram conta de que estava em curso mais uma mostra do pouco respeito que os alemães tinham para com a vida dos judeus. Ao casal não restava outra alternativa que não observar e unir-se à impotência do restante da população do gueto. Foi quando tudo aconteceu.

As crianças aproximavam-se da frente da igreja quando um instante de distração de um dos soldados, que vigiava o grupo, permitiu que uma menininha de quatro anos mais ou menos, que destoava das demais por vestir sobre o "uniforme" um folgado casaco vermelho, provavelmente alguns números acima do seu tamanho, deixasse as fileiras e saísse caminhando na direção dos pombos que, em frente à entrada da igreja, travavam sua luta particular pela sobrevivência, procurando migalhas ou insetos pelo chão.

A pequena judia polonesa, com a inocência e a espontaneidade própria das crianças, andava com dificuldade – a roupa folgada era um obstáculo enorme – na direção das aves, quando o guarda percebeu o incidente. O policial caminhou rapidamente na direção da menina, já fazendo mira em sua arma, quando Izolda, dando-se conta do desfecho da cena, instintivamente, sem pensar nas consequências, correu na direção da menina, agarrou-a e saiu em disparada na direção oposta ao soldado.

Irritado com a ousadia da enfermeira que frustrara seus planos, o alemão estancou a marcha e posicionou-se para atirar em Izolda pelas costas. Com a enfermeira em sua mira, o soldado preparou-se, sorriu maliciosamente e, no momento em que o dedo iniciou o movimento de puxar o gatilho, alguém jogou-se sobre seu corpo, arremessando-o ao chão, não o suficiente para impedir o disparo, mas para desviá-lo na direção do templo religioso – dias mais tarde, notariam que um dos anjos barrocos que ornamentavam a parte externa da igreja St. Nicholas estava com uma de suas asas avariada por um tiro.

O soldado não teve tempo de reação, pois, imediatamente, uma dor aguda lhe invadiu o peito e o sangue começou a brotar em profusão.

A multidão assistia atônita à ousadia de um médico que saltara sobre o guarda alemão, cravando um bisturi em seu peito, logo abaixo do ombro direito, impedindo a morte da enfermeira que fugia.

Percebendo a confusão atrás de si, Izolda parou, largou a criança no chão, voltou sua cabeça na direção do grito e viu o noivo Gustaw sobre o alemão, que urrava de dor.

Depois disso, tudo aconteceu muito rápido: Gustaw levantou-se, fez um gesto para que Izolda corresse e trocou um último olhar com a amada – um olhar de despedida – antes de ter seu corpo crivado por balas disparadas pelos outros soldados que vieram em socorro do companheiro.

O tempo costuma deslizar numa marcha constante, coerente, mas, naquele dia, na Rua Leszno, em frente à Igreja St. Nicholas, quando o Sol ainda estava longe de atingir seu ponto mais alto da manhã, para Izolda o tempo praticamente parou, e os sons desapareceram por completo enquanto via Gustaw caindo lentamente, em câmera lenta, até que seu corpo chocou-se contra o chão de pedras irregulares, produzindo um baque surdo.

Izolda gritou, impotente. Os olhos verdes vítreos, arregalados, fitando-a, foi a última imagem que sua mente registrou de Gustaw.

Em seguida, o tempo retomou sua marcha normal, e a jovem se viu envolvida num princípio de tumulto que se formara na rua enquanto os guardas socorriam o companheiro ferido e atiravam contra a multidão.

Os pombos fugiram em revoada.

Paralisada, Izolda foi praticamente arrastada do local por Michall e Dagmara, seus colegas da Zegota, que também se encontravam no gueto, participando de outra missão de resgate, e presenciaram o incidente.

Os amigos aproveitaram o tumulto e conduziram-na até um beco seguro. Ironicamente, a correria causada pela morte de Gustaw salvou a vida da pequena polonesa, que foi resgatada por sua mãe, que, junto com o filho mais velho, assistia, impotente, à tenebrosa procissão.

Das crianças, apenas a menina do casaco vermelho sobreviveu, já que as demais foram levadas em caminhões hermeticamente fechados, todos com sistema de escapamento adaptado para jogar a fumaça tóxica para o interior do compartimento de carga, matando, de forma cruel, seus inocentes passageiros.

A morte de Gustaw levou para o túmulo sonhos, planos e parte da vitalidade de Izolda. A jovem nunca mais seria a mesma. Em seu íntimo, culpava-se pela atitude intempestiva de tentar salvar a menina do casaco vermelho, que nunca chegou a conhecer.

"Gustaw sacrificou sua vida por mim. Tenho vergonha de olhar nos olhos das pessoas sabendo que era para eu estar morta, e ele não. Não tinha o direito de ser salva. Hoje vivo, mas por quê?" – repetia aos amigos que a tentavam consolar.

Com o tempo, Izolda até se esforçou para ser feliz em alguns momentos, mas, sem Gustaw, a felicidade era dolorosa demais e, rapidamente, a vida lhe exigia a tristeza habitual, dizendo-lhe que não era bom se deixar levar pelas migalhas de alegria que lhe eram atiradas por piedade.

Os olhos azuis que antes refletiam a alegria, os projetos de vida que embelezavam um rosto sereno, perderam o brilho, a vitalidade e, mesmo com o passar dos anos, já com o rosto marcado pelos vincos do tempo e do cansaço, permaneciam tristes e carregavam o luto daquela sexta-feira, 13 de junho de 1941.

* * *

Angustiada, confusa, e com a sensação sufocante de que o ar havia sido sugado ao seu redor, Mariana acordou sobressaltada, chorando copiosamente.

Sentou-se na cama, enxugou as lágrimas, ajustou os travesseiros nas costas e, sem sono, esperou o dia amanhecer, refletindo sobre a experiência da noite, que sabia não ter sido um simples sonho, mas, muito provavelmente, uma lembrança, talvez de uma vida distante.

Izoldá? Gustaw? Quem são vocês? Por que seus nomes e suas histórias me são familiares?

Invisível aos olhos da pupila, o Espírito Saul, seu mentor, observava-a.

Ainda não era o momento de conectar os pontos da "grande história" e responder às perguntas de Mariana. Isso aconteceria em breve, mas não seria naquela noite.

CAPÍTULO 16

Revelações do passado

HAVIA SEIS MESES QUE HANNA ACENARA COM a possibilidade de revelar a Tiago parte de seu histórico reencarnatório, e ele, apesar da curiosidade, prosseguiu tranquilo com seus estudos e pequenos trabalhos num educandário da colônia. Tiago atuava como uma espécie de contador de histórias, todas retiradas do Evangelho e adaptadas para crianças.

O rapaz, porém, não conseguiu disfarçar a ansiedade quando Hanna agendou a tão esperada revelação para o dia seguinte, adiantando, para desespero de Tiago, um único detalhe: que recordariam fatos ocorridos na distante Polônia, dominada pela Alemanha nazista durante a segunda grande guerra.

Tiago insistiu para que Hanna não esperasse mais um dia, mas a moça mostrou-se irredutível.

– Amanhã!

– Mas qual a diferença? – sorriu Tiago.

– Não faz diferença alguma você saber hoje ou amanhã – disse, calmamente.

– Então, por que você não me conta tudo hoje?

– Deixe-me pensar... porque hoje não é amanhã – respondeu, batendo no ombro de Tiago e esboçando um sorriso de canto de boca.

– Mas como você é cruel, Hanna.

– A paciência faz parte do aprendizado, e você está perdendo pontos.

– Meniiina! Então, quer dizer que aquilo que faço aqui também conta? – sorriu – Não digo mais nada, então. Amanhã nos falamos – gesticulou, como se fechasse a boca com um zíper.

– Amanhã, eu volto para levá-lo a um lugar.

– Quanto mistério. Nem me atrevo a perguntar onde – retrucou Tiago, dando de ombros, resignado.

– Faz bem!

✳✳✳

Enquanto isso, em Porto dos Anjos, alvorecia quando Enrique estacionou o carro em frente à casa de Mariana, surpreendendo a jovem, que fechava a porta, preparando-se para pegar o ônibus rumo à fazenda.

– O que você faz aqui tão cedo? Aconteceu algo?

– Calma! Não aconteceu nada. Será que não posso fazer uma gentileza e levar minha namorada ao trabalho?

– Fiquei assustada – respondeu Mariana, enquanto entrava no carro e saudava Enrique com um beijo.

Enrique iniciou o caminho até a fazenda, mas percebeu uma sombra de preocupação no rosto da namorada.

Por alguns instantes, o rapaz manteve-se em silêncio. Observava o Sol, que surgia lentamente no horizonte, pintando, com tons amarelados, os gramados das casas, enquanto as árvores mais frondosas, observadas à contraluz, apresentavam-se na paisagem como imponentes silhuetas negras, até que finalmente resolveu quebrar o silêncio.

– Você está com o semblante preocupado. O que houve?

– Na verdade, tive um sonho muito estranho esta noite.

– Quer me contar?

– Claro! No sonho, fui enviada à Polônia da época da Segunda Guerra e encontrei uma jovem chamada Izolda, que relatou sua história de vida, uma história triste por sinal.

– Mas por que isso a está afligindo tanto? Foi apenas um sonho.

– O problema é justamente esse: minha intuição diz que esse sonho me trouxe uma recordação distante, pois o lugar, as pessoas, o enredo, fez parecer como se eu tivesse vivido tudo aquilo que a jovem revelou.

– Tente esquecer. Foi só um sonho.

Mariana balançou a cabeça concordando com Enrique, apenas para encerrar o assunto, pois sua consciência gritava dizendo o oposto e, naquele instante, atenderia os instintos por ordem de prioridade. Ficaria atenta àquela história ou a novos sinais.

No restante do trajeto, conversaram sobre trivialidades, e o dia de trabalho encarregou-se de colocar em segundo plano a história de Izolda, a jovem polonesa.

À noite, já de volta em casa, Mariana remexia numa caixa de madeira delicadamente decorada com afrescos. Nela, guardava as poucas recordações da família: algumas fotos, documentos, cadernos e outras pequenas lembranças.

Não demorou muito para encontrar o que procurava, um antigo diário que pertencera à sua bisavó Antonina.

Polonesa de nascimento, Antonina viveu os horrores da Segunda Guerra Mundial, mas erradicou-se no Brasil tão logo o conflito terminou.

Mariana nunca havia se interessado por aquele diário, escrito integralmente em polonês, com seus sinais diacríticos incompreensíveis, que acentuam consoantes, cortam letras (Ł, ł), apoiam-se sob ou sobre elas como em "ą", "ę" ou "ż".

Mas, agora, era diferente: fora levada em sonho para a Polônia, e o diário fora escrito por uma polonesa. Inevitável a atração pelo manuscrito da bisavó.

Mariana olhou carinhosamente para o antigo diário e retirou-o da caixa com extrema delicadeza. A peça apresentava sinais claros da ação do tempo: a capa de couro marrom estava seca, quebradiça e estampava as marcas do manuseio. No interior, o amarelado das bordas misturava-se com manchas de umidade.

370

Folheou-o com cuidado e, logo na primeira página, uma foto em preto e branco de uma jovem, loura, olhos claros, sorriso aberto exibindo um pequeno espaço entre os dois dentes da frente, identificava a proprietária do diário. Sobre a foto, havia uma frase exclamativa – três pontos de exclamação indicavam isso – escrita em polonês, com caligrafia simétrica ligeiramente inclinada à direita.

"Como minha bisavó era bonita" – pensou.

A jovem continuou examinando o diário – já fizera isso outras vezes, mas desinteressadamente – até que, uma dúzia de páginas adiante, uma palavra, escrita na parte superior esquerda e sublinhada duplamente, que, das outras vezes, passara despercebida, chamou-lhe a atenção: "Zegota".

"Zegota? Esse era o nome da organização que auxiliava crianças em meu sonho. Será que minha bisavó fazia parte dela?"

Como antes, Mariana não conseguiu decifrar o que estava escrito no diário, mas era coincidência demais que uma palavra tão marcante, presente no sonho, fosse reaparecer no diário de sua bisavó, sua única ligação com a longínqua Polônia. Traduzir aquelas páginas passou a ser sua prioridade.

"Aí tem coisa!" – exclamou para si.

Mais uma vez, seus instintos estavam corretos, e as palavras gravadas naquele despretensioso manuscrito contariam uma história incrível.

* * *

A noite fresca e serena estendia suas doces nuances sobre a colônia Recanto da Luz; as primeiras estrelas que surgiam na amplidão do espaço, lucilantes e sedutoras, juntamente com o esplendor prateado da lua, banhavam de suave luz e agradável temperatura a cidade espiritual, quando Hanna e Tiago chegaram ao lugar escolhido pela jovem, situado no setor sul da colônia, um imenso espaço totalmente gramado – Tiago comparou-o a um campo de golfe – com um lago de águas cristalinas que refletiam a luminosidade dos astros bem ao centro.

Os jovens sentaram-se em um banco dentre outros dispostos aleatoriamente, todos com vista para o lago. Por instantes, permaneceram calados, nada disseram e entregaram-se às energias do cenário noturno.

– Não me canso de admirar, durante o dia ou à noite, a paisagem da colônia: as estrelas, o sol, a lua, a luz, as cores... tudo aqui parece ser mais vívido – comentou Tiago.

– Este é meu lugar preferido. Sinto-me em paz quando aqui estou e, por isso, escolhi-o como cenário para nossa conversa.

– Há quanto tempo você está aqui, Hanna?

– Há mais de setenta anos. Minha última encarnação ocorreu durante a Segunda Guerra Mundial e, desde que me recuperei do trauma de minha desencarnação, assumi a missão de auxiliar minha família terrena a aparar todas arestas do passado, ajudando, colateralmente, minha própria libertação da mágoa e do sofrimento trazidos do pretérito.

Um Espírito torna-se efetivamente livre não só

quando alcança a própria luz, mas quando consegue despir-se de sentimentos negativos e trabalhar em prol daqueles que ainda permanecem na escuridão dos caminhos equivocados.

– Setenta anos é muito tempo, não?

– Setenta e três para ser mais exata, mas tempo é relativo, Tiago. Quando se tem um objetivo existencial, ele se mostra irrelevante. Além disso, nossa sensação da passagem do tempo é bem diferente da que tínhamos quando estávamos encarnados. Você já percebeu isso.

– Tem razão! Depois de tanto tempo, você nunca pensou ou não lhe foi proposta uma nova encarnação?

– Sinto-me muito feliz por ter chegado aonde cheguei e contribuído com Espíritos queridos, companheiros de escalada evolutiva, porque ninguém caminha sozinho.

Meu retorno já está planejado e, muito em breve, regressarei à Terra.

– Perdoe-me a indiscrição, mas... como foi sua última encarnação? – perguntou Tiago, reticente.

– Indiscrição alguma. Minha história é a prova de que a vida tem suas encruzilhadas e caminhos escuros, mas que, ao final, desembocam numa estrada luminosa.

– Pode me contar sobre ela?

– Nosso objetivo aqui é falar de você, Tiago.

– Depois falaremos da minha história. Tempo é o que não nos falta – insistiu o jovem.

Hanna assentiu, e Tiago sorriu, satisfeito. O jovem desconhecia, porém, que narrar sua história era tudo o que Hanna esperava que ele pedisse. Tudo seguia como planejado.

– Minha última passagem pela crosta terrestre ocorreu na cidade de Varsóvia, Polônia. Meu nome era Milena e morava com meus pais, Mateusz e Magdalena, além de meu irmão mais velho – três anos a mais – Dawid.

Tínhamos uma vida difícil: meu pai, operário de uma fábrica de panelas de ferro esmaltadas, e minha mãe, costureira, precisavam administrar diariamente um frágil orçamento doméstico.

Poupar estava sempre na ordem do dia, tanto que mamãe, talvez forçada pelas circunstâncias, que a obrigavam a viver controlando tudo para que tivéssemos o mínimo necessário, absorveu essa característica à sua própria personalidade e passou a poupar também as palavras, economizando-as no dia a dia. Falava somente o essencial, valendo-se de monossílabos desinteressados e frases curtas. Economizava também nas demonstrações de alegria.

Levávamos uma vida de extrema pobreza. A maioria das coisas que tínhamos ao nosso redor, de roupas a móveis, um dia pertenceram a outra pessoa. Coisas de segunda mão, mas que, de certo modo, fazia com que sentíssemos um pouco do afeto de estranhos, ainda que este também o fosse de segunda mão.

A exceção acontecia quando minha mãe aproveitava os restos de panos que a clientela – a maioria mulheres – deixava e cosia roupas para a família, principalmente vestidos para mim e para ela, garantindo uma humildade sóbria em alguns trajes.

374

Apesar de todas privações e dificuldades, sobrevivíamos felizes, até que... – Hanna fez uma pausa.

– Até que? – perguntou Tiago, impaciente.

– Até que, no dia 1º de Setembro de 1939, tudo aconteceu.

– Nossa! Você se recorda da data exata?

– Não é algo que se esqueça facilmente, mas gravei a data porque setembro marcava também o início do ano letivo para as crianças polonesas, inclusive para Dawid, que tinha sete anos – com quatro, eu ainda não tinha idade para estudar. Aquele era um dia em que as calçadas deveriam estar repletas de crianças com seus uniformes escolares, suas mochilas e lancheiras abastecidas com rosquinhas lambuzadas com geleia de pétalas de rosas e chá preto, iguarias tipicamente polonesas.

Mas não foi assim que aconteceu, pois, na madrugada desse dia, a Alemanha, com sua tática de guerra-relâmpago ou *Blitzkrieg*, invadiu a Polônia.

– A *Blitzkrieg* consistia em ataques fulminantes e surpresas, avançando rapidamente pelo território considerado inimigo, sem dar chances ao atacado de esboçar qualquer tipo de defesa. Benditas aulas e livros de história – complementou Tiago.

– Muito bem! Lembro-me do terror que senti quando vi pela primeira vez um *Panzer* passando em frente à nossa casa. Aquele monstro me causava verdadeiro pavor.

– *Panzerkampfwagen* era o nome de batismo do temido tanque de guerra alemão – sorriu Tiago.

– Mais aulas de história?

– Sou apaixonado por tudo que se relaciona à Segunda Guerra Mundial. Nem imagino os motivos, mas, desde criança, desenvolvi verdadeiro fascínio pelo tema.

Hanna sorriu, compreensiva, afinal, sabia as razões desse interesse inato demonstrado por Tiago.

– Vivemos dias e noites de horror. Era a verdadeira face do inferno sobre a Terra: durante o dia, o som dos tanques, dos aviões, dos tiros, das explosões; à noite, acresciam-se, à sonoplastia da guerra, os clarões vermelhos na cúpula negra do céu e o laranja das chamas dos incêndios que se erguiam por toda a cidade. Dentro de casa, reinava o silêncio, a escuridão profunda, provocada pelo blecaute que os ataques impuseram à cidade. Mal nos enxergávamos e buscávamos proteção contra estilhaços e tiros, lacrando portas e janelas com qualquer pedaço de madeira que encontrássemos pela frente.

Tiago ouvia a narrativa de olhos arregalados e fisionomia assustada. Velhas lembranças pediam passagem, lentamente.

– Pode respirar, Tiago – falou Hanna.

– Ouvindo você contar a história, sinto como se um filme passasse na minha cabeça. Consigo visualizar nitidamente as cenas que você está descrevendo. Estou chocado. Mas continue, desculpe-me.

– A escuridão de um mundo iluminado pelas sombras das velas e pela luz das explosões, que penetrava na casa em filetes e que, pelas frestas, delineava o contorno disforme das janelas, criando um ambiente de medo.

Um trovão nunca nos havia assustado antes, mas,

após o início da guerra, o estrondo nos esfrangalhava os nervos, pois se assemelhava às explosões da artilharia nazista, que disparava sem descanso.

Muitas vezes, mamãe e papai tentavam nos distrair com músicas e histórias, mas nem os acordes impetuosos de Chopin, que ouvíamos tocando na casa do vizinho, ou a leitura de "O Mágico de Oz" eram suficientes para abafar, em nossas mentes assustadas, o som dos tiros e das bombas que rompiam o silêncio a todo instante.

Ouvíamos a explosão. Mamãe respirava fundo, continuava a ler com os olhos fixos na página do livro, mas, a cada novo estalo na rua, as letras pareciam saltar das páginas, e ela ficava imóvel, em silêncio, livro aberto apoiado pelas mãos trêmulas. Por alguns instantes, nós, e os habitantes de Oz, aguardávamos que a história avançasse.

Convivíamos com a incerteza, e, quando tudo parecia que não poderia piorar, um oficial polonês bateu à porta, entrou e ordenou solenemente que todos os homens saudáveis da casa se juntassem ao exército. Sem opção, preocupado com a nossa situação, papai reuniu alguns pertences pessoais numa sacola e partiu para servir seu país. O olhar triste e resignado de despedida foi a última imagem que tivemos dele vivo.

Semanas mais tarde, um mensageiro bateu novamente à nossa porta e informou, de forma solene e fria, que o Soldado Cionek – sobrenome de meu pai – havia tombado no campo de batalha. Dado o recado, o homem prestou continência à mamãe, bateu as botas, virou-se e saiu andado a passos largos – precisava distribuir más notícias a outras famílias desafortunadas.

Hanna percebeu que, dos olhos de Tiago, lágrimas teimosas insistiam em cair. Notou que a história o tocara. Afagou seus cabelos e continuou a narrativa.

– Os primeiros dias sem papai foram desesperadores, e a miséria multiplicou-se exponencialmente. Com toda a mão de obra masculina na guerra, as mulheres assumiram a condição de provedoras das famílias. Mamãe viu as costuras cessarem e nossas comodidades, antes escassas, desaparecerem por completo.

Não bastasse o mar de lágrimas e de sofrimento, para sobreviver à fome, mamãe precisava arriscar-se em longas filas, ouvindo o zunir dos tiros e os silvos arrepiantes que precediam as terríveis explosões das bombas, para conseguir um pouco de pão e carne de cavalo.

Dentro de casa, nós também ficávamos ouvindo, de olhos fechados, os assobios das bombas, acompanhando o som até o momento da explosão, temendo pelo pior, que nossa casa fosse atingida. Pode parecer estranho, mas era um alívio quando percebíamos que a bomba explodira em outro lugar, talvez na casa de outra pessoa.

Durante os momentos de trégua da artilharia, que nos permitia caminhar pelas ruas, aprendemos a identificar, pelo cheiro, onde as bombas haviam caído. Um açougue, uma padaria, uma madeireira, um hospital: carnes, fermento azedo, madeira de pinho, medicamentos queimados, cada lugar produzia um odor característico, único.

Assim era a vida numa cidade sitiada pela guerra: os pesadelos ocorriam durante o dia e à noite, estivéssemos nós acordados ou não.

Tiago ouvia a tudo estupefato. Sentia um aperto no peito diante da história de Hanna e, a cada nova nuança, um sentimento de familiaridade com o cenário invadia-lhe a alma, como se já tivesse vivido os horrores daquela época, sentido os mesmos medos, as mesmas angústias, as mesmas dores.

Hanna o observava, discretamente. As sutilezas da verdade invadiam, lentamente, o coração do jovem amigo, mas preferiu abster-se de comentários sobre o que realmente estava por trás daquela reação, prosseguindo com a história:

– Consolidada a subjugação da Polônia, Hitler determinou o início do processo de isolamento dos judeus numa imensa área da cidade, que chamaram de gueto. Embora não fôssemos judeus, nossa casa ficava dentro do perímetro do gueto recém-delimitado. Mamãe argumentou sobre nossa origem não judaica, mas os alemães nos qualificaram como judeus após a análise da documentação e do sobrenome de meu avô materno, "Stern".

Não havia como parlamentar com os nazistas. Suas regras consideravam judeus todos aqueles que descendessem de uma árvore genealógica judia, por mais distante que o "galho" estivesse. A ironia é que décadas mais tarde descobrir-se-ia que o próprio *führer* seria considerado judeu por suas próprias regras, dadas as raízes judias provenientes, muito provavelmente, do norte da África.

– Então, sua família foi isolada no gueto e tratada como judia? – perguntou Tiago.

– Infelizmente para nós – confirmou Hanna.

– E depois?

– O fatídico dia, aquele que marcaria de forma indelével os caminhos de nossa vida, com consequências em existências futuras, iniciou como outro qualquer.

Nas ruas, cartazes da propaganda nazista misturavam-se com anúncios de cinema, informando que Greta Garbo, com Ninotchka e Judy Garland, em O Mágico de Oz, estariam em cartaz.

Nos bares, frequentados pela soldadesca alemã, a orquestra de Glenn Miller era a música mais tocada nos *junkebox*. No campo da literatura, "O Cogumelo Venenoso" era um dos livros que mais circulava pela cidade. A obra promovia a ideologia nazista do antissemitismo, comparando os judeus a cogumelo venenoso: aparência amigável, mas com potencial para causar sofrimentos terríveis, falta de saúde e até a morte.

Depois da rendição polonesa, a fuga do governo para Londres e a criação do gueto, os ataques e bombardeios praticamente cessaram, muito embora a brutalidade nazista permanecesse à solta pela rua, na próxima esquina.

Estávamos em casa, Dawid lia, mais uma vez, as aventuras de Doroty, do leão, do homem-de-lata e do espantalho, e eu brincava com minha boneca surrada, chamada Sara, enquanto mamãe olhava nostálgica para um velho quadro dela e de papai e meia dúzia de fotos. Aquelas imagens pouco nítidas, desgastadas pelo tempo, faziam-na reviver sonhos de um passado feliz, que desaparecera desde o dia em aquele oficial polonês sisudo levou papai para a guerra.

Ironicamente, aquela sexta-feira, 13 de junho de 1941, reconstituiria a cena que tentávamos inutilmente esquecer. O silêncio reinava no ambiente quando batidas firmes na porta ecoaram por toda a casa. Mamãe sobressaltou-se, deixando cair o quadro, e empalideceu quando ouviu gritos alemães do outro lado.

Abriu a porta e foi informada, sem rodeios, de que todas as crianças da casa, menores de seis anos, deveriam acompanhá-lo. Mamãe até tentou argumentar, mas o soldado gritou a palavra que mais ouvíamos da boca dos alemães: "*Verboten!*". A expressão originariamente significava "proibido", mas, para nós, queria dizer "não!", "afaste-se!", "para trás!", "silêncio!", mas uma coisa aprendemos com o tempo: "*Verboten!*" era o último, ou o único, aviso antes que a pessoa advertida fosse executada de forma impiedosa por desrespeitar a ordem de um soldado nazista, de um membro da Gestapo ou da SS[6].

– E o que sua mãe fez?

– Descumprir a ordem alemã equivalia a uma sentença de morte para toda a família. Mamãe vestiu-me um casaco, o único que eu tinha, era vermelho e sobrava em todas as extremidades – mais uma das roupas herdadas –, e obedeceu, entregando-me ao soldado.

Quanto a Dawid, meu irmão, foi liberado após o alemão verificar seu documento de nascimento. Escapara da seleção por alguns meses.

Juntei-me ao restante das crianças e seguimos

---

6. A Gestapo, ou *Geheime Staatspolizei*, era a polícia secreta do estado alemão e a SS, ou *Shutzstaffel*, uma organização paramilitar ligada ao Partido Nazista (nota do autor).

andando pelas ruas. Mamãe e Dawid seguiam-me caminhando pela calçada, acotovelando-se na multidão de pais e mães que faziam o mesmo. Não deve ter sido difícil seguir meus passos, pois o vermelho do meu casaco destacava-se na multidão de listras desbotadas, quase monocromáticas, das roupas padronizadas usadas pela maioria das crianças.

Assustada, tentei algumas vezes me afastar do grupo e seguir na direção de mamãe e Dawid, mas ela fazia sinais para que eu ficasse onde estava, ao mesmo tempo em que um soldado empurrava-me de volta gritando: "*Verboten!*"

Caminhamos algumas quadras e, ao nos aproximarmos da praça da igreja, uma revoada de pombos chamou minha atenção. O bailado sincronizado era divertido e distraiu-me. Quando o pequeno bando de aves pousou no chão em busca de alimento, desviei-me do grupo e andei na direção deles. Em minha ingenuidade infantil, queria pegá-los.

Distraído, gritando com outras crianças, o guarda não percebeu o instante em que eu abandonei a fila. Assim que me aproximei das aves, ouvi-o gritar, bravo, às minhas costas. Olhei para trás e vi que o soldado corria na minha direção, já com a arma em punho, pronto para aplicar a sentença padrão dos nazistas: a morte por fuzilamento. Minha pouca idade não seria obstáculo para isso.

Percebendo o desfecho trágico da minha ingenuidade, uma enfermeira, que assistia à cena, agarrou-me e saiu correndo. Comecei a chorar, os pombos fugiram em revoada, assustados com a correria, até que o som de três disparos ecoou pela praça. A enfermeira parou e soltou um grito de dor na direção do alvo dos disparos: um rapaz vestido com jaleco de médico.

– Quem era essa enfermeira e por que fez isso? – perguntou Tiago.

– Para nós, uma completa estranha. Agiu, certamente, por impulso. Tempos mais tarde, já no plano espiritual, soube que o médico assassinado na praça era seu noivo. Foi executado por ter atacado o soldado que se preparava para atirar na noiva, que fugia comigo.

– E depois, o que houve?

– Um tumulto se formou. Guardas correram para socorrer o soldado que estava gravemente ferido. A enfermeira foi levada do local por algumas pessoas, e mamãe, aproveitando-se do alvoroço, agarrou-me e saiu correndo junto com Dawid.

A ação heróica daquele desconhecido casal salvou a minha vida.

– Por que você diz isso?

– Todas as crianças levadas pelos alemães foram mortas nos caminhões da morte, como eram chamados os veículos adaptados para lançar a fumaça tóxica do escapamento para o compartimento onde as vítimas eram transportadas. Uma morte terrível!

Muitos dos soldados alemães, designados para abrir os caminhões e jogar os corpos nas valas, desertaram ou foram remanejados devido a problemas psicológicos, pois a cena era sempre dantesca: pirâmides de corpos – pisoteados uns pelos outros na tentativa de encontrar no teto um filete de ar – exibindo carantonhas horrendas, envoltos em sangue, vômito e excrementos.

O drama dos pais que tiveram seus filhos arrancados à força de seus braços e obrigados a marchar para a morte era indizível.

Hanna olhou para Tiago e notou-o compungido. O jovem estava horrorizado com a brutalidade da história de Milena – hoje Hanna –, a pequenina polonesa. A angústia comprimia-lhe o peito como um torniquete. Sentiu um nó na garganta e, temeroso com o que viria adiante, perguntou:

– Vocês conseguiram fugir?

– Não! A parte mais sombria da noss... – Hanna quase cometeu um ato falho – da minha história começa agora.

✳✳✳

Mariana mostrou a Enrique o diário de sua bisavó e compartilhou com o namorado a coincidência relacionada ao nome da organização que salvava judeus do Gueto de Varsóvia, a Zegota. Impressionado, Enrique aquiesceu que deveriam traduzir aquelas páginas e ver o que elas tinham a dizer.

A primeira sugestão do jovem foi buscar um site de tradução na internet, mas Mariana refutou a ideia alegando que já tentara aquele expediente e o resultado não fora produtivo, pois, apesar da bela caligrafia da bisavó, muitos termos eram incompreensíveis e, quando lançados no tradutor, produziam frases desconexas, recheadas de palavras não traduzidas, que confundiam mais do que auxiliavam. Imaginava que a escrita estivesse impregnada de gírias e códigos, afinal, falava de uma organização secreta.

Descartado o primeiro caminho, Enrique mandou mensagens à sua rede de amigos e conhecidos em busca de eventuais tradutores, mas, em seu íntimo, não nutria grandes esperanças, pois sabia que as chances de encontrar alguém capaz de traduzir polonês em uma cidade minúscula como Porto dos Anjos eram improváveis.

Primeiro, o sonho com uma vida na Polônia e, mais tarde, o diário em polonês com resquícios comuns à vida narrada no sonho. Enrique não percebeu o óbvio: que os ventos sopravam na direção das improbabilidades.

Entre o trabalho e as tentativas infrutíferas de encontrar ajuda na cidade, o dia gastou-se para Enrique e Mariana. O rapaz, então, convidou a namorada para tomarem um lanche no centro da cidade, na Confeitaria do Hanz. Aproveitariam para conversar sobre o dilema envolvendo a tradução do diário. A jovem aceitou prontamente o convite.

Os fins de tarde movimentavam bastante a simpática confeitaria. As iguarias, tipicamente alemãs, e a cervejas nativas eram o lenitivo escolhido por muitos após longas horas de trabalho.

Enrique optou por uma mesa de quatro lugares instalada sobre um pequeno *deck* construído com réguas de madeira de cor champanhe do lado externo da confeitaria. A vista da praça central e do campanário da Igreja Matriz, banhado pelo sol crepuscular, tornava o ambiente ainda mais agradável.

Tão logo se acomodaram, a atendente aproximou-se sorridente, saudou-os e entregou-lhes o cardápio, deixando-os com a difícil missão de escolher uma dentre as muitas guloseimas oferecidas.

Os jovens passaram os olhos pelas opções do menu, grafadas em alemão, com uma pequena descrição em português e uma foto para facilitar a escolha.

– Decidiu por algo? – perguntou Enrique, depois de alguns instantes.

– Estou em dúvida sobre o *Apfel Mit Decke,* que aqui diz ser um bolo de maçã com cobertura de açúcar derretido, e o *Karibikschnitte* – Mariana riu-se da própria dificuldade para pronunciar o nome do prato –, um bolo de chocolate, abacaxi e coco, mas ficarei com a segunda opção mesmo. E você?

– Pois eu gostei do *Donauwelle* – falou Enrique, com desenvoltura, arrancando aplausos de Mariana –, esse aqui com a decoração semelhante a ondas de chocolate! – apontou para a foto no cardápio.

– Massa com chocolate e creme, recheado com cerejas e cobertura de chocolate – leu Mariana, em voz alta. – Parece bom! Qualquer doce com cerejas dentro é bom – concluiu.

– Decidido, então! – sentenciou Enrique.

Minutos depois, enquanto comiam, entre exclamações de "delicioso!" e "muito bom!", Mariana e Enrique analisavam, mais uma vez, o diário e, distraídos, não perceberam a aproximação de Padre José.

Quando os viu, o pároco cumprimentou-os efusivamente:

– Boa tarde! Vejo que estão bem servidos.

– Boa tarde, padre! – responderam os jovens, em coro.

– O senhor também é fã das delícias do velho Hanz, padre? – perguntou Enrique.

– Não abro mão de um bom *strudel* de maçã e um café. É a gula. Sou pecador, confesso! – sorriu.

– Então, junte-se a nós – convidou Enrique, puxando uma cadeira.

– Não quero atrapalhar o casal.

– Imagine! Não faça cerimônia e sente-se aqui conosco – complementou Mariana, em tom imperativo.

– Ela leva jeito para dar ordens. Tome cuidado, Enrique – brincou Padre José, sentando-se e já sinalizando para a garçonete.

– O mesmo de sempre, padre? – perguntou a atendente.

– Sim, minha filha.

E, voltando-se para o casal, indagou:

– Vocês sabiam que o ato de jejuar para agradar a Deus surgiu a partir de antiga crença de que o diabo habita corpos bens alimentados? Se isso for verdade, estou perdido.

– Nem me fale – sorriu Mariana.

A conversa foi interrompida pela chegada do pedido

de Padre José, que agradeceu à jovem, esfregando as mãos em sinal de satisfação.

– Meu consolo é que Jesus era adepto da boa comida. Sigo-o incondicionalmente – arrematou o sacerdote, enquanto comia um generoso pedaço de *strudel*.

Padre José limpou a boca no guardanapo, terminou de mastigar o doce e perguntou, apontando para o diário aberto sobre a mesa:

– Polonês? Parece bem antigo.

– O senhor entende polonês, padre? – perguntou Enrique.

– Se entendo? Meus filhos, José é um diminutivo aportuguesado do meu nome. Chamo-me Joseph Krychowiack e sou descendente de poloneses. Meus pais vieram de Cracóvia e, lá em casa, o polaco, como dizem os portugueses, era nossa segunda língua.

– O senhor só pode estar brincando! Passamos o dia procurando alguém que pudesse traduzir este diário que pertenceu à minha bisavó, e não encontramos uma viva alma capaz de fazê-lo – falou Mariana, sem esconder a perplexidade diante da coincidência.

– Pois, então, acabaram de encontrar. Estão vendo? Meu vício pelo *strudel*, do velho Hanz, não foi tão ruim assim. Posso? – perguntou o padre, apontando para o diário.

– Por favor – respondeu Mariana.

Padre José folheou o diário lentamente. Os minutos foram se passando e, a cada página lida, seguiam-se exclamações: "Ora, vejam só! Jesus! Fascinante!".

Mariana e Enrique observavam a leitura silenciosamente, mas, internamente, a curiosidade os consumia. Até que Padre José fechou o manuscrito e falou a Mariana:

– Sua bisavó era muito corajosa. Estou impressionado. Agradeço por me deixarem ler isso.

– Fiquei curiosa – disse Mariana.

– Curiosa? Pois deveria ficar orgulhosa. Traduzirei para vocês, mas preparem-se porque tem relatos muito interessantes – falou Padre José, sentando-se entre o casal para que ambos pudessem acompanhar sua leitura do diário.

***

No plano espiritual, a narrativa de Hanna atingia seu ponto mais triste. Aproximava-se também o momento de fazer com que Tiago relembrasse sua trajetória na encarnação anterior.

– Depois do princípio de tumulto na praça, após o tiro, mesmo sem o vigor físico de antes da guerra, perdido em razão das privações diárias, mamãe reuniu toda a sua força e, agarrada a mim, correu desesperadamente, afastando-se rapidamente da praça central. Enquanto corria, ouviu novos disparos e gritos, e temeu que os guardas a tivessem visto correndo, mas, quando a gritaria cedeu e deu lugar a murmúrios quase inaudíveis, percebeu que os tiros foram na praça.

O plano era afastar-se o quanto antes da visão dos guardas, por isso, correu na direção dos fundos da Igreja de St. Nicholas, deixando, às suas costas, a praça da Rua Leszno, onde ocorrera o incidente.

Quando chegou à rua atrás da igreja, mamãe olhou para os lados, certificando-se de que não estava sendo seguida e calculando a melhor rota de fuga. Decidiu tomar o caminho da direita, na direção de uma ruela abandonada, totalmente devastada pelos bombardeios.

Somente quando nos vimos ocultos pelos escombros da estreita rua foi que mamãe, cansada, colocou-me no chão e, pegando em minha mão, orientou-nos a caminhar normalmente, sem sobressaltos, evitando chamar a atenção.

Viramos à esquerda, na saída da Rua Kacza, e ganhamos a calçada da Rua Wolnosc, que também estava deserta. Gradativamente, mamãe foi recobrando o ritmo normal da respiração e a ofegância foi desaparecendo.

"O pior já havia passado" – pensamos todos. – Hoje, décadas depois, acho graça da nossa ingenuidade.

A Igreja de St. Nicholas distava um quilômetro e meio de nossa casa, cerca de dez a quinze minutos de caminhada. Prosseguimos a fuga priorizando vias alternativas, menos movimentadas e, sem sustos, chegamos ao número 317 da Rua Pawia. Em casa, finalmente.

Tudo parecia calmo, mas, tão logo penetramos no interior da residência, constatamos que a sensação de segurança era ilusória. Ouvimos um forte estrondo na entrada, corremos para ver o que tinha acontecido, e, da soleira da porta arrombada, um soldado alemão apontou-nos uma arma e ordenou que sentássemos no sofá e que não tentássemos fugir ou mataria a todos.

Mamãe reconheceu-o imediatamente: estávamos diante do soldado que matara o médico em frente à igreja, poucos minutos atrás.

– Acharam mesmo que conseguiriam escapar sem punição? – falou, sarcástico.

– Deixe-nos em paz – suplicou mamãe.

– Em paz? Por culpa desta menina – apontou para mim –, que não obedeceu à ordem de manter-se na fila, meu companheiro foi atacado e agora está morto.

Quando os vi fugindo, poderia ter acabado com tudo ali mesmo, na praça, mas preferi segui-los a distância, esgueirando-me, para dar a vocês a ilusão de que escapariam.

– Ela é apenas uma criança e distraiu-se com os pombos. Ela é apenas uma criança – repetiu mamãe, aos prantos, percebendo o ódio no olhar do soldado.

A situação era dramática. Mamãe temia um desfecho trágico. Estava correta, infelizmente.

O soldado caminhava de um lado para o outro batendo a arma na palma da mão. O silêncio e as incertezas quanto ao nosso destino eram angustiantes e faziam parte do enredo de tortura arquitetado pelo nazista.

– O quanto você ama seus filhos? – perguntou, parando em frente à mamãe.

– Daria a minha vida por eles e seria capaz de fazer qualquer coisa pelo bem-estar deles – respondeu com voz trêmula.

– Ótimo! Está mesmo disposta a fazer qualquer coisa mesmo para salvá-los?

O sorriso no canto da boca revelava que o desfecho para a situação já estava planejado em sua mente.

– Qualquer coisa – murmurou mamãe, pronta para sacrificar-se por mim e Dawid.

– Você sabe que a atitude desta judiazinha – apontou para mim novamente, com ainda mais desprezo – não pode ficar sem punição.

– Puna a mim, então. Faço o que você quiser – implorou.

Quando o soldado finalmente pronunciou seu veredito, foi como se o chão tivesse aberto sob os pés de mamãe e Dawid. Quanto a mim, na inocência da idade, não tinha condições de dimensionar a extensão da crueldade daquela decisão.

Ele aproximou-se de mim e Dawid, olhou fixamente para cada um de nós, depois voltou-se para mamãe e fulminou:

– Escolha!

– Es-co-lher? O... quê? – gaguejou, temendo pela resposta.

– Escolha qual dos dois deve morrer.

Neste momento, vi o rosto de mamãe crispar-se de medo, o sangue esvair-se e os lábios arroxearem.

– Eu jamais escolheria entre um de meus filhos – respondeu.

– Talvez você não tenha entendido a problemática – falou com sarcasmo –, estou concedendo a oportunidade de você salvar um de seus filhos, mas caso não o faça, matarei os dois.

Então, ela compreendeu o tamanho da crueldade por trás daquela escolha.

Mamãe ajoelhou-se, com as mãos postas, e chorou compulsivamente, implorando para que poupasse os filhos.

– Levante-se, mulher! – gritou, ignorando a súplica.

– Por favor, senhor, faça o que quiser comigo, mas deixe meus filhos irem. Tenha compaixão.

– Escolha, vamos! Não tenho o dia inteiro – esbravejou.

– O que o senhor está me pedindo é cruel demais. Não posso escolher um de meus filhos para morrer. Não faça isso, por favor.

– A situação pede punições exemplares, talvez o fuzilamento de toda a família, e estou oferecendo a oportunidade de você salvar a si mesma e a um de seus filhos. Portanto, não seja injusta e mal-agradecida.

Era a primeira vez que via mamãe daquele jeito. Ela chorava desesperadamente. Ao meu lado, Dawid também se entregara ao pranto, mas o guarda permaneceu impassível. O rosto duro irradiava insensibilidade e desprezo.

Então, ele apontou a arma para nós, olhou para o relógio e sentenciou:

– Você tem um minuto! Diga-me qual deles morre ou atirarei nos dois e pouparei você, para que carregue a culpa por não ter aproveitado a chance de salvar um deles.

Mamãe continuava de joelhos, implorando. Não tinha coragem de olhar para nós.

– Seu tempo está passando – batia a ponta do pé direito, repetidamente, contra o chão, mostrando impaciência.

O silêncio, umedecido pelo pranto, reinava absoluto. Percebendo a inevitabilidade das circunstâncias, com os olhos banhados de lágrimas, mamãe olhou compungida para nós, mas nada disse.

Na sala, ouvia-se o tique-taque do velho relógio, cobrando respostas.

Então, adiantei-me, abracei Dawid e, tomada por uma serenidade incompatível com a pouca idade que envergava – hoje sei que amigos invisíveis me auxiliavam naquele momento –, sussurrei-lhe no ouvido:

– Cuide bem de mamãe.

Dawid não compreendeu minha atitude. Permaneceu estático, totalmente passivo.

Aproximei-me de mamãe, afaguei carinhosamente seus cabelos e abracei-a. Percebendo que eu estava prestes a livrá-la do peso da terrível escolha, apertou-me contra o peito e chorou amargamente, aceitando minha decisão.

– Te amo, mamãe. Cuide bem do Dawid.

Beijei-a no rosto e segui na direção do soldado. Peguei sua mão e caminhamos em silêncio na direção da porta dos fundos.

– Sim! – disse Tiago, com lágrimas nos olhos. – Lembro-me de tudo agora: eu e mamãe nos abraçamos e ficamos chorando, observando seus últimos passos, até o instante em que você olhou para trás, despediu-se com os olhos e fechou a porta. O silêncio retornou, impiedoso. A réstia de esperança esvaiu-se quando um disparo seco atravessou a sala.

Tudo estava consumado!

Um rastro de angústia cruzou a sala e foi se instalar nos pálidos olhos azuis da mamãe. Choramos amargamente.

Tiago, então, olhou ternamente para Hanna.

– Milena! Finalmente, reencontrei você.

– Dawid!

Abraçaram-se longamente, aplacando a saudade de mais de sete décadas de afastamento.

– Como não a reconheci, Hanna, digo, Milena? Não sei mais como chamá-la.

– Como poderia? Você conheceu uma menininha de quatro anos, nunca viu este rosto. Além disso, na condição de recém-desencarnado, trabalhando para se adaptar, não tem ainda a sensibilidade necessária para perceber a essência do Espírito por trás das formas perispirituais.

Precisava lembrá-lo da encarnação na distante Varsóvia, onde, juntos, vivemos os horrores da guerra. Estava convicta de que você se recordaria de tudo à medida que ouvisse o relato sobre pessoas e circunstâncias familiares.

– Hanna, você mencionou que, desde a sua encarnação como Milena, não mais retornou à Terra, mas e mamãe?

– Após o disparo que encerrou minha curta existência como Milena, passei por todo o processo de recuperação; minha maior dificuldade foi dar passagem ao ódio que nutria por aquele alemão.

Anos mais tarde, reequilibrada, aceitei a missão de participar do processo de reajuste de todos os envolvidos nessa história triste: mamãe, você, e também o soldado nazista.

– Como odiei aquele homem por tudo que fez a todos nós.

– Tiago, hoje você se recordou da última encarnação, há muitas outras que você desconhece. Aquele soldado tomou decisões equivocadas, é verdade, mas, desde então, também luta para reconciliar-se com o passado, reparando os erros.

– Como assim?

– Até este momento, você se lembrou apenas de mim, Milena, sua irmã polonesa, mas há outras personagens nessa história; há peças faltantes nesse imenso quebra-cabeça da vida.

– Quais? Ajude-me a lembrar, por favor.

– Foi para isso que viemos aqui, Tiago. Mas prepare-se para as surpresas que ainda estão por vir.

✳✳✳

– Este não é um diário comum, no qual uma jovem solteira confidencia suas alegrias, tristezas, amores, decepções – iniciou Padre José, com olhos baixos, manipulando seu crucifixo.

– Desconfiei disso quando reconheci uma palavra – confirmou Mariana.

– Qual especificamente?

– Zegota, padre. Reconheci o nome em destaque em uma das páginas. O senhor já ouviu falar da Zegota?

– Qualquer pessoa mais velha que tenha mínima ligação com a Polônia já ouviu, minha filha, pois a Zegota foi uma organização que auxiliava judeus durante a Segunda Guerra Mundial, com ênfase para o resgate de crianças do gueto, recolocando-as em famílias substitutas e, com sorte, devolvendo-as aos pais após o fim da guerra. Estima-se que estes abnegados, e sua bisavó era um deles, salvaram a vida de mais de duas mil e quinhentas crianças.

– Quanta gente! Imagine se multiplicarmos tudo isso por seus descendentes, a que número chegaremos – falou Mariana.

– Um número gigantesco. Mas como você conheceu a Zegota, pois ela não é muito conhecida fora da Polônia? – perguntou o padre, intrigado.

– É uma longa história. Depois conto ao senhor, mas agora estou curiosa para saber o que bisa Antonina conta no diário?

– Este diário descreve estratégias de resgate, rotas de fuga, o dia a dia da organização, o local onde escondiam os dados das crianças auxiliadas, o nome de seus respectivos pais. Temos história, em estado bruto, em nossas mãos.

Vejam este trecho – apontou para uma das primeiras folhas.

"Estamos testemunhando a página mais sombria da história da humanidade. O contrabando de crianças para fora do gueto, as nossas ações e de outras organizações clandestinas de ajuda são incapazes de amenizar as necessidades das pessoas no Gueto de Varsóvia. Longe disso! A fome e as doenças são fenômenos gerais lá dentro."

E continua logo em seguida:

"É muito difícil contemplar o gueto, com as suas multidões de expressões abatidas e cores pálidas, sem se emocionar. Alguns parecem cadáveres que estiveram enterrados durante semanas. Uma visão aterradora que nos faz estremecer instintivamente. Impossível não ser tomado pelo desejo utópico de tentar tirar todos de lá ao mesmo tempo."

– Que horror! – exclamou Enrique.

– Aqui, ela discorre sobre a satisfação de trazer um pouco de felicidade às crianças – continuou o padre, apontando para outro trecho do diário:

"Só quem conheceu as condições de vida no gueto é capaz de compreender o significado de ver o sorriso estampado no rosto das crianças, mesmo diante do trauma de serem separadas de seus pais. Vê-las batendo palmas e

dançando em roda, como faz uma 'criança normal', é maravilhoso.

Quantas dificuldades, quanto esforço e determinação são necessários para criar condições para que criaturinhas infelizes, desnutridas, atormentadas, reencontrem motivos para sorrir e brincar longe de suas famílias, vivendo com estranhos; pessoas amorosas, caridosas, que fazem de tudo para tornar mais agradável a triste infância trágica daqueles pequenos, mas ainda assim, desconhecidos."

A leitura prosseguiu. Mariana e Enrique ouviam, boquiabertos. Os incríveis relatos dos resgates no gueto, a criatividade necessária para contrabandear as crianças para fora e a logística que envolvia a recolocação em famílias substitutas, como a obtenção de documentos falsos com nomes não judaicos e a difícil adaptação a novos hábitos.

Antonina relata ainda que a Zegota catalogou cada uma das crianças retiradas, anotando seus nomes, os dados das famílias originais, os novos nomes recebidos, a família para onde foram mandadas e seus respectivos endereços. Tudo era anotado em pequenas tiras de papéis, enroladas e colocadas dentro de garrafas hermeticamente fechadas que, por sua vez, eram enterradas em lugares estratégicos para que não fossem localizadas pelos alemães.

A cada página, Mariana sentia mais orgulho de sua bisavó. Mas a cota de surpresas ainda não havia se esgotado; Antonina e seu diário ainda tinham muitas coisas para contar.

– Neste ponto, ela relata um incidente envolvendo membros da organização – chamou a atenção Padre José.

"Hoje, foi um dia ainda mais triste para nós. Perdemos nosso companheiro Gustaw, noivo de nossa querida Izolda. Após um incidente ocorrido no gueto, durante mais uma das inúmeras deportações, é assim que os alemães chamam o ato de colocar as pessoas dentro de caminhões e levá-las para a morte. O casal tentou salvar uma menina que se desgarrou do grupo de crianças que marchava para a morte, e Gustaw foi morto a tiros.

A causa que abraçamos nos coloca, diariamente, em rota de colisão direta com a morte."

Após a pronúncia dos nomes Gustaw e Izolda, Mariana trocou olhares com Enrique. O padre acabara de ler o nome dos protagonistas do seu sonho.

A história estava ficando ainda mais intrigante: quem seria Izolda?

Como não tinham a menor ideia da resposta para aquela pergunta, Izolda permaneceria apenas como a jovem polonesa, narradora do sonho de Mariana.

– Creio que, neste capítulo, vamos chamar assim, sua bisavó descreve mais alguns incidentes, além da perda do membro da organização. Há outros acontecimentos detalhados aqui – apontou para o papel.

Padre José leu sobre a prisão de uma das cabeças da Zegota, Irina, que fugiu da Pawiak, a prisão da Gestapo, libertada poucos dias depois numa operação arriscada. Contaram com a conivência de alguns guardas, subornados com o dinheiro de financiadores.

– Vejam essa história – apontou Padre José para a página seguinte, cujo cabeçalho registrava em destaque *"Nipiec, 1941"*:

"No dia 2 de julho, em incursão de rotina no gueto para controle e tratamento da epidemia de tifo, nossos agentes – codinomes Jolanta e Lekarz – conheceram Magdalena, viúva judia cujo marido morreu no campo de batalha. Contou-nos que sua filha Milena, de quatro anos, foi executada por um soldado. Narrou que, antes da morte da filha, o alemão a forçou a escolher, dentre seus dois filhos, qual seria executado, sob pena de matar a ambos.

Magdalena disse não ter tido coragem para escolher qual dos filhos mandaria para a morte, mas a pequena Milena sacrificou-se voluntariamente, poupando o irmão Dawid.

Esse método cruel de tortura é bem comum entre os nazistas e foi importado das técnicas de tortura psicológica, adotada nos campos de concentração, onde prisioneiros eram reunidos em filas no pátio, e aquele que fosse pego cometendo alguma infração deveria retirar um colega da fila para morrer consigo. Caso se recusasse a escolher, os guardas executariam dez prisioneiros, poupando o infrator para que carregasse a culpa e o ódio dos companheiros de infortúnio.

A jovem mãe nos implorou para que seu filho Dawid fosse retirado do gueto."

– Meu Deus! Escolher um dos filhos para morrer para evitar que os dois sejam mortos é maldade demais – falou Mariana, horrorizada.

– Tempos cruéis, Mariana. Veja: na página seguinte, datada de 7 de julho de 1941, sua bisavó relata o desfecho dessa história:

"Dawid Cionek, filho de Matheusz Cionek e Magdalena K. Cionek, o filho sobrevivente, foi retirado do gueto, escondido sob uma pilha de cadáveres que seguiam para o cemitério judaico existente fora dos domínios do gueto, pois o cemitério que havia em seu interior, por mais inacreditável que possa parecer, não comportava mais corpos. Não havia mais onde cavar valas.

Fui designada para encaminhar o menino para a região nordeste, nos limites da floresta em Mazury, e recolocá-lo em nova família. Assumiu o nome de um jovem já falecido e chama-se agora Sebastian Pazdan. Essa é sua nova vida."

Escurecia quando a última página do diário terminou de ser lida. Padre José tirou os óculos, dobrou as hastes, massageou o nariz no ponto onde havia a marca de apoio dos óculos e voltou a repetir os adjetivos anteriormente dirigidos à autora do diário.

Mariana estava radiante por descobrir que sua bisavó fizera parte de uma página tão bela da história.

Padre José, então, pediu licença aos jovens.

– Preciso voltar para a igreja, tenho o hábito de recitar todos os cinco capítulos do ângelus antes do jantar – justificou.

O casal fez questão de pagar a conta do pároco como forma simbólica de agradecimento pelo auxílio, gentileza aceita com alguma resistência.

Enrique e Mariana observaram, em silêncio, Padre José atravessar a rua e rumar na direção da igreja.

O rapaz recostou-se na cadeira, passou as duas mãos na cabeça, talvez, se acariciasse suas dúvidas, conseguisse entender melhor tudo o que estava acontecendo.

– Vamos caminhar pela pracinha? – propôs o jovem. Sabia que a ideia poderia ser piegas, mas, mesmo assim, achava-a boa.

– Claro! – concordou Mariana, sorrindo.

A noite que se iniciava estava bela e agradável. As luzes já estavam acesas quando Mariana e Enrique, de mãos dadas, também com suas interrogações, deixaram a confeitaria para caminhar pelas ruelas do jardim, cujas flores e arbustos ganhavam um colorido especial com a iluminação noturna.

– Primeiro, o sonho; depois, o diário. Estou impressionado – comentou Enrique.

– A intuição me diz que a Polônia foi palco de uma de minhas existências e que toda essa história, de alguma forma, é minha história.

– Não duvido. Algo também me intriga nesses relatos, mas depois da aparição de Tiago no hospital, meu nível de ceticismo para coisas inexplicáveis caiu para próximo de zero.

– Há algo que eu gostaria muito de saber.

– E o que seria? – perguntou Enrique.

– Izolda! Quem é essa polonesa do meu sonho? Sinto uma conexão muito forte com esse nome.

– Esta é uma pergunta muito difícil de ser respondida.

– Talvez, nunca descubramos – suspirou Mariana, dando de ombros.

– Não pensemos nisso agora, então – sugeriu Enrique.

– Você tem razão! Se essa informação nos for útil, a resposta chegará no momento certo.

Enrique sorriu, enlaçou Mariana num abraço, e beijou-a.

Na noite clara de Porto dos Anjos, a lua cheia, alta no céu, refletia sua face prateada e testemunhava a grandeza do reencontro, através do amor, de duas almas afins.

✻✻✻

Por alguns instantes, Tiago permaneceu calado. Vasculhou, em vão, os arquivos da sua mente, buscando recordações de sua vida como Dawid, mas as lembranças acudiam fracionadas e desconexas.

Percebendo a angústia em seu rosto, Hanna interferiu, auxiliando-o.

– Que outras recordações você tem da sua vida com a mamãe após o episódio com Thomas, o soldado alemão?

– Thomas... Este é o nome dele?

– Sim, Thomas, mas, daqui a pouco, falaremos sobre ele, antes pense naquilo que lhe perguntei.

Tiago pensou, olhou a lua cheia refletida no lago à sua frente, voltou o rosto na direção do céu e falou:

– Aquele é o mar da tranquilidade; logo acima, o mar da serenidade, e um pouco mais à direita, o mar das crises – disse, apontando para a lua.

Hanna sorriu, mas nada disse. Deixou Tiago concluir sua linha de raciocínio.

– Na região de florestas, para onde fui mandado após a fuga do gueto, passava horas admirando a lua. Intrigavam-me aquelas manchas escuras que davam ao astro, ao menos em minha imaginação, feições humanas. A lua acalmava-me. Hoje ainda produz o mesmo efeito.

– Aos poucos, tudo vai se encaixando, e você vai compreendendo os motivos de suas preferências atuais – comentou Hanna, enigmática.

– Sentado no velho carvalho, uma árvore do tipo que sofre com o excesso de peso dos galhos, cercado por colossais pinheiros e embalado pelos sons dos pássaros da noite, onde, vez que outra, destacava-se o gloterar alto das cegonhas, abundantes na região, via o tempo evaporar-se pensando na vida que tínhamos antes da guerra e na saudade daqueles que se foram: papai, Milena e mamãe, que nunca mais vi depois que deixei o gueto.

– Quais suas lembranças sobre a saída do gueto?

– Depois que você foi assassinada, mamãe temia que algo pudesse acontecer comigo também, por isso planejou minha fuga através das pessoas ligadas à Zegota.

Eu não queria ir, mas ela insistiu, ordenou. Estava obcecada; via perigo em tudo.

– Psicose do medo! – exclamou Hanna.

– O quê?

– Foi como os estudiosos definiram o mal que atingiu muitas das pessoas que viveram os horrores da guerra. Perigos reais mesclados com riscos imaginários: o transeunte da rua e o vizinho transformam-se em delatores; o quadro caindo da parede; ruídos na rua; o relógio cuco. Tudo era motivo para desconfianças e sobressaltos.

– Exatamente! Mamãe levava uma vida de medo. O olhar sempre nervoso em todas as direções, a expressão contínua de temor no rosto.

– Desculpe-me por ter interrompido sua história. Como você escapou do gueto? – no fundo, Hanna já sabia a resposta, apenas queria que Tiago mergulhasse mais fundo em seu passado, preparando-o para as revelações que faria a seguir.

– O plano dos agentes da organização consistia em me contrabandear – esse era o termo usado – em meio aos corpos que seriam levados para o lado externo. Orientaram-me a ficar imóvel sob a pilha de cadáveres, principalmente se houvesse inspeção da guarda alemã, que raramente acontecia por dois motivos: primeiro, o medo de contrair alguma doença contagiosa dos mortos; segundo, a grande quantidade de caminhões que deixava o gueto carregando as vítimas da fome e das doenças reduzia o rigor das vistorias nos transportes mortuários.

Os membros da Zegota tinham razão: o guarda

apenas puxou a lona que cobria os corpos, fez cara de nojo e mandou que o caminhão seguisse. Saímos com impensável tranquilidade.

Fora dos muros, o caminhão, que era sempre dirigido por poloneses, parava em local estratégico para que os "mortos" saltassem.

Quando desci do caminhão, exalava medo por todos os poros, pois pensei que, a partir dali, estaria por minha conta. Felizmente, estava equivocado. Antonina, uma simpática senhora, também membro da organização, esperava-me. Ela abraçou-me maternalmente, beijou minha testa e disse: "Não tenha medo! Cuidarei de você".

Aquele foi um dia de contrastes: a felicidade por deixar o inferno contrapondo-se à tristeza de saber que mamãe ficaria sozinha no gueto.

– Como ela reagiu à sua partida? – Hanna prosseguia, instigando as lembranças que emergiam gradativamente.

– Apesar da doçura e do imenso coração, desde que aquele oficial entrou em nossa casa para comunicar que papai não mais voltaria, Mamãe, vendo-se sozinha e com dois filhos para enfrentar os horrores da guerra, transformou-se numa mulher forte, de muita fibra, mas também endurecida. Sua coragem era bem conhecida entre as pessoas que a cercavam.

– Como Milena, estive pouco tempo ao seu lado, mas conheço-a muito bem – ponderou Hanna.

– No momento da despedida, mesmo mostrando-se determinada por saber que aquela era uma maneira de aumentar minhas chances de sobreviver, o suor brotando em filetes e a respiração abafada denunciavam que, no interior daquela fortaleza, havia muito sofrimento.

Diferentemente de mamãe, não consegui esconder a emoção e chorei muito quando abracei-a pela última vez, mas ela ordenou que eu parasse imediatamente, pois meu rosto poderia ficar marcado, e isto colocaria em risco todo o plano.

Com o coração apertado, subi no caminhão. Agora, lembro-me com clareza da sua imagem no meio da rua, as duas mãos sobrepostas sobre o peito e o olhar compungido. É a última imagem que tenho dela.

Tiago silenciou e chorou longamente, como se quisesse afogar, nas lágrimas, todas as suas lembranças tristes.

– Ela chorou muito naquele dia – disse Hanna.

– Como você sabe disso?

– Mamãe sempre esteve ao seu lado. Ontem, como Magdalena, a viúva polonesa; hoje, como Isabel, a mesma mãe dedicada e protetora de sempre.

Tiago arregalou os olhos ainda banhados de lágrimas e perguntou, incrédulo:

– Você está dizendo que Magdalena, minha mãe polonesa, reencarnou como Isabel, minha mãe de agora?

– Esse Espírito vem velando por você ao longo das décadas. Como Magdalena, ela não viveu muito tempo. Já estava doente, com tuberculose, no dia em que você foi levado do gueto, por isso a urgência e a insistência para que você fosse embora. Quando retornou ao plano espiritual, juntou-se a mim na missão de promover a reconciliação entre você e seu irmão Enrique com Thomas, o jovem soldado alemão.

– Enrique? Onde meu irmão entra nessa história?

– Você e Enrique têm em comum o mesmo algoz.

– Como assim?

– Enrique era seu contemporâneo em Varsóvia. Chamava-se Gustaw.

– Não me lembro desse nome.

– Do nome, certamente, não, mas se lembrará dele, pois sua vida se cruzou com a nossa no dia em que fui levada pelos soldados para aquela marcha de crianças.

– Como esquecer desse dia? Foi quando esse Thomas de que você fala torturou a todos nós e a matou.

– Sim, Tiago, esse dia marcou a vida de todos nós, inclusive a de Gustaw. Ele era o médico que atacou o soldado alemão quando este estava prestes a atirar na enfermeira que me agarrou e saiu correndo, quando deixei o grupo para brincar com os pombos.

Gustaw, ou Enrique, também morreu pelas mãos de Thomas.

– Por que ele se arriscou dessa maneira?

– Izolda era sua noiva.

– Aquele alemão matou Enrique, ou Gustaw, e você no mesmo dia.

– Thomas também perdeu a vida naquela fatídica sexta-feira. Assim que saiu de nossa casa, tomou o rumo de volta à praça, quando foi atacado por membros de uma milícia judia e morto sem piedade. Esse mesmo grupo miliciano, dois anos mais tarde, cresceria e comandaria um dos episódios mais sangrentos da história da Polônia, o levante do Gueto de Varsóvia.

– Então, ele teve o que mereceu – falar daquele homem provocava-lhe uma fúria silenciosa.

– Thomas fez escolhas equivocadas, acumulou muitos débitos. Na esfera espiritual, depois de vagar por alguns anos em zonas de sofrimento, arrependido, clamou por ajuda. Magdalena, nossa mãe, e eu integramos a equipe que o trouxe à colônia para tratamento.

Thomas recuperou-se rapidamente e logo aceitou a missão de reencarnar para minimizar o ódio e estreitar os laços de amor com todos aqueles a quem prejudicou, reparando erros do passado.

Magdalena, hoje Isabel, mostrando invejável grandeza de Espírito, aceitou acompanhá-lo na difícil tarefa.

– Do que você está falando, Hanna? Como o soldado alemão, que você diz chamar-se Thomas, será capaz de reparar o mal que nos fez?

– Amando-os e conquistando o amor de todos a quem prejudicou. Esse foi o ponto central de sua missão, alicerçada integralmente na célebre máxima nos deixada pelo apóstolo Pedro: "o amor cobre uma multidão de pecados".

– Talvez Enrique, que ainda permanece encarnado, possa ter a oportunidade de perdoá-lo, mas como eu, que retornei a este mundo, poderia fazê-lo sem sequer conhecê-lo?

410

– Quem disse que você não o conhece? Ainda não percebeu de quem estou falando?

Tiago balançou a cabeça negativamente enquanto os olhos azuis da amiga espiritual, outrora Milena, sua irmã, encaravam-no interrogativos, até que a resposta lhe surgiu como um relâmpago que cruza o céu em noite de tempestade e ilumina a escuridão.

O jovem deu um passo para trás, aturdido, e encarou Hanna.

– Exatamente! – obtemperou Hanna, percebendo que Tiago finalmente tomara consciência sobre a reencarnação de Thomas.

– Meu pai? – indagou, incrédulo.

– Sim, Thomas, o soldado nazista que espalhou o terror sobre nossa família, retornou à Terra como José Garcez, casado com Isabel, a viúva polonesa que torturou para que escolhesse um de seus filhos para a morte; pai de Tiago e Enrique Garcez, ontem Dawid e Gustaw.

– Isso explica muita coisa, principalmente sua personalidade muitas vezes marcial, nossas divergências e a maior proximidade e empatia que tínhamos com mamãe – constatou Tiago.

O sentimento é paradoxal, Hanna: amo meu pai, mas você não imagina o quanto odiei aquele soldado, talvez ainda o odeie.

– Por esse motivo, à exceção de mim, que permaneci no plano espiritual – em breve, também reencarnarei –, todos retornaram à Terra para novas experiências.

– Quantas histórias, quantas reviravoltas... – suspirou Tiago.

– E como você se sente em relação a todas essas lembranças e revelações?

– Foram décadas de sentimentos negativos direcionados àquele soldado.

Nos momentos de solidão nas florestas de Mazury, para onde fui encaminhado após a fuga do gueto, incontáveis foram as vezes em que pensei em vingança. Maquinava planos mirabolantes para punir o guarda alemão por todo o sofrimento que nos causou, e descubro, agora, que ele reencarnou como meu pai, a quem, apesar da teimosia, do autoritarismo, aprendi a admirar e a amar.

– É preciso dar o próximo passo – disse Hanna, pousando a mão direita sobre seu ombro.

– Você tem razão. O amor por meu pai é infinitamente maior que todo o sentimento negativo que ronda a figura de Thomas. Todos já o perdoaram, inclusive mamãe, e você, que foi assassinada a sangue-frio por ele.

Mesmo com todas as lembranças que ressurgem em enxurrada, com todos os mínimos detalhes que o sofrimento nos trouxe, não consigo odiá-lo de jeito nenhum. Ele é meu pai e sinto que agora, mais do que nunca, chegou a minha vez de reconciliar-me, definitivamente, com o velho Garcez, ou Thomas.

Emocionada, Hanna abraçou Tiago longamente. No rosto, uma nívea lágrima precipitava-se pela face. Chegara o momento da reconciliação plena.

412

CAPÍTULO 17

Reconciliação

OS MESES CORRERAM APRESSADOS E O PÊNDULO DO tempo retorna ao seu ponto de partida. É sexta-feira, dia 13. O mês é novembro; o ano, 2015. A data, que marcou de forma indelével a jornada de José, Tiago e Enrique Garcez – ontem Thomas, Dawid e Gustaw –, desta feita, reencontra-os felizes, contrariando a fama de "dia de mau agouro" – ou seria apenas a exceção que confirma a regra?

No plano espiritual, Tiago aprontava-se para, na companhia de Hanna, visitar a fazenda Mar de España, seu último lar terreno.

Na fazenda, o céu azul e algumas estrelas teimosas, que insistiam em fazer de conta que não haviam entendido que não era mais noite, marcaram o alvorecer de um dia festivo. Fugindo da tradição, Enrique e Mariana escolheram a sexta-feira para realizarem seu casamento. Viajariam no dia seguinte.

413

Como na religião Espírita não há cerimoniais de casamento, a jovem não se opôs à sugestão de Enrique de realizarem uma celebração católica tradicional para atender ao desejo dos pais.

Foi nos preparatórios para o casamento que Mariana voltou a sentir o quão pesada poderia ser a mão da solidão: sem pai, sem mãe, sem irmãos, sem ninguém com quem partilhar os momentos de felicidade.

Apesar de conservador, padre José aceitara celebrar a união do casal fora dos domínios da igreja. "Não sou proprietário do sacramento do matrimônio, apenas seu ministrante. Portanto, a mim não compete impor regras ou estabelecer condições, mas tão somente abençoar seu desejo de unir-se perante a Igreja que represento" – falou a Enrique.

Tiago estava ansioso. Por muito tempo, as circunstâncias que permearam sua desencarnação o atormentaram, mas chegara a hora de ter com José Garcez a conversa que o orgulho os impediu de realizar há dois anos.

Havia algum tempo que se preparava para esse reencontro. Manter o equilíbrio era primordial, pois sabia que o pai ainda enfrentava muitas dificuldades para lidar com a sua desencarnação, e a sua postura diante de Garcez seria decisiva para auxiliá-lo nesse difícil processo de aceitação da perda.

Ainda que Tiago já tivesse superado as divergências que tivera com o pai, a reaproximação entre ambos era fundamental para libertá-los, definitivamente, das amarras invisíveis da culpa e do remorso que se fizeram presentes nos últimos anos, mas requeria uma boa dose de paciência e preparo, pois, apesar de o jovem ter reagido de forma serena às revelações envolvendo sua vida anterior na Polônia, a carga de sentimentos negativos que gravitavam em torno da história da família era muito grande e um único passo apressado ou equivocado poderia trazê-los à tona, piorando a situação de todos.

Como fora encarregada, pelos responsáveis do Departamento de Regeneração da colônia, de auxiliar Tiago nesse processo, Hanna decidiu, após confabular com seus superiores, que o contato entre pai e filho ocorreria através do desdobramento do sono. Na avaliação de todos, esta seria a maneira mais suave e segura de promover o tão esperado reencontro.

O dia escolhido para a incursão na Terra amanheceu esplêndido, e Hanna encontrou Tiago atravessando, pensativo, os caminhos enfeitados por flores bem cuidadas e formosos arbustos do Bosque do Sossego, como ele chamava aquele local próximo à sua casa na colônia espiritual.

– Sabia que o encontraria aqui! – a recém-chegada cumprimentou Tiago com um longo abraço.

– Este aqui é meu refúgio, principalmente nos momentos de angústia. Sou bastante previsível.

Tiago agachou-se, colheu duas pequenas margaridas e prendeu-as carinhosamente nos cabelos loiros de Hanna.

– Ficou bom! – observou, elogiando o ornamento improvisado.

A jovem sorriu enternecida, o rosto iluminou-se,

destacando ainda mais o brilho azulado dos olhos, e propôs que seguissem caminhando.

– Não tenho duvida de que esteja ansioso com o encontro de logo mais, mas o que exatamente o angustia?

– Incerteza, insegurança, medo... não sei definir com exatidão. A última conversa que tive com meu pai foi muito dura. Muitas palavras foram ditas sem necessidade; outras, equivocadamente, omitidas. Não sei exatamente o que esperar ou como eu mesmo reagirei, principalmente agora que conheço as nuanças do nosso passado e de tudo que ele nos fez sofrer.

Tenho medo de que algum sentimento negativo, adormecido, desperte durante essa nossa conversa, pondo tudo a perder.

– Compreendo seus temores, são justos. Entretanto, não permita que lembranças infelizes ou equívocos do passado interfiram nesse momento tão sublime. Deixe os laços de amor que hoje os unem falar mais alto.

Tiago permaneceu quieto, refletia sobre o conselho de Hanna. Olhava fixo para um grande pinheiro à sua frente, cujo aroma da resina o remetia ao tempo em que, como Dawid, vivera nas florestas polonesas.

– Relembrar a encarnação anterior me fez reviver também toda a dor e o sofrimento vividos, que hoje não passam de fragmentos tristes de um passado remoto. Não consigo enxergar o velho Garcez como Thomas, o soldado nazista responsável por tudo isso, mas como meu pai, por quem só tenho amor – falou Tiago, quebrando o breve silêncio que se apossou do ambiente.

Apesar dessa certeza, sempre fica uma pontinha de medo de que o ódio, que um dia esteve presente entre nós, retorne.

– Os caminhos do perdão exigem esse tipo de reflexão, Tiago. Você está no rumo certo!

– Hanna, você acredita que a melhor maneira de reencontrar meu pai seja mesmo durante o sono?

– Não tenho dúvida quanto a isso. Essa é a forma mais segura para enfrentar essa questão, ou você se esqueceu do episódio de sua materialização no hospital?

– Aquilo foi involuntário, já conversamos sobre isso.

– Tudo bem que tenha sido involuntário, que o seu grau de perturbação naquele momento, somado à preocupação com o estado de saúde de seu pai e às condições especiais do ambiente, tenha produzido o fenômeno, mas não podemos negar que as consequências daquela noite poderiam ter fugido totalmente ao controle.

– Fui ver meu pai apenas, não tive a intenção de chocar ou assustar alguém.

– Tenho certeza de que não, mas poderia ter acontecido algo muito grave. Aproveite o episódio como ensinamento. Imagine, por exemplo, o que poderia acontecer se simplesmente aparecesse a seu pai e ficasse visível diante dele, pedindo para ter uma conversa? Consegue imaginar qual seria sua reação?

– Colocando desta maneira, sou obrigado a concordar que a conversa direta poderia trazer resultados terríveis. Mas e outros métodos, como psicografia ou médiuns encarnados?

– Também não seriam eficientes neste momento porque a conversa de vocês deve ser livre de intermediários. Além disso, as mensagens nem sempre permitem interação, sem contar que teríamos outro componente muito poderoso: o ceticismo.

– Meu receio é de que ele não se recorde de nada quando acordar, afinal, não passará de um sonho. Você sabe que, nesse tipo de experiência, as lembranças começam a desaparecer a partir do momento em que a pessoa acorda e os detalhes vão se perdendo. Temo pela eficácia do método.

– Homem de pouca fé! – Hanna sorriu. – Como você sabe, durante o sono do corpo físico, o perispírito se desprende e fica livre para transitar por lugares de sua predileção, independentemente do plano. Para que esse desprendimento se transforme em lembranças completas ao acordar, é necessário que a experiência seja registrada pelo cérebro físico.

Mesmo que Garcez tenha apenas recordações difusas e retalhadas ao acordar, o aprendizado não se perderá, pois, gravado em sua memória espiritual, ficará retido no subconsciente, ainda que, conscientemente, seja apenas uma experiência vaga e distante.

Entretanto, considerando a importância do trabalho que realizaremos, trabalharemos para garantir que seu pai, ao despertar, tenha lembranças nítidas da conversa entre vocês dois, antes que seus ecos se percam pelos labirintos da mente.

Tiago tranquilizou-se com a explicação, interrompeu a caminhada e olhou com ternura para a amiga espiritual que um dia fora sua irmã terrena.

– Hanna... Milena... é estranho pensar em você assim, como duas pessoas diferentes que fazem parte da minha história. Não posso deixar passar tão bela oportunidade para, mais uma vez, agradecer por tudo o que fez por mim, não só nesse pouco tempo em que estou aqui na colônia, mas pelas décadas de dedicação, desde aquela triste manhã em Varsóvia. Ainda sou uma criança espiritual, que tem muito a aprender, mas se hoje meu coração está tomado pela certeza de que esta página triste da minha vida será virada, é somente porque você dedicou muito trabalho e energia para que isso acontecesse.

– Não agradeça. Companheiros de jornada não agradecem uns aos outros pelo trabalho comum e pelo auxílio mútuo na direção do progresso.

Tem um dito popular – continuou Hanna – que fala: "o sol do meio-dia elimina todas as sombras". Talvez, esta noite seja o seu "sol do meio-dia" que dissipará as sombras de um passado tão triste. Existe uma luz que brilha muito além de todas as coisas na Terra, além dos mais altos, dos mais altíssimos céus, é a luz que emana de nosso coração. Encha-se dela para encontrar seu pai hoje, e tudo dará certo.

– Que assim seja! – respondeu Tiago, de mãos postas.

– O ódio, a mágoa, são sentimentos nefastos. Nutri-los é cultivar, dentro de si, energias que agridem e adoecem o ser. Mesmo deste lado da vida, não estamos

419

imunes a "adoecimentos" – Hanna fez sinal com os dedos das mãos para indicar "entre aspas".

Os inimigos, independentemente do plano em que estiverem – material ou espiritual –, continuarão inimigos enquanto não houver a reconciliação plena: sem mágoas e sem ressentimentos.

Sua missão hoje é tentar dissipar essa nuvem escura que vem atravessando décadas.

– Jamais poderia imaginar que, mesmo vivendo no plano espiritual, seria possível a tentativa de reconciliação com aqueles que permanecem encarnados na Terra – observou Tiago.

– Quando encarnados, vivenciamos uma perigosa ilusão de imortalidade, uma ilusão de que todas as pessoas que estão ao nosso lado permanecerão ali para sempre. Até que um dia, sem aviso prévio, elas retornam ao plano espiritual e desaparecem de nossa vista. Surge, então, em meio ao vácuo deixado por aqueles que partem, o arrependimento por não ter perdoado ou pedido perdão quando se podia; por não ter externado todo o sentimento quando isso ainda era possível; por não ter amado ou demonstrado amor enquanto a pessoa ainda se encontrava ao alcance de um abraço.

Assim como você, muitos desconhecem que é possível reparar esses equívocos ou omissões mesmo estando em planos distintos. Basta, para tanto, o desejo sincero de perdoar, de reconciliar-se. As formas são muitas de se conseguir isso, mas a principal delas é a prece, a conversa amorosa dirigida àquele que partiu.

Tiago assentiu com um movimento de cabeça. Em seu íntimo, pensava no reencontro de logo mais com o pai e no quanto tudo teria sido mais simples se não tivesse deixado a raiva e o orgulho comandar suas atitudes e conversado com Garcez quando teve a oportunidade. Muito sofrimento teria sido evitado.

– Tem mais uma coisa que você precisa saber sobre nossa incursão desta noite – disse Hanna, mudando abruptamente de assunto.

– Pois, então, diga logo, e não me deixe curioso – brincou Tiago.

– Algo muito importante está para acontecer em sua família e preciso saber se você deseja testemunhar esse acontecimento!

– Você está me deixando preocupado, Hanna.

– Desceremos até a crosta terrestre e aguardaremos o momento do repouso noturno de José Garcez para promover o encontro entre vocês. Até aí nenhuma novidade. Porém, exatamente no dia de hoje, finalmente ocorrerá o casamento de Gustaw e Izolda, o casal polonês separado pela guerra no século passado.

– Gustaw e Izolda? Você quer dizer meu irmão Enrique e Mariana... Eles vão se casar hoje? – complementou Tiago, eufórico.

– Exatamente! Enrique e Mariana casam-se hoje. Veja você os caminhos que a vida nos oferece: Thomas foi quem tirou a vida de Gustaw naquela fatídica sexta-feira, 13, de 1941, interrompendo o projeto de união matrimonial dos dois. Hoje, como José Garcez, pai de Enrique

(Gustaw), não só abençoará a união do casal, como conduzirá a noiva – que não tem família – ao altar, pondo fim ao ciclo que ele mesmo interrompeu. Não é fantástico isso?

E ainda revelou, continuando suas explicações:

– Quando Mariana teve o Espírito emancipado, através do sono, e foi sugada por um vórtice luminoso, que a levou a conhecer seu passado, na verdade, teve um encontro consigo mesma, na figura de Izolda, ou seja, ela própria a lhe revelar sobre a sua encarnação em Varsóvia, através de lembranças vindas de seu íntimo espiritual. E agora novo reencontro com Gustaw, ou seja, Enrique.

– O mundo dá voltas, conforme o velho adágio popular.

– O mundo não, a vida! Ela, sim, tem seus atalhos, encruzilhadas e desvios, mas sempre nos oferece um caminho para reparar os erros do passado.

Garcez, que tanto falhou na encarnação anterior, hoje trabalha na reparação de seus atos. Tem tropeçado bastante e enfrentado muitas dificuldades ao longo da jornada, mas já fez progressos significativos e vem aos poucos livrando-se do peso do ódio que já não podia mais suportar no coração.

As palavras de Hanna tocaram Tiago profundamente. Jamais havia analisado a situação pelo ângulo do pai, um Espírito que reencarnou trazendo na bagagem os equívocos do passado e a missão de buscar a reconciliação com todos aqueles a quem prejudicou.

– Você ainda não respondeu à minha pergunta inicial, Tiago.

– Se quero acompanhar o casamento de meu irmão com Mariana? Nem morto eu perderia isso! – brincou Tiago.

– Então vista a sua melhor roupa, pois logo mais iremos de penetra a um casamento.

– Toda roupa que tenho é esta que foi plasmada na colônia – brincou Tiago.

– Então vá assim mesmo. Ser invisível tem lá suas vantagens.

Na fazenda Mar de España, recostado na cama, com as mãos sob a cabeça, Enrique olhava na direção da janela do quarto. Observava a réstia de luz solar que ultrapassava a cortina fina e acariciava-lhe o rosto. Refletia sobre Mariana, o casamento, o início da vida ao lado da mulher amada, uma vida para a qual sentia estar pronto e preparado desde sempre.

O sentimento por Mariana percorreu um longo caminho até desaguar naquele instante. Por muito tempo, seu coração estava recluso atrás dos muros altos e portões fechados daquele enclave árido de quem jamais havia despertado para o amor verdadeiro, a ponto de não ter notado a presença daquela jovem que, havia tempos, estava ao seu lado, bem diante de seus olhos, até que a mudança veio como um choque, justamente quando a vida lhe apresentava a face sombria da perda, ajudando-o a cicatrizar as feridas.

"Os caminhos da vida são mesmo incompreensíveis. Um mistério!" – pensou Enrique.

Aproximava-se das nove horas – oito, não fosse o empurrão dado pelo horário de verão – quando as luzes solares daquele dia primaveril foram apagadas. A noite fria contrariava a lógica do tempo para a época do ano, e o vento rouco chicoteava o telhado da capela erguida na fazenda especialmente para o casamento de Enrique e Mariana, muito embora sua construção fosse um antigo sonho de Isabel.

O frio, criativo, encontrava inúmeras maneiras de esgueirar-se para o interior da capela, até ceder seu lugar a uma lufada gelada de ar quando as portas foram abertas, e a marcha nupcial, executada por um trio de violinistas, anunciou a chegada da noiva.

De braços dados com Garcez, Mariana postou-se sorridente na porta da capela. O vestido, de corte simples e discreto, acinturado, levemente rendado, com decote coração nas costas, acompanhado de um cinto bordado a mão com micropérolas, foi inspirado nos modelos de vestidos dos anos 40, época em que a simplicidade regia o tom da moda, fruto da escassez generalizada provocada pela segunda grande guerra, obrigando a população a usar roupas que demandassem pouco tecido – as noivas também não estavam imunes à regra.

Quando conversaram sobre os preparativos do casamento, Isabel questionou Mariana sobre a origem desse desejo incomum:

– De onde veio a ideia de casar-se com um vestido estilo antigo, ou vintage, para usar uma palavra da moda? – perguntou a futura sogra.

– Vou confessar, mas prometa que não vai rir, dona Isabel. O desejo veio depois que me lembrei de um sonho que tive com uma jovem polonesa. O sonho se passava na Polônia, durante a segunda guerra, e a jovem perdeu o noivo às vésperas do casamento – Mariana explicou, com a face ruborizada.

– Um sonho? Desculpe-me o espanto, mas é estranho. É a primeira vez que ouço uma noiva dizer que escolheu seu vestido com base num sonho. Enfim, a decisão é toda sua. Vai que se trata de um desejo antigo, de outra vida. Sabe-se lá! – Isabel sorriu, sem saber que, brincando, desvendara a real motivação da escolha do vestido, motivação que nem mesmo Mariana sabia explicar.

Conduzida por José Garcez, Mariana entrou carregando um delicado buquê de tulipas brancas. Caminhava com passos curtos e cadenciados, intercalando sorrisos, ora direcionados para os convidados sentados à esquerda, ora para os da direita, enquanto no altar, ao lado de Isabel, Enrique tentava inutilmente controlar a ansiedade e o nervosismo.

Quando se aproximava do altar, Mariana desviou ligeiramente o olhar à direita e notou que, na primeira fileira de bancos, um casal sorria-lhe feliz. Nunca vira aquela jovem de olhos claros e penetrantes – não conseguia identificar a cor –, cabelos loiros, pele clara, biótipo bem europeu, mas seu acompanhante, porém, era inconfundível, muito embora estivesse bastante diferente das vezes anteriores em que o vira, pois parecia ter rejuvenescido alguns anos: Tiago Garcez!

Habituada às visões de natureza mediúnica, Mariana sorriu em retorno ao inusitado casal e seguiu caminhando calmamente ao encontro do noivo.

Enrique deu dois passos à frente, aproximou-se de Mariana, cumprimentou o pai, beijou a noiva na testa, ofereceu-lhe o braço e conduziu-a em direção ao altar, onde Padre José os aguardava com sorriso aberto.

Atendendo ao pedido do casal, o pároco prometeu policiar-se para controlar sua tendência à prolixidade e realizou uma cerimônia curta. A parte mais difícil para o padre foi encurtar o sermão.

Durante as celebrações regulares, muitas vezes empolgava-se com a própria capacidade dialética e estendia-se em demasia, tornando-se enfadonho para alguns fiéis, que se remexiam inquietos nos bancos desconfortáveis da igreja, numa vã tentativa de fazer o celebrante perceber que exagerava no tempo da sua fala.

No casamento de Enrique e Mariana, porém, Padre José proferiu, de forma curta e objetiva, um emocionante sermão baseado no capítulo 13 da primeira epístola de Paulo aos Coríntios, no qual o apóstolo dos gentios discorre lindamente sobre o amor.

No momento da entrada das alianças, Mariana aproveitou que os rostos dos convidados, enfeitados com sorrisos abertos, viraram-se todos na direção da pequena dama que trazia o símbolo maior da união do casal e observou, agora de maneira mais detida, o inesperado casal de Espíritos, que permanecia no mesmo lugar, acompanhando alegremente o desenrolar da cerimônia.

A jovem ficou dividida entre a felicidade pela clara recuperação de Tiago Garcez e a curiosidade sobre a identidade de sua acompanhante, que parecia ter saído do seu sonho com a distante Varsóvia de meados do século XX.

A cerimônia seguiu seu curso entre sorrisos e lágrimas de felicidade. Ali estavam duas almas afins que se reencontraram, apaixonaram-se e se vincularam em um altar com a finalidade de passar a vida juntos, compartilhando momentos tristes e felizes.

Havia muito tempo que a Fazenda Mar de España não era tomada por energias tão positivas, e, quando Padre José finalmente proferiu a frase protocolar "eu vos declaro marido e mulher", Hanna convidou Tiago a deixarem o local antes do encerramento formal da celebração.

Os dois Espíritos saíram da capela e, guiados pela luminescência discreta da meia lua, que reluzia sobre parte da propriedade, e do luzeiro de estrelas que o céu limpo exibia, seguiram na direção do observatório da fazenda.

– Meu coração está transbordando de emoção e de alegria por esse momento – disse Hanna.

– Essa é a primeira vez que você, sempre tão contida, externa seus sentimentos – observou Tiago, interrompendo os passos.

– Sou tão fechada assim?

– Sim, é!

– Impossível não se emocionar com tudo o que aconteceu hoje aqui.

Naquela singela capela – Hanna voltou o rosto para

trás, na direção do pequeno templo –, reuniram-se os personagens da difícil encarnação anterior. São irmãos de infortúnios, cada qual buscando, à sua maneira, virar uma página do tempo, reparando erros do passado.

– Todos? Não havia me dado conta disso.

– Isabel, nossa mãe polonesa Magdalena; Thomas, ou José Garcez...

– Milena e Dawid, isto é, nós dois – complementou Tiago.

– Enrique e Mariana – continuou Hanna.

– Enrique e Mariana? – perguntou o rapaz, com leve espanto.

Enrique, pelo que você me revelou, era Gustaw, o médico assassinado por Thomas, em Varsóvia, após atacar o soldado alemão, mas Mariana... qual sua ligação com essa história?

– Gustaw, o médico, no dia anterior àquele terrível episódio da marcha das crianças, havia pedido sua namorada, Izolda, em casamento.

Izolda, Tiago, era a jovem enfermeira que, corajosamente, salvou a pequena Milena...

– Você! – interrompeu o rapaz.

– Sim, eu... salvou a pequena Milena da execução, agarrando-a e fugindo. Gustaw, ao atacar o soldado alemão, impediu que sua noiva fosse assassinada.

Então, hoje, através deste casamento, Enrique e Mariana estão reescrevendo um novo capítulo do romance daquelas almas, brutalmente interrompido na distante sexta-feira, 13 de junho de 1941, na não menos longínqua Polônia, dominada pelos nazistas.

Ontem, Gustaw e Izolda; hoje, Enrique e Mariana, testemunhas de uma das regras mais importantes da Lei Divina do Amor, aquela que preceitua que almas que se amam atraem-se mutuamente; buscam-se no infinito. Podem até ficar afastadas por algum tempo, mas não ficarão distantes para sempre.

– Enrique, Gustaw; Izolda, Mariana... – repetiu Tiago, sem conseguir esconder o espanto.

– Veja você os caminhos que a vida nos oferece: Thomas foi quem tirou a vida de Gustaw, interrompendo o projeto de união matrimonial dos dois. Hoje, como José Garcez, pai de Enrique (Gustaw), não só abençoou a união do casal, como conduziu a noiva – que não tem família – ao altar, pondo fim ao ciclo que ele mesmo interrompeu. Não é fantástico isso?

– Absolutamente fantástico – respondeu Tiago, balançando a cabeça positivamente.

– Garcez, que tanto falhou na encarnação anterior, hoje trabalha na reparação de seus atos. Tem tropeçado bastante e enfrentado muitas dificuldades ao longo da jornada, mas já fez progressos significativos.

As palavras de Hanna tocaram Tiago profundamente. Jamais havia analisado a situação pelo ângulo do pai, um Espírito que reencarnou trazendo, na bagagem, os equívocos do passado e a missão de buscar a reconciliação com todos aqueles a quem prejudicou.

429

Após a nova revelação, em silêncio, caminharam a passos largos na direção do observatório da fazenda.

A dupla aproximou-se da construção, construída pelos pioneiros da família Garcez. Tiago adiantou-se e subiu correndo pela escada em formato de caracol que a circundava.

– Vai ficar aí parada? – disse o jovem, ao atingir o topo da escada.

– Você parece uma criança que ganhou um brinquedo novo.

Quando Hanna venceu o último degrau, encontrou Tiago apoiado sobre o parapeito de madeira, observando, nostálgico, a paisagem noturna ao seu redor, que exercia um verdadeiro fascínio sobre o jovem Espírito.

A fazenda estava toda iluminada em razão do casamento. O movimento concentrava-se exclusivamente no interior do casarão, onde os convidados eram recepcionados pela família.

– Esse sempre foi meu lugar preferido na fazenda. Quantos pores do sol contemplei deste que é meu refúgio seguro nos momentos felizes e de incertezas. Ele me faz voltar no tempo: vejo-me numa manhã qualquer da minha infância, feliz, quando a única preocupação era a professora de matemática – suspirou, diante do pensamento em retrospecto.

– A energia do lugar é mesmo muito especial e a vista, privilegiada – disse Hanna, olhando na direção dos morros que circundavam a região e que, durante à noite, não passavam de discretos contornos escuros na paisagem.

430

– Você notou que Mariana percebeu nossa presença na capela?

– Sim. Esperávamos por isso, Tiago. Assim como sabíamos que ela não chamaria atenção para a cena que somente seus olhos viam.

Desde criança, Mariana vem sendo orientada por Saul, seu mentor, sobre sua mediunidade e aprendeu a agir com discrição quando o assunto são suas visões.

– Quem é esse mentor Saul? Tem alguma ligação com nossa encarnação anterior?

– Não, Tiago. Saul pertence à família espiritual de Mariana e sua ligação vem de encarnações anteriores àquela da Polônia, mas essa é uma longa história, qualquer dia conto a você. Neste momento, quero que me conte como está se sentindo quanto ao retorno à fazenda e, principalmente, depois de ter revisto sua família?

– Considerando o desequilíbrio e o grau de perturbação em que me encontravà quando vagava sem rumo por aqui, após o acidente, posso dizer que hoje foi como se estivesse retornando à fazenda e revendo a todos pela primeira vez.

A emoção foi muito grande. Precisei me controlar para não sair correndo e abraçar a todos, principalmente mamãe. Quanta saudade! – exclamou, com lágrimas nos olhos.

– O equilíbrio que você conseguiu manter ao lidar com tamanha carga emocional só demonstra o quanto evoluiu.

– E agora, qual o próximo passo?

– Por ora, apenas contemplar a obra de Deus – Hanna direcionou os olhos para o céu estrelado –; inundar nosso Espírito com boas energias e aguardar o momento de repouso de José Garcez para executar a missão que nos trouxe até aqui – disse com voz sedosa.

No interior do casarão, os convidados compartilhavam da felicidade contagiante dos noivos, preenchendo com alegria aqueles cômodos que, nos últimos tempos, habituaram-se à presença constante do sofrimento e do silêncio.

Até mesmo as inconfundíveis gargalhadas de José Garcez voltaram a ecoar pela casa. O patriarca entregava-se a animada conversa com velhos amigos que, outrora, motivados por seu comportamento recluso, haviam se afastado da fazenda, após a morte de Tiago.

Apesar de reservada, Isabel também estava feliz com a união do filho com Mariana, embora fosse mais contida na forma de externar o sentimento.

Aprendeu a admirar a nora, principalmente depois que conheceu detalhes de sua história de vida. Comoveu-se ao saber que Mariana não tinha nenhum familiar vivo e, impulsionada pelo instinto maternal, passou a tratá-la como a uma filha, ainda que, por intransigência da própria Mariana, fosse uma filha que insistia, ao menos até o dia do casamento, em trabalhar como empregada da família.

Durante o jantar, Mariana, no momento em que conseguiu permanecer mais tempo sozinha ao lado do

432

agora marido, ainda que sob os olhares atentos de todos, principalmente dos fotógrafos que acompanhavam cada movimento dos dois, sussurrou para ele:

– Mais tarde, preciso contar-lhe algo muito importante.

– Fale-me agora – pediu Enrique, curioso.

– Quando estivermos sós. Agora, precisamos dividir nossa atenção com os demais convidados – respondeu Mariana, instigando ainda mais a curiosidade de Enrique.

Depois de algumas horas, o último convidado despediu-se, e a família ficou só na imensa casa. Exausto, o casal retirou-se para o quarto para descansar. Partiriam no dia seguinte, em viagem de lua de mel.

Por sugestão de Mariana – aceita de imediato por Enrique e aplaudida por Garcez e Isabel –, permaneceriam quinze dias na Espanha. Planejavam visitar Madri, Barcelona e a região da Andaluzia, onde conheceriam, e esse fora o motivo da sugestão de Mariana, a cidade de Cádis, terra de origem dos náufragos fundadores de Porto dos Anjos, dentre eles, os antepassados da família de Garcez e Isabel.

Enrique sabia que o destino era um antigo sonho dos pais. Chegou a convidá-los para os acompanhar, mas a oferta foi recusada: "a viagem é de vocês e não queremos atrapalhar seus planos. Iremos em outra oportunidade", foi a justificativa apresentada pela mãe.

Enrique abriu a porta do quarto, inclinou-se levemente e, com a mão direita, fez reverência dando passagem à esposa, que agradeceu com mesura.

433

Apesar de trabalhar na casa e do tempo de namoro, nunca havia estado naquele cômodo, agora o quarto oficial do casal, já que residiriam na fazenda.

Mariana olhou ao redor e a primeira impressão foi a de que o cômodo era grande demais. O ambiente precisaria de pequenos ajustes para mudar o *status* de quarto de solteiro para de casal, mas isso Enrique já havia providenciado para que fossem executados enquanto estivessem viajando.

– Minha casa inteira cabe neste quarto, Enrique.

– Exagerada! Não é tão grande assim.

– Não superestime o tamanho da minha casa – sorriu. – Tem certeza de que devemos morar aqui na fazenda?

– Morar longe daqui é algo fora de cogitação. Manter a família, e você faz parte dela agora, morando na fazenda é uma das muitas filosofias de vida de meu pai, e você sabe o quanto o velho Garcez pode se tornar irredutível quando quer algo.

Desde que nos tornamos adolescentes, ele sempre deixou claro a mim e a Tiago que, quando constituíssemos nossas famílias, deveríamos permanecer nesta casa, "grande demais para ser desperdiçada só comigo e sua mãe, além de ser tradição de nossa família", argumento que meu pai repete incansavelmente sempre que o assunto vem à tona.

Contrariá-lo nesse ponto geraria uma hecatombe de proporções bíblicas e, para ser sincero, gosto da ideia de continuarmos morando aqui.

– Quem sou eu para contrariar uma ordem de José Garcez...

– Agora me diga, que assunto importante você queria me contar?

– Hoje, durante a celebração, havia um casal que, digamos, não fazia parte da relação oficial de convidados.

Enrique olhou para cima, semicerrou os olhos e tentou se lembrar de alguém estranho durante a cerimônia, mas não conseguiu.

– Nossa lista de convidados era tão restrita, Mariana. Não me recordo de alguém que não fora convidado, e veja você que permaneci um bom tempo de frente para os presentes, aguardando uma certa noiva que estava atrasada.

– Atrasada? Não percebi – respondeu com ar *blasé*.

– Muito engraçado! Mas, falando sério, Mariana, aonde você está querendo chegar? Algo me diz que o assunto não tem nada a ver com penetras.

– Sim... e não. Você sabe que a maioria das pessoas eram estranhas para mim, por isso, eu não teria condições de identificar um não-convidado.

– Mas, então, de quem exatamente você está falando?

– Estou falando de Tiago, meu amor. Seu irmão acompanhou nosso casamento – respondeu após um breve silêncio de hesitação.

– Tiago? Tem certeza?

– Absoluta! Era ele mesmo, embora estivesse um pouco diferente da última vez que o vi.

– Diferente... como assim?

– Parecia ainda mais jovem e exibia uma expressão serena, equilibrada, bem melhor que das outras vezes em que o vi por aqui.

– Então, você acha que ele está melhor? – tomado de surpresa, Enrique esforçava-se para racionalizar.

– Pareceu-me muito bem. Essa mudança de Tiago nos dá a exata dimensão de que a misericórdia de Deus se renova e está presente em nossa vida diariamente – filosofou Mariana.

– Não vou negar que fiquei impressionado. Apesar de tudo que já passamos e conversamos, confesso que este assunto ainda me espanta.

– É perfeitamente compreensível, natural até.

– Conte os detalhes de sua visão, Mariana – Enrique acomodou-se à beira da cama, fazendo sinal para Mariana sentar-se ao seu lado.

– Notei sua presença quando caminhava na direção do altar. Tiago estava de pé na primeira fileira de bancos à direita e sorriu para mim quando nossos olhares se cruzaram. Ele sabia que eu podia vê-lo.

Durante a cerimônia, ficamos de costas para os convidados, mas, no momento da entrada das alianças, ao nos virarmos, constatei que ele permanecia lá, mas, quando a celebração terminou e nos preparamos para sair, ele já havia deixado a capela.

Visivelmente emocionado, Enrique abraçou longamente a esposa, que acariciou seus cabelos. Depois de alguns segundos, suspirou fundo, secou as lágrimas com as costas da mão e, cabisbaixo, com olhar voltado para o chão, desabafou:

– Queria poder vê-lo também. Estou com muita saudade de Tiago, sinto muito a sua falta. Mas é consolador saber que ele está bem e que esteve presente nesse momento tão importante da minha vida, da nossa vida, compartilhando desta felicidade.

– É maravilhoso saber que, no fundo, não perdemos ninguém; que a pessoa amada não desapareceu, que o amor não deixou de existir com a morte do corpo, que não passa de um evento estritamente físico.

– É uma realidade reconfortante – concordou Enrique, emocionado.

– Tem outro detalhe, Enrique.

– E qual seria?

– Diferentemente das outras vezes, hoje Tiago não estava sozinho, havia uma jovem, para mim desconhecida, ao seu lado.

– Sério? Como era ela?

– Aparentava ter a mesma idade de Tiago. Era loira, olhos e pele clara, um biótipo do leste europeu, eu diria.

Enrique pensou por um instante, vasculhou na memória, mas não encontrou qualquer referência que se encaixasse no perfil descrito por Mariana.

– Não me vem à mente ninguém com essas características. Talvez meus pais possam se lembrar de alguém que se encaixe na descrição, embora seja improvável.

– Talvez não seja alguém do círculo familiar ou de amizade da família. É possível que sua acompanhante seja alguém designada, pela Espiritualidade Superior, para auxiliá-lo nesse processo de readaptação.

– Tiago presente em nosso casamento... que notícia maravilhosa! Meus pais gostarão de saber disso.

– Você acha que devemos contar a eles?

– Não há razões para esconder. Reagiram de forma surpreendentemente tranquila quando você contou das visões anteriores, retratando um Tiago perturbado e desequilibrado. Não teriam motivos para receberem de forma negativa a notícia de um Tiago feliz e recuperado.

O dia hoje não poderia ter sido mais feliz! – disse Enrique, com os olhos lacrimosos.

Sensível à emoção do momento, Mariana abraçou o marido longamente.

– Amanhã, antes de viajarmos, contaremos a eles. Ficarão felizes com a notícia de que Tiago esteve aqui novamente.

A madrugada alta derramava seu manto orvalhado sobre a fazenda Mar de España, que jazia silenciosa, quando José Garcez levantou-se da cama, voltou-se para trás e observou seu corpo dormindo profundamente ao lado da esposa, que, adormecida, pousava a mão direita sobre seu peito.

Afrouxadas as amarras que o ligavam ao corpo físico, sentiu-se livre e saiu a caminhar, contemplando a vastidão daquelas terras, orientado pelo manto estrelado que enfeitava o límpido céu e guiado pela luminosidade tênue da lua a se refletir nas gotículas que cobriam o gigantesco tapete negro esverdeado dos campos.

O silêncio pesado foi quebrado pelo som do vento que passava pelas árvores e pelo crocitar de um corvo em pleno voo, despertando o instinto territorialista de uma coruja de chifre que se impôs emitindo seu pio inconfundível, formando dois sons de "hu" curtos e profundos, seguidos de um longo "huuuuu" que ecoava pelas árvores.

Garcez deteve-se, deu meia-volta, olhou em todas as direções e percebeu que caminhara até a porção da fazenda transformada em pastagens para abrigar as cabeças de gado adquiridas por Tiago. Impossível estar ali sem ser atingido por uma explosão de tristeza.

Fazia tudo o que podia para suprimir da memória que aquele espaço fora o motivo da terrível discussão que tivera com o filho em seu último dia na Terra. Paradoxalmente, decidiu enfrentar os demônios relacionados àquelas terras, dedicando os últimos dois anos ao projeto idealizado por Tiago, pois via nele uma maneira de honrar sua memória e um pedido indireto de perdão, na tentativa de reduzir a ferida aberta nas profundezas de sua alma.

– Pai? – a voz chegou aos ouvidos de Garcez como um chamado distante.

Aquela voz era familiar, Garcez sentiu o coração acelerar de ansiedade, virou-se rapidamente, mas não conseguiu encontrar seu interlocutor. À sua frente, apenas alguns vagalumes que pingavam a noite com sua luminescência verde amarelada.

– Estou aqui, pai... – a voz agora parecia vir de um ponto mais próximo.

O desesperado pai deu meia-volta novamente, mas, assim como antes, não avistou nada.

Sentiu a frustração crescer e, percebendo que estava prestes a entrar em pânico, ordenou a si mesmo que mantivesse o controle e permanecesse calmo.

Fechou os olhos, inspirou profundamente e expirou lentamente. Repetiu o movimento mais duas vezes. Quando os olhos reabriram, aos poucos foi surgindo a silhueta de um rosto à contraluz. Era a imagem que, muitas vezes, na escuridão dos dias de reclusão, suplicara a Deus, ou a quem quer que decidisse seu destino, para rever. À sua frente, tangível como qualquer outro elemento da paisagem, estava o filho Tiago.

Os olhares cruzaram-se em silêncio; num átimo, dolorosas mágoas foram projetadas mentalmente, mas deram lugar ao choro incontido, acalentado pelo abraço demorado de duas almas que, mesmo temporariamente separadas por dimensões diferentes, reencontravam-se para reparar as arestas do passado.

– Tiago, é você mesmo? – Garcez segurava o rosto do filho, que aparentava estar mais jovem.

– Sou eu sim, meu pai.

– Perdi a conta de quantas vezes implorei pela chance de estar com você novamente, ainda que uma única vez – falou sem conseguir segurar as lágrimas.

– Quanta saudade. Senti muito a falta de todos,

440

mas não tinha condições de fazer contato – justificou-se Tiago.

– Como você está, meu filho?

– Precisei passar por um longo e difícil processo de recuperação e foi graças ao esforço de abnegados amigos que consegui reunir condições para retornar e rever a todos. Quis a bondade Divina que isso ocorresse justamente no casamento de Enrique. Estou muito feliz!

Garcez chorou de alegria ao constatar que o filho se encontrava bem, completamente recuperado da traumática desencarnação.

Foi entre lágrimas e soluços que decidiu, sem rodeios, tocar num assunto delicado, porém necessário: a discussão!

– Tiago, quando há um elefante na sala, o melhor a fazer é apresentá-lo, sem fingir que ele não está ali – iniciou Garcez.

Tiago percebeu aonde o pai chegaria quando iniciou o assunto com aquele antigo adágio, marca registrada do velho Garcez sempre que estava diante de um grande problema ou de assunto delicado. Muitas vezes, ouvira o pai repetir aos quatro cantos que os problemas – o elefante – devem ser apresentados e encarados de frente, ao invés de ignorá-los e levar a vida fazendo de conta que não existem.

– Aquele dia, foi tudo culpa minha. Quando você saiu...

– Não fale isso, meu pai – interrompeu Tiago.

– Deixe-me terminar, por favor. Não quero, outra

vez, perder a chance de fazer o que há muito tempo deveria ter feito.

Arrependi-me imediatamente de tudo aquilo que lhe disse naquele dia e fiquei observando, sem tomar qualquer atitude, você entrar no caminhão e partir. Internamente, desejava desculpar-me; a voz da minha consciência insistia para que o fizesse imediatamente, mas fui orgulhoso e preferi esperar seu retorno, sem saber que aquela seria uma viagem apenas de ida.

Tudo o que aconteceu poderia ter sido evitado se eu não fosse tão orgulhoso e tivesse impedido a saída do caminhão para pedir-lhe perdão. As coisas, certamente, aconteceriam de forma diferente. Um minuto de conversa seria suficiente para retirá-lo da rota de colisão daquele caminhão. Você não imagina o quanto me condeno por não ter seguido minha intuição – Garcez chorava copiosamente.

Sensível à dor do pai e também com lágrimas nos olhos, Tiago abraçou-o. Sentia em seu peito o soluçar daquele homem, acossado impiedosamente pela culpa.

– Pai, não se culpe por nada. Nada do que o senhor fizesse seria capaz de mudar o rumo dos acontecimentos. Tudo aconteceu dentro do previsto. Era necessário que eu voltasse ao plano espiritual. Meu tempo neste plano havia se encerrado.

Acalente seu coração. Não pense que também não tive vontade de retornar para pedir-lhe desculpas por ter agido como agi. O senhor não foi o único que disse coisas duras naquele dia. Confrontei-o desnecessariamente. Fui rebelde, vaidoso. Por isso, não se sinta culpado por algo que estava fora do seu controle.

– Tivemos você ao nosso lado por apenas vinte e três anos. No início, achava uma brutalidade cruel e inexplicável você ter nos deixado tão jovem. Por muito tempo, revoltei-me contra Deus, ou seja lá como chama o ser, a força que nos governa, por ter agido de maneira tão caprichosa e destruído a felicidade de nossa família, mas, depois, percebi que estava projetando em Deus uma culpa que era só minha. Por isso, peço o seu perdão.

– Você não teve culpa de nada, pai.

– Você não entende, Tiago, preciso do seu perdão. Sem ele, jamais terei paz.

– Não há o que ser perdoado, mas, se isso irá confortá-lo, permitindo que siga em frente, abandonando, definitivamente, qualquer sentimento de culpa, e para que viva uma vida sem remorsos, eu o perdoo, com todas as forças do meu coração.

Com a frase "eu o perdoo", Tiago libertava-se – e concedia a liberdade –, de forma definitiva, não só da discussão com o pai, mas, principalmente, do ódio que atravessara décadas, o ódio pelo alemão Thomas.

– Muito obrigado, meu filho. Você não sabe o quanto o seu perdão é importante para mim – Garcez falou emocionado, enquanto um par de lágrimas lhe escorria pelo rosto.

– Prometa-me que abandonará qualquer sentimento de revolta contra Deus. Ele não desampara nenhum de Seus filhos e tem sido especialmente bom comigo.

O senhor não imagina quanto carinho e auxílio tenho recebido desde o dia em que aceitei o auxílio dos benfeitores espirituais.

– Estou me esforçando para evitar a revolta pela sua morte prematura, mas confesso que, às vezes, isso é bem difícil.

– Encarnados, criamos um estereótipo equivocado da morte, porém, nossa visão modifica-se completamente quando acordamos no plano espiritual e descobrimos que ninguém morre, que a vida nunca cessa.

O contrário de vida não é morte, porque vida não tem antônimos. A vida nunca morre, o que morre são as formas da vida. Estaremos sempre vivos. Hoje, com um corpo material; amanhã, sem ele, mas, ainda assim, vivos. A morte não passa de um mecanismo ainda necessário...

– Necessário? – Garcez interrompeu.

– Exatamente, em mundos essencialmente materiais como a Terra, a morte ainda é necessária para nos trazer de volta para a verdadeira casa, o plano espiritual, com a oportunidade de novas encarnações, dando continuidade ao nosso aprendizado.

Passamos poucos anos juntos no plano físico, é verdade, mas somos Espíritos imortais e compartilharemos uma longa jornada pela frente.

– Mas a saudade, o sentimento de perda, estes machucam.

– Sentir saudade é normal, meu pai, eu também sinto de todos vocês, o que precisamos evitar é a revolta.

Quanto à perda, o que faz o senhor pensar que, efetivamente, perdeu alguém? Não estou aqui, vivo, bem à sua frente? Apenas meu corpo morreu.

Almas que se amam se procuram, encontram-se. Estarão juntas sempre, ainda que, durante algum tempo, não consigam se enxergar, mas isso é uma questão de percepção apenas, não de perda.

Seria ótimo se os encarnados tivessem a capacidade de visualizar os habitantes do mundo espiritual, pois perceberiam que nunca estão sós, mas, infelizmente, ainda não é assim que as coisas funcionam. Há, porém, outras maneiras para promover reencontros, como agora.

Garcez se emocionou com a sensatez das ponderações de Tiago. As lágrimas, apesar da luta interna para contê-las, caíam, teimosas, pelo rosto.

Tiago aproximou-se, afagou os cabelos brancos do pai, e falou com voz pausada:

– Anime-se, papai. Liberte-se dessa culpa sem sentido. Limpe seu coração e siga em frente, assim como eu estou fazendo.

– Seu perdão era tudo o que eu precisava para virar esta página definitivamente e...

Garcez interrompeu a frase no meio e baixou a cabeça. Tiago percebeu o desconforto e, quando se preparava para perguntar o que estava acontecendo, o pai disse baixinho:

– Você tinha razão, Tiago.

– Eu? Razão sobre o quê?

– Criar gado era realmente uma boa ideia. Pena eu ter demorado tanto tempo para descobrir isso.

Garcez se sentiu liberto ao pronunciar aquela frase, algo que antes seria impensável devido ao seu imenso orgulho e a gigantesca dificuldade de dar o braço a torcer. Jogava ao solo o último grilhão que o prendia ao sentimento de culpa.

– Antes tarde do que mais tarde – brincou Tiago, na tentativa de amenizar a situação.

– Não está magoado por eu reconhecer somente agora que você tinha razão? – perguntou Garcez, percebendo a descontração do filho.

– Bravo, eu? Absolutamente! Essa divergência faz parte de um passado longínquo. Lutei bastante, acumulei algumas derrotas no meio do caminho, mas hoje estou conseguindo deixar para trás questões que só diziam respeito à minha vida na Terra.

– Você não sabe o quanto isso me deixa aliviado – suspirou Garcez, deixando os ombros caírem.

Propositalmente invisível aos olhos de Garcez, e também de Tiago, Hanna acompanhava felicíssima o desenrolar daquela conversa. Estava orgulhosa da tranquilidade de seu pupilo na condução dos rumos daquele delicado reencontro.

A conversa entre pai e filho prosseguiu:

– Tiago, gostaria de perguntar mais uma coisa, mas fique à vontade para não responder, se não quiser.

– Que tom solene é esse, senhor Garcez? Pode

perguntar, ainda somos pai e filho, apesar desse seu filho aqui, o gêmeo mais velho, não se esqueça, ser um fantasma – Tiago soltou uma sonora gargalhada, rindo da própria piada.

Garcez deu uma risada discreta e, em seguida, deu vazão à curiosidade:

– Como tem sido sua nova vida no mundo dos mortos? Vida no mundo dos mortos... ficou estranha esta minha pergunta, mas você entendeu, não é?

– Claro que entendi – sorriu Tiago.

Olha, papai, posso dizer que minha vida não tem sido muito diferente da que levava na fazenda. Tenho estudado bastante e trabalhado também.

– Trabalhado? – perguntou, incrédulo.

– Sim, trabalhado. Hoje, presto auxílio em um educandário para crianças e, em breve, assim que tiver condições, receberei novas ocupações. Essa história de "descanse em paz" não passa de fantasia dos encarnados – brincou.

– Onde você vive? – Garcez perguntou, ressabiado

– Vivo em uma colônia espiritual chamada Recanto da Luz.

– Isso é uma cidade?

– Podemos dizer que sim.

– E como foi sua chegada nessa cidade?

– Não foi nada fácil. Depois do meu acidente, passei por momentos de total desequilíbrio. Estava lá quando você e Enrique reconheceram meu corpo. Foi ali que soube que não pertencia mais ao plano material.

– Você estava lá? – Garcez indagou, boquiaberto.

– Sim, tentei fazer com que vocês me vissem. Estava desesperado para dizer-lhes que continuava vivo. Ninguém me ouviu.

– Como poderíamos?

– Claro que não poderiam. Hoje compreendo que não havia como vocês terem consciência da minha presença.

Desorientado, vaguei sem rumo, mas, na maioria das vezes, permanecia aqui na fazenda. Pensava que a fazenda continuaria sendo a minha casa.

Espíritos amigos ofereceram-me ajuda, mas recusei-as inconscientemente, pois permanecia ligado às coisas do mundo material e insistia em viver uma vida que não possuía mais.

Meus caminhos se abriram após a conversa com Mariana e toda a equipe de trabalhadores do Centro Espírita, encarnados ou não. Foi nesse momento, finalmente, que aceitei a ajuda dos trabalhadores do Alto, que me levaram a uma espécie de hospital na colônia, onde pude dar início ao processo de recuperação e readaptação à minha nova vida.

– Que história fantástica, Tiago.

– Nesse processo de recuperação, contei com a ajuda de abnegados trabalhadores do plano espiritual, principalmente Hanna, que foi um verdadeiro anjo em minha vida.

– Hanna?

– Ela veio comigo hoje. Deve estar por aí – Tiago olhou ao seu redor para ver se avistava a amiga.

– Talvez um dia eu possa conhecê-la e ter a oportunidade de agradecer por tudo o que fez a você.

– Quem sabe... – respondeu Tiago, olhando ao seu redor e pensando onde Hanna poderia estar. Certamente, observava-os.

Papai, creio que precisamos nos despedir. Preciso retornar.

– Compreendo, meu filho – havia tristeza em sua voz.

– Não fique triste. Haverá sempre novas oportunidades para nos reencontrarmos.

Garcez apoiou-se em Tiago e abraçou-o bem forte. Queria memorizar aquela sensação do abraço e guardá-la consigo para os momentos em que a saudade apertasse. Não sabia quando teria a oportunidade de rever o filho novamente.

– Amo você, meu pai. Dê um beijo em mamãe e Enrique. Ah! Diga a mamãe que adorei os lilases. Ela saberá do que estou falando. Fiquem com Deus!

– Também amo você, meu filho – disse olhando diretamente em seus olhos.

Garcez ficou parado, observando Tiago dar meia-volta e afastar-se lentamente, até desaparecer por completo na escuridão da madrugada, que apagara a luminosidade tímida das estrelas e da lua minguante, dando lugar a um chuvisco indeciso e constante.

José Garcez voltou para a casa feliz, liberado da carga que lhe pesava na consciência havia muito tempo. Seu corpo físico, adormecido, foi tomado de leve frêmito quando o Espírito acoplou-se ao corpo.

De pé, ao lado da cama, Hanna aplicava-lhe passes reconfortantes. De suas mãos, partia uma luz levemente azulada. Ao acordar, o sofrido pai lembrar-se-ia integralmente do "sonho" que tivera com o filho Tiago.

Naquela noite, Garcez testemunhou a bondade de Deus em ação. Um Deus que nunca desampara Seus filhos. Teria, a partir de então, a certeza de que a morte não é o fim e que Tiago vive.

O dia amanheceu carrancudo. Na direção da praia, o céu anunciava a aproximação de uma tempestade. Na fazenda Mar de España, a família acordara feliz após a festa de casamento de Enrique e Mariana. Estavam todos reunidos na sala de jantar que recendia a café recém-passado para o desjejum.

Um trovão ecoou distante, atraindo a atenção de todos. Garcez recordou-se da manhã daquela sexta-feira triste que marcara a partida de Tiago para o plano espiritual, mas, diferentemente daquele dia, o tempo fechado estava restrito ao lado externo, pois, no interior do casarão, paz e felicidade reinavam soberanas.

Um novo trovão ribombou, seguindo de um clarão

intenso que cortou o céu, iluminando o ambiente. Garcez sentia como se um ciclo tivesse sido completado.

A tempestade que marcara o início de dias tenebrosos, na longínqua, mas sempre presente, sexta-feira, 13 de setembro de 2013, agora retornara para anunciar o fim dos momentos de escuridão.

– Sonhei com Tiago esta noite – falou Garcez, quebrando o silêncio, enquanto partia ao meio um pedaço de pão.

A frase interrompeu imediatamente a sinfonia de talheres, e todos olharam em sincronia para o patriarca da família.

– E como foi o sonho? – perguntou Isabel.

– Foi o sonho mais nítido e real que tive em toda a minha vida. Lembro-me perfeitamente de cada detalhe.

Mariana esboçou um sorriso discreto. Percebia, pela introdução, que o sogro não tivera um sonho, apesar de ele acreditar nisso.

– Encontrei-o aqui mesmo na fazenda, e Tiago disse estar bem, que, depois de ter passado algum tempo perdido, preso a este mundo, principalmente a esta fazenda, foi auxiliado por Espíritos e encaminhado para uma colônia onde se recuperou e, agora, está estudando e até trabalhando. Vejam vocês!

– O que mais ele falou? – perguntou Isabel, emocionada, inclinando-se na direção do marido.

– Disse que veio até aqui esta noite para acompanhar o casamento de Enrique e Mariana.

Neste instante, o casal entreolhou-se com cumplici-dade. Sem saber, Garcez confirmava as visões de Mariana.

– Ele também... – com a voz embargada de emoção, Garcez interrompeu a narrativa. – Ele... – engoliu em seco – ele... também disse que não guardava nenhuma mágoa da nossa discussão e me perdoou pelas palavras que eu dis-se em nossa última conversa.

Garcez não resistiu e entregou-se a copioso pranto, contagiando a todos num choro coletivo.

– Ele me perdoou. Meu filho me perdoou – repetiu.

A emoção tomou conta da família. Todos se levan-taram e abraçaram longamente aquele pai que, finalmente, estava se libertando de anos de remorso e culpa.

– Tiago me perdoou! Vocês conseguem imaginar o peso que ele me tira da consciência?

– Tem certeza de que tudo não passou de um so-nho? – Isabel perguntou, ainda com certo ceticismo.

– Não foi apenas um sonho. Ele esteve aqui mesmo. Não sei explicar por que, mas sei que não foi um sonho comum – respondeu Garcez. – Inclusive, Isabel, no sonho, Tiago pediu para lhe agradecer pelos lilases. Não sei do que ele estava falando, mas disse que você entenderia.

Ao ouvir aquela frase, Isabel baixou a cabeça e come-çou a chorar.

Enrique levantou-se para auxiliar a mãe, mas ela fez um sinal com a palma da mão que interrompeu os passos do filho. Respirou fundo e explicou sua súbita emoção.

– Vocês não se lembram de que, no cemitério,

quando me despedi de Tiago, coloquei sobre o seu corpo dois pequenos lilases, minha flor preferida?

– Recordo-me de a senhora ter posto flores, mas não quais eram elas – falou Enrique.

– Pois eu não me lembro de nada disso – complementou Garcez.

– Isso não foi um simples sonho. Somente Tiago poderia saber disso – concluiu Isabel.

– Não foi mesmo... – Mariana falou baixinho, mas atraiu, para si, a atenção de todos.

– O que você sabe, Mariana? - perguntou Isabel.

Enquanto a jovem preparava-se para responder, com os olhos inchados, porém refeitos da emoção, todos retornaram aos seus lugares na mesa, esperando pela explicação, exceto Enrique, que já sabia o que a esposa tinha a contar.

– Realmente, não foi um sonho. Eu e Enrique estávamos apenas esperando o momento oportuno para lhes contar algo.

– Pois, então, conte! – pediu Garcez.

– Tiago esteve presente em nosso casamento, durante toda a cerimônia. Eu o vi.

– Você tem certeza, Mariana? – perguntou Isabel, espantada com a revelação da nora.

– Não falei?! – exclamou Garcez, eufórico.

– Absoluta! Tiago aparentava estar recuperado e tinha uma aparência jovial, como se tivesse rejuvenescido alguns anos. Bem diferente das outras vezes em que o vi – explicou Mariana.

– Tive a mesma impressão no sonho, de que ele estava mais jovem. Isso é fantástico! – Garcez exclamou.

– Assim que entrei na capela e caminhei na direção do altar, eu o vi, de pé, sorrindo, feliz, nos primeiros bancos da frente.

– Isso é inacreditável. Primeiro, o sonho de Garcez; agora, esse seu relato – comentou Isabel. As lágrimas voltaram a rolar pela face.

– Desta vez, algo diferente me chamou a atenção – falou Mariana.

– O quê? – perguntaram Garcez e Isabel em coro.

– Ele não estava só, havia uma jovem ao seu lado.

A frase correu pelo ambiente e silenciou a todos, espantados com a nova informação, exceto Enrique, que, apesar do silêncio, conhecia os meandros do relato da esposa, muito embora a informação seguinte também fosse espantá-lo.

– Hanna! – exclamou Garcez, dando um pequeno tapa na mesa.

– Quem? – perguntou Enrique.

– Hanna é o nome dessa jovem que você diz que estava acompanhando Tiago.

– O senhor sabe quem é ela? – Mariana perguntou.

– Não, mas, no sonho, Tiago contou-me que viera

acompanhado de uma jovem chamada Hanna e que foi ela quem o auxiliou na colônia espiritual...

Garcez interrompeu a fala, franziu as sobrancelhas e fez sinal com a palma da mão direita estendida, dando sinais de que buscava, na mente, alguma informação adicional.

– Recanto de Luz... Não! Recanto da Luz. Isso! Recanto da Luz é o nome da colônia ou cidade em que Tiago vive.

– Nos trabalhos mediúnicos da Casa Espírita, ouvimos falar algumas vezes desta colônia que, segundo relatos vindos da Espiritualidade, situa-se sobre a região de Porto dos Anjos.

– Isso é realmente surpreendente e impressionante – falou Enrique.

– Há na família alguém chamada Hanna? – Mariana perguntou. – Ela é loira, pele e olhos claros – complementou.

Isabel e Garcez concentraram-se na tentativa de relembrar de algum parente distante com aquela fisionomia.

– Não há ninguém em nossas famílias com esse nome ou com essa descrição, muito embora, não sei por que, esse nome, essas características, não me sejam estranhos – respondeu Isabel.

– Compreendo. Talvez, Hanna seja um Espírito designado para auxiliar Tiago no processo de recuperação e que não esteja ligado à família terrena de vocês.

– Nossa família, Mariana. Agora você faz parte dela – corrigiu José Garcez.

– Nossa família, desculpe-me. Tudo é muito recente para mim.

– Mas trate de acostumar-se logo, pois agora você é uma Garcez – lembrou, com orgulho, dando ênfase no nome da família, o patriarca José.

– Em resumo, meu sogro, nossos relatos se completam. Realmente, não foi um sonho. Durante o sono, o senhor, apenas Espírito, desprendeu-se do corpo e encontrou-se com Tiago. Certamente, esse encontro realizou-se com um propósito: promover a reconciliação entre pai e filho, e cada um teve a oportunidade de dar e receber o perdão, colocando um ponto final em assuntos que a desencarnação prematura de Tiago deixou pendente.

Hoje, fomos testemunhas da infinita bondade de Deus em ação.

– Você tem razão, Mariana. Sinto-me leve, sem o peso da culpa e do remorso que carregava desde o acidente de Tiago. Hoje, tive a confirmação de que ele está vivo.

Felizes, todos voltaram ao café da manhã, interrompido pelas histórias reveladoras da noite anterior.

Na rua, a chuva entrara em cena e precipitava-se com força, e gotas imensas despencavam sobre a cidade de Porto dos Anjos.

CAPÍTULO 18

Retorno

UMA BAIXA E EMARANHADA NUVEM ESCURECIA O céu, e a chuva começava a entrar em cena novamente. A última semana fora marcada pela umidade, que criava cenários que se revezavam entre o nevoeiro e a chuva intensa.

Um temporal despencava dos céus, uma das tempestades mais intensas que Porto dos Anjos vira em anos, quando Enrique e Mariana retornaram da viagem de lua de mel, inicialmente programada para quinze dias, mas que os recém-casados estenderam para vinte.

– Como foi a viagem? – perguntaram Garcez e Isabel, enquanto recepcionavam os recém-chegados e os ajudavam com as malas, já rumando ao interior do casarão.

– Foi excelente. Tanto que ficamos um pouco mais do que o previsto – Enrique respondeu, deixando seu corpo cair sobre o sofá da sala, tão logo o avistou, seguido de Mariana.

Estavam exaustos da longa viagem, tudo o que queriam, naquele momento, era enfiar-se embaixo do lençol macio, esticar o corpo na cama até sentir os membros doloridos relaxarem, produzindo uma sensação de alívio prazeroso.

– Como é Cádis? – perguntou Garcez, dando vazão à curiosidade sobre a cidade natal dos antepassados.

– Uma cidade encantadora. Ela foi a razão da esticada que demos na viagem. Havia muita coisa interessante para fazer e fomos simplesmente ficando – esclareceu Mariana.

Enrique, então, passou a narrar, sob os olhares atentos dos pais, todos os detalhes da cidade da região da Andaluzia. Deu ênfase para a sua arquitetura, que funde diversos estilos, destaque para o barroco e os traços da cultura islâmica.

Banhada pelas águas azuis do Oceano Atlântico, com seus museus, catedrais, sítios arqueológicos, jardins, a cidade ofereceu mais atrativos do que o casal supunha quando partiu de Porto dos Anjos.

– Conhecer nossas origens foi maravilhoso. Felizes das famílias que têm história, porque lhes é dada a graça de recordar e perceber, ao longo do tempo, as pegadas deixadas pelas gerações passadas, registros de sua própria imortalidade – filosofou Enrique.

– Ficamos felizes por vocês, mas agora vão descansar. Em outro momento, quando estiverem refeitos, vocês nos contarão todos os detalhes da viagem – a sugestão de Isabel foi aceita de bom gosto pelo casal.

A vida, aos poucos, foi retomando o ritmo normal na família Garcez. Impulsionado pela rotina de trabalho, o tempo movimentou suas engrenagens e a fazenda Mar de España testemunhou o colorido primaveril dar lugar ao calor seco do sol de verão, que ditava o tom em seus longos dias, até esvair-se em noites mornas, ornamentadas por um céu pontilhado de estrelas.

O tempo moveu-se novamente. Abraços, felicitações e promessas marcaram a entrada do novo ano e, num piscar de olhos, a centenária propriedade já presenciava o outono substituir o verão na dança das estações, enevoando os céus, desbotando as folhas de algumas árvores, jogando outras ao solo e brindando a todos com suas tardes frescas e serenas, coroadas com crepúsculos de tonalidades quentes e com a algazarra dos pássaros retornando aos seus ninhos, ao entardecer.

Testemunhou também quando o vento gelado apresentou os primeiros indícios da aproximação do inverno, até que, num outro piscar de olhos, os dias mais curtos tomaram conta do calendário, e as plantas, cristalizadas pelo sincelo da madrugada, raríssimo em regiões litorâneas, anunciaram que a estação do frio chegara com ferocidade.

Mais um giro das engrenagens do tempo, e a fazenda viu seus jardins, cuidado com tanto esmero por Isabel e Mariana, florir-se por completo, inundando de cores a visão de seus moradores, fechando o ciclo das estações, lembrando-os de que mais um ano de suas vidas correra, apressado.

***

Na colônia Recanto da Luz, Tiago encontrou Hanna pensativa, admirando a água que descia, translúcida, pelas pequenas cascatas em camadas formadas no chafariz da praça central, exatamente onde a jovem havia combinado de encontrá-lo.

Aproximou-se e percebeu que a amiga estava distante em seus pensamentos, com uma rusga de preocupação em seu rosto. Discreto, observou-a silenciosamente, tentando, inutilmente, desvendar as razões de suas preocupações. Era a primeira vez que a via pensativa, alheia ao que ocorria ao seu redor.

– Hanna? – chamou, quebrando o silêncio.

– Olá, Tiago. Estava distante. Não notei sua presença.

– Percebi. Está tudo bem com você?

– Sim, tudo. Estava apenas refletindo sobre o futuro, o meu futuro.

– Futuro? Há algo que eu deva saber? – perguntou, intrigado com o semblante enigmático de Hanna.

– Desde a nossa encarnação na Polônia, temos atravessado as décadas lutando para dar um ponto final e virar a página dos erros cometidos e dos assuntos inacabados.

Estamos todos envolvidos nessa trama do tempo. Uns mais comprometidos que outros, mas todos, direta ou indiretamente, envolvidos.

– Sim, você tem razão, mas ainda não consegui entender aonde você quer chegar, Hanna.

– Acalme-se! Chego lá em seguida.

Desde o fim da minha curta existência como Milena, assumi o compromisso, juntamente com outros dedicados amigos espirituais, de auxiliar a reatar as pontas soltas desta história que começou na Polônia e que teve continuidade em Porto dos Anjos, principalmente a difícil relação entre você e Garcez, fruto do sentimento de ódio que ultrapassou décadas, ódio que mesmo o amor de pai e filho não conseguira apagar totalmente.

– Sentimento que alimentei desde o instante em que, na encarnação anterior, como Dawid, vi o último olhar de minha mãe enquanto eu deixava o gueto de Varsóvia para viver em segurança nas florestas de Mazury. Era um olhar de dor e de tristeza, um olhar que alimentou o ódio que nutri por Thomas, transformando-o no inimigo de uma vida.

– Esse ódio era tamanho, que não foi possível sequer tentar a reaproximação entre vocês dois quando retornaram ao plano espiritual. Por essa razão, os amigos espirituais optaram pelo retorno rápido de Thomas à Terra, desta feita como José Garcez, para recebê-lo como filho, isso com o auxílio de Magdalena, nossa mãe polonesa – Isabel, novamente sua mãe –, que tanto lutou para promover o perdão de vocês aqui mesmo no plano espiritual.

– Não por acaso que minha mãe foi sempre a voz conciliadora nas discussões com meu pai.

– À primeira vista, poderíamos julgar Garcez, ou Thomas, como o artífice de toda essa trama de dor e sofrimento. Claro que seus erros foram grandes, mas posso garantir que esse ódio não iniciou na Polônia e que o maior erro cometido por aquele soldado alemão foi o de não perdoar, deixando que o ódio de um passado distante conduzisse suas ações.

– Você está dizendo que nossa história, juntos, remonta de eras mais antigas?

– Quase sempre é assim, Tiago. Não vem ao caso revelá-la agora, mas saiba que Thomas pagou com crueldade o tratamento, também cruel, que um dia recebeu.

O erro de todos nós tem sido não ouvir o conselho de Jesus, nosso modelo e guia: *"reconcilia-te depressa com o teu adversário, enquanto estás no caminho dele"*. Thomas preferiu pagar o mal com o mal ao invés de tentar a reconciliação.

Por conta dessa escolha equivocada, patrocinada por seu livre-arbítrio, o entendimento com seus "adversários", coloquemos aspas na palavra, teve de ser buscado à custa de mais traumas e sofrimentos na atual encarnação.

– Você tem razão, Hanna. No meu caso, isso só ocorreu após a morte do meu corpo físico.

– Ah! Tiago. Muitos retornam ao plano espiritual deixando pendências: desavenças, assuntos inacabados. Poucos, porém, sabem que é possível sanar as pendências mesmo estando em planos diferentes. No seu caso, felizmente, tudo se resolveu, mas nem sempre é assim que ocorre.

– Você tem razão! Mas voltemos ao assunto inicial: sua preocupação. Você ainda não me contou o que está acontecendo – sorriu Tiago.

– Nossa história está intimamente ligada ao assunto que me tem feito refletir.

– Está?

– Sim. É chegada a hora de eu retornar à Terra.

– Você está dizendo que vai reencarnar? – Tiago não percebeu a tristeza em sua própria voz.

– Vencemos uma etapa difícil, mas agora chegou o momento de eu voltar e retomar minha caminhada.

Tiago recuou, chocado; um soco no estômago teria feito menos estrago que aquilo. Manteve-se calado por alguns instantes, tentando, sem sucesso, encontrar as palavras para definir a sensação que a revelação de Hanna lhe causara, até que a amiga espiritual acudiu-o diante do silêncio inquietante que tomou conta do ambiente.

– Sei o que está pensando. O sentimento é paradoxal. Já passei por isso antes, quando testemunhei o retorno de pessoas queridas.

– É estranho, Hanna. A sensação é a mesma da perda de alguém na Terra, com a diferença de que a partida aqui é anunciada com antecedência, possibilitando a despedida – suspirou Tiago, desconcertado.

– Enquanto encarnados, ficamos tristes com a partida de nossos entes queridos. Deste lado, o sentimento de pesar surge com o retorno de alguém ao plano material.

– É quase uma nova morte, um novo distanciamento, um paradoxo, como você definiu muito bem.

– A distância é mesmo intrigante, Tiago. Tem quem fique distante, mesmo estando ao nosso lado, mas há quem continue ao nosso lado, mesmo distante. Estaremos distantes, é verdade, mas poderemos nos reencontrar em meus desprendimentos durante o sono.

– Não consigo mesmo ficar muito tempo junto de você, Hanna. Na Polônia, não tivemos tempo de crescermos como irmãos, mais tarde eu retornei à Terra e você permaneceu neste plano e agora, que estou de volta, é a sua vez de retornar. Será que um dia terei a oportunidade de ficar mais tempo com você?

– A vida é uma imensa estação, em cuja plataforma testemunha-se um constante e ininterrupto vai e vem. Dia após dia, uns chegam e outros vão. Há os que desembarcam sem querer ter vindo. Há os que partem querendo ficar. Há todo o tipo de passageiro. Chegar e partir são apenas as duas faces de uma viagem que só terá fim quando desembarcarmos na estação da perfeição.

– Belas palavras, Hanna. E... quando você retornará? – Tiago perguntou, reticente.

– Nos próximos dias.

Tiago silenciou mais uma vez e, depois de alguns segundos, fez um pedido inusitado à amiga espiritual, que um dia também fora sua irmã terrena.

Surpresa, Hanna prometeu levar a inesperada solicitação ao conhecimento de seus superiores hierárquicos da colônia. Só eles teriam autoridade para atender a um pedido tão sério.

* * *

Meses mais tarde, no casarão dos Garcez, como de costume, a família reunia-se à mesa para o jantar, mas, desta vez, atendendo também a um pedido especial de Enrique e Mariana.

Garcez e Isabel estavam curiosos com o tom solene do casal ao fazer questão de reunir a todos no jantar, algo que aconteceria naturalmente.

Na hora de sempre, todos ocuparam seus lugares. Os olhares curiosos e inquietos de Garcez e Isabel contrapunham-se à postura serena e irritantemente calma dos jovens, que faziam daquele momento um agradável – ao menos para eles – jogo de paciência.

Não se ouvia nenhum som artificial no ambiente. O único barulho audível era a sinfonia formada pelo gotejar ritmado da água que pingava do telhado sobre os pedriscos que decoravam uma faixa do solo, abastecido pela garoa intermitente que se abateu sobre a cidade desde o alvorecer.

O silêncio dos personagens principais da conversa dava margem à imaginação. Garcez temia que o casal tivesse decidido morar distante da fazenda, algo que ele não estava disposto a aceitar facilmente.

– Enrique sabe que é tradição da nossa família todos morarmos sob o mesmo teto – disse à esposa, no quarto, antes do jantar.

– Acalme-se, Garcez. Não sofra por antecedência. Você nem sabe se esse será o assunto de logo mais.

– E o que mais seria, mulher?

– Como vou saber? Talvez, seja uma nova viagem. Enrique vive repetindo que quer rodar o mundo com Mariana.

– Isso é da boca para fora. Ele não precisaria de um jantar para anunciar formalmente uma viagem.

– Enrique é seu filho, lembra? Você transforma tudo num evento – Isabel alfinetou o marido, contendo-se para esconder o riso.

Apesar da curiosidade a desfilar soberana pelo ambiente, o casal preferiu manter o suspense.

– Temos algo para comunicar, mas sugiro jantarmos primeiro. É bom estar bem alimentado para tratar de assuntos importantes – sentenciou Enrique, em tom sério, aumentando ainda mais as suspeitas, ou as certezas, do velho Garcez, sobre o teor da conversa.

– Nada disso! Não tenho paciência para esse jogo que você está fazendo, Enrique. Jantar? A comida não descerá bem se você continuar com todo esse suspense – falou quase sem respirar, construindo as frases de forma apressada. – Não me diga que vão querer se mudar desta casa? Você já sabe o que penso sobre isso.

– O que temos a dizer implica em mudanças, sim – falou Mariana.

466

– Isso eu não aceito. Esta casa é...

– Sim, sabemos: "Esta casa é grande demais para ser ocupada somente por mim e por sua mãe." – completou Enrique, pausadamente, atravessando-se à fala de Garcez.

Já decorei essa frase de tanto que o senhor a repete – Enrique sorriu diante da própria provocação ao pai.

– E não é verdade?

– **Sim, papai.** A casa é realmente grande – concordou Enrique, enquanto Garcez erguia os braços ao céu diante da aceitação de seu argumento.

– Mas a mudança é necessária – falou Mariana.

– Mudança? Você não ouviu o que eu disse? – Garcez lançou um ar de incredulidade para a nora.

– Claro que ouvi, meu sogro. O senhor é que não entendeu. Estamos apenas dizendo que a mudança será necessária, não que iremos nos mudar. Entendeu?

– Exatamente, papai. Felizmente, a casa é muito grande, como o senhor vive repetindo – Enrique acrescentou.

– Agora não entendi mais nada – falou Garcez, com semblante derrotado.

– Acho melhor vocês explicarem isso melhor – sugeriu Isabel, já intuindo aonde aquela história iria chegar.

– Você fala? – perguntou Enrique à esposa.

– Fale você! – replicou Mariana.

– Santo Deus! Falem de uma vez – reclamou Garcez.

467

– Haverá mudanças por aqui, papai – iniciou Enrique.

– Que mudanças? Do que vocês estão falando? – Garcez indagou.

– Senhor Garcez, senhora Isabel – iniciou Mariana, calmamente, trocando olhares com os sogros –, o que estamos querendo dizer é que vocês serão avós!

Isabel sorriu de felicidade, suas suspeitas haviam se confirmado. Garcez permaneceu imóvel, boquiaberto, semblante aparvalhado, e precisou de alguns segundos para processar a informação para, depois, explodir de alegria, abraçando efusivamente o filho e a nora.

– Você ouviu isso, Isabel? Um neto! Serei avô!

– Novamente, o senhor não entendeu, papai – disse Enrique, interrompendo a comemoração de Garcez, que o encarou sem compreender qual equívoco havia cometido.

* * *

Meses antes, Tiago caminhava despreocupado rumo ao portão de saída da Universidade Francisco de Assis – assim ele chamava a instituição de estudos evangélicos em que se matriculara.

A noite fora bastante proveitosa, o tema em estudo foi a chamada "Parábola do Mordomo Infiel", uma das parábolas recitadas por Jesus com maior grau de complexidade, tanto que os tutores reservaram mais um encontro para dar continuidade aos estudos sobre a difícil passagem. Não por acaso, exegetas de todos os cantos do mundo ainda perdem o sono e dedicam incontáveis horas na tentativa de extrair a lição moral contida nessa parábola aparentemente contraditória.

Quando cruzou o portão principal, Tiago avistou Hanna sentada em um pequeno banco do outro lado da rua.

A jovem acenou, sorridente, fazendo sinal para que o amigo se aproximasse.

Surpreso, Tiago cumprimentou-a com um longo abraço. Não esperava a visita da amiga naquela noite.

– Que surpresa é essa? – perguntou, intrigado.

– Realmente, não estava nos planos encontrá-lo hoje, mas foi necessário, pois recebi a resposta quanto ao seu pedido.

– Já? – Tiago demonstrou espanto, afinal, havia apenas três dias que fizera a delicada solicitação à Hanna. Não esperava uma resposta tão rápida.

– Pela rapidez do retorno, você já pode imaginar qual foi a resposta, não pode?

– Penso que não haveria pressa para transmitir-me um "não", o que me faz pensar que a resposta foi "sim" – conjecturou, já sentindo o peso da responsabilidade assumida, mesclado com o medo de ter solicitado algo que talvez estivesse além de suas forças.

– Tiago, não existe uma regra matemática para definir o tempo em que um Espírito deva permanecer na erraticidade antes de reencarnar. Mesmo sem uma regra formal, não é usual que retorne pouco tempo depois da sua desencarnação.

Cada situação é única e possui inúmeras variáveis. Já tivemos alguns casos de reencarnação quase imediata, por exemplo, mas essa não é a regra.

Seu pedido para reencarnarmos juntos me pegou de surpresa, confesso. Imaginei que você tivesse a intenção de permanecer mais tempo no plano espiritual, preparando--se para o retorno futuro.

– A Terra é o melhor e mais completo campo de provas. Serei um privilegiado por ter a chance de retornar ao lado de minha mentora espiritual.

– Saiba que seu pedido foi atendido, exclusivamente, por seus próprios méritos, por você, apesar do pouco tempo, reunir as condições necessárias para uma nova experiência na Terra e, se Deus assim permitir, estaremos juntos nessa empreitada.

Feliz, Tiago abraçou Hanna, girando-a no ar.

– Seremos irmãos novamente! Você promete cuidar de mim? – falou Tiago, soltando-a no chão.

– Só se você prometer cuidar de mim também.

– Isso já não posso garantir. Nós, Espíritos menos evoluídos, somos muito egoístas – brincou.

– Sei... Pois então, trate logo de se preparar, senhor Espírito atrasado, porque temos pouco tempo. Já está quase tudo pronto para o início do processo de ligação com nossa mãe terrena.

– Já que você falou sobre nossa mãe terrena, preciso

fazer uma pergunta – falou Tiago, enquanto uma expressão de ansiedade tomava conta de seu rosto.

– Faça sua pergunta, Tiago – sorriu Hanna, resignada.

– Que família nos receberá?

Hanna meneou a cabeça e desviou ligeiramente o rosto. Tiago teve a impressão nítida de que a amiga não ficara surpresa com a pergunta, exatamente a que esperava.

– Jura que você nem desconfia quem seja?

Tiago pensou por um instante e logo encontrou resposta à própria pergunta. Hanna apenas sorriu, não havia mais o que ser dito.

Felizes, Hanna e Tiago partiram abraçados rumo a uma nova experiência. O rapaz olhou para trás e despediu-se, saudoso, da Universidade Francisco de Assis. Lamentou perder a segunda parte das explicações sobre a "Parábola do Mordomo Infiel", afinal, não a havia compreendido integralmente.

"Ficará como dever de casa para fazer na Terra" – pensou.

***

Na fazenda Mar de España, Garcez estava nervoso com o jogo de palavras promovidos por Enrique e Mariana, que se divertiam com suas reações.

– Qual parte eu não compreendi, Enrique? – perguntou Garcez, sem entender os rumos e os altos e baixos da conversa.

– Nós dissemos que vocês seriam avós, mas em nenhum momento falamos que teriam um neto – sorriu Enrique, adorando a brincadeira que faziam com o pai.

– Não? E uma coisa não está diretamente ligada à outra? Como poderemos ser avós sem ter um neto? – questionou Garcez, com ar de alguém que busca ajuda e se dá conta de que pouca coisa lhe será oferecida.

– Lógico que, para vocês serem avós, é preciso ter um neto.

– Ah! Não. Vocês só podem estar brincando com essa conversa. Ficam dando voltas, parecem cachorro correndo atrás do próprio rabo. Desisto! – falou Garcez, jogando as mãos para a frente com desdém.

Mariana achou engraçada a impaciência do sogro e resolveu pôr fim à brincadeira.

– Senhor Garcez, quando Enrique disse que vocês serão avós, mas não terão um neto, ele está querendo dizer que não terão apenas um neto, um – repetiu –, terão dois netos.

– Você está dizendo que está grávida de gêmeos? – foi a vez de Isabel perguntar, eufórica.

– Exatamente! Vocês serão avós de gêmeos – Mariana confirmou, sorrindo.

– Vocês tem certeza disso?

– Absoluta! Decidimos contar sobre a gravidez somente após a confirmação. Apesar de já ter feito outros exames, hoje foi realizada a primeira ultrassonografia.

O exame não só confirmou uma gravidez de sete

semanas, mas, para a nossa surpresa, revelou que são gêmeos – esclareceu a futura mãe.

– Mas isso é maravilhoso! – exclamou Garcez, batendo palmas e abraçando a nora.

E vocês aí, torturando-me com esse jogo de palavras – falou, beijando Mariana na testa.

– Que foi engraçado ver o senhor aí todo nervoso, lá isso foi. Até em mudança de casa pensou – falou Enrique, abraçando o pai.

– Será muito bom ter essa casa cheia de crianças e de vida novamente – comentou Isabel.

– Até posso imaginar essas crianças correndo por aí – complementou Garcez.

– Bem, agora que o segredo já foi revelado, creio que podemos jantar, não? – sugeriu Mariana.

– Tinha até esquecido do jantar, que agora será de comemoração aos meus netos que estão a caminho – falou Garcez, com espalhafato.

– Nossos netos – retrucou Isabel.

– Tudo bem. Seus também.

A gravidez de Mariana escancarou de vez as janelas da alma dos habitantes da fazenda Mar de España, inundando de luz até mesmo seus cômodos mais recônditos, expulsando o último resquício da escuridão poeirenta, impregnada nos corações empedernidos pela dor. Definitivamente liberta dos grilhões do sofrimento, a vida na casa retornou, abundante.

O tempo prosseguiu sua marcha e os dias seguiram--se leves e sorridentes na fazenda. A vigésima primeira semana da gestação de Mariana – a passagem do tempo passou a ser contada em semanas pelas mulheres da família – marcou um novo momento de felicidade do casal e dos avós, foi quando descobriram o sexo dos bebês.

Apesar de não manifestarem abertamente, Enrique e Isabel desejavam intimamente que fossem duas meninas; Mariana, por sua vez, mantinha-se neutra, enquanto Garcez não fazia a menor questão de esconder a vontade de ter dois meninos fazendo estripulias pela fazenda. Até traçava planos para os netos.

O resultado, porém, terminou por contentar a todos. "A imagem não deixa dúvidas", foram as palavras do obstetra ao interpretar o emaranhado de formas, em alaranjado e preto, projetadas no monitor do equipamento de ultrassonografia, para cravar em seguida: "É um casal. Meus parabéns!".

A expectativa pelo nascimento dos gêmeos era enorme. Enrique e Mariana tentavam manter a serenidade e conter a impaciência eufórica dos avós, principalmente Garcez, que contava os dias para ver os netos, até que o amanhecer frio do mês de maio que findava, primeiro sinal do inverno que se avizinhava, testemunhou a chegada dos dois novos membros da família Garcez, os gêmeos Milena e David, nomes escolhidos por Mariana, que, certa madrugada, acordou sobressaltada com aqueles dois nomes martelando-lhe na cabeça. Horas mais tarde, quando relatou o ocorrido a Enrique e a ideia de dá-los aos filhos, o marido aprovou-a de pronto.

Foi dormindo, confortavelmente acomodados no colo dos pais, que David e Milena adentraram, pela primeira vez, no casarão dos Garcez.

Corujas, os avós imediatamente acercaram-se dos netos; já os haviam visto na maternidade.

David nasceu dezessete minutos antes da irmã – reivindicaria o título de gêmeo mais velho por toda a vida. Foi chorando, a plenos pulmões, que o menino cumprimentou os avós quando a enfermeira o apresentou através do vidro. Milena, ao contrário, dormia angelicalmente quando os avós a conheceram, derretidos pelo semblante meigo e sereno da neta, características que a acompanhariam por toda a existência.

Foi assim que, num dia frio de outono, fantasiado de inverno, Tiago e Hanna retornaram ao seio de sua família terrena e espiritual. Sete décadas foram necessárias para que aqueles Espíritos, separados por erros do passado, estivessem novamente reunidos, lutando, cada qual a seu modo e com suas limitações, para reescrever suas histórias ao longo dos caminhos tortuosos e bifurcados da vida.

Epílogo

ALVORECIA QUANDO ENRIQUE RETIROU DAVID DO berço e o acomodou na pequena cesta acolchoada que utilizava para transportá-lo, segurando-a pela alça – o menino acompanhava seus movimentos com os olhos arregalados – depois, observou a esposa, que, cansada da longa batalha da madrugada para amamentar e acalentar os gêmeos, dormia profundamente. Antes de sair do quarto, pisando na ponta dos pés, conferiu o berço de Milena. A menina também dormia, serena.

A casa estava silenciosa. O frio outonal – ouvia o vento áspero que batia na janela e agitava as árvores – inviabilizava qualquer incursão com David na rua, por isso Enrique resolveu ir até a biblioteca, cômodo que não visitava desde o anúncio da gravidez de Mariana.

Enrique entrou silenciosamente, fechou a porta para ficar mais à vontade, colocou a cesta com David sobre a mesa e ficou observando, de forma aleatória, os livros.

Quando dirigiu o olhar na direção da estante em que estavam organizadas as obras de literatura estrangeira, notou que um dos livros encontrava-se desalinhado em relação aos demais. Era um antigo exemplar de capa dura, cor azul, sem indicação de título na lombada. Retirou-o cuidadosamente da estante e identificou autor e título, grafados em branco: "William Shakespeare, Macbeth".

Abriu o livro, olhou na direção do filho, que movimentava freneticamente os braços, e percebeu que, no meio de suas páginas, marcando um ponto específico, havia um pequeno pedaço de papel dobrado.

Retirou a marcação sem abri-la, o papel aparentava ser antigo, a cor amarelada, as manchas de umidade e as extremidades corroídas indicavam isso. Pousou o dedo indicador da mão esquerda sobre a página e identificou a passagem em que o antes leal e corajoso general Macbeth, agora o tirano rei da Escócia, recebe de Seyton a notícia do suicídio da rainha, Lady Macbeth, e profere o famoso solilóquio:

"Deveria ter morrido mais tarde. Haveria, então, lugar para uma palavra!... O amanhã, o amanhã, o amanhã, avança em passos mesquinhos, dia a dia até a última sílaba do tempo que se recorda, e todos os nossos ontens iluminaram para os loucos o caminho da poeira da morte. Apaga-te, apaga-te, vela fugaz! A vida nada mais é do que uma sombra que passa...."

Fechou o livro, refletiu sobre a passagem, olhou novamente para David, o menino observava-o em silêncio, e lembrou-se do pequeno papel que antes servira de marcador de página. Desfez as duas dobras do delicado bilhete, menos amarelado na parte interna, e leu o texto. Letras simetricamente desenhadas, grafadas com bico de pena, perguntavam:

"Que é a vida, senão a história que recomeça?
Que é a morte, senão a vida que continua?".

A frase lhe inquietou os sentidos e o fez lembrar, com saudade, do irmão Tiago. Olhou ternamente para o filho, que lhe retribuiu o olhar com um sorriso inocente.

Depois de alguns instantes, com o pensamento a vagar distante, sem rumo, dobrou o papel, devolveu-o ao livro na mesma página em que o havia encontrado e guardou o exemplar, alinhando-o corretamente na estante.

Na rua, o vento zunia, corria aflito para todos os lados. Na parede, o relógio batia as horas calmamente, como quem tem, diante de si, o poder da eternidade.

AGRADECIMENTOS

Agradeço a todos aqueles que de alguma forma fizeram parte da produção desta obra.

Minha gratidão especial à Ivangela, esposa amada, companheira de todas as horas, e Clarice, cunhada querida, minhas leitoras e conselheiras, cujos apontamentos, correções de rota, insights, foram de fundamental importância no desenvolvimento do projeto "A Noite do Perdão".

ideeditora.com.br

✽

Acesse e cadastre-se para receber
informações sobre nossos lançamentos.

IDE Editora é apenas um nome fantasia utilizado pelo INSTITUTO DE DIFUSÃO ESPÍRITA, entidade sem fins lucrativos, que promove extenso programa de assistência social, e que detém os direitos autorais desta obra.